Annette Wieners

Die Diplomatenallee

Autorin

Annette Wieners ist Schriftstellerin und Radiojournalistin. Sie stammt aus Paderborn und lebt in Köln. Seit vielen Jahren ist sie im Westdeutschen Rundfunk zu hören. »Die Diplomatenallee« ist ihr siebter Roman.

Von Annette Wieners bereits erschienen

Das Mädchen aus der Severinstraße

Annette Wieners

Die Diplomatenallee

Roman

blanvalet

Penguin Random House Verlagsgruppe FSC® N001967

1. Auflage 2023

Redaktion: Angela Kuepper
Umschlaggestaltung und -motiv: © Johannes Wiebel | punchdesign,
unter Verwendung von Motiven von stock.adobe.com
(Fandorina Liza, sevdastancheva), Art Furnace/Shutterstock.com
und © Nikaa/Trevillion Images
BSt · Herstellung: DiMo
Satz: Uhl+Massopust, Aalen
Druck und Bindung: GGP Media GmbH, Pößneck
Printed in Germany
ISBN 978-3-7341-1252-2

www.blanvalet.de

Wer schreibt, verrät sich.
Wer liest, entdeckt.

TEIL I

5. Februar 1974 bis 8. März 1974

1.

Das Taxi kam gegen Mittag. Ein schwerer Mercedes, wie üblich in dieser Gegend, aber Heike spürte sofort, dass etwas anders war als sonst. Der Wagen parkte nicht vor dem Eingang des Schreibwarenladens, sondern rollte am Schaufenster vorbei. Fuhr auffallend langsam und so dicht vor der Scheibe, dass sie, die gerade am Kassentresen stand, das Streusalz draußen knirschen hörte.

Behutsam legte sie den Füllfederhalter zur Seite, einen P476 in Schwarz. Der Mercedes hielt drüben an der Straßenecke. Die Bremslichter glühten. Das Wageninnere war nicht zu erkennen, weil die Heckscheibe spiegelte. Warum stieg denn niemand aus? Sah man etwa zu Heike herüber?

Sie duckte sich hinter den Postkartenständer. Zwischen den Fächern konnte sie hervorragend nach draußen spähen. Vielleicht war einer der Minister gekommen und kontrollierte, ob Kunden im Laden waren, und falls ja, zu welcher Partei sie gehörten. Ab und zu gab es Befindlichkeiten – aber echte Probleme? Nein, nicht bei Schreibwaren Holländer.

Heike wartete und hörte sich atmen. Sie verabscheute das Gefühl, auf der Hut sein zu müssen. Nicht zu wissen, was als Nächstes geschah.

Das Taxi stand still. Der Auspuff qualmte nicht mehr, der Motor war ausgestellt worden. Die Türen blieben immer noch geschlossen.

Einmal, vor zwei oder drei Wochen, war ein Radfahrer ähnlich seltsam am Schaufenster vorbeigerollt. Ein Abgeordneter, hatte Heike damals gedacht, oder ein Mitarbeiter des Kanzlers, der vor Dienstantritt die Zeitungen überflog, die in der Auslage aufgefächert waren. An jenem Tag hatte sie sich jedenfalls keine Sorgen gemacht.

Bild, *FAZ*, *General-Anzeiger Bonn*, *Bayerische Staatszeitung*, es gab bei Schreibwaren Holländer alles zu lesen. So klein der Laden war, so gut wussten Peter und Heike, was sie der Nähe zum Bundestag schuldig waren. Ihre Regale quollen über. Wer, wenn nicht sie, hielt so viel auf Vorrat? Mappen, Ordner, Umschläge und Papier in Sorten. Büttenpapier, auch teure Varianten, Fabriano, Arches, wildgerippt, die Politik hatte Wünsche. In den Schubladen lagen Tintenroller aus Fernost, Crayons aus Frankreich, Härtegrade B bis H, und in dem Karton auf dem Boden steckten Bänder für Schreibmaschinen, Spulen in jedweder Ausfertigung. Schwarz, blau, rot für Protokolle, Entwürfe, Vertrauliches. Doppelspur für Korrektur.

Ganz oben im Regal neben der Kasse, diskret hinter einem Stapel Bütten, lagerte der gute Cognac. Eine zweite, geöffnete Flasche stand unter dem Tresen bereit, denn es wurde nicht selten nach einem Schluck gefragt, selbst von Leuten, von denen man es nicht unbedingt dachte.

Bloß wenn ein Taxi vorfuhr, aus dem ums Verrecken niemand aussteigen wollte: Wie verhielt man sich dann?

Brüsk schob Heike den Postkartenständer zur Seite. Die Situation hatte möglicherweise gar nichts mit ihr oder dem Laden zu tun.

Bloß war heute alles so zäh. Der Februardienstag hing trüb über der Straße, auch an den Häusern ringsum bewegte sich nichts. Kein Fußgänger, kein weiteres Auto kam vorbei. Mittagszeit in Bonn. Im Taxi, auf Fahrer- und Beifahrersitz, aß man wahrscheinlich Leberwurstbrötchen.

Was die Kinder wohl gerade machten? Und ob Peter bald in den Laden zurückkehren würde? Heike vertrat ihn gerne am Kassentresen, aber sie sollten die Termine, zu denen sie einspringen durfte, doch einmal ändern. Seit Jahren fuhr Peter dienstags für zweieinhalb Stunden in den Großhandel, allerdings immer nur um diese Uhrzeit, in der im Geschäft kaum etwas los war.

Das Taxi stand. Und stand. Mehr nicht. Und Heike fing schon wieder an, sich beobachtet zu fühlen.

Oder braute sich in dem Wagen etwas anderes zusammen? Etwas Politisches, eine Störaktion von Linksradikalen? Von Baader-Meinhof etwa? Die Straße rechts hoch ging es zum Kanzlerbungalow und zum Bundeshaus. Links zum Auswärtigen Amt.

Wieder benutzte sie den Postkartenständer, um nach draußen zu spähen, diesmal noch tiefer geduckt. Und da, ein Licht! Im Innenraum des Taxis brannte mit einem Mal eine Lampe, und Heike erkannte die Hinterköpfe zweier Personen. Fahrer und Beifahrer. Männer? Beide gestikulierten, unterhielten sich also. Etwas glomm auf der Beifahrerseite auf, ein Feuerzeug, bestimmt für eine Zigarette, dann erlosch die Innenraumlampe wieder. Das Glimmen auch.

Aber jetzt sollte es wirklich genug sein! Heike hatte zu arbeiten. Sie holte einen der Warenkartons aus dem Hinterzimmer und packte ihn aus. Die neuen Postkarten rochen nach Chemie. Bonn, das Regierungsviertel von oben und Bundeskanzler Brandt. Der Rhein und wie immer sehr viel Loreley. Sie sortierte die Karten in die einzelnen Fächer und kehrte dem Schaufenster dabei den Rücken zu.

War denn gestern etwas über Baader-Meinhof in der Tagesschau gewesen? Ganz sicher hatte Peter am Abend den Fernseher angeschaltet, er konnte jetzt Farbe. Und, na also, Heike erinnerte sich doch: Sie hatte auf dem Sofa gelegen, während Peter am Apparat beschäftigt gewesen war, allerdings hatte sie mit dem Gong der Nachrichten nicht mehr richtig zugehört, sondern nur nach nebenan gelauscht, ob die Kinder schon schliefen. Anne war wie immer still geblieben, sie kam ja bald schon in die Schule, und Michael schlief mit seinen anderthalb Jahren noch immer so fest wie als Baby. Nur, Terroristen? War von denen im Fernsehen die Rede gewesen?

Mit Absicht hatte Peter keine Fahndungsplakate ins Geschäft gehängt. Die schwarz-weißen Fotos sahen schrecklich aus, und ohnehin gehörte es zum Konzept des Ladens, den Politikern beim Einkaufen eine Verschnaufpause von ihren Problemen zu gönnen – oder zumindest so zurückhaltend zu sein, dass jeder Kunde selbst bestimmen konnte, was ihn belastete und was nicht. Dieses Vorgehen kannte Heike noch von früher, denn als ihr Vater an der Kasse gethront und der Laden Schreibwaren Berger geheißen hatte, war Politik bereits ein heikles Thema gewesen. Der Vater hatte jeder Kundin die Tür aufgehalten, auch wenn sie nicht von der CDU gekommen war, aber der SPD hatte er gezielt Gemeinheiten untergejubelt. Ende der Vierziger, vor der ersten Bundestagswahl, hatte Schreibwaren Berger dem SPD-Büro Schumacher einen Waterman-Füller beschaffen sollen, das historische Modell, und unmittelbar vor der Auslieferung hatte der Vater auf die gläsernen Tintenpatronen gerotzt. Heike hatte es selbst gesehen, weil sie auf ihrem Kinderplatz unter dem Tresen gehockt hatte und … Warum dachte sie denn schon wieder daran?

Unwirsch zwängte sie die restlichen Postkarten in die Fächer. Drei verschiedene Motive Willy Brandt. Es wurde wirklich zu eng in diesem Laden.

Und das Taxi stand immer noch am Fleck. Still, mit geschlossenen Türen. Wohingegen sich die Umgebung merklich verschoben hatte: Der Himmel war dunkler geworden, es schien inzwischen auch windig zu sein. Eine Plastiktüte rutschte über die Straße, und dann klatschte plötzlich heftiger Regen gegen das Schaufenster. Also nein. Jetzt würde wirklich niemand mehr aus diesem Auto aussteigen!

Verdrossen knipste sie die Neonröhren an und schlug das Kassenbuch auf. Ein paar Notizen, gern einmal mit dem Stenofüller, warum nicht. Ohne Griffprofil und mit der gewöhnlichen Tinte ging es flott voran. Selten gab es Zahlenkolonnen, meistens summierte Heike im Kopf.

Aber der Füller warf scharfe Schatten auf das Papier, und als sie hochblickte, fiel ihr auf, dass sie in dem Neonlicht wie auf einem Präsentierteller stand. Wer auch immer sich draußen im Taxi versteckte, konnte ganz bequem jede einzelne ihrer Bewegungen hier drinnen am Kassentresen verfolgen.

Ihre Schultern verkrampften sich. Und was war das? Da schlug doch eine Autotür? Ja! Und ach, jetzt rannte jemand über den Gehweg! Im Affekt zog Heike das Telefon näher zu sich heran. Eine große Gestalt stürmte auf den Laden zu, durch das matschige Streusalz, es war ein breiter Mann im Parka, mit wehendem Schal, und… Heikes Herz setzte aus. Es war Professor Buttermann!

Er riss die Tür auf und sprang ins Trockene, die Ladenglocke schepperte wüst. Heike hielt den Telefonhörer mit beiden Händen umklammert, aber wozu, sie wusste gar keine Nummer zu wählen. Was machte der Professor hier?

»Hallöchen!«, sagte er und wischte sich mit bloßen Fingern die Tropfen von der Brille. Die langen grauen Haare trieften, der Schnurrbart glänzte. »Wollen Sie Ihren alten Professor nicht begrüßen?«

Seine Turnschuhe quietschten auf dem Linoleum. Sie waren senfgelb.

»Darf ich Ihnen ein kleines Handtuch…«, sagte Heike und hörte ihr eigenes Entsetzen. »Oder ein Taschentuch vielleicht?«

Er starrte sie an, diese Augen, sie ließ den Hörer fallen, um ins Hinterzimmer zu stürzen, doch da winkte er schon ab: »Nicht nötig. Und ich freue mich.«

»Ich mich auch«, erwiderte sie automatisch und verfolgte verstört, wie er sich im Laden umsah. Er musste wieder verschwinden. Das war ihm doch klar?

»Sie sind mit dem Taxi gekommen?«, fragte sie, die Stimme kaum unter Kontrolle. »Und Sie sind nicht gleich ausgestiegen?«

»Tja, nach all den Jahren ...«

Er blies in seine hohle Faust, offenbar um eine feuchte Zigarette zu beleben, und es würgte sie. Auch als er die Arme ausbreitete und ihm der Parka bis zu den Hüften hochrutschte, Nietengürtel, Jeans, war es fast wie früher. Er kam näher, immer näher, und sie wusste natürlich, dass er es nur antäuschte und sie am Ende nicht umarmen würde, trotzdem wich sie zurück. Er lächelte daraufhin und wickelte sich den Strickschal vom Hals, wie um ihr vorzuführen, dass er, der Berühmte, der Leiter des Instituts für Graphologie, durch nichts zu erschüttern war.

Aber er ist älter geworden, dachte Heike. Um zehn Jahre älter, seit sie ihn zum letzten Mal gesehen hatte. Nur ... was war dann wohl mit ihr?

»Wo ist denn der Aschenbecher?«, rief sie und suchte zum Schein die Regale ab. Wie sie sich bewegte, kam ihr mit einem Mal ungelenk vor, und bestimmt wirkte sie spießig mit dem knielangen Rock, der weißen Bluse und dem streng zurückgebundenen Haar.

Doch sollte der Professor sich bloß hüten, eine Bemerkung zu machen! Und sollte sie sich bitte nicht einschüchtern lassen! Wie hatte sie sich denn zu fühlen, wenn sie ihn so plötzlich wiedertreffen musste, oder nein: wenn sie von ihm regelrecht heimgesucht wurde! Sie hatte mit keinem Wiedersehen mehr gerechnet. Nicht auf diese Weise und auf keinen Fall hier. Sondern beim Einkaufen vielleicht, irgendwann in all den Jahren, oder zufällig am Rhein. In Bonn lief man sich immer über den Weg, ob man wollte oder nicht. Trotzdem war es bei ihnen beiden nie passiert, und Heike hatte sich eingebildet, dass Erik Buttermann sie ganz bewusst mied, weil er nämlich nicht mitansehen wollte, was aus ihr geworden war. Weil er doch alles angerichtet hatte!

Immer noch lächelnd, öffnete der Professor den nassen Parka. Ein geblümtes Hemd kam zum Vorschein, der Kragen stand zu weit offen.

»Respekt«, sagte er und deutete auf die Vitrine mit den Füllfederhaltern. »Im Vergleich zu Ihrem Vater haben Sie das Sortiment anständig erweitert, Fräulein Berger.«

»Frau Holländer, bitte. Das wissen Sie doch.«

»Natürlich! Heike Holländer! Entschuldigung, das sollte mir peinlich sein.«

Bestimmt wollte er sie beleidigen. Und sie sollte sich wehren und ihn wegschicken, aber dann würde er natürlich nicht gehorchen, sondern umso exaltierter aus sich herausgehen und herumpoltern und dabei triumphieren, weil sie immer noch machtlos gegen ihn war. Wie konnte sie ihn loswerden? Erst recht, wenn andere Kunden hereinkommen würden: Was würden sie über Heike denken?

Möglichst kühl, aber leider auch zitternd, reichte sie dem Professor den Aschenbecher, einen Blumentopfuntersetzer aus Ton. »Sind Sie denn immer noch an der Universität?«, fragte sie.

»Wo sonst?« Er drückte den Stummel in den aufgestreuten Sand. »Unser Institut ist… Na, Sie haben sich doch bestimmt einmal nach mir erkundigt?« Er neigte den Kopf zur Seite, ein alter Trick, mit dem er früher schon die Studenten aus dem Konzept hatte bringen wollen. Heike sah weg und zog sich hinter den Kassentresen zurück.

»Was kann ich eigentlich für Sie tun, Herr Professor?«

»Am Institut steigt endlich mal wieder eine Fete. Fünfundzwanzig Jahre Graphologie in Bonn! Ist es zu fassen?«

»Und dafür brauchen Sie…«

»Nein! Ich will nichts kaufen, sondern möchte Sie persönlich einladen.«

Ungläubig lachte sie auf. Sie musste sich wohl verhört haben.

Auch der Professor lachte: »Sie denken doch nicht, ich hätte Sie vergessen? Meine Studenten lernen Ihre Aufsätze von damals immer noch auswendig.«

»Das kann nicht Ihr Ernst sein.« Sie sammelte sich. »Ich werde das Institut nie wieder betreten, Herr Professor Buttermann!«

»Natürlich, mit dieser Antwort habe ich gerechnet.« Er wurde ernster. »Sie geben aber wohl zu, dass ein Jubiläum eine Spitzenveranstaltung ist. Oder? Und dass meine Einladung als Ehre verstanden werden darf. Andere Leute würden sich dafür ein Bein ausreißen, nicht nur in der Graphologenszene.«

»Was Sie verlangen, ist…«

»Herrje! Ich verlange doch nichts.« Mit beiden

Händen packte er den Rand des Kassentresens. »Und jetzt mal ehrlich: Sie haben längst Frieden geschlossen? Mit damals? Mit Ihrem Leben?«

Wie dreist von ihm. Nach allem! Heikes Hals spannte sich an. Ihr lag so viel auf der Zunge, aber sie durfte diesen Fehler nicht machen, durfte auf keinen Fall mit ihm über damals diskutieren.

»Wenn ich sonst nichts für Sie tun kann, Herr Professor. Es kommt für mich nicht infrage.«

»Ich wette, Sie werden zumindest darüber nachdenken. Denn das haben Sie doch hoffentlich gelernt: dass eine verbiesterte Haltung ein Bumerang ist?«

Wieso hatte sie nicht aufgepasst, sondern sich zwischen Wand und Kassentresen eingekeilt? Wenn sie sich befreien, wenn sie das Hinterzimmer des Ladens erreichen wollte, müsste sie um Buttermann herumgehen, zu dicht an ihm vorbei – und außerdem: Was wäre dann mit dem Kassenbuch, das immer noch offen herumlag? Mit der blauen Tinte, mit ihrer Handschrift, ja, was wäre, wenn der Professor ihre Schrift in Augenschein nähme? Wie teigig ihre Buchstaben in den vergangenen zehn Jahren geworden waren. Klein im Mittelband und unverbunden. Alles! Er würde alles daraus lesen.

Buttermann beugte sich vor: »Sie haben sich damals viel zu viel Schuld gegeben, Heike.«

»Und Sie? Sie haben mich fallen lassen, als hätten Sie mit nichts etwas zu tun gehabt!«

Er zuckte zusammen, aber wohl nur, weil sie laut geworden war, nicht weil er etwas bereute.

»Na, na«, sagte er. »Sie benehmen sich, als hätten wir beide …«

»Schluss!«

Mit einem Knall schlug sie das Kassenbuch zu und stopfte es unter den Tresen. Die Cognacflasche kippelte. Ein Heft zum Ausmalen fiel aus dem Fach, Krakeleien der Kinder, ihrer beiden kleinen Kinder, die sie gleich wieder küssen würde, sie sehnte sich danach. Sehnte sich auch nach Peter, wie er die Krawatte abnehmen und sich ein Stück Schokolade in den Mund schieben würde wie immer.

Buttermann seufzte und fuhr mit den Fingerspitzen über den Tresen. »Der Schreibvorgang als Bewegung. Vom Ich zum Du. Wissen Sie noch?«

Am besten hielt sie einfach still. Der Professor roch nach Nikotin und Essen aus der Mensa, und noch etwas anderes lag darunter, eine aufdringlich herbe und holzige Note wie von Bleistiftspiralen in einer Anspitzerdose.

»Wie alt sind Sie jetzt, Heike? Mitte dreißig? Sie haben noch eine Menge vor sich.«

»Ich habe alles, was ich brauche.«

Und das stimmte, das wusste sie, sie hatte oft darüber nachgedacht. Die Familie, der Haushalt, der ganze unauffällige Alltag. Und da klackerte es am Schaufenster, wie schön und passend, jetzt kam endlich Kundschaft. Herr und Frau Westerhoff traten ein, Heike würde sich als Geschäftsfrau beweisen.

»Willkommen!«, rief sie und marschierte hoch erhobenen Hauptes an Buttermann vorbei.

Herr Westerhoff war überrascht: »Sind wir schon dran?«

Sie antwortete leichthin: »Gern, wenn Sie mögen.«

»Dann Briefumschläge, zehn Stück bitte, holzfrei. Haben Sie etwas zur Auswahl?«

»Einen Moment.«

Sie beeilte sich, die richtigen Fächer zu finden, während Herr Westerhoff den Regenschirm ausschüttelte und seine Frau den Professor mit unverhohlener Neugier musterte.

»Gummiert oder mit Haftstreifen?«, rief Heike. »Mit Fenster oder ohne?« Sie legte so viele Umschlagmodelle auf dem Tresen aus, dass Buttermann zur Seite rücken musste.

Frau Westerhoff tippte auf die gummierte Variante. »Ein scheußliches Wetter«, sagte sie und beäugte die senfgelben Turnschuhe des Professors. Ihm schien es egal zu sein.

Herr Westerhoff suchte Heikes Aufmerksamkeit: »Wir sind im Bus von der Polizei kontrolliert worden, Frau Holländer. Haben Sie gestern die Tagesschau gesehen? Baader-Meinhof sitzt inzwischen überall. Jede ganz normale Mietwohnung kann eine Terrorzelle sein.«

»Aber doch nicht in Bonn«, antwortete Heike und zählte mit fliegenden Fingern zehn Umschläge ab.

»Nein, Bonn ist noch schlimmer«, sagte Herr Westerhoff. »Wir holen uns jetzt sogar die DDR in die Stadt. Der Herr Bundeskanzler trägt seine riesigen Scheuklappen, aber wir haben bald die Stasi im Vorgarten stehen.«

Heike wollte beflissen klingen: »Soweit ich weiß, handelt es sich um Diplomaten, die nach Bonn kommen. Keine Sorge, Herr Westerhoff.«

»Die DDR hat Diplomaten?« Er wirkte verärgert. »Das wüsste ich aber!«

»Öhm«, Professor Buttermann hob den Kopf. »Die DDR darf in Bonn eine Botschaft einrichten, wie andere Staaten es auch tun.«

»Eben nicht!«, widersprach Herr Westerhoff. »Denn was Sie DDR nennen, ist ja kein Staat, sondern immer noch ein Stück Deutschland. Unser eigen Fleisch und Blut.«

Buttermann nickte. »Umso wichtiger, dass die innerdeutschen Beziehungen geregelt werden, was übrigens die Hauptaufgabe der Diplomatie ist.« Er zog ein Päckchen Tabak aus dem Parka und begann, sich eine neue Zigarette zu drehen.

Herr Westerhoff dagegen ereiferte sich weiter. »Einspruch, mein Herr. Wer der DDR die Hand reicht, akzeptiert, dass unser Land geteilt werden darf. Diesen Gefallen sollten wir den Kommunisten nicht tun.«

»Ist Ihr gutes Recht, so zu denken«, sagte Buttermann. »Zum Glück werden wir aber von klügeren Leuten regiert, nicht von Ihnen, Herr … äh …, und die DDR wird ihre Botschaft in Bonn definitiv eröffnen.«

»Westerhoff mein Name. Und es heißt natürlich: Ständige Vertretung der DDR, bitte sehr, nicht ›Botschaft der DDR‹! Weil es ausdrücklich als Einrichtung zweiter Klasse deklariert wird.«

Heike packte die Briefumschläge zusammen. »Darf es sonst noch etwas sein, Frau Westerhoff?«

Nervös öffnete die Kundin ihr Portemonnaie. »Für den Rückweg nehmen wir wohl besser ein Taxi.«

»Aber nicht das Taxi, das draußen steht.« Buttermann leckte über das Zigarettenpapier. »Der Wagen ist nämlich für mich reserviert.«

»Aha?« Herr Westerhoff blickte durch das Schaufenster auf die Straße. »Da wird gerade das Nummernschild aufgeschrieben. Die Polizei ist da. Wer parkt denn auch auf dem Bürgersteig? Und jetzt will man so frech sein und wegfahren, aber das wird natürlich nichts nützen.«

Buttermann seufzte. Dann zündete er seine Zigarette an, klopfte dreimal auf den Tresen und verschwand mit großen Schritten in den Regen hinaus.

Später, als auch die Westerhoffs den Laden verlassen hatten, wischte Heike den Boden. Der Schirm und die Turnschuhe hatten Spuren hinterlassen, besser, sie beseitigte alles sofort, damit keine salzigen Ränder entstanden.

Auch der Postkartenständer gehörte wieder an seinen alten Platz, aber als Heike ihn zurückschieben wollte, griff sie in etwas Feuchtes und Weiches und erschrak. Es war der Schal des Professors, der da an den Fächern herabhing, und sie verstand sofort, dass er nicht aus Zufall vergessen worden war.

2.

Sie erwachte mit dem Gefühl, etwas verloren zu haben. Das Schlafzimmer war kalt, sie lag auf der Seite mit den Fäusten am Magen. Neben ihr atmete Peter, der Wecker würde noch längst nicht klingeln.

Eine Leere, die schwarz war. Ein Gesicht, das aus der Wand kam. Buttermann.

Dabei hatte Heike gedacht, sie sei über das Schlimmste hinweg. Die Erinnerung hatte nachgelassen, auch an das Institut, und selbst die Schuldgefühle waren ein wenig schwächer geworden. Es war kein klarer Prozess mit einer stabilen Perspektive gewesen, sondern eine mühsame Arbeit, von der sie nie gewusst hatte, ob sie je erledigt wäre. Doch sie hätte sich glücklich schätzen und die Fortschritte genießen sollen, solange es noch möglich gewesen war. Denn jetzt war alles dahin. Buttermann war wiederauferstanden, und was hatte sie ihm entgegenzusetzen?

Sie quälte sich mit Geräuschen und Bildern von damals, dachte wieder und wieder an den Moment, in dem der Professor im Institut für Graphologie ihren Stuhl zur Seite gestoßen hatte. Und wie erbarmungslos er gewesen war. Wie er den Dekan über ihre Schandtat informiert hatte, aber nur in einer verlogenen Version der Dinge. Und dann hatte er die anderen Studenten vor Heike gewarnt und mit Journalisten telefoniert. Alles war zu Ende gewesen. Vor fast zehn Jahren, im Herbst 1964.

Und Heikes Bruder? Johann? Auch dieser Name quoll in Heike wieder nach oben, als hätte sie es erlaubt.

Nein. Nichts! Sie konnte nicht daran denken. Sie war nicht mehr so stark wie früher. War keine Graphologin mehr, nicht wie damals.

Damals, Anfang der Sechziger, befand sich das Institut auf dem Weg an die Weltspitze, und Professor Erik Buttermann forschte nicht nur, sondern erprobte die Erkenntnisse auch in der praktischen Arbeit. Aufträge aus der Wirtschaft gingen ein. Personalchefs aus dem gesamten Bundesgebiet verlangten nach Buttermanns Expertise, um die Handschriften ihrer Mitarbeiter analysieren zu lassen. BMW, die Lufthansa, Oberlandesgerichte und städtische Ämter sprachen bei ihm vor, denn es gelang dem Professor wie keinem anderen, aus der Schrift eines Menschen seinen Charakter zu entschlüsseln. So empfahl er der Stadtverwaltung Bochum einen Telefonisten, der zwar sehr jung war, sich aber als besonders liebenswürdig entpuppte: Buttermann fand in seinen Großbuchstaben winzige Girlanden. Der Firma Maggi dagegen riet er davon ab, einen Sachbearbeiter zu befördern: Die Unterschrift des Mannes wies Doppelschleifen auf, und Buttermann warnte, Eitelkeit sei umso gefährlicher, je steiler der Schreiber den Stift halte.

Der Professor hatte immer recht und sonnte sich in seinem Erfolg, aber besonders stolz war er auf die neue Achtung, die seine Wissenschaft in diesen Jahren genoss. Endlich setzte sich in der Bundesrepublik ein Gefühl dafür durch, wie leistungsstark die Graphologie der modernen Gesellschaft zu dienen vermochte, und endlich durfte ein deutsches Institut die Chance ergreifen, international führend, aber friedfertig zu sein. Die Graphologie verhinderte Kriege, indem sie den Menschen hinter die Stirn blickte. Jede Falschheit, jede Gier und jeden noch so versteckten Charakterzug holte die Schriftanalyse ans Tageslicht.

Wie lange hatte es die Menschen nach Wahrhaftigkeit gedürstet, und plötzlich war es so einfach: Ein Blatt Papier, ein paar Schriftzüge, mehr brauchte ein Graphologe nicht, um alles zu sehen. Wer Handschriften richtig zu lesen vermochte, für den waren die Mitmenschen gläsern.

Auch Heike trug in jener Zeit dazu bei, dass der Fachbereich wuchs. Obwohl sie ihr Studium mit Anfang zwanzig gerade erst begonnen hatte, sorgte sie an der Uni für Furore. Sie war ein Ausnahmetalent, eine extreme Begabung in der Graphologie, sagte Buttermann gerne vor den anderen Studenten – wobei er seinen Anteil an ihrer Karriere wie üblich verschwieg, um keine Missverständnisse aufkommen zu lassen.

Seit Heike zehn Jahre alt gewesen war, hatte Buttermann sie schon unterrichtet. Sie hatte ihn selbst darum angebettelt, nachdem sie ihn im Schreibwarenladen ihres Vaters kennengelernt hatte. Wenn Buttermann, der damals noch ein aufstrebender Dozent gewesen war, über Handschriften geredet hatte, war der Himmel für sie aufgegangen. Nichts war ihr klüger und sinnvoller erschienen, als herauszufinden, was in den Menschen vorging. Als Buttermann sich tatsächlich dazu herabließ, ihr Lektionen zu erteilen, kam es ihr wie das Glück ihres Lebens vor. Er fürchtete zwar um sein Renommee, weil sie ein Kind und keine Fachkollegin war, wie er sagte, aber was wäre für Heike leichter gewesen, als ein Geheimnis zu hüten? Sie fürchtete sich ja ebenfalls, und zwar vor ihren Eltern.

Noch nie war sie so gelobt worden wie damals von Buttermann. Er war geduldig, er förderte sie und beantwortete all ihre Kinderfragen. Ließ sich eine Handschrift fälschen? Wie wichtig war Schönschrift? Warum war es besser, die Buchstaben nicht so gleichmäßig zu ziehen, wie die Lehrerin es wünschte, sondern auch einmal ein Gefühl durch den Stift zu jagen? Buttermann konnte aus der Schrift eines Mädchens sogar erkennen, woher es die blauen Flecken auf den Armen hatte – sagte er. Und ob die Eltern ihre Gürtel nur dazu benutzten, um ihre Röcke und Hosen zu halten.

Heikes Tage wurden heller, wenn eine Unterrichtsstunde mit Buttermann anstand. Zu Hause nahm sie alles hin, sagte höflich »Bitte« und »Danke«, um bloß pünktlich aus dem Haus zu kommen.

»Die Technik des Schreibens stammt aus Ägypten«, hatte Buttermann einmal gesagt. »Aber wir beide, im Land der Dichter und Denker, machen noch mehr daraus. Wir tragen Verantwortung, wir durchdringen die Handschrift in ihrem Wesen.«

Als Heike endlich alt genug gewesen war, um zum ersten Mal offiziell als Buttermanns Studentin im Institut zu sitzen, war ihr die Luft weggeblieben. Nie zuvor hatte sie so viele Gleichgesinnte erlebt, die ebenso für Handschriften brannten wie sie. Aber sie hatte auch noch nie ihre graphologischen Leistungen mit dem Können anderer Leute verglichen und musste jetzt feststellen, wie weit sie schon gekommen war: meilenweit von ihren Sitznachbarn entfernt.

Im zweiten Semester durfte sie dem Professor bereits assistieren, denn der Nestlé-Konzern beanspruchte einen Großteil seiner Zeit. Die Firmenzentrale ließ die Handschriften sämtlicher Mitarbeiter auf Charakterschwächen untersuchen, bis in die Führungsetage hinein, und Buttermann hatte die Ergebnisse vor Ort zu moderieren. Abgerissene Unterlängen bei breitem Rechtsrand, also Triebstörung – welcher Manager ließ sich so etwas sagen? Damit Buttermanns Büro am Bonner Institut unterdessen nicht brachlag, hielt Heike dort die Stellung. Zuerst sortierte sie nur die Post, dann frischte sie aus eigenem Antrieb Buttermanns Vorträge auf, und schließlich durfte sie ihre ergänzenden Gedanken veröffentlichen.

Als der erste Kongress anstand, sprach sie sich Mut zu, bevor sie das Rednerpult enterte. Die Luft im Audimax war rasierwassergeschwängert. Sie trug einen Rock, der knapp am Knie endete, und hatte die dunklen Haare zu einem Bienenkorb gewunden. Bei ihrem Anblick erstarb das Geraune im Saal. Sie fühlte, wie sie gemustert wurde, aber auch der Professor wurde gemustert, der Mann, der, wie später in einer Fachzeitschrift stand, »die geniale Chuzpe hatte, eine so blutjunge Dame nach vorne zu schicken und der Graphologie damit einen erfrischenden, aufs Höchste erfreulichen

Anblick zu verschaffen«. Heike verbeugte sich am Pult ritualhaft in Buttermanns Richtung, bevor sie mit fester Stimme und in freier Rede auf Englisch, Französisch und Deutsch über die zählbaren, messbaren und schätzbaren Merkmale der Handschrift referierte.

Noch heute schlug ihr Herz schneller, wenn sie daran zurückdachte. Und vielleicht hätte es sich doch einmal gelohnt, in Erfahrung zu bringen, wie es später, nachdem sie der Graphologie so plötzlich den Rücken gekehrt hatte, am Institut weitergegangen war. Wie stand es um den Fachbereich heute, zehn Jahre danach? War der Professor noch immer eine Koryphäe wie damals, oder war an ihm ein Makel hängen geblieben, als seine Star-Studentin in Verruf gekommen war? Aber nein, Heike sollte sich keine Illusionen machen. Buttermann würde alles in seinem Sinne gedeichselt und beschönigt haben, sonst wäre er am Dienstag nicht so dreist in den Schreibwarenladen marschiert und hätte ihr die Jubiläumsfeier unter die Nase gerieben. Hämisch war er. Grausam, sie ins Institut einzuladen. Aber er musste auch dumm sein, denn Heike würde garantiert nie wieder auf ihn hereinfallen.

Hellwach starrte sie ins kalte Schlafzimmer. Peters Atem ging tief und gleichmäßig, und obwohl sie das Geräusch in anderen Nächten beruhigend fand, kam es ihr heute nicht richtig vor. Ganz ungewohnt malte sie sich aus, ihn zu wecken, um ihm etwas von Dienstag und ihrer Begegnung mit Buttermann zu erzählen. Aber das war natürlich Unsinn, sie würde nichts dergleichen tun. Peter war der allerletzte Mensch, den sie beunruhigen sollte.

Sie schmiegte sich an ihn. Er hatte immer zu ihr gehalten. Seine Eltern waren schon gegen ihre Verlobung gewesen, womöglich hatten sie Gerüchte über Heike gehört, aber seine Gefühle waren stark geblieben. »Hier bin ich, und da bist du«, hatte er zu Heike gesagt. »Wenn du mich willst, fangen wir an.«

Sie lächelte ins Dunkle. Er hatte damals wirklich gesagt: »Fangen wir an«, und nicht etwa: »Fangen wir neu an«, und das war für Heike ein großartiges Geschenk gewesen. Denn wenn es kein »neu« gab, gab es auch kein »alt«, und ohne »alt« brauchte eine Beziehung keinen Blick zurück.

Selbstverständlich hatte Peter als ihr Verlobter darüber Bescheid gewusst, dass sie bis Herbst '64 an der Uni gewesen war, aber – wirklich? Graphologie? Und sie hatte abgebrochen – Peter hatte es als Fügung des Schicksals genommen. Unterm Strich hatte das eigentliche Leben, das gute Leben, für sie beide doch erst mit ihrer Beziehung begonnen. Alles, was vorher gewesen war, war offensichtlich nicht passend gewesen. Sie brauchten nicht länger daran zu denken – das hatte Heike selbst oft gesagt und es auch genau so gemeint.

Ihr wurde wieder warm ums Herz. So funktionierte es, wenn man sich das Glück ganz bewusst vor Augen hielt: Vor zehn Jahren, als sie am Boden zerstört gewesen war und alles verloren hatte, nicht nur ihre Karriere und ihren Ruf an der Uni, sondern, viel schlimmer, auch die Graphologie, von der sie gedacht hatte, dass sie mit ihr auf ewig verwoben sein könnte – da war ihr Peter begegnet und hatte sich nur für sie interessiert. Und natürlich für den Schreibwarenladen, der in Familienhand gewesen war.

»Ich habe dich auf den Teppich geholt«, sagte Peter heute noch manchmal. »Keine Ahnung, wie ich es gemacht habe, und eigentlich warst du es auch, die uns den Teppich ausgerollt hat. Aber du bist ja schon immer viel schlauer gewesen als ich.« Es war nett, dass er das sagte – und stimmte natürlich nicht.

»Wenn du mich willst«, flüsterte Heike jetzt gegen seinen Rücken. Er wiegte sich leicht und behaglich, dann schlief er weiter.

»Ich möchte aufstehen«, beharrte sie nah an seinem Ohr.

»Hm? Wie spät?«

»Fast fünf. Hast du Lust auf frische Brötchen?«

»Fünf?«

»Ich wecke dich später. Versprochen.«

Sie nahm ihre Kleidung, zog sich leise im Badezimmer an und schlich am Kinderzimmer vorbei in den Keller, wo ein kleiner Tisch mit einer Schreibmaschine stand. Sie würde zur Tat schreiten und Buttermann die Stirn bieten, anstatt sich noch einmal etwas kaputtmachen zu lassen. Das Tippen ging schnell und routiniert.

»Hier Ihr Schal zurück. Erneut auch, diesmal schriftlich, meine Absage der Einladung zum Jubiläum. Gruß H.«

Oder *Frau H.?* Oder *Heike H.?* Nein, sie steckte das Schreiben in einen übergroßen Umschlag und verließ entschlossen das Haus.

Es regnete wieder. Im Hof vor den Garagen gab es kein Licht, der Schal des Professors befand sich seit Dienstag in der Satteltasche der Mobylette. Heike nutzte das Motorfahrrad nur noch selten, der Lenker rostete, am Tank blätterte Lack ab, aber die Mobylette war einsatzbereit.

Mit beiden Händen hob sie das Garagentor an, sodass es nicht quietschte, nahm den Schal, stopfte ihn zu der getippten Mitteilung in den Umschlag und verstaute alles regensicher in der Tasche. Dann schob sie die Mobylette auf die Straße und bockte sie auf. Im Tank gluckerte es, der Sprit würde reichen.

Schnell nahm sie Fahrt auf. Die Öljacke flatterte ihr um die Schultern, Regen schnitt ihr eisig ins Gesicht. Bald klebte die Jeans auf der Haut, und die gestrickten Handschuhe trieften. Aber das war alles egal, Heike kauerte fest auf dem Sattel. Sie kam gut voran.

Nur wenige Autos waren unterwegs, sie überholten in weiten Bogen. Ein schwerer Regierungswagen rauschte vorbei. An einer Baustelle brannte Licht. Bizarre Gebilde aus Stahl ragten in den frühen Morgen. Sämtliche Ampeln wurden grün, sobald die Mobylette heranfuhr.

Auf der Diplomatenallee umklammerte Heike den Lenker. Noch nie war sie sich so rasant vorgekommen. Freie Bahn, der Tacho zeigte inzwischen fast vierzig. Der kleine Scheinwerfer trotzte dem Regen, und da vorne sah sie die Abbiegung zu Schreibwaren Holländer. Noch zwei Laternen bis zur Kreuzung – wie komisch es sich anfühlte, einfach daran vorbei, strikt geradeaus zu fahren! Der Asphalt wurde rauer. Das Gestell der Mobylette begann zu vibrieren, Heike spürte es bis in die Zungenspitze hinein. Palais Schaumburg, Museum Koenig, dahinter rechts das Auswärtige Amt – und schon war die Unibibliothek erreicht. Sie bremste abrupt und schnappte nach Luft. Sollte sie wirklich … Und wenn sie jemand sah? Aber wer denn? Buttermann? Oder Studenten? So früh am Morgen?

Wieder gab sie Gas, diesmal leider zu grob, oder irgendetwas stimmte mit dem Motor nicht. Er überdrehte, stotterte, die Mobylette schlingerte und ließ sich nur mit Mühe hinter der Bibliothek in die kleine Straße lenken. Meter für Meter wurde bezwungen, bis es in Sicht kam: das Institut für Graphologie. Im Regen. Alle Fenster schwarz.

Die Bremsen griffen nicht gut, Heike rollte noch fast bis ans Ende der Gasse, bis sie vom Sattel sprang. Motor aus, Handschuhe aus und jetzt nicht die Nerven verlieren.

Sie holte den Umschlag aus der Satteltasche und marschierte zum Institut zurück. Das Kopfsteinpflaster glänzte. Die einzige Straßenlaterne stand schief.

Genau so hatte das Institut schon vor zehn Jahren ausgesehen: Dreieinhalb Stockwerke, es war wirklich nicht groß. Über dem Eingang brannte das alte gelbe Licht. Der Putz hatte Risse wie damals, und auf Hüft- und Schuhhöhe prangten Flecken der Studenten an der Wand. Der winzige Vorgarten war verwildert.

Oben, zwischen zwei Fensterbänken, hing ein Transparent. Die Schrift war so groß, dass sie im Zwielicht zu lesen war: *25 Jahre Graphologie in Bonn.* Wer würde wohl zu dieser Feier kommen? Der Dekan selbstverständlich, vielleicht war es sogar noch derselbe Dekan wie damals. Professor Buttermann würde eine Festschrift vorlegen, gebunden und mit Goldschnitt versehen. Und er würde wieder und wieder an Heike denken.

Ein feuchter Windstoß fuhr über die Gasse, das Transparent bauschte sich, und der Umschlag in Heikes Hand wurde nass. Neben der Eingangstür des Instituts stand wie eh und je der voluminöse Briefkasten auf den stählernen Stelzen.

»Bücher, Leute«, hatte der Professor im ersten Semester gesagt. »Lest und macht euch Notizen. Steckt mir alles in den Kasten, Tag und Nacht.«

Und die Studenten hatten ihm gehorcht, hatten sich sogar geschmeichelt gefühlt: Der große Professor wollte sich mit jeder einzelnen Studentennotiz ausführlich beschäftigen! Bloß hatte er es vollkommen anders getan, als sie es gehofft hatten, denn der Inhalt ihrer Notizen war ihm komplett egal gewesen. Stattdessen hatte er ihre Handschriften als Seelenstriptease genommen.

Typische Buchstaben, typische Schwächen. Akribisch hatte er Charakterprofile seiner Studenten erstellt und sie wie Steckbriefe am Schwarzen Brett ausgehängt. Anonymisiert, natürlich, aber an den Schriftbeispielen hatten sie trotzdem erkannt, wer gemeint gewesen war. *Der impotente Streber*: Heinz aus dem fünften Semester. *Der Lügner*: Harald. Sie waren alle schockiert gewesen – auch Heike. Obwohl Buttermann bei ihr keine Schwächen aufgelistet hatte, sondern Stärken.

Und jetzt hob sie also wieder diesen Deckel vom

Briefkasten, wer hätte das gedacht! Die Finger waren steif vor Kälte, und als der Umschlag mitsamt dem Schal und dem Anschreiben in den Hohlraum plumpste, war der Klang noch allzu bekannt.

Damals hatte Heike den Professor wegen der Steckbriefe zur Rede gestellt: Er habe die Graphologie in den Dreck gezogen, das könne sie nicht ertragen. Doch er wehrte die Vorwürfe ab: Ausgerechnet Heike, die er selbstlos gefördert und geformt habe, wolle Streit mit ihm anfangen? Die Steckbriefe seien nötig gewesen, um zusätzlichen Nachwuchs herauszufiltern, sagte er, denn die Internationale Graphologische Gesellschaft habe Bonn, also ihn, Professor Erik Buttermann, auf ihre Weltagenda gesetzt.

Später hatte Buttermann in einem Seminar Heikes Handschrift auf einem nagelneuen Overheadprojektor präsentiert und gemeint: In ihrer Art, das kleine *g* zu verschnörkeln, liege genau das Maß an Verrücktheit, das eine erfolgreiche Graphologin brauche.

»Finger weg!«

Erschrocken fuhr Heike herum. Jemand leuchtete ihr mit einer Lampe ins Gesicht, der Stimme nach war es eine Frau: »Was haben Sie da aus dem Briefkasten genommen?«

»Ich habe nichts genommen!« Heike hob die Hände, um sich vor dem Licht zu schützen.

»Sondern?«, fragte die Frau streng.

»Ich habe nur etwas eingeworfen. Was wollen Sie denn?«

Der Lichtkegel wackelte, dann glitt er zu Boden, und Heike sah eine schmale Gestalt vor sich, die ihr kaum bis zur Schulter reichte. Die Frau schien eine Art Uniform zu tragen, ein Abzeichen glitzerte matt auf der Brust.

»Falls Sie wirklich etwas eingeworfen haben«, sagte sie zweifelnd, »muss ich wissen, um was es sich gehandelt hat. Es gab Stress in letzter Zeit, und wir sollen alles kontrollieren, was uns auffällt.«

»Stress? Hier an diesem Institut? Was ist denn passiert?«

»Also würden Sie mir bitte schön sagen, wer Sie sind?«

»Nein.«

Am liebsten wäre Heike zur Mobylette gelaufen, aber die Frau machte sich jetzt am Briefkasten zu schaffen und versuchte, nach dem Umschlag zu angeln. Zum Glück war sie zu klein, um ihn zu erreichen, selbst als sie sich auf die Schuhspitzen stellte und die Hand tief in den Schlitz schob.

»Na toll«, sagte sie dabei. »Sie haben da nichts Schlimmes reingesteckt, oder? Nichts, das brennt oder explodiert?«

»Was? Nein! Es war bloß eine Nachricht. Sie brauchen sich keine Sorgen zu machen.«

»Schön wär's.«

Die Frau zog ein Büchlein aus ihrer Jacke und hakte darin etwas ab. Die Situation war Heike peinlich.

»Es tut mir leid«, sagte sie. »Hat es Krawalle gegeben, hier am Institut für Graphologie?«

»Lassen Sie es gut sein.«

»Ja. Okay. Dann auf Wiedersehen.«

Heike wandte sich ab. Immerhin schien die Frau

trotz ihrer Uniform keine Befugnis zu haben, sie festzuhalten. Aber dass die Uni es überhaupt nötig hatte, das Institut zu bewachen!

»Ist das Ihre Mobylette dahinten?«, rief die Frau über die Straße.

»Warum?«

»Sie haben sie nicht abgeschlossen! Ist mir eben schon aufgefallen.«

Federnd setzte die Frau sich in Bewegung. Sie wollte Heike doch hoffentlich nicht nachlaufen? Aber ja! Und sie war sogar sehr schnell, denn obwohl Heike noch einen Zahn zulegte, kamen sie beinahe gleichzeitig am Motorfahrrad an.

»Das nenne ich eine gute Maschine«, sagte die Frau und fasste an den Lenker. »Ein bisschen rostig, aber in Ordnung.«

»Für meine Zwecke reicht es«, erwiderte Heike knapp.

»Klar.« Die Frau strich über die Klingel. »Ideal, um mal kurz durch die Nacht zu fahren, was?«

»Es ist eher Morgen als Nacht.«

»Aha! Frühaufsteherin. Sie können keine Studentin sein. Das war mir klar.«

»Na und?«

»Obwohl Sie nicht studieren, stecken Sie dem Institut für Graphologie Nachrichten in den Briefkasten. Mich würde ja mal interessieren, was Graphologie eigentlich ist?«

»Also noch einmal: Auf Wiedersehen.«

Energisch fegte Heike das Regenwasser vom Sattel. Dann stieg sie auf die Pedale und packte die Griffe. Die

Mobylette schwankte auf dem Ständer, die Frau würde jetzt hoffentlich den Weg frei machen – aber nein, sie dachte wohl nicht daran.

»Gra-pho-lo-gie«, sagte sie stattdessen.

»Gehen Sie bitte zur Seite«, antwortete Heike. »Sonst tun Sie sich weh.«

»Mein Chef macht lauter komische Andeutungen über das Institut.«

»Interessiert mich nicht.«

»Nein?«

»Nein. Aber wenn ich es Ihnen trotzdem erkläre, lassen Sie mich losfahren, ja? Also: Die Graphologie untersucht Ihre Handschrift. Und jetzt Platz, bitte.«

»Wozu untersucht man eine Handschrift?«

»Weil ein Graphologe aus Ihrer Schrift Ihren Charakter herauslesen kann.«

»Wie beim Wahrsagen? Oder beim Aus-der-Hand-Lesen? Und das kann man studieren?«

»Mit Staatsprüfung. Ich starte den Motor.«

»Demnach sind Sie selbst Graphologin! Geprüft und anerkannt?«

»Verdammt noch mal, jetzt lassen Sie endlich die Mobylette in Ruhe!«

Heike trat kräftig in die Pedale, und die Frau hüpfte tatsächlich zurück. Allerdings stotterte die Maschine schon wieder und kam nicht in Schwung. Heike rutschte ab, der Auspuff knallte, dann herrschte Stille.

»Schade«, kommentierte die Frau.

Noch einmal stieg Heike auf und riss auch am Gasgriff, aber zu schnell, zu oft, sie wusste es schon: Die Maschine war längst abgesoffen.

»Hat wohl zu lange im Regen gestanden«, meinte die Frau.

Heike würdigte sie keines Blickes. In der Satteltasche lag Werkzeug, sie holte sich den Steckschlüssel und schraubte die Zündkerze heraus. Die Elektroden trieften – und schon reichte ihr die Frau ein Päckchen Papiertaschentücher an.

»Sie sind nicht nur Graphologin, sondern auch Politikerin, stimmt's?«

»Bitte!«

»Darum wollten Sie mir auch Ihren Namen nicht nennen. Weil Sie berühmt sind. Das werde ich dem Chef ganz diskret weitergeben. Tut mir leid, dass ich Sie in der Dunkelheit nicht erkannt habe.«

Ohne Antwort knüllte Heike die schmutzigen Tücher zusammen, setzte die Zündkerze wieder ein und startete neu. Es funktionierte, aber wie war es zu ertragen, dass die Frau ihr applaudierte?

»Hören Sie auf!«, rief Heike und schubste die Mobylette vom Ständer. »Auch wenn es Sie und Ihren Chef enttäuscht: Ich bin niemand Besonderes. Mit mir haben Sie nur Ihre Zeit verschwendet.«

3.

Der Schal und Heikes Brief mussten wohlbehalten bei Professor Buttermann angekommen sein, denn schon in der Woche darauf fand Heike eine Antwort im Briefkasten des Reihenhauses. Der Professor hatte ihr ein (ebenfalls getipptes) Schreiben mit der offiziellen Einladung der Universität zur Jubiläumsfeier des Instituts für Graphologie geschickt, adressiert an Heikes Privatanschrift, an *Familie Peter Holländer, z. Hd. der Ehefrau*, und sie verstand, was Buttermann ihr damit sagen wollte: Er warnte sie. Wenn sie nicht spurte, würde er erneut auftauchen, am Ende sogar bei ihr zu Hause.

Unruhig wusch sie die letzten Teller vom Abendessen ab und horchte auf das Gemurmel aus dem Kinderzimmer. Wie jeden Abend las Peter den Kindern eine Geschichte vor, *Schlampi reißt aus*, Anne liebte das Buch, und auch Michael plapperte niedlich dazwischen, sodass Peter sein Machtwort probierte: »Wenn ihr mich ständig unterbrecht, schalte ich sofort das Licht aus.« Aber alle wussten natürlich, dass er es nicht ernst meinte, und so riefen und lachten die Kinder weiter, während Schlampi von Stubenarrest zu Stubenarrest trottete und es nur langsam leiser wurde.

Gleich würden Michael einfach die Augen zufallen, und Anne würde sich auf die Seite drehen. Peter würde die Kleinen noch eine Weile lang betrachten und schließlich ins Wohnzimmer wechseln, um sich mit Heike die Tagesschau anzusehen. Er würde den Sessel nehmen, während Heike in seinem Rücken auf dem Sofa lag – ihr erprobter Ablauf des Abends, kaum je zu stören.

Heike hängte das Trockentuch auf und legte die Schürze beiseite, um den Fernseher im Wohnzimmer schon einmal einzuschalten. Den Ton drehte sie leise und stellte sich ans Fenster, um zu warten. Der schmale Garten lag im Dunkeln.

Seit Tagen fühlte sie sich verfolgt. Hörte oben im Haus senfgelbe Turnschuhe quietschen, roch Zigaretten, wenn es unmöglich war, dass jemand rauchte, oder meinte sogar, das Essen aus der Mensa zu sehen, wenn sie den Deckel von ihrem eigenen Kochtopf hob. Sie war schreckhaft und fuhr ständig zusammen, dabei brauchte sie doch gerade jetzt ihre Kraft.

»Heike? Alles klar mit dir?«

»Oh!« Peter war ins Wohnzimmer gekommen. »Schlafen die Kinder?«, fragte sie schnell.

»Du kannst gerne nachsehen.«

Er gab ihr einen Kuss und schloss die Gardine vor dem Fenster. Fröhlich und freundlich wie immer, dachte sie. Selbst nach seinem Arbeitstag steckte Peter voller Energie. Ihr Ehemann. Ob er ihr helfen würde, wenn sie ihm von Erik Buttermann erzählte?

»Wann ziehst du dich um?«, fragte sie, denn er trug noch den Anzug von der Arbeit im Schreibwarenladen.

»Erst trinke ich einen Schluck. Am liebsten mit dir.«

»Aber es ist Donnerstag.«

»Na und?«

Er lachte unbeschwert und öffnete den Barschrank. Heike setzte sich auf das Sofa. Wenn sie nur auch ein wenig lockerer sein könnte – anstatt Buttermann alles untergraben zu lassen. Ihren Alltag, ihre Selbstsicherheit, ihr gutes Leben.

Sie fasste Mut und nahm einen Anlauf: »Heute ist Post gekommen.«

»Okay.« Peter prüfte den Pegel in der Cognacflasche. »Was Dringendes? Hast du es auf den Schreibtisch gelegt?«

»Nein. Eine Einladung, aber keine private …«

»Egal, ich kümmere mich später darum.«

Er nahm zwei bauchige Gläser und schenkte ein. Dabei warf er Heike einen Blick zu, der ihr das Herz zusammendrückte. So arglos war er. Und immer noch verliebt. Nie im Leben würde er an seiner Ehefrau herumkritteln oder sie gar als Person infrage stellen oder auch nur vermuten, dass sie Kontakt zu einer Gestalt von früher gehabt hatte, von der er nichts wusste.

»Briefalux Dresden«, sagte er und reichte Heike ein Glas. »Schon mal gehört?«

Sie schüttelte den Kopf.

»Briefalux! Oder Feinpapier Neu Kaliß?«

»Nein.«

Er streifte die Schuhe ab, sie fielen neben den Flokati, und lockerte den Hemdkragen.

»Neu Kaliß liegt in der DDR«, erklärte er. »Dresden natürlich auch, aber stell dir vor, wir haben das unglaubliche Angebot bekommen, in das Geschäft mit Ostwaren einzusteigen.«

»Was für Ostwaren?«

»Schreibwaren aus der DDR!«

»Ach so.« Heike rückte zur Seite. »Magst du dich nicht neben mich setzen?«

Aber Peter blieb stehen: »Jetzt stoß doch mal mit mir an! Herrmann vom Großhandel war bei mir im Laden, und weißt du was? Er hat seine Kontakte zur Bundesregierung genutzt und sich nach der Ständigen Vertretung der DDR erkundigt, die bald in Bonn eröffnet wird. Die Sache ist groß, Heike. Es kommen sage und schreibe hundert Leute aus der DDR zu uns. Männer, Frauen und Kinder.«

»Kinder aus der DDR?«

»Ja! Ganze Familien. Herrmann weiß das aus erster Hand, er hat mit Günter Guillaume darüber gesprochen. Die Bundesregierung wünscht sich wohl, dass die Familien aus dem Osten bei uns in Bonn auf nichts verzichten müssen – und da kommen wir Geschäftsleute ins Spiel. Herrmann soll dafür sorgen, dass die DDR-Bürger mit Schreibwaren ausgestattet werden. Die Kinder brauchen Füller und Schulhefte, die Erwachsenen Briefpapier – und sie dürfen vermutlich keine Westwaren benutzen. Also will Herrmann das Material aus dem Osten nach Bonn importieren, und er sucht Einzelhändler, die es für ihn hier vor Ort verkaufen.«

Peter nahm einen großen Schluck Cognac und ließ sich neben Heike auf das Sofa fallen. Sie faltete die Hände. Es ist eine Frage der Reihenfolge, dachte sie. Sie waren zwei Personen und hatten zwei Themen, und es sprach wahrscheinlich nichts dagegen, erst einmal bei Peters Thema zu bleiben und das Problem mit Buttermann auf später zu verschieben.

»Leute aus der DDR sollen also bei uns einkaufen?« Sie musste sich konzentrieren. »Wie soll das denn aussehen, Peter?«

»Keine Ahnung. Aber die Bundesregierung, vor allem Willy Brandt persönlich, erwartet, dass wir die Ost-West-Versöhnung an der Basis praktizieren.«

»Quatsch. Hat Herrmann das so erzählt?«

»Herrmann hat es von Günter Guillaume gehört, und als persönlicher Referent des Bundeskanzlers wird der es ja wissen.«

»Und jetzt?« Heike nippte am Cognac. »Ich denke, unser Laden eignet sich nicht dazu. Unseren Kunden würde es nicht gefallen.«

»Die Ständige Vertretung der DDR wird in unserem Einzugsbereich liegen. Diplomatenallee 18, das ist nicht weit von uns. Wir würden sogar eine Geldspritze bekommen, wenn wir unser Sortiment Richtung Osten erweitern. Günter Guillaume verspricht jedem Einzelhändler, der mitzieht, finanzielle Unterstützung.«

»Gibt er uns das schriftlich?«

»Mensch, Heike, in Bonn werden längst Geschäfte mit der DDR gemacht. Wenn wir nicht aufpassen, rollt der Rubel an uns vorbei. Allein für Immobilien sind schon Millionen D-Mark über den Tisch gegangen. Guck dir mal die fette Villa in Bornheim an, wo der Chefdiplomat der DDR wohnen wird. Oder das Chauffeurhaus in der Nähe, das doppelt so groß ist wie unser Zuhause. Der Sozialismus lässt sich nicht lumpen! Außerdem werden achtzig bis neunzig DDR-Mitarbeiter in der Pariser Straße in Auerberg unterkommen. Das musst du mal überschlagen: Da sind gigantische Kauf- und Mietverträge geschlossen worden, und zwar zwischen der DDR und einer sehr klugen Bonner Familie, die zur rechten Zeit am rechten Ort war, um abzukassieren.«

»Oder es gab Kontakte – die wir nicht haben, Peter.«

»Doch. Zu Herrmann, der sich im Interesse der Schreibwarenbranche den Referenten im Kanzleramt warmhält.«

Erschöpft lehnte Heike den Kopf an Peters Schulter. Ihre Zunge war ein wenig taub von dem Cognac, und eigentlich müsste im Fernsehen jetzt gleich die Tagesschau beginnen.

Sie nahm Peters Hand und sagte: »Ich möchte, dass wir alles so lassen, wie es ist.«

»Ich nicht.« Er drückte kurz ihre Finger. »Außerdem wird Herrmann keine Ruhe geben. Die Ständige Vertretung soll Anfang Mai eröffnet werden, das sind keine drei Monate mehr, und die Lieferverträge müssen so schnell wie möglich geschlossen werden.«

»Na und? Er kann uns doch nicht zwingen.«

»Das will er auch gar nicht, Heike! Aber wir müssen uns das doch wenigstens einmal durch den Kopf gehen lassen. Bitte!«

Jetzt rückte er von ihr ab, er musste enttäuscht sein. Heike spürte ein Kribbeln im Magen.

»Tut mir leid«, sagte sie. »Ich bin heute nicht ganz auf der Höhe.«

»Das merke ich.« Er stand auf und drehte den Fernseher lauter, sodass der Gong der Tagesschau durchs

Zimmer dröhnte. Dann blieb er stehen, die Arme verschränkt, hatte aber schon nach der ersten Meldung genug und stellte den Ton wieder ab.

»Ich verstehe nicht, warum dich das nicht interessiert, Heike. Ich habe die Mustermappen gesehen, Herrmann hatte die tollsten Dinge aus dem Osten im Koffer. Briefalux, Hermes DIN A5. Buntpapier. Zehn Seiten, zehn Farben. Eine bessere Qualität, als ich erwartet hätte.«

»Ja, ich will dir doch gar nichts vermiesen, Peter. Wenn du es unbedingt ausprobieren möchtest, sträube ich mich nicht.«

»Danke. Allerdings müsstest du erst einmal Platz im Laden schaffen. Unsere Regale sind nämlich voll – weil du Bütten bestellt hast. Extrem kostspieliges Zeug, wie ich wieder einmal festgestellt habe.«

Heike stutzte. Vor Überraschung wurde sie rot. Peter sah weg, aber seine Stimme wurde immerhin sanfter: »Für unsere Kunden ist das Bütten, das du aussuchst, viel zu teuer, Heike. Nicht einmal die Bundestagspräsidentin wird es kaufen, und du hast unser Budget mit zweihundertfünfzig Mark belastet. Vollkommen außer der Reihe und … Ach, so was hast du schon lange nicht mehr getan! Ohne Absprache.«

»Ich schicke das Papier zurück. Es sollte sowieso nur für mich sein. Zum Angucken. Tut mir leid.«

Noch Stunden später saß Heike im Wohnzimmer, Peter war längst zu Bett gegangen, und was hatte sie ihm nicht alles versprochen: was sie künftig besser machen wollte und was sie beim nächsten Mal miteinander absprechen würden. Aber sie hatte sich auch wie eine Lügnerin gefühlt oder wie eine Hochstaplerin, die mehr vorgab, als sie zu schaffen vermochte.

Es fiel ihr schwer, einen Plan für sich zu entwerfen. Sie kannte sich nicht gut mit sich selbst aus und fand Peters Verhalten oft schlüssiger als ihr eigenes. Außerdem fehlten ihr Alternativen. Je mehr sie jemandem gefallen wollte, je strenger sie sich an die Kandare nahm, umso mehr irritierte sie sich selbst. Denn in ihr passte so wenig zusammen. Sie lebte in diesem Haus mit Peter und den Kindern, und zwar ausgesprochen gerne. Trotzdem warf sich manchmal ihr Herz auf. Da war die raue Stelle, die Unebenheit, die sich nicht beseitigen ließ. Der Abdruck des alten Prägestempels der Graphologie.

Ein P für *Peter* konnte steif sein wie ein Stock. In das Papier gekratzt mit einer schnellen Bewegung von unten nach oben und einer scharfen Kurve zum Schluss. Aber ein P konnte auch auf einem gerundeten Fuß stehen, konnte ein offenes Dach tragen oder eine festgezurrte Haube. Ein P war ein Grashalm, an den sich ein Regentropfen klammerte, oder ein Baum im Sturm.

In einer Handschrift offenbarte sich alles, was einen Menschen ausmachte, und das war intim, faszinierend. Wer es einmal begriff, den ließ es nie wieder los.

Früher, als Heike studiert hatte, hatten einige Graphologen die Meinung vertreten, die Hand werde beim Schreiben von der Seele geführt. Heike hatte das eher nüchtern betrachtet, oder vielleicht hatte sie schon damals an keine Seele mehr geglaubt. Für sie war das

Schreiben eine unwillkürliche Geste, eine Tätigkeit, die sich vollständig der Kontrolle des Verstandes entzog. Eine Mimik ließ sich schulen, eine Stimme beherrschen, die Körperhaltung verbessern, Angstschweiß übertünchen, und wenn man es übte, konnte man sogar lautlos atmen. Die Schrift aber floss roh aus dem Menschen heraus und hinterließ auf dem Papier eine spektakuläre Fährte zum Innersten des Schreibers zurück.

Ein P mit Anfangsgirlande: ein Hinweis auf Minderwertigkeitsgefühle.

Ein P mit weit auswehender Haube: mangelndes Taktgefühl.

Natürlich reichte ein einzelnes P nicht aus, um ein Gesamturteil über eine Person zu fällen. Je länger ein Schriftstück war, umso mehr Aussagekraft besaß es, wobei auch Einkaufszettel, flüchtig hingeworfene Listen ihren Reiz entfalteten. Am allerbesten waren Briefe.

Ja, Heike liebte die Graphologie wohl noch immer. Schließlich hatte es auch Jahre gegeben, in denen jede Zelle ihres Körpers und jede Windung ihres Geistes davon erfüllt gewesen waren. Warum wunderte sie sich also, wenn sie die Wissenschaft heute manchmal vermisste? Oder wenn ihr das Verbot zu schaffen machte, das sie sich selbst auferlegt hatte? Nie wieder durfte sie ein Schriftstück analysieren, auch nicht in Gedanken, und auch nicht, wenn sie meinte, dass die Graphologie im Grunde lebensnotwendig war, weil nur die Schriftanalyse die Welt in ein erträgliches Lot bringen konnte. Wenn alles schwankte, hielt man sich an Buchstaben fest.

Buttermann hatte wahrscheinlich sehr früh erkannt, dass es mit Heike nicht gut gehen konnte. Eine Süchtige wird eines Tages zwangsläufig ihre Grenzen verlieren, und dann unterscheidet sie nicht mehr zwischen sich und dem Stoff und dem Desaster. Folglich hatte Buttermann es vor zehn Jahren leicht einfädeln können, dass Heike als Graphologin über die Stränge schlug:

»Überwinden Sie Ihre Spießigkeit«, hatte er gedrängt. »Bringen Sie sich mit Ihren Gefühlen in die Analyse ein, und schreiben Sie ein Gutachten über die vorliegende Person, das sich gewaschen hat.«

Heike war irritiert gewesen: »Ich kann nur Urteile fällen, die ich aus den Zeilen herauslese.«

»Eben nicht! Sie können alles, Fräulein Heike! Sie können im Handstreich bestimmen, dass die Freundin Ihres Bruders eine Schlampe ist.«

»Ohne faktische Gegebenheit in ihrer Schrift? Wo bleibt da die Graphologie?«

»Sie sind Graphologin, oder nicht? Und ist nicht alles, was Sie tun, eine Analyse und Einordnung zum Ziel einer Vorhersage? Niemand kann Sie davon abhalten, einmal in Ihrem wissenschaftlichen Rahmen zu experimentieren. Wie fühlt es sich an, Macht zu besitzen? Ein vernichtendes Gutachten zu erstellen? Als Graphologin sollten Sie Ihre Emotionen kennen, um verantwortungsvoll arbeiten zu können.«

»Was ich für die Freundin meines Bruders empfinde, weiß ich genau.«

»Aber Sie bremsen sich. Sie verurteilen sich vorauseilend für Ihre negativen Gedanken und werden dadurch nie erfahren, wie substanziell Ihre Gefühle sind. Ihre Eifersucht darf sein! Und wenn Sie sich einmal hineinstürzen, werden Sie das verstehen und sich von Ihrer Verkrampfung befreien. Ein Resultat übrigens, das viele Leute überraschen dürfte. Wobei ich verspreche, dass unsere Übung mein Büro hier nicht verlassen wird.«

Bestimmt hätte Heike nicht auf Buttermann gehört, wenn sie nicht ohnehin so durcheinander und aufgeregt gewesen wäre und wenn seine Worte nicht geklungen hätten, als stammten sie aus den Kursen, die in jenem Semester im Keller des Instituts stattfanden und von denen Heike ausgeschlossen worden war. »Die Triebstruktur der Gesellschaft.« – »Durch Purifikation zur Emotion des Mannes.«

Sie war es gewohnt gewesen, an der Uni alleine zu sein. Eine Einzelgängerin war sie, angeblich eine Streberin, die nichts wagte. Nur an jenem Abend in Buttermanns Büro fand sie es verlockend, sich den anderen einmal anzunähern. Sie ging aus sich heraus, um eine neue Dimension zu erschließen – als Experiment unter vier Augen, wie Buttermann es ihr versprochen hatte.

Doch das, was sich daraufhin ereignet hatte, war genauso wenig zu steuern gewesen wie Heikes Gefühle auf dem Papier. In einem rasenden Tempo war die Katastrophe herangewachsen, und als Heike gerade noch überlegt hatte, wie sie es ihrem Bruder erklären sollte, dass das Gutachten bloß eine Übung gewesen war, war schon jemand ums Leben gekommen. Gestorben wegen Heike. Denn die Graphologie war nicht immer nur harmlos, sondern manchmal auch eine Waffe.

In der Nacht, vom Wohnzimmerfenster aus, wirkte die Straße schmutzig unter den hohen Laternen. Die Hecke warf Schatten. Linien, Tupfen und Schleifen. Der Rasen vor dem Reihenhaus war ein alter Streifen Löschpapier.

Heike litt unter der Versuchung. Sie wusste, dass auf der Flurkommode eine handgeschriebene Rechnung lag, denn der Schornsteinfeger war im Haus gewesen. Außerdem wartete seit Tagen der Gemeindebrief in der Kommode. Der Pfarrer hatte die Kinder eingeladen, für Ostern zu basteln, und die Gemeindeschwester hatte mit einem Kugelschreiber die Dinge ergänzt, die von zu Hause mitzubringen waren: *Bastelschere, drei ausgeblasene Eier, Zweige.* Ein großes Z. Ein *B*, dessen Verhältnis von Bauch zu Bauch tief blicken ließe, wenn Heike sich nur daransetzen würde. Aber nein. Sie durfte es nicht. Durfte sich nie wieder über einen anderen Menschen erheben.

Natürlich verlernte man nie, wie es ging, und es würde ihr auch keine Mühe machen, die Gemeindeschwester zu entschlüsseln. Im Keller, in der Nähe der kleinen Schreibmaschine, lag sogar noch eine Lupe, die für die Analyse nützlich wäre. Aber im Anschluss würde Heike sich grausen.

Die Hände im Morgenmantel vergraben, ging sie durchs Haus. Der Boden schien sich langsam zu drehen, das Teppichmuster irisierte.

Und plötzlich stand sie im Keller. Die Lupe neben der Schreibmaschine war staubig, sie würde sie bloß putzen und dann einmal anders verstauen, zum Beispiel hinten im Waschkeller, tief in dem Schrank mit den Babysachen, die Peter und sie ja auch nicht ernsthaft, sondern nur für alle Fälle aufbewahrten. Sie wussten noch nicht, ob sie ein drittes Kind wollten.

Im Schrank fand sie gelbe Söckchen, ein bunt geringeltes Mützchen und eine Häkeldecke, die gar nicht hierhergehörte. Unter der Decke lag eine Schallplatte – was ebenfalls nicht richtig war. *John Coltrane, A Love Supreme*, wohl eine Platte von Peter. Aus der Hülle fiel ein gefaltetes Blatt Papier heraus, der Durchschlag eines Briefes, zum Glück mit der Maschine getippt, also durfte Heike ihn lesen. Das Schreiben war alt, adressiert an das Reisebüro Kimmel am Friedensplatz, vor fast sieben Jahren.

Sehr geehrter Herr Jonas,

könnte ich in Raten zahlen? Ein Flug mit der Boeing wäre phantastisch für meine Frau und mich.

Die Fotos, die Sie mir vom Pinelawn Memorial Park gezeigt haben, gehen mir nicht aus dem Kopf. Block 4, Range 2. Ich werde das Grab finden und hoffe, dass in der Nähe jemand Saxophon spielt, so wie Sie es beschrieben haben. Nichts geht über diese Musik, sie ist das Größte! Supreme!

Die Rechnung hole ich persönlich ab, es wird eine Überraschung für meine Frau. Vermutlich wird sie die

```
Erste sein, die mich einen waghalsi-
gen Mann nennt, aber es wird sich
gut anfühlen.

Mit freundlichen Grüßen
(Peter Holländer)
```

Ob Heike die Schallplatte und den Brief mit nach oben nehmen sollte? Denn wenn heutzutage ein Karton Büttenpapier das Budget überstieg, wie wäre es dann wohl vor sieben Jahren mit der Reise gewesen? Zwar hatten sie das Flugzeug nie bestiegen, wahrscheinlich weil Heike schwanger gewesen und das Geld dadurch noch knapper geworden war. Aber allein dieser Plan! Und Peter hatte nie ein Wort darüber verloren.

Unschlüssig hielt sie das Vinyl in den Händen. *A Love Supreme*, sie kannte das Lied, hatte es aber nie so gemocht wie Peter. Und wenn sie es recht überlegte, wollte sie es ab sofort auch nicht mehr hören. Denn sie merkte, dass sie anfing, sich ein wenig zu ärgern. Über Peters gesamte Aktion! Das Geld – nein, das war ihr im Grunde egal. Genauso wie die Erinnerung daran, dass das Reisebüro Kimmel eines Tages nicht mehr bei ihnen eingekauft und sie sich immer gewundert hatte, warum. Aber dass Peter auf seine Reise verzichtet hatte! Und Heike ihm nie etwas angemerkt hatte! Warum war es ihm nicht schwergefallen? *Diese Musik ist das Größte?*

Sie war sicher, sie hätte es gewusst: wenn er heimlich enttäuscht gewesen wäre, weil die Familie seine Träume absorbiert hatte, wenn er Heike und den Kindern zuliebe Abstriche gemacht und damit gehadert hätte. So war er nicht! Er grämte sich nie über etwas, das sich nicht in die Tat umsetzen ließ, sondern nahm alles, wie es kam. Wanderte nachts auch nicht durchs Haus und verzweifelte, weil ihm ein ehemals Größtes abhandengekommen war. Lag einfach im Bett und schlief.

Und Heike? *Block 4, Range 2* … Wie fühlte es sich an, so viel Abstand zu seinen alten Wünschen zu nehmen? Für die Ehe ganz anders zu werden? Und warum gelang es Heike nicht so perfekt? Warum dachte sie so oft an ihr Größtes zurück?

Ihr Ärger schlug in heftige Scham um. Was Peter ihr schenkte, war mehr, als sie je wieder ausgleichen konnte.

Sie legte die Schallplatte mit dem Brief in den Schrank zurück, die Häkeldecke obenauf. Ihre Lupe aber nahm sie mit nach oben und warf sie in den Müll. Dann holte sie sich eine Bluna aus dem Kühlschrank und setzte sich an den Tisch, um sich zu beruhigen. Vor ihr an der Wand hing der Familienkalender. Die spärlichen Einträge, die sie selbst vorgenommen hatte, waren in Druckschrift geschrieben.

Ob Buttermann ahnte, auf welches Niveau sie inzwischen gesunken war? Ja, selbstverständlich. Er wusste so viel über Heike, hatte schon immer Einblick in alles genommen, was sie betraf. Bereits bei ihrer ersten Begegnung …

4.

Ostern 1950, man baute in Bonn bereits damals sehr viel. Fast rund um die Uhr war der Lärm zu hören. Pressluft, Bagger und Kettenfahrzeuge. Die kleine Stadt am Rhein war gerade Bundeshauptstadt geworden und brauchte Platz.

»Jetzt wird alles gut«, sagte der Vater und meinte vor allem den Laden. Der Bruder, Johann, lachte über die Eltern. Er war fünfzehn, fünf Jahre älter als Heike, und frech: »Den Blick geradeaus! Im Land der Massenmörder!« Wenn der Vater ihn schlug, war es ihm egal.

Der Bruder half auch nicht im Laden mit, obwohl es ständig so voll war. Die Leute wollten neue Zeitschriften kaufen, Briefe ins Ausland schreiben und ihre Dokumente, die sie nach dem Krieg nicht mehr brauchten, in samtene Mappen einschließen.

»Alles Nazis«, sagte Johann. »Gerade hier im Westen. Und wir verdienen mit ihnen Geld?«

Aber die neuen D-Mark-Scheine und Münzen fühlten sich gut an, der Vater legte die Einnahmen abends auf den Wohnzimmertisch. »Wenn wir dieses Geld nicht wollen, will es ein anderer«, sagte er. »Also halt die Klappe, Johann, und der Rest ist Politik.«

In jedes Haus in Bonn zog Politik ein, auch in die Kasernen. Wo immer sich eine Lücke auftat, wurde sie eilig geschlossen. Luxuskarossen parkten in Einfahrten, Soldaten hockten in offenen Wagen auf Plätzen. Johann freundete sich mit einer Horde von Lederjacken an.

Wenn Heike Glück hatte, nahm er sie nachmittags mit, die dumme kleine Schwester. Er besuchte mit ihr auch die Baugruben. Mit den Schuhspitzen ganz vorne am Rand, die Arme nach hinten gestreckt, spuckten sie beide in den Abgrund. Während der Schreibwarenladen aus allen Nähten platzte: Der Vater hatte die Öffnungszeiten verlängert und Handzettel mit Reklame verteilt. Abends trank er Schnaps zum Bier, um schneller einschlafen zu können.

Vom Vater hing ab, wie die Mutter gelaunt war, morgens sah Heike ängstlich nach. Die Mutter konnte singen oder still sein, und wenn sie erschöpft war, weil der Vater in der Nacht so lange herumgebrüllt hatte, schlug die Mutter Heike mit dem Kochlöffel auf den Kopf.

Es hing auch vom Vater ab, wann Johann nach Hause kam. Am liebsten schlich der Bruder sich früh am Abend ins Haus, wenn der Vater noch im Laden beschäftigt war und Johann Heike ungestört fragen konnte: »Hat er wieder was gemacht? Was denn genau? Kann ich mal sehen, ob es dir wehtut?«

Sonntags funktionierte das allerdings nicht. Johann ließ sich kaum blicken, und der Vater steigerte sich schon vor dem Kirchgang in seinen Ärger hinein. Ihm schmeckte nicht einmal mehr das Mittagessen, das die Mutter auf den Tisch stellte, und weil rechts der Platz seines Sohnes leer war, griff er nach links und drückte Heikes Hand in die heiße Suppe.

Als Johann davon erfuhr, waren bereits zwei Tage vergangen, und Heikes Hand sah aus wie gekocht. Johann wurde blass, schlug der Schnapsflasche im Wohnzimmer den Hals ab und schlitzte dem Vater damit das Hemd auf: »Ich mach dich kalt, wenn du Heike noch einmal anrührst!«

»Ach, ja? Dann sei zu Hause und pass auf sie auf!«

»Das werde ich, du Scheißkerl. Und wie.«

Aber Johann konnte sein Versprechen nicht halten, Heike hatte es gleich gewusst. Gerade sonntags waren die Lederjacken unterwegs, und wenn Heike dann zu Hause etwas widerfuhr, konnte sie es ihrem Bruder später nicht verraten, denn er hätte sich in Grund und Boden geschämt, sie im Stich gelassen zu haben – geändert hätte sich dadurch auch nichts.

Am schrecklichsten war das Osterfest, es hatte viele Tage, die wie Sonntage waren. Karfreitag ging es los, sämtliche Geschäfte hatten geschlossen, selbst die Baustellen ruhten, und 1950 wollte der Vater zu Karfreitag Heike im leeren Laden etwas beibringen.

Auf der anderen Straßenseite, dem Laden gegenüber, lag eine Wiese, auf der die Ruine eines kleinen Hauses stand. Vor dem Krieg musste dort ein Rheinfischer gelebt haben, Johann hatte vor Wochen aus den Trümmern einen Räucherofen gezogen, und die Mutter hatte aus einem Fischernetz einen Schutz gegen die Vögel im Kirschbaum gefertigt. Die Ruine hatte so viele Löcher, dass sie nicht bewohnbar war. Das Dach ragte als Gerippe in den Frühlingshimmel, die Seitenwände fehlten komplett. Nur im Erdgeschoss gab es noch so etwas wie Zimmer.

Trotzdem schien es seit Kurzem, als hätte das Grundstück einen neuen Besitzer bekommen, denn in der Ruine gingen Leute ein und aus. Sie fuhren mit Mopeds vor – »Rex, Kreidler, Lambretta«, erklärte Johann gern – und besetzten die Steinhaufen. Zündeten Kerzen inmitten der Trümmer an, sodass ein gemütliches Licht durch die Wandlöcher fiel. Einer spielte auch Gitarre. Er hieß Tilmann Kehrer, »bloß ein Studentenpfarrer«, sagte der Vater immer verächtlich.

Heike hatte Herrn Kehrer schon das Vaterunser singen hören, es hatte ein unheimliches Echo in der Ruine gegeben, aber die Mopedfahrer konnten auch andere Lieder mitbringen. Amerikanische Songs, Schlager und Jazz. Wilde Musik, sodass die Beine kaum stillzuhalten waren.

Als Heike Karfreitag jedenfalls mit dem Vater in den Laden kam, schloss er die Tür von innen ab. Kunden waren ja nicht zu erwarten. Dann ging er ins Hinterzimmer und postierte sich am düsteren Vorhang vor dem Fenster. Nach einer Weile zückte er sein Notizbuch und winkte Heike näher. Sie reichte ihm den Bleistift mit den schwarz-gelben Streifen und blickte, wie der Vater auch, durch einen Spalt in dem Vorhang nach draußen.

Aus der Wiese sprossen gelbe Blumen, die Sonne schien nach langer Zeit einmal wieder, und Herr Kehrer saß mit der Gitarre vorn an der Straße.

Mopeds knatterten, sogar Autos rollten heran. Es wurde gehupt und gelacht, manche Leute begrüßten sich mit einer Umarmung.

»Wenn das Schule macht«, flüsterte der Vater, »können wir unseren Laden vergessen.«

Warum?, wollte Heike fragen, aber er sprach schon weiter:

»Oder würdest du hier einkaufen gehen, wenn du ein wichtiger Politiker wärst? Wo Poussierstängel rumlungern, die nichts anderes zu tun haben, als zu rauchen und zu palavern?«

»Sie gehen auch in die Kirche«, flüsterte Heike. »Sie sind evangelisch.«

»Haha!« Er wurde lauter. »Evangelisch heißt, dass sie viel zu viel Zeit haben. Und sie haben keinen Vater mehr zu Hause, der ihnen den Hosenboden versohlt.«

Wirklich? Es waren heute Männer dabei, die selbst schon Väter sein könnten. Sie fuhren mit den Autos auf den Gehweg, während die Mopeds blauschwarze Schleifen zogen. Bloß: Wenn ein Fußgänger käme? Müsste er einen Bogen um die Versammlung herum machen.

Der Vater notierte etwas auf dem Notizblock. Zahlen, Buchstaben, also ein Autokennzeichen. Er hatte neulich schon einmal Notizen zur Polizei gebracht. Heike wusste, dass es Anzeigen gewesen waren.

Draußen legte Herr Kehrer die Gitarre weg und zog einen Apparat zwischen den Mauersteinen hervor. Es war ein Kofferradio! Musik erklang, und Heike hielt die Luft an. Der Vater verrenkte sich, um die Kennzeichen besser lesen zu können.

Da klopfte es plötzlich an der Ladentür. Laut und vernehmlich. Schnell drückte der Vater Heike den Block und den Bleistift in die Hand und eilte nach vorn. Zwei Männer und eine Frau standen draußen.

»Stimmt das?«, fragte die Frau. »Sie haben uns angezeigt, Herr Berger?«

Der Vater schüttelte den Kopf. »Die Hälfte der Nachbarn würde euch gerne anzeigen.«

»Wir tun doch keinem was zuleide!«

Ohne zu fragen drängten die Leute sich über die Schwelle, sie waren jünger als der Vater, aber er wich trotzdem zurück: »Ich darf doch wohl bitten!«

»Und ich darf mich vorstellen«, sagte einer der Männer. »Erik Buttermann mein Name, ich bin Dozent an der Uni und nicht bereit, mir etwas anhängen zu lassen.«

»Heike!«, rief der Vater in Richtung Hinterzimmer. »Haben wir Zeit, uns um fremde Leute zu kümmern?«

Beklommen legte Heike den Notizblock auf den Boden und verließ ihr Versteck. Der Vater zog ein lächelndes Gesicht.

»Wir basteln für Ostern«, sagte sie, weil ihr nichts anderes einfiel und weil sie die Last spürte, etwas zu erklären. Leider hielt sie immer noch den Stift in der Hand, und niemand durfte erfahren, was der Vater damit aufgeschrieben hatte.

»Wie süß«, die Frau ging in die Hocke. »Willst du bei dem schönen Wetter nicht mit nach draußen kommen?«

Die Frau war geschminkt. Heike ließ den Stift in beiden Fäusten verschwinden und sagte: »Wir sind noch nicht fertig mit Basteln.«

Der Mann, der Buttermann hieß, mischte sich ein. »Dein Vater bläst die Eier aus, oder?«

»Nein.«

»Sondern?«

Alle starrten Heike an, auch der Vater. Sie dachte

aufgeregt nach, aber sie kam nicht darauf, was sie schon wieder antworten könnte. Denn der Vater bastelte in Wahrheit ja nie. Einmal hatte er Kleber in Heikes Schulheft geschmiert, aber nur zur Strafe, weil sie so unordentlich gewesen war.

»*Ei ei ei, Maria*«, sang die Frau plötzlich mit heller Stimme und streckte die Arme nach Heike aus. »*Maria von Bahia, jeder der dich tanzen sieht, träumt nur noch von Maria.*«

Das war lustig, ein komisches Lied, und die Frau musste selbst lachen. Hatte sie es denn ernst gemeint, dass Heike mit ihr kommen sollte? Wenn Johann das gehört hätte! Er wäre neidisch geworden und brauchte sich nie wieder für seine kleine Schwester zu schämen, denn sie fiel offenbar nicht ständig allen Leuten auf die Nerven.

Der Vater räusperte sich. »Heike, sag du unserem Besuch mal, dass wir nicht die Übeltäter sind, die sie suchen. Kindermund tut Wahrheit kund, und Schreibwaren Berger hält sich aus jedem Kleinkrieg raus.«

Heike öffnete den Mund, aber nein, sie sollte … was? Der Stift fiel zu Boden. Da langte die Frau nach vorn, packte Heike einfach an den Handgelenken und zog sie mit sich durch die Tür, auf die Straße, zu den Leuten.

»*Ei ei ei Maria, Maria von Bahia. Alles, was mein Herz begehrt, das gabst du mir, Maria.*«

Schon wurde Heike herumgewirbelt, die Frau hielt sie fest und drehte sich mit ihr im Kreis, immer rund, immer schneller, die Männer sangen und klatschten.

»*Und wenn der Wind von Westen weht, frag ich, wo ein Dampfer steht, der auf Kurs Bahia geht.*«

Wo war der Vater, wo war der Laden? Der Griff tat mittlerweile weh. Die Beine flogen, die Schuhe, die blanken guten Osterschuhe schrubbten über den Boden, das würde die Mutter ärgern, Heike stemmte sich ängstlich dagegen. Zu spät, sie stolperte, rutschte der Frau aus den Händen und stürzte auf den Gehweg.

»Aber was machst du denn?«, rief die Frau erschrocken, und Heike blieb ein paar Herzschläge lang liegen.

Über den Asphalt und das Gras konnte sie weit auf das Ruinengrundstück sehen, zwischen den Beinen der Leute hindurch. Und da, an der hinteren Ecke der Mauer, stand ja der Bruder! Johann! Er rauchte. Und drehte sich weg.

»Alles okay?«

Pfarrer Kehrer beugte sich über Heike. Neben ihm tauchten zwei Polizisten auf.

»Alles flott, junges Fräulein?«

Bevor sie antworten konnte, zog man sie wieder hoch. Die Wollstrumpfhose war dreckig geworden, die Schuhe hatten Schrammen. Johann war nicht mehr zu sehen.

»Du bist doch die kleine Heike Berger«, sagte der eine Polizist. »Was hast du hier bei den Studenten zu suchen?«

»Heike!« Von der Ladentür aus winkte der Vater. Hatte er etwa die ganze Zeit dort gestanden? Sein Gesicht war wie aus Stein.

»Ganz schön kess, kleines Fräulein.« Der Polizist schubste Heike Richtung Laden und rief: »Passen Sie besser auf sie auf, Herr Berger!«

»Das ist leicht gesagt!«, antwortete der Vater. Pfarrer Kehrer und die Polizisten lachten.

»Papa«, bat Heike. »Ich wollte das nicht.«

Aber der Vater drehte schon den Schlüssel in der Tür um.

»Nein«, bat sie noch einmal. »Bitte nicht!«

Er drängte sie ins Hinterzimmer. Legte die Krawatte zur Seite. Holte aus und traf erst ihr Gesicht, dann die Arme. Schlug ihr mit der Faust auf den Rücken. Warf sie zu Boden, auf das Linoleum, und löste den Gürtel. Die Schnalle klirrte, aber er nahm das andere Ende, das klatschte.

Und er fing an zu schreien. Weil Heike ihn lächerlich gemacht hatte. Vor diesen Leuten! Und weil ihr jeder unter den Rock geguckt hatte, während sie unbedingt hatte herumtanzen wollen. Ob sie sich wenigstens geschämt hatte, so wie der Vater sich für sie hatte schämen müssen?

Er riss an ihren Haaren, ihr Kopf dröhnte, und hinter allem klimperte immer noch die Melodie:

Ei ei ei Maria. Jeder der dich tanzen sieht …

Am Ende war der Vater außer Atem, und ihm lief die Nase. Wo war die Krawatte? Heike kroch zur Seite, klein und fast unsichtbar – dabei beachtete der Vater sie gar nicht mehr, sondern rieb sich den Nacken: »Gnade dir Gott.«

Aber Gott krepierte am Kreuz. Und an der Bürotür lag der Notizblock, den Heike vorhin abgelegt hatte. Der Vater hob ihn auf und suchte auch den Bleistift. Er hatte ja nur zwei Autokennzeichen geschafft an diesem Nachmittag, und wenigstens diese beiden wollte er aufs Polizeirevier bringen. Auch um den schlechten Eindruck wieder wettzumachen, den die Beamten durch Heikes Schuld von der Familie Berger hatten bekommen müssen.

Und da geschah es. Als der Vater die Ladentür wieder aufschloss und Heike noch einmal den Block und den Stift für ihn halten sollte, tat sie etwas hinter seinem Rücken: Sie veränderte die Notizen. Aus einem F machte sie ein P. Aus einem E ein B. Aus einer 6 eine 8.

Denn der Vater war allmächtig und würde es ewiglich bleiben. Aber Heike hatte trotzdem etwas entdeckt, das noch mächtiger war als er.

Guten Morgen!

Schon wieder schlecht geschlafen,
Liebling?
In der Küche war Bluna verschüttet.
Ich habe die Kinder mit in den Laden
genommen.
Du kannst in Ruhe frühstücken.
Liebe.

Peter

5.

Peters und Heikes Ehe lief auch deshalb so gut, weil sie sich niemals betranken. Eine Flasche Wein hielt ein ganzes Wochenende lang, und zu einem Glas Cognac, selbst wenn es überraschend eingeschenkt wurde, kam kein zweites hinzu. Nicht, weil sie es sich verkniffen, sondern weil sie es gar nicht anders wollten.

Allerdings hatte Heike dadurch auch verlernt, mit einem Kater umzugehen, und jetzt, in den Tagen nach der Diskussion über die Ostwaren für die DDR-Bürger war ihr wackelig zumute. Sie fühlte sich, als hätte sie sämtliche Regeln verletzt, sowohl während des Streitgesprächs (war es wirklich ein richtiger Streit gewesen?) als auch später, als sie im Keller Peters Brief an das Reisebüro gefunden und gelesen hatte – oder noch später, als sie in der Küche gesessen und es zugelassen hatte, an 1950 zu denken.

Sie hatte Fehler gemacht. Das war nicht zu ändern. Aber was ergab sich daraus? Und wann? Und würde es sich eigentlich als doppelt schlimm oder eher als gut erweisen, dass sie Peter immer noch nichts von Buttermanns Einladung zum Jubiläum erzählt hatte? Vor ihr lagen entscheidende Schritte. Aber erst musste es ihr besser gehen, so viel hatte sie gelernt.

Sie kannte ja ihre Phasen. Zeiten, in denen sie sich

durch ihren Alltag bewegte wie auf fremdem Terrain. Oder so, als verfügte sie normalerweise über Hinweisschilder, die ihr vorgaben, wie sie sich verhalten und wo sie entlanglaufen sollte, und als wären diese Schilder wegen einer emotionalen Ausschweifung plötzlich verschwunden, und es gäbe nichts mehr, das ihr helfen könnte. Oberste Priorität hatte dann, sich am Riemen zu reißen.

Aber es machte Heike Angst, dass ihre Phase diesmal so unmittelbar mit Professor Buttermann zusammenhing. Er durfte diese Macht über sie nicht besitzen! Und außerdem verstärkte es ihre Unsicherheit, dass auch Peter in diesen Tagen wie auf Eiern ging und sich offensichtlich vorgenommen hatte, Heike zu schonen. Er verlor kein Wort mehr über Herrmann und die Ostwaren oder Günter Guillaume und auch nicht über Heikes überteuertes Bütten. Stattdessen wollte er das protzige Papier sogar im Laden auslegen, anstatt es zur Papiermühle zurückzuschicken.

»Ich mag seine Textur«, behauptete er und hielt einen Bogen gegen das Licht. »Du hattest wie immer einen sehr guten Geschmack.«

»Nein, ich war unvernünftig«, erwiderte Heike. »Und ich gebe dir recht: Wir können dieses Papier nicht ernsthaft verkaufen, es ist für unsere Kunden zu teuer.«

»Für die öffentliche Hand vielleicht. Aber für einen privaten Liebhaber? Einen Fachmann, der plötzlich hereinschneit?«

»Peter, bitte. Wir haben keinen Platz im Laden, wie du selbst gesagt hast, und es ist überhaupt nicht nötig, dass du mir zuliebe deine Meinung änderst.«

»Doch. Als dein Ehemann darf ich ändern oder beibehalten, was ich will, und ich will alles, was dir guttut.«

Heike wusste, dass sie das nicht verdiente. Gleichzeitig wünschte sie dringend, sich auf Peters Worte verlassen zu können. Man musste im Leben auf so vieles gefasst sein, ein Lächeln konnte jederzeit sein Maul aufreißen, in einem Tintenklecks konnte man ertrinken. Aber man sollte auch das Gute sehen: Sie waren seit Jahren glücklich verheiratet und hielten es bestens miteinander aus. Ihre Kinder, Anne und Michael, spielten auch heute wieder artig im Hinterzimmer und hatten ein Anrecht darauf, dass Heike dem Zusammenhalt der Familie vertraute.

A Love Supreme. Ob sie sich für Peter auch einmal eine Überraschung ausdenken sollte? Ihm ein riesengroßes Geschenk machen sollte, um Danke zu sagen? *Block 4, Range 2* – sie wusste nicht einmal, was das war.

Als der Postbote hereinkam und einen Katalog und zwei Briefe brachte, die er auf das Tischchen am Eingang warf, johlten die Kinder gerade besonders fröhlich im Hinterzimmer herum.

»Was ist denn hier los?«, fragte der Postbote freundlich. »Ein Familientag auf der Arbeit? Na, da kann man ja neidisch werden!«

Peter lachte stolz und sagte: »Unser Schreibwarengeschäft war nie von der Familie zu trennen. Wir führen es in zweiter Generation.«

»Aber das weiß ich doch.« Der Postbote hob einen Finger. »Und es ist gut, wenn Sie Ihre Kinder schon eingewöhnen. Früh übt sich, und heutzutage bekommt der Nachwuchs allzu leicht Flausen im Kopf. Ist denn heute schulfrei?«

»Unsere Anne wird erst im Sommer eingeschult«, antwortete Peter. »Aber das bedeutet, in dreizehn Jahren, nach dem Abi, könnte sie durchaus den Laden übernehmen.«

»Abitur? Sie haben doch auch einen Sohn?«

»Na und?« Peter blinzelte Heike zu. »Der Laden läuft bei uns über die Frauenlinie. Wir haben beste Erfahrungen damit!«

Sie sah ihn an, und wenn sie nicht sowieso schon angeschlagen gewesen wäre, hätten ihr spätestens jetzt die Knie gezittert.

Obwohl der Postbote zusah, gab sie Peter einen Kuss auf den Mund. Dann hörte sie die Ladenglocke, der Bote war diskret verschwunden, und sie kehrten zu ihrer Arbeit zurück.

Peter nahm die beiden Briefe vom Tischchen und studierte die Absender auf den Umschlägen. Der eine Brief war Werbung, der andere trug einen dicken offiziellen Stempel – etwa von der Universität? Wie Blitzeis fuhr Heike der Schreck in den Magen. Sie wollte den Brief an sich nehmen, da riss Peter den Umschlag schon auf. Es war das gleiche Papier, das gleiche Schriftstück, das Professor Buttermann an ihre Privatadresse ins Reihenhaus geschickt hatte. *25 Jahre Graphologie*. Die offizielle Einladung des Instituts.

»Hier«, sagte Peter lässig. »Wahrscheinlich ist das nichts für uns, aber ich dachte, du entscheidest das am besten selbst.«

Er reichte Heike das Schreiben, und sie hatte Mühe,

sich unter Kontrolle zu halten. Der Professor hatte nicht persönlich unterzeichnet, aber eine Stelle mit Textmarker angestrichen: *Um Antwort wird gebeten.* Und ganz oben im Adressfeld stand: *Peter Holländer und Frau.*

»Alles okay?«, fragte Peter. »Ich habe uns das schicken lassen, weil …«

»Schicken lassen von wem?«

»Wie hieß er noch?«

»Du kennst Professor Buttermann?«

»Richtig! Buttermann. Aber ich kenne ihn nicht besonders gut, sondern er kam neulich in den Laden und … Stimmt etwas nicht?«

»Er war bei dir? Hier?«

»Wieso nicht? Er hat erzählt, dass er früher jahrelang bei deinem Vater eingekauft hat. Du hast wohl als kleine Tochter des Hauses gern unter der Theke gesessen, und später hast du bei dem Professor studiert.«

»Ich … war nicht nur seine Studentin, sondern habe auch in seinem Büro am Institut gearbeitet. Er war … eine Art Mentor für mich in Graphologie, und dann …«

Heike stockte. Wie schlecht sie sich ausdrückte. Verquast und unverständlich und genau so, wie es sich nicht anhören durfte, nämlich als hätte sie etwas zu verbergen.

»Was ist denn los?«, fragte Peter. »Ich weiß ja … deine Unizeit … Und der Professor findet es auch immer noch schade, dass du keinen Abschluss gemacht hast. Aber er meinte auch, du hättest es im Leben unterm Strich gut getroffen. Das würdest du doch unterschreiben, hoffe ich?«

»Natürlich! Aber du hast ihm wegen der Einladung zum Jubiläum keine Hoffnungen gemacht, oder?«

»Nein. Obwohl es rein geschäftlich interessant sein könnte mitzufeiern, denn wie ich erfahren habe, war das Institut für Graphologie früher sehr eng mit dem Schreibwarenladen verbunden. Dein Vater hat die Graphologen in den Fünfzigern wohl mit allem versorgt, was sie brauchten, und der Professor hat sogar wörtlich gesagt: Das Institut verdankt dem Laden die Existenz.«

»Buttermann lügt.«

»Inwiefern?«

»Mama?« Anne stand plötzlich in der Tür zum Hinterzimmer. Die Zöpfe aufgelöst, die Stirn gerunzelt, sah sie Heike fragend an.

»Es ist alles gut.« Heike ging zu ihr und strich ihr über den Kopf, doch ihre Finger waren kalt und zitterten, und Anne lief lieber zu Peter. Er nahm sie an die Hand und holte auch Michael zu ihnen. Die drei waren ein perfektes Team. Da stopfte Heike den Brief in den Umschlag zurück und legte ihn ans hinterste Ende der Theke.

»Es ist so«, sagte sie. »Professor Buttermann hat schon auf mehreren Wegen versucht, mich zu der Feier einzuladen. Ich habe jedes Mal abgelehnt und bin entsetzt, dass er mich einfach nicht in Ruhe lässt.«

»Wirklich?«, fragte Peter. »Wann war das? Und was heißt das: auf mehreren Wegen?«

Sie hob Michael von Peters Arm und erklärte möglichst leichthin: »Ich wollte dich mit dieser Thematik verschonen, Peter. Entschuldige.«

»Also, man könnte meinen, es wäre irgendetwas

Schreckliches passiert«, erwiderte er. »Du bist so komisch.«

Sie drückte Michael an sich, weil er zu wild an ihrer Schulter turnte und an ihrem Haar zog.

»Lass uns heute Abend darüber reden«, sagte sie zu Peter. »Wenn die Kinder im Bett sind, in Ordnung?«

»Muss ich mir denn Sorgen machen?«, hakte er nach.

»Nein, aber es sollte sich auch nicht mehr aufschaukeln.« Sie setzte Michael auf den Boden. »Ich werde kurzen Prozess machen und Professor Buttermann zusagen. Ja, genau, ich schreibe ihm eine Nachricht, wir würden als Schreibwarenladen gern an der Feier teilnehmen, und am fraglichen Tag werde ich überraschend krank.«

»Mensch, Heike, das hast du doch nicht nötig!«, rief Peter. »Wenn du diese Einladung schon mehrfach abgelehnt hast, muss der Professor das akzeptieren. Ich will dich dabei auch unterstützen. Wenn er die Mustermappe zurückbringt, rede ich mit ihm.«

»Welche Mustermappe?«

»Die ich ihm ausgeliehen habe. Was ist? Hoffentlich war das nicht auch noch falsch?«

»Doch nicht die Mappe, die neben dem Telefon lag?«

»Hey! Das war ein uraltes Ding.«

Das durfte nicht wahr sein! Heike lief zum Tresen und durchsuchte die Fächer – aber vergeblich. Die Mappe war verschwunden! Die helle Unterlage, die sie als Schmierpapier benutzt hatte, und das war wirklich verheerend: Buttermann hatte es geschafft, in den Besitz ihrer Handschrift zu gelangen.

Bonn, im Februar 1974

Meine liebe Heike!
Was habe ich denn da ergattert? Ich sehe die Schrift einer Verfluchten. Holy shit! Früher strotzte Ihr kleines g vor Energie. Und jetzt?

Obwohl: hochinteressant. Aus wissenschaftlicher Sicht. Seminartitel: Vergleich einer Frauenschrift vor und nach acht Jahren Ehe.

Mögen Sie nicht? Wollen Sie es verhindern? Dann geben Sie sich einen Ruck. Kommen Sie zum Jubiläum. Mir blutet das Professorenherz, ich weiß nicht mehr, was ich tue.

Ihr hochwohlgeschätzter
Prof. Dr. E. Buttermann

Dies habe ich auf Ihrer alten Triumph Gabriele im Institut getippt

6.

Das Institut war hell erleuchtet, und schon weit vor dem Eingang sammelten sich Menschen. Dutzende, vielleicht sogar Hunderte Gäste, sehr junge Männer, Frauen und Mädchen in Jeans oder geblümten Kleidern und Hemden. Waren sie alle zum Jubiläumsfest eingeladen worden? Schriftlich, so wie Heike und Peter?

Es war ein Chaos aus Fahrrädern und Mopeds. Nur Autos fuhren nicht vor, also auch keine Dienstwagen oder gar Staatskarossen, keine Minister und möglicherweise auch keine Journalisten. An die Weltspitze war Professor Buttermann in den vergangenen Jahren offenbar doch nicht gekommen.

Aus dem Gebäude quoll laute Musik, Status Quo, es wurde gekreischt und gegrölt. Neben dem Transparent an der Fassade, 25 *Jahre Graphologie in Bonn*, hing ein Knäuel aus Girlanden. Achtlos drapiert, hatte es sich an einer Schnur verfangen.

Peter und Heike blieben in einiger Entfernung stehen und versuchten, einen Überblick zu gewinnen.

Jemand lachte hysterisch, jemand anderes sang grölend inmitten des Lärms, und Flaschen klirrten. An den Flanken des Instituts, in den Lichtschächten zum Keller, zuckten bunte Diskolampen. Eine Gruppe Mädchen rannte über die Gasse, an Peter und Heike vorbei. Die meisten von ihnen trugen Schuhe mit Plateausohlen, an den Jacken blinkten Pailletten. Eine Wolke Diorella war zu riechen, ein Mädchen geriet ins Rutschen.

Waren sie Studentinnen? Nein, dachte Heike. Sie sahen eher so aus, als gingen sie noch zur Schule. Allerdings konnte sie mit ihrer Einschätzung nicht sicher sein, denn sie hatte ja nicht nur zehn Jahre Wissenschaft verpasst, sondern auch eine ganze Studentenrevolution – und erst jetzt begriff sie das Ausmaß.

Lange Haare und Bärte. Brillen und sehr kurze Röcke. Natürlich war ihr das alles schon genauso im Schreibwarenladen oder sogar bei den Nachbarn in der Reihenhaussiedlung begegnet. Aber dass man so überschwänglich miteinander umging? Jeder mit jedem? Dass man sich anfasste, unterhakte, theatralisch in den Armen lag?

Und wie würde Professor Buttermann sich heute Abend verhalten? Würde er Peter und Heike in diesem Durcheinander überhaupt bemerken?

Heike verließ der Mut. Vielleicht hatte sie sich zu viel vorgenommen, als sie sich zur Flucht nach vorn entschlossen hatte und hierhergekommen war. Aber ihr war das Bild, das sie zuletzt vor ihrer Familie abgegeben hatte, selbst auf die Nerven gegangen. Sie wollte wieder die Alte sein! Und sie wollte dringend das Urteil wettmachen, das Buttermann so unverschämt über sie gefällt hatte. Von wegen, sie besaß keine Energie. Sie würde es ihm zeigen! Sie war auch nicht verflucht, und es war keineswegs die Schuld ihrer Ehe, dass ihre Handschrift geschrumpft war.

Auf der Straße war es kalt. Seit dem Nachmittag war

die Temperatur wieder unter null gefallen, und sowohl Heike als auch Peter trugen nur dünne Schnürschuhe und die feinen, nicht besonders warmen Schlaghosen. Peter wippte in den Knien, um sich zu wärmen, und verfiel dabei in den Rhythmus der Musik, die grotesk verzerrt aus dem Institut drang. Joints waren zu riechen, und wenn Heike es richtig sah, stand oben auf dem alten Briefkasten eine Batterie Bierflaschen.

»ZZ Top«, sagte Peter und legte einen Arm um Heikes Schultern. »Also, wollen wir?« Unvermittelt schob er sie nach vorn.

»Lass das!«, rief sie, aber es wurde schnell so eng im Gewühl, dass sie nicht mehr ausbrechen konnte. Sie trat einem Mann in die Ferse, spürte Ellbogen rechts und links und hörte schließlich auf, sich zu sträuben. So viele Menschen! Und wen von ihnen kannte sie wohl, oder – schwieriger: Wer würde in ihr noch die Heike Berger von früher erkennen? Ein Kommilitone von damals oder die Institutssekretärin Frau Hartmann, die Einzige, die in der finalen Katastrophe zu ihr gehalten hatte? Nein, Heike entdeckte niemand Bekanntes. Sie sind alle zu jung, dachte sie. Viel zu jung, als dass sie vor zehn Jahren schon an der Uni gewesen sein könnten. Und dann schoss ihr noch ein anderer Gedanke durch den Kopf: Waren überhaupt ernsthafte Graphologen zur Party gekommen?

»Ich bleibe dicht bei dir«, hörte sie Peter an ihrem Ohr. Im Zickzack näherten sie sich der Eingangstür, der Pulk wogte. Irgendwo vor ihnen verlor jemand den Halt, die Menge stolperte im Kollektiv hinterher. Ein Stoß, ein Sprung, und schon wurde Heike in den

Eingang gedrückt – und stand drinnen. Im Institut für Graphologie.

An den Wänden klebten die blassblauen Kacheln von früher. Rauchschwaden hingen unter den Neonröhren, es roch nach Gras, Schweiß und Bier. Aus dem Keller gellten Lachsalven und E-Gitarren. »Die Treppe!«, rief Peter Heike ins Ohr und dirigierte sie zu den Stufen, nach unten, dem Lärm entgegen.

Eine Lichtorgel zuckte, eine Nebelmaschine pumpte. Heike spürte Scherben unter den Schuhen und war froh, als sie in einen Seitenflur des Kellers gelangten, in dem es ein wenig leerer war.

An der Wand reihten sich Tische auf, schmutzige Teller und Schüsseln stapelten sich auf den Platten. Offenbar war hier ein Büfett gewesen, und obwohl die Feier offiziell noch nicht lange lief, wirkte es, als wäre schon vor Stunden gegessen und gebechert worden.

Sie riss sich den Mantel herunter, auch Peter schwitzte. Sein Hemd saß eng und spannte an Brust und Bauch. Zu Hause hatte es ihn noch gestört, aber jetzt öffnete er einfach die drei oberen Knöpfe und lachte über sich selbst, bevor er sich bückte, um die Mäntel unter einem der Tische zu verstauen.

Eine Frau im Minirock flirtete ihn an und verzog sich erst, als sie Heike bemerkte. Auch darüber amüsierte Peter sich, nahm dann aber Heikes Hand, um sich mit ihr gemeinsam umzusehen.

Im alten Archiv, einen Raum weiter, wurde getanzt. Die Luft war zum Schneiden, doch am meisten setzte Heike der Anblick der einst vertrauten Räume zu. Die Regale waren mit Plastikplanen verhüllt, in denen

Löcher klafften oder die sogar in Fetzen herunterhingen. Ordner und Schuber waren umgestürzt. Die Signaturen – gab es denn noch Signaturen?

Wie betäubt schob sie sich durch die Menge, an mannshohen Boxen vorbei. Eine Querflöte schrillte, ein Bass knallte, ein Schlagzeugsolo brach durch. Und da! Da drüben war der Professor! In der Mitte der Tanzfläche wiegte er sich. Festlich gekleidet, ausgerechnet er trug als Einziger einen dunklen Anzug. Sein Haar klebte am Kopf, der Schnurrbart auch. Mit geschlossenen Augen tat er, als spielte er Keyboard. Vier, fünf Frauen bildeten einen Kreis um ihn. Es waren strahlend junge Geschöpfe, Erstsemester vielleicht, die auf ein Wort von ihm hofften, wie früher.

Auch Peter hatte den Professor entdeckt und zog ein spöttisches Gesicht. Heike gab ihm ein Zeichen, dass sie sich nun doch wieder zurückziehen wollte, sie hielt es hier keine Sekunde mehr aus. Aber es war schon zu spät. Buttermann riss die Augen auf und starrte zu ihnen herüber. Auch die fünf Geschöpfe drehten sich um und musterten sie.

»Was auch immer er tun wird, wir lassen uns nicht provozieren«, sagte Heike zu Peter. Da ruderte der Professor schon heran.

»Sie kommen tatsächlich!«, rief er Heike zu. »Und dann auch noch in Begleitung.«

»Guten Abend.«

»Ihr Gatte sieht kolossal aus! Ganz anders als neulich in Ihrem Schreibwarenladen. Nein, das muss Ihnen nicht peinlich sein, Heike. Wobei, Ihre Handschrift, na ja. Sie sind noch gehemmter als früher!«

»Guten Abend«, ging Peter dazwischen. »Was haben Sie gerade gesagt?«

»Tanzen Sie!«, rief der Professor. »Trinken Sie! Darf ich Sie zu etwas einladen?«

Ohne eine Antwort abzuwarten, drehte Buttermann sich wieder um und scharwenzelte zu seinen Geschöpfen zurück. Heike wurde übel, und sie hätte es eigentlich wissen müssen: In diesem Chaos-Keller bekam sie keine Chance. Wenn Buttermann sie einlud, konnte es nicht gut ausgehen. Sie beobachtete, wie er sich auf der Tanzfläche eine der Frauen schnappte, einen Suzi-Quatro-Verschnitt.

»Du bist gehemmt?«, fragte Peter. »Das hat er gesagt? Gott, ist der Typ bescheuert.«

»Hauptsache, er hat gesehen, dass wir hier waren«, erwiderte Heike. »Wir können wieder abhauen.«

»Nö.«

»Bitte?«

»Wir feiern. Jetzt erst recht.«

»Aber doch nicht hier, Peter! Nicht mit ihm!«

»Der soll sich noch wundern. Erst legt er sich ins Zeug, dass du zu seiner Fete kommst, und dann behandelt er dich so dämlich? Das habe ich doch richtig gehört?«

»Ach, Peter ...«

»Außerdem ist er nicht der einzige Bekannte, den du hier hast. Vielleicht kannst du dich ja doch noch entspannen.«

Erschrocken folgte Heike seinem Blick. Vom Rand der Tanzfläche winkte eine kleine Person herüber – wie war es möglich? Da stand die Frau vom Wachdienst, die Heike neulich frühmorgens am Institutsbriefkasten getroffen hatte! Heute trug die Frau Zivil und zog ein Gesicht, als wollte sie fragen, ob sie sich Heike nähern dürfte oder nicht.

»Geh ruhig zu ihr«, sagte Peter. »Alte Unizeiten?«

»Nee. Nicht direkt.«

»Na gut, ich hole uns jetzt trotzdem zwei Bier. Die Hitze hält man ja nicht aus.«

Er angelte in seiner Hemdtasche nach Geld, und Heike überlegte, was er wohl denken würde, wenn er mitbekäme, woher sie die Wachfrau kannte. Oder wenn die Frau erzählen würde, dass Heike sich geweigert hatte, ihren Namen zu nennen. Der Abend wurde immer komplizierter.

Und jetzt kam auch noch ein fremder Mann angetanzt, ein Kerl mit langen schwarzen Haaren und einer Apfelkornflasche unter dem Arm. Ohne zu fragen, drückte er Heike und Peter je ein Glas in die Hand und schenkte umstandslos ein.

»Bisschen laut hier, was?«, rief er.

»Danke, ich möchte nichts trinken«, sagte Heike.

»Nicht einen einzigen Schnaps? Wenn er umsonst ist?«

»Nein.«

Heike gab dem Mann das Glas zurück, aber er reichte es an Peter weiter, der tatsächlich mit ihm anstieß und beide Schnäpse hintereinander wegtrank. Sofort goss der Mann die Gläser wieder voll und verwickelte Peter in ein Gespräch über die Musik – während Heike gewahr wurde, dass sich die Wachfrau langsam, aber sicher zu ihnen heranschob.

»Bin gleich wieder da«, sagte Heike eilig zu Peter und ging der Frau vorsichtshalber entgegen.

»Hallo, Wachdienst«, rief sie gegen die Musik an. »Ich habe Sie fast nicht erkannt.«

»Ja, irrer Zufall, dass wir uns treffen!«, rief die Frau fröhlich zurück. »Aber ich bin privat hier! Sie auch? Dann können wir uns duzen.«

»Ich bin immer privat.«

»Sabine.«

»Heike.«

Etwas hölzern gaben sie sich die Hand. Sabines Top war kess um den Nacken geknotet, die Stiefel reichten ihr bis an die Knie. Nur die Frisur wirkte heute braver als neulich. Der Pony war abgesäbelt worden, und an den Seiten saßen glitzernde Spangen.

»Ich bin eigentlich schon wieder auf dem Sprung«, sagte Heike. »Ist nicht so mein Fall hier.«

»Echt? Also ich finde die Fete super. Habe auch noch nie zwischen so vielen Büchern getanzt.«

»Aha. Neulich wusstest du noch nicht, was Graphologie ist, und heute bist du schon beim Jubiläum dabei.«

Sabine lachte. »Und du? Hast angeblich nichts mit der Uni zu tun, kommst aber sogar mit deinem Mann hierher? Das dahinten ist doch dein Mann? Oder dein Freund?«

»Mein Ehemann.«

»Glückwunsch. Aber er übertreibt es ein bisschen. Er sollte das Zeug nicht trinken.«

»Welches Zeug?«

»Hier ist einiges im Umlauf. Oder kennst du den Kerl, der deinen Mann gerade abfüllt?«

Heike drehte sich um. Peter hatte schon wieder beide Gläser voll. War es zum dritten oder zum vierten Mal? Und der langhaarige Typ legte ihm eine Hand auf die Schulter, dann sogar an die Wange, es sah merkwürdig aus. Aber als Heike sich wieder umwandte, um bei Sabine noch einmal nachzuhaken, war sie verschwunden. Stattdessen stand Professor Buttermann da: »Alles im Lot, Fräulein Heike?«

Was ging denn hier vor sich?

Die Musik drehte ohrenbetäubend auf. Energisch boxte Heike sich zu Peter zurück, der sie aber gar nicht beachtete, sondern wie ein Wasserfall auf den Mann einredete, *hell raiser, star chaser, diese Musik ist das Größte*, Heike konnte ihn kaum verstehen. Und als sie ihn antippte: »Kommst du mit?«, hob er nur die Schnapsgläser: »Prost.« Sein Kopf war rot, die Augen glänzten dunkel und riesig, und Heike dachte, dass Sabine recht gehabt hatte. Peter hätte den Apfelkorn unbedingt aus dem Leib lassen sollen. Irgendetwas war mit dem Gesöff nicht in Ordnung.

Sie griff nach den Gläsern, um sie ihm abzunehmen, aber sie rutschten ihr dabei aus den Händen und zerbarsten am Boden, sodass der Schnaps auf Peters Schuhe spritzte. Der Mann mit den schwarzen Haaren kreischte entzückt, und auch Professor Buttermann, der Heike schon wieder auf die Pelle rückte, amüsierte sich prächtig: »So wüst! Na, na!« Buttermann trat in die Apfelkornlache, verlor das Gleichgewicht und landete mit seinem harten Absatz auf Heikes Schuh. »Oh, Entschuldigung!« Er hielt sich an ihr fest. »Tut es weh? In meinem Büro habe ich Eisbeutel, wir sollten Ihren Fuß kühlen.«

»Nicht nötig.« Sie stieß ihn zurück. Und was war mit Peter? Sie wollte endlich abhauen, aber Peter starrte sie an, als ob er nichts mehr kapierte, und als sie ihn mit sich ziehen wollte, schüttelte er sie ab. Was war das für ein Blick? Und dieses Hampeln: Er wollte doch nicht tanzen? Mit dem fremden Mann?

Empört und enttäuscht ging Heike davon. Sie suchte die Tische, unter denen Peter vorhin die Mäntel verstaut hatte. Zur Not würde sie allein nach oben gehen – und vielleicht auf ihn warten.

»Ein Drama«, sagte Buttermann hinter ihr. »Sie tanzen nicht, Sie trinken nicht, und dann entpuppt sich Ihr alter Professor auch noch als Trampel.«

Die Mäntel wie einen Schutzschild an ihre Brust gepresst, wollte sie an Buttermann vorbeigehen. Er aber griff sie unvermittelt an, warf sie mit einer blitzschnellen Bewegung nach hinten, sodass sie mit dem Rücken gegen die Wand stieß.

»Was fällt Ihnen ein?«, rief sie.

»Früher haben Sie mich besser verstanden.« Er hielt sie fest. »Sie hätten sich auch nicht geweigert, mit mir ins Büro zu gehen, Fräulein Heike.«

»Hauen Sie ab!«

Sie hatte Angst, aber bei der Menge an Leuten konnte ihr doch hier nichts passieren?

Buttermann beugte sich dicht über sie. »Denken Sie an damals«, sagte er. »An uns. Und an Ihren Bruder.«

Mit Wucht trat sie gegen sein Schienbein, es tat ihr gut, beeindruckte ihn aber wenig, er drängte sie nur noch gröber an die Wand. Und er suchte ihren Blick. Wollte, dass sie ihm zuhörte, wirkte ganz anders als eben beim Tanzen, klarer und konzentrierter, wie konnte das sein? Und – Bruder? Hatte er wirklich »Bruder« gesagt?

»Sie beide waren so ein schönes Paar«, fuhr er fort. »Ein Geschwisterpaar, wenn ich das erwähnen darf. Wobei ich natürlich ehrlich sein muss: Ihr Bruder ekelt sich immer noch vor Ihnen. Ich habe ihn extra danach gefragt.«

»Als ob Sie mit meinem Bruder gesprochen hätten! Dass ich nicht lache!«

»Leise, Fräulein Heike, leise. Dann verrate ich Ihnen noch mehr.«

An der Kellerdecke über seinem Kopf setzte ein Stroboskop ein, die Blitze zuckten, und Buttermanns Brillengläser, so dicht vor Heike, schienen sich zu vervielfältigen.

»Es wäre schade, wenn Sie sich nicht mehr für Ihren Bruder interessieren«, sagte er eindringlich. »Johann ist nämlich kein Bundesbürger mehr, sondern ein Bürger der DDR.«

»Ach ja?«, rief sie und wollte sich ihren Schrecken nicht anmerken lassen. »Dann glaube ich erst recht nicht, dass Johann sich bei Ihnen gemeldet hat, Herr Professor. Aus der DDR heraus?«

Schnell legte er seine Hand auf ihren Mund. »Wichtig ist, dass Sie aufhören, sich zu quälen, Heike. Es war nämlich kein Wunder, dass Sie so lange nichts von ihm gehört haben. Es war auf keinen Fall Ihre Schuld!«

Jetzt muss ich ersticken, dachte sie und biss zu. Er zog seine Hand zurück. »Peter!«, rief sie aus Leibeskräften. »Peter!«

»Ach, ja, richtig, Ihr Peter!« Buttermann lächelte.

»Er ist süß, Ihr Mann, aber er kann Ihnen nicht das Wasser reichen. Weiß er eigentlich über Sie Bescheid?«

»Weiß das Institut über Sie Bescheid?«

Er lachte, und als er den Kopf in den Nacken legte und das Stroboskop wieder über seine Brille hackte, trat sie ihn noch einmal vors Scheinbein und wand sich mit aller Kraft, um sich zu befreien. Aber vergeblich, der Professor war so viel stärker als sie – und so massig, dass er sie mit seinem Körper gegen das Partyvolk abschirmte. Niemandem würde auffallen, wie er, der Institutsleiter, mit ihr an der Wand stand.

»Alles prima.« Er beugte sich wieder dicht über sie. »Ich könnte Sie und Ihren Bruder zusammenbringen, und Sie könnten sich dann endlich bei ihm entschuldigen, für damals, denn das wollen Sie doch? Dass Johann Ihnen verzeiht?«

Das Stroboskop stoppte, ein anderes Licht ging an, gelb, rot und blau. Heike spürte Buttermanns Atem am Ohr und warf sich zur Seite. Da packte er ihr Kinn.

»Wenn ich Sie mit Johann zusammenbringen soll«, raunte er, »müssen Sie mir einen Gefallen tun. Eine Hand wäscht die andere, das können Sie sich denken.«

Dann ließ er sie abrupt los, sie stolperte nach vorn – und entdeckte in diesem Moment auch Peter. Mit beiden Händen an der Wand, tastete er sich ihr entgegen und strahlte.

»Viel Freude noch«, sagte Buttermann. »Und übrigens, Heike: Ihr Bruder hat geheiratet. Nur seine Schrift macht mir Kummer, denn sie neigt sich immer noch nach links.«

7.

Nach links, dann runter, nach rechts, dann rauf, weit runter, wieder nach links und am Ende rechts rauf. Ein kleines *g* zu schreiben, verlangte der Hand viel ab. Kurven und Richtungswechsel auf engstem Raum, das Schleifenbild sollte gleichmäßig sein.

Die meisten Graphologen liebten diesen Buchstaben, denn er brachte die Menschen an ihre Grenzen. Nur zwei kleine Kringel waren zu ziehen, aber an jeden wurden eigene Ansprüche gestellt.

Der erste Kringel sollte rund und geschlossen sein, ein gemütlicher Bauch, und vielleicht weil sich dieser erste Teil des Buchstabens auf der Oberseite der Schreiblinie befand, strengte man sich mit ihm gerne an, wohingegen der untere Teil achtlos und aus dem Handgelenk heraus erledigt wurde.

Wie viele Arten, das kleine *g* zu schreiben, gab es? So viele, wie es Menschen gab. Und kaum jemand ahnte, was dieser Buchstabe zeigte.

Beherrschung oder Enthemmung. Spießertum (zu sehen im oberen Bereich) und Geltungsdrang (Unterzone). Egoismus (Schleife wehte nach links) oder Warmherzigkeit (Schleife wehte nach rechts). Gesteigerter Trieb (sehr langer Strich nach unten) oder Verklemmtheit (verkümmerter Strich).

Keine Graphologin, die etwas auf sich hielt, hätte einem anderen Graphologen ein selbst notiertes kleines *g* zukommen lassen. Eher hätte sie alternative Wörter verwendet, um den Buchstaben *g* zu vermeiden. Während andere Menschen *Vorschlag* schrieben, wählte die Graphologin lieber *Idee*. Aus dem Wort *Psychologie* machte sie *Seelenkunde*, und ein *graphologisches Schriftgutachten* wurde bei ihr selbstverständlich zur *Charakterstudie*.

»Aber der Professor hat über deinen Bruder gesprochen«, sagte Peter, der im Bett lag und die Stirn mit einem Lappen betupfte. »Das muss dich doch interessieren.«

»Der Professor hat meine Handschrift ergattert und meint, sich jetzt alles herausnehmen zu können«, erwiderte Heike und knöpfte ihre Strickjacke zu. Wie gern hätte sie auch das Fenster geschlossen, aber Peter brauchte frische Luft.

Draußen spielten die Nachbarskinder Verstecken. Immerhin war Anne aus den Stimmen herauszuhören, und das machte Heike Freude. Der Bonner Straßenverkehr rauschte. Ein Hubschrauber knatterte Richtung Stadt, es konnten die Amerikaner sein, die in die Rheinaue flogen.

»Einen Uniprofessor hatte ich mir ganz anders vorgestellt«, sagte Peter.

»Buttermann würde sich freuen, das zu hören.« Heike setzte sich wieder ans Bett. »Aber lass dich bloß nicht täuschen. Für ihn ist es das größte Vergnügen, andere Menschen herunterzuputzen, und er benutzt dafür ihre Schrift.«

»Irre, dass der Kerl deinen Bruder kennt. Da hat er mir einiges voraus.«

»Der Laden, ganz früher … Buttermann war ja Kunde, als wir noch Kinder waren.«

»Nein, er kennt deinen Bruder von heute! Johann hat geheiratet, hat er gesagt.«

»Ja. Und? Dass du das auf der Fete überhaupt mitgekriegt hast!«

»Bist du gar nicht neugierig, woher Buttermann das alles weiß?«

»Ich vermute, er hat es sich ausgedacht. Der Professor ist kein vertrauenswürdiger Typ, wie du sicher gemerkt hast.«

»Warum sollte er Geschichten über Johann erfinden?«

»Um sich vor mir aufzuspielen.«

»Meinst du? Warum?«

Peter legte den Lappen auf sein Gesicht und streckte sich seufzend unter der Bettdecke aus. Heike wartete einen Moment und atmete durch, dann schob sie ihm ein zweites Kissen unter den Kopf.

»Trink die Hühnerbrühe. Sie wird ja sonst kalt.«

Schon seit zwei Tagen hatte Peter nichts mehr zu sich genommen. Die Fete im Institut war auch für ihn verstörend gewesen. Den gesamten Sonntag über hatte er sich entleert, mal im Bad, mal über einer Schüssel, danach wollte er vor Scham in Grund und Boden versinken. An die meisten Momente des Abends konnte er sich nicht mehr erinnern. Nicht an den letzten Tanz, auf den er bestanden hatte, nicht an die Diskussion mit Heike, die heikle Taxifahrt nach Hause oder die kalte Dusche, unter die Heike ihn noch in der Nacht gezerrt hatte. Nur einige von Buttermanns Bemerkungen waren ihm im Gedächtnis geblieben. Ausgerechnet! Und er versuchte hartnäckig, die Erinnerungsfetzen zu vervollständigen.

»Eine Frage noch«, sagte er. »Für mein Verständnis: Würde es zu deinem Bruder passen, mit dem Professor in Kontakt zu stehen, aber all die Jahre um dich, die eigene Schwester, einen Bogen zu machen? Klar, vielleicht traut dein Bruder sich nicht, dich einmal zu besuchen oder anzurufen, weil es ihm peinlich ist, wie er sich damals dir gegenüber benommen hat. Immerhin ist er von jetzt auf gleich auf den Hippie Trail gesprungen und hat dich im Stich gelassen, wenn ich es richtig weiß. Aber du würdest ihn doch sicher gerne wiedersehen?«

»Johann muss überhaupt nichts peinlich sein. Du stellst dir das alles zu … geradlinig vor, Peter.«

»Weil du mir so wenig über früher erzählst – was natürlich okay ist. Deine Entscheidung. Aber der Professor klingt für mich trotzdem nicht logisch.«

Vorsichtig schlürfte Peter die Brühe, und Heike lächelte schwach. Er war so ein friedliebender Mensch. Sie konnte ihm nur inständig wünschen, dass er immer so bleiben durfte und sich nie erschrecken musste – auch nicht über sie, seine Ehefrau, oder darüber, wie sie wirklich mit ihrem Bruder auseinandergegangen war.

Sie dachte an die Behauptung von Buttermann, Johann lebe in der DDR, und sie müsse Buttermann nur einen Gefallen tun, dann werde er sie und Johann wieder zusammenbringen. Was für ein Gefallen sollte das sein? Und konnte es überhaupt stimmen? War es für einen Bundesbürger möglich, DDR-Bürger zu werden? Vielleicht war der Hippie Trail damals mit Johann in den Osten gegangen?

Es war der erste Trail dieser Art gewesen, der durch Bonn gezogen war, und man hatte das Ausmaß der Bewegung damals noch gar nicht begriffen. Heute gehörte es zum Alltag, singende und kiffende Menschen in Parks und am Rhein zu treffen, aber in den Sechzigerjahren, als die Halbstarken gerade erst verschwunden waren, musste man sich in Bonn erst noch an Gammler und Hippies gewöhnen. Manche meldeten sich an der Uni an, ohne an den Seminaren teilzunehmen. Sie campierten auf den Wiesen am Fluss oder schliefen auf den Parkplätzen in alten Armeewagen, und Heikes Bruder war davon fasziniert. Er mochte vor allem die Partys und feierte dort auch mit Professor Buttermann, den er noch von den Treffen an der Ruine kannte. Für Heike war das zunächst kein Problem. Sie lebte ja auch ihren Traum und durfte endlich Graphologie studieren. Die Zukunft sah für sie alle wunderbar aus.

Morgens um acht Uhr radelte Heike voller Vorfreude zum Institut, und wenn ihr auf dem Weg ein Gammler in den Weg trat, um sie anzuschnorren, sah sie bereitwillig nach, ob sie etwas für ihn in der Tasche hatte. Sie war so glücklich, der Kindheit entronnen zu sein, dass sie sich bereit fühlte, sich mit allem und jedem zu versöhnen.

Aber dann, im Sommer 1964, warfen die USA Bomben über Vietnam ab, und der Professor erwartete von seinen Studenten, dass sie Partei ergriffen. Wie viel wäre ihnen der Weltfrieden wert? Er erfand ein Spiel, eine Frage, die eine Zeit lang kursierte: Welche Person in der nächsten Umgebung müsste man als politisch denkender Mensch am ehesten exekutieren? Heike überlegte es sich gut – ohne eine Antwort zu geben. Stattdessen machte sie sich Sorgen. Gab es für Buttermann wertvolle und wertlose Menschen? Nützliche und schädliche? Woran bemaß er sein Urteil, und würde er eines Tages etwa von Heike verlangen, dass sie den gruseligen Maßstab als Kategorie aufnahm, wenn sie die Handschrift eines Charakters analysierte? Sie hatte Angst, die Schrift von Johann untersuchen zu müssen. Er nahm ja nicht an den Demos teil, sondern bediente tagsüber im Schreibwarenladen die CDU – aber nur, weil er für Heike und sich selbst Geld verdienen musste.

»Meine allerliebste Graphologin«, erlöste Buttermann Heike letztlich von ihren Zweifeln. »Sie haben die Prüfung bestanden. Denn für den Weltfrieden müssen wir zwar mehr tun, als unser Konto zu füllen und abends am Rhein ums Lagerfeuer zu tanzen, aber zuallererst brauchen wir eine feste moralische Kraft. Sie besitzen diese Kraft! Auf Sie kann man sich verlassen.«

»Aber ich habe mich doch gesträubt, eine Antwort auf Ihre Gewissensfrage zu geben, Herr Professor.«

»Ja! Weil Sie von der Fragestellung nicht überzeugt waren und weil Sie Ihr Ethos über alles stellen. Ich erkenne daraus, dass Sie unschlagbar wären, wenn Sie einmal mit Ihrem ganzen Herzen hinter einer Bewegung stehen könnten. Also bin ich zuversichtlich und stolz, Fräulein Heike.«

Sie war damals von dem Lob irritiert, verstand es schlicht nicht, aber Buttermann kam nie mehr darauf zurück. Stattdessen verfiel er genauso schnell, wie er sich am Vietnamkrieg politisch aufgeladen hatte, in seinen alten hedonistischen Stil. Er interessierte sich für die Schrift der jungen Menschen, egal, von woher sie kamen, und lud sogar die Straßencamper in sein Institut ein. Zuerst in die Waschräume, dann in den Keller. Einmal badete er nackt mit ihnen im Rhein, und auch Johann nahm teil.

»Der Schreibwarenladen muss wieder öffnen«, sagte Heike an Peters Bett, aber es ging ihm schon wieder so schlecht, dass er nur ihre Hand drücken konnte, anstatt zu sprechen. Höhen und Tiefen wechselten sich bei ihm inzwischen schnell ab, und wenn seine Kopfschmerzen nicht irgendwann besser würden, müsste Heike mit ihm doch noch zum Arzt gehen. Ob sie dann auch erfahren würden, welche Drogen in dem Apfelkorn gewesen waren? Sie wünschte, sie könnte den Typen mit den langen schwarzen Haaren zur Rechenschaft ziehen.

»Ich habe die Westerhoffs auf der Straße getroffen«, sagte sie und befühlte Peters Stirn. »Unsere Kunden wundern sich sehr, wo du bleibst, und Herr Westerhoff schien mir meine Ausrede nicht ganz zu glauben.«

»Dass ich krank bin?«

»Du seist noch nie krank gewesen, meinte er.«

»Das stimmt doch überhaupt nicht.«

»Trotzdem.« Heike strich die Bettdecke glatt. »Morgen vertrete ich dich im Laden. Nach dem Frühstück bringe ich die Kinder zu deinen Eltern und fahre ins Geschäft. Oder, noch besser, ich bitte deine Mutter, hierher zu uns zu kommen, dann kann sie mittags für euch alle kochen.«

»Bloß nicht! Morgen stehe ich auf jeden Fall auf!«

»Du kannst kaum den Kopf halten, Peter.«

»Ach! Au. Morgen geht es bestimmt besser.«

Orientierte sich eine Handschrift nach links, konnte sie das auf verschiedene Weise tun. Zunächst konnte die Schrift als Ganzes schräg auf den Linien liegen, und zwar nicht in die Richtung gekippt, in welche die Hand sich bewegte (also nach rechts), sondern nach links, gegen den Schreibfluss gestemmt.

Es war ein Kampf, nach links geneigt zu schreiben, jedenfalls für einen Rechtshänder, und aus graphologischer Sicht zeugte es von einem massiven Kontrollzwang der Person, die den Stift hielt. Wer so schrieb, versuchte mit Gewalt, sich zu beherrschen, weil er sich vor seinen Trieben fürchtete. Er ängstigte sich generell vor dem Leben.

Darüber hinaus gab es aber auch Schriften, die auf den ersten Blick nach rechts geneigt schienen und trotzdem als linksbetont einzuordnen waren. Die Graphologin brauchte hier manchmal eine Lupe, und es half ihr, den Schreibprozess in seinem physischen Ablauf zu betrachten. In westlichen Ländern hatte das Handgelenk beim Schreiben nach rechts zu gleiten, allerdings mussten die Finger den Stift dabei auch in die Gegenrichtung stoßen. So gab es stetige linke Bewegungen inmitten der großen rechten Schreibgeste. Hochinteressante Schleifen und Striche entstanden, die zwar widerborstig, aber unverzichtbar waren.

Zum Beispiel bei dem Wort Eis: Man schrieb die drei Buchstaben aus, nach rechts, und sprang zum Schluss mit dem Stift noch einmal nach links, um den i-Punkt zu setzen. Aber wie weit sprang der Stift genau? Wie stark streckte der Schreiber die Finger gegen die allgemeine Bewegung des Armes? Achtete er überhaupt darauf, die Spitze des i zu treffen? Die Graphologin legte ein Millimetermaß an.

Wann immer ein Buchstabe oder ein Buchstabenteil zu stark nach links gesetzt wurde, war von psychischen Konflikten auszugehen. Der Schreiber wäre, je nach Ausmaß, egozentrisch oder hätte zumindest Anpassungsschwierigkeiten. Würde nach den Ursachen dafür gefragt, lohnte sich ein Blick auf die Verhältnisse von oben und unten: Wo genau wehten die Schleifen nach links? Wenn es oberhalb der Schreiblinie geschah, beispielsweise im oberen Teil des f, war die Bindung an den Vater belastet. Unterhalb der Linie, ebenfalls möglich beim f, durfte bei einer Linkslast eine schlechte Mutterbindung angenommen werden.

Wohl niemand, der linksläufig oder linksgeneigt schrieb, hätte sich diese präzise Deutung seines Charakters und seiner Probleme erträumt. Aber genau da wurde es spannend! Denn wie würde jemand, der von seinem Charakter her alles kontrollieren und beherrschen wollte, damit fertigwerden, dass er seine Handschrift nicht steuerte und graphologisch gesehen vollkommen nackt war?

Professor Buttermann hatte ein einziges Mal *Heike* an die Tafel geschrieben, und er hatte den i-Punkt überraschend als geschlossenen Kreis – und zwar linksherum – gemalt. Natürlich war er sofort mit dem Schwamm darübergefahren, obwohl er gedacht hatte, er sei allein im Hörsaal und könne versonnen mit Kreide experimentieren. Der Schriftzug musste ihm vor sich selbst peinlich gewesen sein.

Heike hatte alles gesehen, weil sie zufällig eine Tür geöffnet und dann innegehalten hatte, um Buttermann in seiner Pause zu beobachten. Es war noch zu Beginn ihres Studiums gewesen, aber selbstverständlich hatte sie über den i-Punkt bestens Bescheid gewusst: Wer ihn als Kreis zog (und dann auch noch linksherum), liebte es, andere Menschen zu manipulieren.

Am dritten Tag nach der Jubiläumsfeier im Institut nahm Peter ein Frühstück ein und fühlte sich anschließend kräftig genug, um Zeit mit den Kindern zu verbringen. Heike radelte in den Schreibwarenladen. Vor Eile hätte sie fast die Mobylette genommen, aber das Fahrrad war ihr richtiger, bescheidener erschienen.

Es war wieder Dienstag, der Tag, an dem sie auch sonst hinter der Theke arbeitete, dann natürlich nur für zweieinhalb Stunden, während sie heute die volle Zeit bis zum Abend haben würde, um sich um Papiersorten, Mustermappen und Füllfederhalter zu kümmern. Es würde ihr helfen, einmal wieder auf andere Gedanken zu kommen.

Als Erstes nahm sie das teure Spezialbüttenpapier, das sie so leichtsinnig für 250 D-Mark bestellt hatte, und legte es in einen Versandkarton, den sie an die Papiermühle adressierte. Dann erneuerte sie den Sand auf dem Untersetzer aus Ton, der den Rauchern als Aschenbecher diente. Sie kontrollierte die Cognacflasche unter dem Tresen, ob sie voll genug war, und prüfte die – immer noch zusammengerollten – Terroristenfahndungsplakate, ob sie nicht doch einmal im Laden aufgehängt werden sollten. (Sollten sie nicht.)

Eine Lehrerin gab eine Sammelbestellung für eine Schulklasse auf. Ein namenloser Herr vom Bundestag kaufte Zeitungen. Eine Schriftstellerin erfragte die Preise für den Pelikan P60 Doublé und das Montblanc Meisterstück 146, ohne sich die Schreibgeräte jemals leisten zu können. Dafür erstand ein Journalist mehrere Spiralblöcke und nahm auch etwas von dem Cognac.

Gegen zehn Uhr wurde es ruhiger im Laden. Jetzt brach die Stunde mit den zwar wenigen, dafür aber besonders spannenden Kunden an. Normalerweise verpasste Heike diesen Zeitabschnitt knapp, heute durfte sie gespannt sein.

Es kamen drei Kunden, die herausstachen. Den Auftakt machte Frau von Bothmer von der SPD. Sie brauchte einen Vierfarbkugelschreiber, nahm das preiswerteste Modell und trug ihr Kleingeld lose in der Hosentasche. Beim Bezahlen erwähnte sie die Arbeit einer Enquetekommission für Frauenrechte, und es klang hochinteressant – ohne dass Heike gewusst hätte, wozu eine Enquetekommission diente.

Sie wollte Frau von Bothmer gerade danach fragen, da stürmte das Büro Renger in den Laden – besondere Kundschaft Nummer zwei – und riss das Wort an sich. Dreizehn Bogen allerfeinstes neutral-weißes Briefpapier wurden für die erste deutsche Bundestagspräsidentin benötigt, und zwar dringend, da der offizielle, mit einer hübschen Prägung versehene Vorrat im Büro schon wieder erschöpft war.

»Habe ich recht?«, fragte Frau von Bothmer das Büro Renger. »Man hält die Präsidentin in der Ausstattung knapper, als man es bei ihren männlichen Vorgängern gehandhabt hat?«

»Frau Rengers Durchsatz an Material ist sehr hoch«, antwortete die Büroangestellte. »Sie ist eine Meisterin der schriftlichen Korrespondenz, aber auch wehrhaft, wo es nötig ist.«

»Heißt das, sie bekommt ebenfalls Drohbriefe? Wie viele sind es pro Woche?«

»Darüber darf ich nicht sprechen.« Die Angestellte legte ein Tütchen scharfes Lakritz auf die dreizehn sorgsam eingeschlagenen Briefbogen. »Es sind aber nicht annähernd so viele Drohschreiben wie bei Ihnen, Frau von Bothmer. Vermute ich.«

»Trotzdem. Wir sollten unbedingt mit Willy reden. Oder wenigstens mit seinem Referenten Günter. Die beiden sind doch große Freunde der Frauen. – Das haben Sie jetzt aber nicht gehört, Frau Holländer!«

Die beiden Kundinnen lächelten Heike an, sodass sie spontan Lust gehabt hätte, noch mehr derartige Gespräche zu belauschen oder sich auch aktiv daran zu beteiligen, denn mit Günter war doch bestimmt Günter Guillaume gemeint, von dem auch Peter manchmal redete.

Der dritte spannende Kunde an diesem Vormittag war ein seltsamer, fremder Mann. Grauer Anzug, grauer Hut, und wenn er nicht so dünn gewesen wäre, hätte er Heike mit seiner strengen Stirn an ihren Vater erinnert. Er roch ja sogar wie der Vater nach Pitralon. Abweisend und schweigsam sah er sich zwischen den Regalen um, ließ die teuren Waren außer Acht und widmete sich den Sonderangeboten. Es war nicht zu erkennen, ob er eher Stifte, Papier oder eine Zeitschrift suchte, und er antwortete auch nicht auf Heikes Frage. Stattdessen fasste er in die Auslage, wendete etwas hin und her, blätterte, befühlte – und kaufte schließlich nichts.

»Es gibt eine Regel«, hatte der Vater einmal beim Abendessen gesagt, als Heike noch ein Kind gewesen war. »Wer auch immer unseren Laden betritt, ist für uns in diesem Moment ein König.«

»Nur so kommt man weiter«, hatte die Mutter bestätigt und dem Vater die Mettwurst vorgelegt. Der Bruder hatte gerülpst, ohne die Hand vor den Mund zu halten, und sich über den Tisch zu Heike gebeugt: »Obacht, kleine Schwester, es ist in diesem Haus mit Schleimspuren zu rechnen.«

Ob die Mutter ihm die Ohrfeige gegeben hätte, wenn sie gewusst hätte, dass der Vater dem Sohn später noch persönlich auflauern würde? Weil Johann Durst auf ein Bier gehabt hatte, war er dem Vater in der Nacht vor dem Kühlschrank in die Fäuste gelaufen. Aber wie lange das alles schon her war! Lange genug.

Heike nahm eine Zeitung aus dem Schaufenster und wedelte damit, um den Pitralon-Geruch zu vertreiben. Am liebsten hätte sie auch einige Möbel verrückt, den kleinen Tisch, das eine oder andere Regal, selbst den Tresen, aber das war unmöglich.

Unter diesem Tresen, an dieser Stelle, hatte sie gehockt, als sie als Kind zum ersten Mal von der Graphologie gehört hatte. Der Vater war zu jenem Zeitpunkt an der Kasse beschäftigt, und sie sollte das Kupfergeld zählen, und zwar leise und unsichtbar für die Kunden. Also saß sie auf dem Fußboden, im äußersten Winkel des Tresens, und sah vom Vater nur die schwarzen Schuhe und die Anzughose, die sich darüber bauschte. Als die Ladenglocke ging, lugte sie vorsichtig um die Ecke – und war entsetzt: Einer der Männer war hereingekommen, die sich neulich zu Ostern darüber beschwert hatten, dass ihre Autokennzeichen bei der Polizei angezeigt worden waren. Was wollte er hier? Konnte es um die Buchstaben und Zahlen gehen, die Heike heimlich im Notizbuch des Vaters verändert hatte?

Auch der Vater hatte den Mann wiedererkannt. Sie hörte es an seiner Stimme:

»Aha. Guten Tag.«

»Nicht erschrecken, Herr Berger«, sagte der Mann.

»Worum geht es?«

»Ich bin selbst nicht glücklich, wieder hier zu sein, und habe lange nach Alternativen gesucht, aber in diesem Kaff namens Bonn bleibt einem nichts anderes übrig, als Schreibwaren Berger aufzusuchen, wenn man Papier braucht und Spezialwünsche hat. Ich bin, wie Sie sich vielleicht erinnern, Unidozent.«

»Selbstverständlich«, antwortete der Vater. »Und warum sollten wir nicht freundlich miteinander umgehen? Manchmal kommt es zu unterschiedlichen Ansichten, aber dann, später, sage ich immer: Schwamm drüber.«

»So einfach ist es nicht.«

»Geht es denn eher in Richtung Bütten, oder brauchen Sie etwas für die Schreibmaschine?«

»Der Pfarrer, Herr Kehrer, hat mir gesagt, es war kein Einzelfall, was Ostern passiert ist. Man sitzt wohl öfter drüben an der Ruine und macht Musik und hört aus Ihrem Laden Ihre Tochter schreien.«

»Bitte, was?«

»Ich kann so was schlecht aushalten und habe neulich noch einmal bei Ihnen geklopft. An der Ladentür, die Sie natürlich abgeschlossen hatten.«

»Herr …?«

Es war der Schreck ihres Lebens. Heike rollte sich unter dem Tresen ein, so fest sie konnte, kniff sich in die Arme und schielte zu den Schuhen des Vaters, die sich wie Alligatoren auf dem Linoleum bewegten.

»Wie war Ihr Name?«, fragte der Vater.

»Buttermann. Dr. Erik Buttermann.«

Auch Heike fiel der Name jetzt wieder ein. Und Herr Buttermann hatte … geklopft? Wann?

Der Vater schwieg. Wenn er vorhatte, Heike zu treten, würde er gleich die Schuhspitzen anheben und ganz leise zwischen ihre Rippen stoßen. Sie würde ebenfalls keinen Mucks von sich geben, sie hatte verstanden.

»Sie kennen sich mit Kindern aus, Herr Buttermann?«, fragte der Vater.

»Ich bin selbst ein Kind gewesen. Aber vor allem weiß ich, dass wir in Deutschland nicht so weitermachen dürfen. Diese Härte überall! Wir dürfen keine neuen Duckmäuser heranziehen, sondern brauchen eine frische Generation. Das sollten wir wohl aus dem Krieg gelernt haben. Finden Sie nicht?«

»Sie unterstellen mir, dass ich persönlich ...?«

»Ich will junge Menschen mit Rückgrat. Herrgott! Da darf man nicht immer nur draufhauen.«

Heike würgte, aber ohne Geräusch. Was redete Herr Buttermann da? Wie fand der Vater das?

»Ein kleiner Klaps auf den Hinterkopf... Na, sei's drum«, sagte der Vater. »Ich wünschte, ich hätte neulich Ihr Klopfen an der Tür gehört und Sie hereingelassen. Dann hätten Sie sich beruhigt, weil Sie nämlich miterlebt hätten, wie mein eigen Fleisch und Blut Ihre Gutmütigkeit ausnutzt.«

»Ach, ja?« Der Mann namens Buttermann seufzte. »Pfarrer Kehrer meinte ...«

Aber der Vater fiel ihm ins Wort: »Pfarrer Kehrer sollte nicht über uns richten! Ich sage Ihnen, wie es bei uns zugeht. Meine Tochter schreit wie am Spieß, sobald ich nur die Stimme hebe. Weil sie genau darauf spekuliert, dass jemand wie Sie vorbeikommt und ihre Probleme löst. Sie haben doch gesehen, wie wild sie tanzen und herumkrakeelen kann. Das ist ihre Welt! Bloß, was ist mit meinem Erziehungsauftrag, der übrigens auch der Gesellschaft dient?«

»Also, Herr Berger, Ihre Sicht in allen Ehren, aber so kommen wir nicht zueinander.«

Der Vater seufzte. Und wartete.

Verzweifelt saugte Heike an ihrer Hand. Die schwarzen Schuhe standen gefährlich nah, während Herr Buttermann sich jetzt auf den Tresen zu stützen schien. Das Holz knarzte über Heikes Kopf.

»Ist das Ihre Schrift?«, fragte Herr Buttermann.

»Wieso?«, erwiderte der Vater gereizt.

»Ich bin nicht irgendein Dozent, sondern Dozent für Graphologie.«

»An so etwas glaube ich nicht.«

»Als ob es eine Glaubensfrage wäre. Die Graphologie ist die Methode der Zukunft. Der beste Weg zum Frieden, indem sie uns alle zwingt, ehrlich zueinander zu sein.«

»Frieden! Wollen Sie mich vereimern? Schon die Nazis haben sich eingebildet, sie könnten mit der Graphologie Juden ausfindig machen. Ob es funktioniert hat, steht auf einem anderen Blatt, aber die Graphologiegläubigen sind ganz sicher nicht immer die besseren Menschen.«

»Billig, dieser Vorwurf, Herr Berger, denn Handschriften werden schon seit Jahrhunderten analysiert, dafür brauchten wir die Nazis nicht. Und überhaupt: Die moderne Graphologie, die wir jetzt an unseren Instituten aufbauen, zielt auf eine neue, vollkommen neutrale und unbestechliche Wissenschaft.«

»Von mir aus. Geben Sie mir jetzt meine Notizen zurück.«

»Ihre Zeilenführung ist unruhig. Sehen Sie hier? Die Buchstaben rutschen nach oben, und Sie müssen ständig neu ansetzen, um das zu vertuschen.«

Papier knitterte und riss. Der Vater knüllte etwas

zusammen und pfefferte es auf den Fußboden. Einen Zettel. Und wieder knarzte das Holz.

»Wollen Sie nicht wissen, was es bedeutet, wenn man so schreibt wie Sie?«, fragte Herr Buttermann. »Unruhige Zeilen? Dachziegelartig steigend?«

»Sie machen sich lächerlich.« Der Vater schob die Hände in die Hosentaschen. »Reden wir lieber über das Geschäftliche. Oder ist es nicht mehr so dringend? Der Wunsch, mit dem Sie hierhergekommen sind?«

»Dachziegelartig steigend – das verrät Ihr Bemühen, unauffällig zu sein.«

»Während Sie sich als Mittelpunkt der Welt sehen, oder was?«

»Nicht unbedingt«, antwortete Herr Buttermann. »Aber ich bin klug und belasse es jetzt dabei, um bei Ihnen einzukaufen. Bloß vergessen Sie bitte nie, dass ich einiges über Sie weiß. Ihre Handschrift plaudert, Herr Berger.«

Inzwischen war es Mittag geworden, und Heike rief bei Peter an, um sich nach ihm und den Kindern zu erkundigen. Dann kochte sie im Hinterzimmer Kaffee und hing ihren Gedanken nach, bis endlich wieder die Ladenglocke zu hören war. Allerdings klingelte sie verhalten, so als ob jemand versuchte, sich langsam durch die Tür zu schieben. Als Heike nachsah, fand sie Herrmann vom Großhandel vor, der sie wohl mit seinem Besuch überraschen wollte. Für einen Moment war sie irritiert: Woher wusste Herrmann, dass nicht Peter, sondern sie im Laden stand?

»Ich habe mit deinem Gatten telefoniert«, sagte er

und legte einen Blumenstrauß auf den Tisch. »Er hat mir ein Tête-à-Tête gestattet.«

»Sag mal!«

»Na! In aller Unschuld natürlich, als Freund der Familie. Außerdem war ich zufällig in der Nähe.«

»Kaffee? Mit Milch und Zucker?«

Herrmann war dominant, das wusste Heike, auch wenn er jede Geste sehr gern als Höflichkeit tarnte. Als sie ihm einschenken wollte, nahm er ihr die Kanne aus der Hand und füllte selbst die Tassen. Sie setzte sich amüsiert an den Tisch und schlug die Beine übereinander. So ein Tag im Geschäft konnte voller Wendungen sein.

Herrmann nahm über Eck Platz und beugte sich vor. »Hat Peter dir erzählt, in welch spektakulärer Situation wir Papierhändler sind? Dass wir Warenströme aus dem Osten erwarten?«

»Ach, daher weht der Wind! Du willst mich beeinflussen, damit wir das Papier aus der DDR verkaufen. Natürlich weiß ich Bescheid – und ich weiß auch, dass wir nicht mitmachen werden.«

»Es bricht eine neue Zeit an.«

»Briefalux Dresden. Richtig?«

»Eine Zeit von internationaler und nationaler Bedeutung. Der Kalte Krieg wird hier bei uns in Bonn entschieden. Die BRD kommt der DDR entgegen. Und umgekehrt vielleicht auch.«

Nein, Heike schüttelte den Kopf. Das Thema DDR sollte heute außen vor bleiben. Sie reichte Herrmann den Zucker und wartete, bis er genug in seine Tasse gelöffelt hatte.

An Herrmann war alles rund, aber fest. Sogar die Ohrläppchen wölbten sich, und die Fingernägel sahen wie Uhrengläser aus. Die Kinder mochten ihn, nicht selten hatte er Süßigkeiten oder Spielzeug für sie in der Aktentasche, aber Heike wusste, dass er auch an Komplexen litt (Buchstaben auffallend eng beieinander). Vermutlich schämte er sich für seinen übermäßigen Haarwuchs. Oft griff er sich an den Hals. Barthaar und Brusthaar gingen unter dem Kinn ineinander über, und Herrmann schien die Trennlinie, die er morgens mit dem Rasierer zog, immer wieder überprüfen zu müssen.

»Bonner Geschäftsleute, Bonner Verantwortung«, sagte er.

»Richtig«, erwiderte Heike. »Aber Schreibwaren Holländer wird keine Weltprobleme lösen. Möchtest du trotzdem einen Cognac zum Kaffee?«

»Es ist mir ernst! Und es wird eilig. Jederzeit können die neuen Kunden bei uns ankommen, sage und schreibe einhundert Bürger aus der DDR. Da sollte sich unsere schöne Hauptstadt von ihrer besten Seite zeigen. Findest du nicht? Ich weiß zufällig von ganz oben aus Regierungskreisen, dass das gewünscht und unterstützt wird.«

»Also, lieber Herrmann, ich möchte nicht allzu politisch klingen, aber in unserem Laden verkehren Regierung und Opposition. Franz Josef Strauß lässt sich die *Bayerische Staatszeitung* zurücklegen. Rainer Barzel bespricht mit Peter die Fußballweltmeisterschaft. Zu welchen Begegnungen mit einer DDR-Kundschaft soll es hier bei uns in der Auslage kommen?«

»Hat Peter dir gesagt, du sollst so reden?«

»Peter würde mir nie Vorschriften machen.«

»Trotzdem solltet ihr beide ehrlich bleiben. Ihr könnt nicht auf eure etablierte Kundschaft verweisen und derselben Kundschaft gleichzeitig in den Rücken fallen.«

»Was tun wir?«

»Wo wart ihr denn am Samstag? Es ist mir unangenehm, aber frei von der Leber weg: Ihr wart auf dieser Kommunistenfeier im Institut für Graphologie. Tut mir übrigens leid, dass Peter immer noch krank ist.«

Die Erwiderung blieb Heike im Hals stecken. Hatte Peter ihm am Telefon von der Fete erzählt?

»Bonn ist ein Dorf«, fuhr Herrmann fort. »Man kennt sich, und man redet, und ich kann nur hoffen, dass mein Kontaktmann zur Regierung noch nichts von euch gehört hat, der Günter Guillaume, denn bisher liegt ihm die Schreibwarenbranche am Herzen. Es wirft ein schlechtes Licht auf unseren Zusammenhalt, kannst du das nachvollziehen, Heike? Wie ich weiß, steht euer Professor unseren neuen Mitbürgern aus der DDR extrem nahe. Aber auf der anderen Seite wollt ihr euch meiner Ostidee verweigern. Was ist mit euch los? Wie soll ich den Widerspruch Guillaume erklären?«

Heikes Herzschlag stolperte. Buttermann stand der DDR extrem nahe? »Nein, ich verstehe dich nicht, Herrmann.«

»Ach, entschuldige. Vom Hölzchen aufs Stöckchen. Mit Frauen reden!«

Er erhob sich und streckte den Bauch heraus. »Als

Chef des Großhandels bin ich niemand, der Entscheidungen leichtfertig trifft. Bevor ich also den Plan entworfen habe, Waren aus dem Osten in das Programm aufzunehmen, habe ich mich ausführlich mit der Thematik der Ständigen Vertretung der DDR in Bonn befasst. Ich wollte natürlich wissen, welche finanziellen Möglichkeiten die DDR-Bürger haben werden, die zu uns übersiedeln. Dazu habe ich sämtliche Adressen besucht, an denen sie einquartiert werden. Ich war an der Baustelle in der Diplomatenallee 18 und an der Villa in der Bornheimer Rheinstraße 232. Nicht zuletzt habe ich mir die zahlreichen modernen Privatwohnungen in Auerberg angesehen, Pariser Straße 50 bis 52. Ich sage dir: Überall wird enorm investiert. Von der DDR! Es gibt Geld! Und rate mal, wen ich in der Pariser Straße mehrmals angetroffen habe?«

Heike schwieg. Wenn Buttermann Kontakte zur DDR pflegte, war an seiner Behauptung, Heikes Bruder würde drüben leben, vielleicht doch etwas dran?

»Hörst du mir zu?«, fragte Herrmann pikiert. »Professor Buttermann drückt sich vor den Wohnungen in der Pariser Straße herum!«

»Ja. Aber … könnte er nicht das Gleiche über dich erzählen, Herrmann?«

»Moment, du sollst nichts Falsches von mir denken. Ich bin weder so nah an die Eingänge herangegangen wie er, noch habe ich dort herumgelungert. Tut mir leid, wenn er ein Freund von euch ist. Vielleicht war Peter und dir nicht klar, mit wem er sympathisiert?«

Heike schüttelte den Kopf und begann, das Geschirr zusammenzuräumen. »Wir sind auf keinen Fall befreundet. Aber warum darfst du denn etwas mit der DDR zu tun haben und er nicht? Was ist bei ihm anders?«

»Heike! Das fragst du? Ich stehe mit beiden Beinen auf unserer freiheitlich-demokratischen Grundordnung und habe ein rein geschäftliches Interesse am Osten, während der Uniprofessor sich wohl kaum in eine Handelsbeziehung begeben will. Er ist politisch … verdächtig.«

»Weißt du Genaueres über seine Kontakte?«

»Bitte? Das brauche ich nicht! Ich weiß nur, dass Leute wie er sich hüten sollten, uns Kaufmännern in die Quere zu kommen. Die DDR macht keinen Hehl daraus, dass sie in Bonn die Spendierhosen anhat, aber wer davon profitieren will, muss sich behördlich und geschäftlich absprechen, und das ist etwas, das ich koordiniere.«

Heike verzog das Gesicht. »Du sorgst dich also um die Exklusivität deiner Ostverbindungen und befürchtest, Professor Buttermann könnte dich mit seinen Kontakten nach drüben ausstechen.«

»Ach! Mir geht es vor allem um unsere Branche und um Peter und dich. Wir müssen an einem Strang ziehen. Bitte rede noch einmal mit deinem Mann darüber. Denkt gemeinsam nach, wie ihr nach außen wirkt und ob eine Kooperation mit mir nicht doch das Beste ist.«

»Sonst?«, fragte Heike. »Verweigerst du uns künftig die Rabatte?«

»So bin ich nicht. Aber wenn ausgerechnet ihr keine Ostwaren wollt … Trotz eurer gewichtigen Ortslage zwischen der Bundesregierung und der künftigen Ständigen Vertretung der DDR an der Diplomatenallee … Also, ich persönlich gehe für den Versöhnungskurs von Willy Brandt durchs Feuer. Ihr nicht?«

Mit ernstem Gesicht streckte Herrmann Heike seine Handflächen entgegen, als sollte sie etwas hineinlegen. Aber was? Eine Einverständniserklärung? Oder ein Versprechen? Nein, sie blieb vage und schenkte ihm nur noch ein verhaltenes Lächeln, als sie ihn zur Tür begleitete.

8.

Pariser Straße, Hausnummern 50 bis 52. Eine Ansammlung von Betonklötzen, die hochkant und flach zu einer Wohnanlage zusammengefügt waren. An den Seiten nahmen lang gestreckte Riegel mal fünf, mal sieben Stockwerke ein. In der Mitte ragten Türme auf. Längs- und Querachsen, rechte Winkel und keinerlei Schmuck. Das gesamte Areal wirkte wie von Moskau oder Ost-Berlin inspiriert, und es war doch ein sehr seltsamer Zufall, dass die meisten der neuen Mitbürger, der einhundert Männer, Frauen und Kinder aus der DDR, ausgerechnet hier einziehen würden.

Heike umrundete den Komplex mit aufmerksamen Blicken. Der Gehweg war mit Waschbeton ausgelegt, die Hauseingänge wichen von der Straße zurück. Ein paar Bäume waren eingepflanzt worden, die erst im Laufe der Jahre Sichtschutz bieten würden.

Ein Schild wies zu einer Tiefgarage, ein anderes zu einer Klingelanlage, aus der blanke Drähte ragten. Alles war neu, frisch und unbenutzt, und obwohl die Wohnungen so offensichtlich leer standen, hatte man schon Gardinen vor die Fenster gehängt. Es waren überall die gleichen, aus schlichtem hellen Stoff, der die Scheiben komplett verdeckte.

Jede Etage, vom Hochparterre bis zum obersten

Geschoss, besaß einen überdachten Außengang. Sehr praktisch, dachte Heike. Denn damit war es überall möglich, zum Fenster des Nachbarn zu schleichen und ihn zu bespitzeln. Ob das für die DDR den Ausschlag gegeben hatte, gerade diese Wohnungen anzumieten? Und wie würden die Menschen es empfinden, die hierherkämen und denken mussten, dies sei das echte Bonn? Neunundneunzig Personen aus dem Osten plus Johann möglicherweise. Oder genauer: achtundneunzig plus Johann und seine Ehefrau, die plötzlich in den Kapitalismus umzogen. Im Supermarkt würden sie vor vollen Lebensmittelregalen stehen, könnten Bohnenkaffee in mehreren Sorten kaufen und Waschmittel, das nach Duftnoten sortiert war.

Der Anblick wäre für Johann natürlich nichts Neues, aber vielleicht dürfte er das seinen Kollegen von der Ständigen Vertretung nicht sagen? So wie er auch niemandem verraten dürfte, dass er in dieser Stadt eine Schwester mit einem Schreibwarenladen hatte, in den er hineinspazieren könnte? Aber nein, das war völliger Quatsch, Heike rief sich zur Ordnung. Wenn Johann tatsächlich ein DDR-Bürger war, würden die Behörden über ihn und seine Familienverhältnisse ganz genau Bescheid wissen.

Allerdings konnte sie sich ihren Bruder gar nicht im Osten vorstellen. Er sollte freiwillig in die DDR gegangen sein, hinter die Mauer? Johann hatte doch immer Luft gebraucht, Freiheit, war stets auf dem Sprung gewesen, und genau deshalb hatte Heike ja auch ein schlechtes Gewissen gehabt, als sie damals so königlich an die Uni gegangen war, während er für sie beide das Schreibwarengeschäft führen musste. »Einer sollte Geld verdienen«, hatte er gesagt und ganz gegen seine Art morgens pünktlich die Ladentür aufgeschlossen. Abends und an den Wochenenden hatte er sich zum Ausgleich unter die Langhaarigen gemischt – zum Feiern und nicht für politische Aktivitäten, oder?

Skeptisch blickte Heike an der wuchtigen Betonfassade hoch. Sie brauchte Distanz, einen Überblick, und drängte den Gedanken an Johann erst einmal zurück. Es würden fremde Leute sein, die aus der DDR nach Bonn kämen, fremde neue Mitbürger, die schon bald hinter diesen Fenstern sitzen und Briefe nach Hause schreiben würden. Wahrscheinlich würden sie sogar Heimweh haben, spätabends nach draußen auf den Spitzel-Gang treten und Zigaretten rauchen, Ostzigaretten, womöglich. Und dann: Würde einer von ihnen vom höchsten Stockwerk aus über die Dächer von Bonn blicken und sich klammheimlich freuen, dass es ihm gelungen war, die DDR zu verlassen?

In der Zeitung hatte ein bedeutungsvoller Name für die Wohnanlage in der Pariser Straße gestanden: »Klein-DDR«. Die Bewohner würden unter sich bleiben, hieß es. Streng abgeschottet gegen die Nachbarn. Na also.

Oder kannte Professor Buttermann einen Weg, an die Leute heranzukommen? Hatte er die Pariser Straße neulich ausgekundschaftet, als Herrmann ihn gesehen hatte?

Heike erinnerte sich nicht mehr richtig an die Zeit, in der Deutschland geteilt worden war. Sie war ein Kind gewesen, und zu Hause hatte es zu den normalen

Tischgesprächen der Eltern gehört, auf die Russen und Kommunisten zu schimpfen. Johann hatte manchmal dagegengehalten, schon aus reflexhaftem Protest gegen die Eltern.

Als der Todesstreifen um die DDR gelegt und die Mauer durch Berlin gebaut worden war, hatte Heike gerade ihr Studium aufgenommen, und ihre Gespräche mit Johann waren von anderen Themen bestimmt gewesen. Buttermann aber hatte sich am Institut Sorgen gemacht, dass sein Kontakt zu den ostdeutschen Wissenschaftlern abreißen könnte. Als Heike einmal an der Arbeitsgruppe des Sozialistischen Deutschen Studentenbundes zum antifaschistischen Schutzwall hatte teilnehmen wollen, um sich zu informieren, war sie weggeschickt worden. Ihr fehle der Stallgeruch, hatte es geheißen, außerdem säßen in der Arbeitsgruppe nur Männer. Auch Buttermann, selbstverständlich.

Sie spazierte vom Hauseingang des Wohnblocks zur Straße zurück. Fatal, so verstand sie inzwischen, war die Hoffnung in ihr. Der Wunsch nach einem Wiedersehen mit Johann, die Sehnsucht, ein Krater könnte sich schließen. Dabei war es vollkommen aberwitzig, es gab keinen einzigen sachlichen Hinweis auf ihren Bruder, nur Buttermanns Gerede. Der Umstand, dass sie trotzdem hier um die DDR-Wohnungen schlich und sich akribisch die Details einprägte, zeigte höchst unangenehm, wie anfällig sie dafür war, dem Professor zu glauben.

In ihrer Manteltasche spürte sie den Fotoapparat, den Peter ihr zu Weihnachten geschenkt hatte. Auch wenn sie ihn extra für die Pariser Straße eingesteckt hatte, würde sie ihn doch nicht benutzen. Das Ritsch-Ratsch wäre ihr in dieser Leere zuwider.

Ein Mann fuhr auf einem Fahrrad vorbei, ein anderer schleppte eine schwere Sporttasche über der Schulter und verschwand um die Ecke.

Sie fror. Der März begann noch kälter, als der Februar gewesen war, und die Luft roch schon wieder nach Schnee. Der nächste Bus fuhr leider erst in dreißig Minuten, also musste sie sich noch die Beine vertreten und entdeckte, als sie um die Ecke bog, zu ihrer Überraschung einen weiteren Betonbau, der dem DDR-Komplex sehr ähnlich sah. Auch hier lag Bauschutt herum, auch hier war der Rasen struppig und grau von Zement, aber hinter den Fenstern der Wohnungen herrschte schon Leben.

Neugierig ging sie näher heran und las, dass es sich um ein Studentenwohnheim der Uni handelte. Aber Moment – das war doch die Erklärung! Herrmann vom Großhandel hätte gar nicht so eine große Sache daraus machen müssen, Professor Buttermann in dieser Gegend zu entdecken. Wohnheime mit jungen Leuten hatten Buttermann schon früher magisch angezogen, also war die Pariser Straße ohnehin ein Eldorado für ihn, ganz ohne DDR-Zusammenhang, und Heike hätte sich ihren Ausflug demnach sparen können.

Ernüchtert kehrte sie zur Bushaltestelle zurück. Schräg gegenüber parkte ein Auto, das sie vorhin noch nicht bemerkt hatte. Es war ungeheuer schmutzig, Schlammspritzer überzogen die Seite, nur auf dem Dach war weißer Lack zu erkennen. Auf unbestimmte Weise fühlte sie sich von dort beobachtet, obwohl sie nicht einmal sicher war, dass im Wageninnern jemand saß. Alles war ein Auswuchs ihrer Gedanken.

Als der Bus kam, stieg sie hastig ein. Es wurde Zeit, nach Hause zu fahren und sich um die Kinder zu kümmern. Peters Mutter passte heute auf Anne und Michael auf, und auch hier galt es, nichts überzustrapazieren.

Peters Mutter war, seitdem Heike sie kannte, eine vornehme Dame. Wäre sie auf ein Schloss zu einem Zehngängemenü eingeladen worden, hätte Silvia Holländer jedes Glas und jedes Teil des Bestecks problemlos benutzen können. Ihre Halstücher waren aus französischer Seide, ihr dunkler Perlenschmuck kam von Tahiti und war echt. Wenn sie sich an Gesprächen beteiligte, dann tat sie es atemlos und schnell, sodass man ihr sehr aufmerksam zuhören musste.

Halbjährlich wurde sie von ihrem Mann von Kopf bis Fuß neu ausgestattet, das erzählte sie gern. Nur ihren Lippenstift wollte sie selbst kaufen, denn ihr Mann sollte nicht bezahlen, was er küsste.

Die größten Höhen und Tiefen ihres Lebens hatte Silvia mit ihrer Mutterschaft erlebt, und sie machte keinen Hehl daraus. Zuerst sei sie erleichtert gewesen. Das erste Kind: sofort ein Sohn! Mit voller Energie habe sie sich auf Peter gestürzt, sodass für ein Geschwisterkind kein Platz gewesen sei. Jahre später, als sie ihr Verhalten bereut habe, seien Alternativen nicht mehr infrage gekommen.

Wie Heike wusste, konnte Peter aber nicht immer nur eine Enttäuschung gewesen sein. Während die

Nachbarsjungen gebolzt oder in Bombentrichtern gestochert hatten, hatte er aus Schrott einen Schöpfrahmen gebastelt, um aus Fetzen und Fasern frisches Papier herzustellen. Kleine, dickliche Bogen, die der Vermieter ihm angesichts der allgemeinen Knappheit nach dem Krieg gerne abgekauft hatte, und Peters Vater war durchaus stolz auf die Geschäfte seines Sohnes gewesen. Bis er schließlich entdeckte, wofür Peter das Geld ausgab, das er verdiente: Er kaufte sich Nähzeug und Stoffe, denn er wollte Theater spielen und brauchte Kostüme.

Niemandem war ein Vorwurf zu machen. Es war wie in den meisten Familien, Peters Eltern wünschten sich ein schöneres Leben für ihren Sohn – und das fand nun einmal nicht am Theater statt.

Heutzutage würde Peters Mutter vieles anders machen, da war Heike sich sicher, denn Silvia dachte offenbar, dass ihr eine neue Chance zur Kindererziehung zustünde – sie hatte ja zwei Enkel. In letzter Zeit schnitt sie sogar Gerichtsurteile aus der Zeitung aus, wenn Großeltern ein Umgangsrecht mit Enkeln zugesprochen worden war.

»Du bist mir eine große Hilfe!«, rief Heike schon von der Haustür aus, um vorbeugend für gute Stimmung zu sorgen. Silvia inspizierte in der Küche gerade die Spülmaschine, Anne und Michael spielten im Wohnzimmer mit der Eisenbahn.

»Die Kinder waren zufrieden«, sagte Silvia und richtete sich auf. »Nur die erste halbe Stunde ist immer sehr anstrengend mit ihnen.«

»Es tut mir leid. Du musst auch nicht …«

»Das alles ja nur, weil Anne und Michael nicht an mich gewöhnt sind! Peter und du, ihr macht es so kompliziert. Aber ich habe mir überlegt, dass ihr zu viel um die Ohren habt, nicht nur neulich, als Peter krank war. Ich kann mich ja auch selbst einmal mit den Kindern verabreden, Anne ist alt genug, um eine eigene Meinung zu haben. Am Freitagnachmittag kommen Anne und Michael zu mir nach Hause.«

»Gut, ich werde Peter fragen.«

»Das brauchst du nicht. Die Kinder freuen sich schon. Das wollen wir ihnen nicht kaputtmachen.«

»Du hast mit Peter deswegen telefoniert?«

»Ach du liebe Güte, seit wann hat ein Mann eine Ahnung, was für Kinder am besten ist? Ich dachte außerdem, ihr jungen Mütter seid emanzipiert?«

»Entschuldige, Silvia, das eine hat mit dem anderen …«

»Als ich so jung war wie du, wäre ich jedenfalls froh gewesen, wenn meine Schwiegermutter mich unterstützt hätte. Es wäre mir auch nicht schwergefallen, als Frau zwei oder drei Stunden in der Woche allein zu verbringen, denn ich hätte genügend Ideen gehabt, um die Zeit zu nutzen.«

In bewährter Manier versuchte Heike, das Gespräch in andere Bahnen zu lenken: »Hast du eigentlich schon zu Mittag gegessen? Und wie sieht es mit Anne und Michael aus?«

Aber Silvia blieb stur: »Manchmal kopieren Töchter natürlich die Rolle ihrer eigenen Mutter. Wie war es denn bei dir zu Hause, hat deine Mutter geklammert? Ich habe ja neulich erst erfahren, dass du kein Einzelkind bist, sondern noch einen Bruder hast. Leider wohl einen schwierigen Knaben. Heißt er Johann?«

»Ich habe nie behauptet, dass ich …«

»Wie lange kennen wir uns? Sieben Jahre? Acht Jahre? Und ich höre erst jetzt von deinen Familienverhältnissen!«

Augenblicklich schoss eine Wut in Heike hoch, die sie selbst überraschte. So heftig, so heiß, warum hatte Peter mit seiner Mutter über Johann geredet? Und wie sollte Heike das Thema je wieder aus der Welt schaffen? An allem war Buttermann schuld. Er mit seiner sogenannten Jubiläumsfeier!

Ihre Stimme war wie aus Glas: »Ich habe dich gefragt, Silvia, ob du den Kindern schon etwas zu essen gegeben hast.«

»Natürlich! Toast Hawaii, und rate, was sie sich für Freitag gewünscht haben? Sie werden viel Freude an mir haben.«

Als der Freitagnachmittag gekommen war und Heike die Kinder abgeliefert hatte, nahm sie doch wieder die Mobylette, um möglichst flexibel und schnell in der Stadt unterwegs zu sein. Es kam nicht oft vor, dass sie frei hatte, und sie wollte die Stunden nicht verplempern. Zum allerletzten Mal würde sie heute ihren Sorgen nachgehen und die Dinge klären, die ihr im Kopf herumschwirrten: Würde Professor Buttermann sie künftig in Ruhe lassen, und könnte sie erleichtert sein? Oder war an seinen Bemerkungen über den Bruder doch noch etwas dran gewesen, um das sie sich kümmern musste? Sie hatte beschlossen, sich an die

Frau vom Wachdienst der Uni zu wenden, an Sabine, die zwar merkwürdig und anstrengend gewesen war, aber bestimmt ihre Ohren überall hatte, auch am Institut für Graphologie.

Der Motor der Mobylette lief heute prächtig, und nach einer knappen Viertelstunde erreichte Heike eine Telefonzelle, die in der Nähe der Uni stand. Während sie die Münzen einwarf, stellte sie sich auf Schwierigkeiten ein, aber die Frau, die in der Hochschulverwaltung das Gespräch annahm, suchte, ohne zu zögern, die Telefonnummer des Wachdienstes heraus. Dort bekam Heike einen diensthabenden Wachmann an die Strippe, der gern einen Plausch halten wollte. Als sie jedoch nach seiner Kollegin fragte, meinte er, keine Sabine zu kennen.

»Vielleicht hat sie einen Spitznamen«, sagte Heike. »Sie arbeitet auf jeden Fall bei Ihnen. Soll ich vielleicht vorbeikommen?«

»Und dann? Werde ich Ihnen dieselbe Auskunft erteilen.«

»Sie ist ziemlich klein. Und jung. Notizbuch in der Jackentasche. Pony, glatte mittelblonde Haare. Ihr Rundgang als Wachfrau führte letzten Monat am Institut für Graphologie vorbei. Vor allem frühmorgens, ungefähr um sechs Uhr.«

»Moment.«

Der Mann hielt die Sprechmuschel zu, Heike hörte ihn mit jemand anderem reden, dann gedämpft lachen, und es dauerte eine Weile, bis er zum Gespräch zurückkehrte.

»Keine Sabine, weit und breit nicht, sage ich doch.

Wobei wir hier sowieso der Meinung sind, dass der Chef keine Frau eingestellt hat.«

»Das kann ja nicht sein.«

»Ach, meine Guteste. Wenn Sie wüssten!«

»Oder beschäftigt das Institut für Graphologie einen eigenen Wachdienst?«

»Wieso? Wäre das nötig? Hallo? Hallo???«

Heike sah auf die Uhr, dann auf die Mobylette vor der Telefonzelle. Sie hatte noch Zeit.

Die Tür am Institut für Graphologie zu öffnen, fühlte sich schrecklich an, doch Heike verbot sich das Zaudern sofort. Die Jubiläumsfete war im Keller gewesen, und sie nahm heute nur die Stufen nach oben. Die Luft roch nach Eisen und altem Holz, aber auch ein wenig nach Bier. Sie lief schnell, ohne das Geländer zu berühren, und erst als sie in die dritte Etage kam, fiel ihr auf, dass ihr noch niemand begegnet war.

Vorsichtig betrat sie den ersten Flur. Hier war sie nun also wieder, hier hatte sie sich einmal zu Hause gefühlt. Im Kokon der Wissenschaft, dem damals geliebten Universum.

Ihr Bruder hatte ihr im zweiten Semester Geld gegeben, damit sie sich alle Bücher kaufen konnte, die sie haben wollte, und er hatte ihr freie Hand gelassen, obwohl er ihre Begeisterung für die Graphologie nicht verstanden hatte. Natürlich hatte sie auch ihrem Professor Buttermann von Johann vorgeschwärmt, aber Buttermann war ein Biest gewesen. Johann und sie seien als Geschwister zu eng aneinandergekettet, hatte er gesagt, und Johann würde nur deshalb Geld für sie ausgeben, weil er hoffe, sie zu Hause loszuwerden, wenn sie Karriere machte.

Heike hatte es nicht glauben wollen und Johann ins Institut eingeladen, um ihm alles zu zeigen. Er war beeindruckt gewesen, doch, ja, er hatte sich wirklich für Heikes Arbeit interessiert, auch wenn er an seinem Misstrauen gegenüber der Graphologie festgehalten hatte. Es sei sein gutes Recht, anderer Meinung zu sein, hatte Heike gesagt, solange er und sie nur zusammenhielten, Bruder und Schwester. Aber da war die neue Studentin über den Flur gekommen. Jolinda. Lange, wehende Haare, weißer Lederrock. Johann war nach vorn gehechtet, um Jolinda die Tür aufzureißen, und damit war alles vorbei gewesen.

Die dämliche, klapprige Zwischentür aus Glas. Heike musste sich heute überwinden, am Griff zu ziehen, doch es war nicht anders möglich, die zentralen Büros zu erreichen.

Sie hörte ihre Schritte auf dem Linoleum, dabei ging sie langsam und leise, von Beklommenheit erfasst. Was sie sich hier traute! Und dass sie sogar die Andacht noch spürte! Das Institut hatte auf der dritten Etage immer etwas Sakrales gehabt.

Die erste Bürotür auf der rechten Seite stand halb offen. Der Schreibtischstuhl war leer, und leider bot sich im Lesezimmer das gleiche Bild. Verwaiste Tische, geschlossene Registerkästen. Wo waren denn die wissenschaftlichen Hilfskräfte? Oder hatte es sich inzwischen eingebürgert, dass an einem Freitagnachmittag niemand mehr im Institut war?

»Hallo? Ich habe eine Frage!«

Keine Antwort. Nur eine Klospülung ging, irgendwo im Gebäude. Ein Luftzug fuhr über den Flur, an der Pinnwand bewegten sich Papiere: eine Fotokopie mit einem blassen Balkendiagramm, ein vergilbter Zeitungsausschnitt mit einem Gruppenbild der Internationalen Graphologischen Gesellschaft. Aber keine bekannten Köpfe.

Am Ende des Flurs war früher das Sekretariat gewesen. Frau Hartmann hatte den Professor weniger gemocht, als man allgemein annahm, auch wenn sie den Zutritt der Studenten zu ihm streng reguliert hatte. Es war höchst unwahrscheinlich, dass sie noch immer hier arbeitete, doch Heike klopfte trotzdem hoffnungsvoll an, bevor sie – zaghaft – die Türklinke drückte.

Aber nanu? Von dem Sekretariat war kaum etwas übrig geblieben! Der Raum war stattdessen mit Gerümpel gefüllt. Kartons türmten sich auf. Papiere und zerfledderte Bücher quollen aus Kisten und steckten in Tüten, als ob jemand umgezogen wäre und seinen Müll zurückgelassen hätte. Was war passiert? Und wie würde es erst in Buttermanns Büro aussehen?

Heike spähte durch die Verbindungstür. Der Raum des Professors war leer. Und heruntergekommen. Die Wände waren fleckig und rissig. Im kleinen Waschbecken lagen Zigarettenstummel. Wo der Schreibtisch und die Regale mit dem Wichtigsten gestanden hatten, liefen verkrustete Linien über den Boden. Das war ja entsetzlich! Und trotzdem trat Heike ein.

Am Fenstergriff hing der Schwanz eines Kojoten. Ein Schlüsselanhänger, den sie wiedererkannte. Buttermann hatte meistens behauptet, er habe den Kojoten persönlich in Alaska geschossen. Nur Johann hatte von ihm einmal eine andere Version der Geschichte gehört. Demnach war der Kojotenschwanz einem amerikanischen GI aus der Tasche gefallen, als Buttermann sich mit ihm am Rheinufer betrunken hatte.

Für einen Moment war Heike versucht, den Schlüsselanhänger an sich zu nehmen, aber dann wurde es ihr zu viel, und sie verließ hastig das Büro, vielmehr: das ehemalige Büro und das ehemalige Sekretariat, und stieß die Tür zur Teeküche auf. Hier duftete es schwach nach Kaffee. Im Spülbecken lag ein feuchter Filter, und die Maschine war noch lauwarm.

Aufgeregt lauschte sie ins Gebäude hinein. Da war ein leises Klopfen zu hören. Kam es von draußen? Nein, es drang eindeutig von unten herauf, und plötzlich überfiel sie eine gewaltige Angst. Nicht die Angst, jemand könnte sie überraschen, Sabine oder Buttermann, nein, damit würde sie fertigwerden. Sondern es fühlte sich an wie ein Schock, dass das Institut, so wie sie es gekannt hatte, nicht länger existierte. Nicht mehr als Lehrbetrieb, nicht mehr als Zentrum der Handschriftenforschung, sondern nur noch als leere Hülle. Und warum traf es sie so? Bis ins Mark! Schon auf der Jubiläumsfeier hatte sie doch bemerkt, dass keine Honoratioren vorgefahren waren. Sie hätte die Zeichen deuten können. Es war aus. Die anspruchsvolle, die renommierte und wahrhaftige Graphologie in Bonn gab es nicht mehr.

Aber nichts würde sich dadurch ändern in Heikes aktuellem Leben. Erstaunlich: Nichts.

Sie ließ kaltes Wasser über die Handgelenke laufen und ging zurück ins Treppenhaus. Das Klopfen hörte nicht auf, sondern wurde immer lauter und klarer, je weiter sie die Stufen hinunterstieg. Zweite Etage, erste Etage. Hier waren früher die Gruppenräume und der vertäfelte Vorlesungssaal gewesen. Von dort kamen die Geräusche.

Mit einem Ruck öffnete sie die Tür zum Saal. Der vertraute Geruch schlug ihr entgegen, und dann dieser Anblick: die langen Reihen uralter Klappsitze aus Holz. Die Tische mit den Tintenflecken, die abschüssigen Gänge nach vorn. Aber dort, hinter dem Pult, hockte Professor Buttermann. Mit dem Rücken zu Heike hämmerte er auf die Halterung ein, an der die Kreidetafel befestigt war.

»Hallo«, sagte sie laut.

Buttermann drehte sich um. »Oh! Fräulein Heike! Das trifft sich bestens! Sie können mit anpacken.«

»Ich wusste nicht, dass Sie Ihr Büro aufgegeben haben, Herr Professor.«

»Ach, Hauptsache, wir kriegen die Tafel hier abmontiert. Ich will sie unbedingt behalten.«

»Das Institut ist also wirklich nicht mehr in Betrieb?«

»Blödsinn.« Er stand auf und stopfte seine Jeans in die Stiefelschäfte. »Das Haus wird nur renoviert. Wurde auch Zeit. Am Montag beginnen die Malerarbeiten. Aber die Tafel hier … Kommen Sie her!«

Er rüttelte an der Halterung, Putz rieselte. Heike blieb in sicherer Entfernung, auf keinen Fall würde sie helfen.

War der Vorlesungssaal denn schon immer so düster gewesen? Das Parkett verschrammt, die Ablagen staubig. An den Wänden hingen keine Bilder mehr. Keine Sammlung berühmter Handschriften, keine Dozentengalerie.

»Wissen Sie noch?«, fragte der Professor. »Die schönen Skizzen, die wir früher auf der Tafel gemacht haben? Einmal haben wir eine Originalausgabe von Elsbeth Ebertins *Auf Irrwegen der Liebe* untersucht. Sie haben eine Tabelle dazu angefertigt und lauter Minuspunkte verteilt. Es war herrlich.«

»Ich möchte keinen Kontakt mehr zu Ihnen«, sagte Heike und fühlte plötzlich ganz klar, dass diese Worte die letzten waren, die sie noch an den Professor richten wollte: »Ich verlange, dass Sie mich, meine Familie und unseren Schreibwarenladen in Ruhe lassen.«

Er betrachtete sie von Kopf bis Fuß. Dann legte er das Werkzeug beiseite, klappte einen Sitz in der ersten Reihe herunter und ließ sich umständlich darauf nieder.

»Gut. Können wir so machen«, sagte er. »Ich füge mich Ihren Wünschen, aber bitte legen Sie dann auch fest, was mit Ihrem Bruder in der DDR passiert. Wie soll ich Johann unterstützen, wenn ich mich nicht mit Ihnen absprechen kann?«

»Falls Sie wirklich Kontakt zu Johann haben, richten Sie ihm aus, dass er mich jederzeit in unserem alten Geschäft erreichen kann. Und dass ich mich freuen würde.«

»Aha.« Buttermann umschlang sein Knie. »Sie denken also, er kann einfach Nachrichten nach Bonn durchgeben? Habe ich nicht gesagt, wie er lebt? Oder machen Sie sich etwa Hoffnungen, er kommt zurück in die BRD? Natürlich! Wegen der Pariser Straße, stimmt's? Ich weiß über Ihren Besuch dort Bescheid, muss Sie aber leider enttäuschen. Ihr geliebter Johann wird nicht zum Personal der Ständigen Vertretung der DDR gehören. Schade! Aber warten Sie mal.«

Er langte in seinen rechten Stiefel und fischte etwas heraus. Es war ein Stück Papier, das er zeremonienhaft entfaltete, um davon abzulesen:

»›Ich verlange, meine Ehefrau zu sehen. Sie ist die einzige Angehörige, die ich noch habe. Bitte richten Sie ihr aus …‹ Nun denn, Fräulein Heike, da hat er flott gelogen, nicht wahr? Ehefrau? Einzige Angehörige? Aber seine Schrift habe ich sofort erkannt. Verschnörkelte Bogen im großen E, übertriebene Oberlängen. Wollen Sie mal sehen?«

Er hielt Heike den Zettel hin, und sie konnte nicht anders, als nach vorn zu rennen und ihn sich zu schnappen. Leicht linksgeneigte Buchstaben, aber nicht linksbetont; Mittelband unauffällig bei großer Schriftweite mit Tendenz zum sekundären Raum! Konnte es eine Fälschung sein?

»Oh ja, das geht an die Nieren«, sagte Buttermann. »Der Fetzen ist mir zugespielt worden.«

»Ich muss die Handschrift … Ich analysiere heutzutage nicht mehr.«

»Richtig, aber Sie registrieren durchaus den verzweifelten Ton Ihres Bruders? Und dass er sehr leichtsinnig nicht bei der Wahrheit bleibt, sondern die Schwester verschweigt, die Westverwandtschaft? Das Politbüro fand das nicht lustig, kann ich Ihnen sagen – und ach, Sie amüsieren sich wohl auch nicht.«

»Das Politbüro?«

»Meine Güte, wie Sie damals dem Hippie Trail hinterhergeschnieft haben! Zum Steinerweichen. Warum sind Sie denn nie auf die Idee gekommen, Johann könnte mit dem Trail in die Deutsche Demokratische … Oh!«

Er unterbrach sich, denn von der Straße war ein wiederholtes Hupen zu hören, das ihn offenbar erschreckte. Er huschte zum Fenster, sah kurz hinaus und drückte sich dann an die Wand, als müsste er sich vor jemandem verstecken.

Heike nutzte die Gelegenheit, den Zettel in ihre Tasche zu schieben. »Wenn Sie mir bloß ein einziges Mal eine deutliche Auskunft geben würden«, sagte sie bitter. »Aber auf Fakten, auf etwas Handfestes wartet man bei Ihnen vergebens.«

Der Professor schüttelte abweisend den Kopf, legte einen Finger an die Lippen und flüsterte: »Bitte, bitte, still sein!«

Sie trat ebenfalls an das Fenster, um nachzusehen, was unten auf der Straße los war. Vor dem Institut stand ein Wagen, den sie erkannte. Es war der schmutzige, ursprünglich weiße BMW von der Pariser Straße. Jemand stieg aus, ein älterer dünner Mann im grauen Anzug, und auch ihn hatte sie schon einmal gesehen: Er hatte neulich bei ihr im Schreibwarenladen die Auslage studiert und nichts gekauft. Heute hielt er einen großen Umschlag in der Hand und warf ihn in den Briefkasten des Instituts, dann fuhr er wieder davon.

»Sehen Sie!«, zischte der Professor. »Sehen Sie!«

»Wer war das?«

»Immer neue Aufgaben! Anstatt auf mich zu hören. Haben Sie den Zettel von Johann?«

»Ja, und ich behalte ihn.«

»Sehr gut, Sie sollten damit üben. In der DDR veranschlagen sie für ein Schriftgutachten viel weniger Zeit als im Westen.«

»Ach so? Sie erstellen Gutachten für die DDR?«

»Wir beide, Heike, wir beide werden es gemeinsam tun.«

»Niemals!«

Aber der Professor eilte zum Pult und holte einen dicken Schlüsselbund hervor. »Gehen Sie zum Briefkasten, und holen Sie uns das Zeug herauf, bitte schön.«

»Hängt es mit meinem Bruder zusammen? Wo ist Johann denn? Und dürfen Sie als Uniprofessor überhaupt für die DDR arbeiten?«

»Pah! Was wir dürfen, bestimmen wir selbst! Früher sind uns alle hinterhergelaufen. Maggi, die Bundeswehr, und bei der Lufthansa war einer in Sie verliebt. '63 wurde kein einziger Pilot eingestellt, dessen Handschrift Sie nicht geprüft hatten! Und jetzt zieren Sie sich?«

Brüsk wandte sie sich zum Gehen. Da ertönte ein lautes, klirrendes Geräusch hinter ihr. Buttermanns Schlüsselbund rutschte über das Parkett bis vor ihre Füße.

»Stopp! Sie bleiben stehen!«, rief er.

»Sie sind so … Schämen Sie sich, Herr Professor!«

Aber seine Miene war hart geworden. »Ein Anruf von mir, Heike, eine kleine Erwähnung Ihrer Untaten von damals, und Ihr Leben liegt in Scherben. Der ganze rosarote Mist. Ihr Gatte, Ihre Kinder, alles perdu.«

»Das werden Sie nicht wagen.« Sie tastete nach dem Zettel in ihrer Manteltasche. »Ansonsten könnte ich auch über Sie einiges erzählen.«

»Ach ja? Ich bin immer noch respektabel. Der Graphologie treu geblieben. Das ist mehr, als man von Ihnen behaupten kann. Oder denken Sie, ich weiß nicht Bescheid? Dass Sie Ihr wahres Ich vor Ihrer Familie verheimlichen? Und jetzt wollen Sie Ihren Bruder verrecken lassen, irgendwo in der DDR im Knast. Ich habe angeboten, Johann zu helfen, aber Ihnen ist alles egal. Hauptsache, Sie können Ihren alten Professor verletzen.«

»Bitte, was soll das? Johann sitzt in der DDR im Gefängnis?«

»Ja, in der Tat. Und er betet, dass Sie endlich den Hintern hochkriegen und mit mir zusammenarbeiten. Es sind doch nur ein paar harmlose Schriftgutachten für meine Freunde in der DDR.«

Sie sah ihn an und dachte mit Schmerzen und Angst an Johann – und an den Kojotenschwanz oben in Buttermanns altem Büro, über dessen Herkunft der Professor damals zwei sich widersprechende Erzählungen verbreitet hatte. Vielleicht hatte er nur Johann die Wahrheit verraten, dass er den Kojoten nämlich nicht erlegt, sondern den Schlüsselanhänger gestohlen habe? Hatte Buttermann denn zu Johann in einem besonderen Verhältnis gestanden, sodass er sich heute noch für ihn einsetzen würde? Waren die beiden enger miteinander befreundet gewesen, als Heike es mitbekommen hatte? Nein, dachte sie, es fühlt sich nicht stimmig an. Aber sie konnte es auch nicht mit Sicherheit wissen, außerdem war das Risiko groß: Was wäre, wenn Johann Heike tatsächlich brauchte? Und wenn sie nicht reagierte, bloß weil Buttermann ihr zuwider war? Hatte der Professor an den Geschwistern Berger nicht auch etwas wiedergutzumachen?

TEIL II

13. März 1974 bis 24. April 1974

9.

Wenn Peter an die Feier zurückdachte, sah er die Gläser zersplittert auf dem Boden liegen. Tausend glitzernde Scherben in einer Lache aus Apfelkorn. Sein Schädel hatte vibriert, rotes Licht war von der Decke geregnet. Und die Lederschuhe hatten Schnapsspritzer abbekommen, Heikes Schuhe auch, aber während sein Blick daran kleben geblieben war, waren ihr die Flecken gar nicht aufgefallen. Kein gutes Zeichen, eigentlich.

Sie konnte streng sein, liebenswert streng, auch mit sich selbst, nein: vor allem mit sich selbst. Denn das war ein weiteres Partybild, das Peter im Gedächtnis behalten hatte: wie Heike und er draußen vor dem Institut gestanden und angesichts der feiernden Menge überlegt hatten, was sie tun sollten. Ob sie gut durch den Abend kämen, ohne dass Heike die Nerven verlöre.

Vor Lampenfieber war ihre Hand sehr warm gewesen. Sie hatte sich an Peter festgehalten, das kam nicht allzu oft vor. Am liebsten hätte er sie mit einem Bannspruch belegt, mit einem unsichtbaren Zauber, der sie wie eine Glasglocke umfangen und die anderen Menschen von ihr ferngehalten hätte. Aber Heike konnte es bekanntlich nicht leiden, wenn er sich allzu große Sorgen um sie machte, und außerdem war sie in der Lage, ihre eigene Glasglocke zu bilden.

Wobei die Party zu Anfang, als sie noch auf der Straße gewesen waren, gar nicht so bedrohlich gewirkt hatte. Hundert, zweihundert Gäste hatten sich vor dem Institutseingang gedrängelt und eine Stimmung verbreitet, die für Peter sogar hochinteressant gewesen war. Die Atmosphäre hatte ihn an den Sommer erinnert, als er sich für ein paar Wochen angewöhnt hatte, nach Feierabend vom Schreibwarenladen aus nicht direkt nach Hause, sondern erst noch durch die Rheinaue zu radeln. Jeden Abend im August hatte er an derselben Stelle ein paar Leute getroffen, die um einen Grill saßen. Ein Typ hatte Gitarre gespielt, und manchmal hatte sich Peter dazugesetzt. Keine große Sache im Grunde, aber ihn hatte gerade die Selbstverständlichkeit beeindruckt. Es gab weder Fragen noch große Aufregung, sondern einfach die Wiese, das schöne Wetter und das Zusammensein.

Allerdings hätte Peter Heike mehr darüber erzählen müssen, nur, ganz ehrlich: Er wollte kein Ehemann sein, über den es hieß, dass er in der Rheinaue Gilbert O'Sullivan sang, während seine Frau am Herd stand und das Abendessen zubereitete. Außerdem hatten die Gitarrentreffen im September, als das Wetter schlechter geworden war, sowieso aufgehört. Und die Ehe hatte nicht den geringsten Schaden genommen.

Heike und Peter waren ein Paar, das sich auch wortlos verstand. Ein gutes Paar, und früher hätte Peter gar nicht geglaubt, dass so etwas überhaupt möglich war: dass man im Laufe der Jahre nicht mäkelig oder zynisch miteinander wurde, sondern sich vertraute und blind aufeinander verließ.

Acht Jahre waren sie inzwischen verheiratet, seit fast sechs Jahren hatten sie Kinder, und Heike war natürlich der Dreh- und Angelpunkt der Familie. Eine großartige Mutter, eine perfekte Organisatorin, und sie strengte sich sogar an, die beste Schwiegertochter zu sein. Nicht weil Peter es von ihr verlangte, sondern weil sie wohl dachte, dass es ihm gefalle. Und – gefiel es ihm denn? Na, was sonst?

Nur manchmal gab es bei Heike einen Knacks. Sie versuchte, sich damit zu verstecken, aber Peter bekam es durchaus mit, wenn sie plötzlich niedergeschlagen war, sich durch die Nächte quälte und im Haus herumschlich. Er musste in solchen Phasen gelassen bleiben, sie dauerten auch nur wenige Tage, dann waren sie vorbei, und alles lief wieder wie vorher – also am Schnürchen.

Vielleicht handelte es sich bei den Phasen um eine depressive Verstimmung, die bei Heike ab und zu durchbrach? Manchmal wünschte Peter, er könnte sich bei jemandem danach erkundigen. Aber wenn andere Männer Bemerkungen über ihre Frauen machten, klang es nicht so wie das, was er mit Heike erlebte. Außerdem würde sie bestimmt nicht wollen, dass er Rat von außen einholte. Einmal hatte sie gesagt, sie sollten die dunkleren Momente als Preis für ihr glückliches Leben ansehen. Oder als Überdruckventil, damit sie vor Zufriedenheit nicht platzten. Ein Quatsch, diese Erklärung, das wusste Peter wohl, aber er hatte sich über Heikes Absicht gefreut. Sie hatte ihm sagen wollen, wie gern sie mit ihm zusammen war, und dazu ein griffiges Bild benutzt, damit er sie verstand. Denn auch darüber machte Peter sich keine Illusionen: Ihr geistiger Horizont hing eine ganze Etage höher als seiner.

Ihr Gehirn musste riesig sein. Ihre Gedankenwelt war ein unglaubliches Universum. Faszinierend auf der einen Seite, auf der anderen erschreckend. Aber Heike hatte Peter noch nie spüren lassen, wie überlegen sie war. Sie brauchte ihn durchaus an ihrer Seite, das durfte er sich wohl einbilden, denn er schenkte ihr ein Zuhause. Und er war respektvoll genug, ihr Innenleben unangetastet zu lassen.

Neulich, auf der Feier im Institut für Graphologie, war er erstmals in Versuchung gewesen, etwas außer der Reihe zu sagen. Denn nachdem die Schnapsgläser in tausend Stücke zersprungen waren, hatte ihn eine selbstmitleidige Stimmung erfasst. Er durfte sich nicht betrinken? Seit wann blamierte Heike ihn in aller Öffentlichkeit, anstatt sich zu freuen, dass er sich einmal mit anderen Menschen amüsierte? Schließlich war der Abend auch für ihn sehr aufregend und anstrengend gewesen, gerade an diesem besonderen Ort. Denn Peter hütete das Geheimnis, dass er, der nie studiert hatte, in früheren Zeiten schon einmal in diesem Institut für Graphologie gewesen war.

Neun Jahre zuvor, in der Verlobungszeit also, hatte er Heike nachspioniert. Er war schon damals kein spektakulärer Typ gewesen, hatte noch bei seinen Eltern gewohnt, war eine Art Handwerker, ein Papier- und Bütten-Handwerker ohne Ausbildung gewesen, und seine Erfahrungen mit Frauen hatte er an einer Hand abzählen können. Dass Heike sich überhaupt mit ihm abgegeben hatte, war in seinen Augen einer Sensation gleichgekommen, und natürlich hatte er einen Druck verspürt, bloß keinen Fehler zu machen. Vor allem aber hatte er Heike glücklich sehen wollen, denn seiner Meinung nach war sie vom Leben genug durch die Mühle gedreht worden: Ihr Bruder war abgehauen und hatte sie mit dem Laden im Stich gelassen, ausgerechnet in einer Zeit, in der sie von ihren Leuten an der Uni schlecht behandelt worden war. So schlecht, dass Peter sich sogar gescheut hatte, sie genauer danach zu befragen, denn wann immer er es getan hatte, war sie besorgniserregend kurzatmig geworden.

Vor neun Jahren also war er eines Tages in das Institut für Graphologie marschiert, um das, was Heike widerfahren war, auf eigene Faust herauszufinden. Die zittrige Aufregung konnte er heute noch spüren. Er sprach damals die erstbeste Person an, die er fand: eine Sekretärin, Frau Hartmann, die auf dem Flur gerade dicke Wälzer auf einen Wagen packte. Sie war misstrauisch: »Auf welcher Seite stehen Sie denn in dieser Angelegenheit?«

»Auf Heike Bergers Seite natürlich!«, antwortete er, womit Frau Hartmann offenbar zufrieden war.

Sie drückte ihm ein Buch in die Hand: »Seite 208 bis 273, das erst einmal als Grundlage.«

Er setzte sich gehorsam in den Lesesaal. In dem Buch stand allen Ernstes ein Aufsatz von Heike Berger: *Die zählbaren, messbaren und schätzbaren Merkmale der Handschrift.*

Hatte Peter bis dahin gewusst, was sich in einer Handschrift verbarg? Und dass es Menschen gab, die mit dem Millimetermaß i-Punkte abgriffen? Sicher, die Graphologie war ab und zu ein Thema in der Zeitung, aber soweit Peter sich erinnerte, handelten die Artikel dann von Lebensläufen, Geheimdiensten und Psychologen. Jetzt dagegen, hier an diesem Uni-Institut, in diesem Buch, las er von Heike in der Spitzenforschung! Er, Peter Holländer, durfte entdecken, dass seine Verlobte, die manchmal seine Zahnbürste benutzte, ganz großartige, verrückte Dinge über die Schreibschrift wusste. Und dass ihre Ideen auf der ganzen Welt schon für Aufsehen gesorgt hatten.

Betrachten wir den unelastischen Formstrich als Notsignal, wobei das Raumbild (Schrift 1) umgekehrt reziprok zur sozialen Beziehung zu sehen ist.

Peter war so aufgeregt, dass die Buchstaben vor seinen Augen tanzten. Er holte sich noch andere Bücher dazu, las Aufsätze, die Heike in Montreal, Paris und Kopenhagen vorgetragen hatte. Er hatte es nicht gewusst! Und war sich sicher, dass die Explosion in seinem Herzen den gesamten Lesesaal erschüttern musste. Aber als er sich umsah, saßen alle noch an ihren Plätzen, und nicht ein einziges Staubkorn rieselte von der Decke.

War denn unter den Anwesenden jemand, der Heike persönlich kannte? Ein Asiate durchquerte den Saal und warf herrisch den Kopierer an. Ein hässlicher Amerikaner oder Engländer tuschelte hinterm Regal. Die meisten lasen schweigend, und jeder trug einen schwarzen Rollkragenpullover zu einer schwarzen Hose. Nur Peter nicht, er war im blauen Anzug gekommen.

Auf Kontaktsuche wanderte er umher und grüßte, aber niemand grüßte zurück. Er sah ausschließlich Männer, sehr viele Männer in diesem Institut, wollhaarige Schränke, lackhaarige Laffen. Die Sekretärin schien die einzige Frau im Haus zu sein. Aber Heike musste doch auch Freundinnen gehabt haben? Oder – was sollte Peter sich ausmalen, was ihr hier mit den Kerlen widerfahren war? Vielleicht sogar im Lesesaal? Nein, die Vorstellung war entsetzlich!

Noch einmal suchte er Frau Hartmann auf. »Die Bücher waren aufschlussreich, vielen Dank. Aber das Institut … Mit wem hatte Heike am Ende zu tun?«

Die Sekretärin nahm die Brille ab und ließ sie an einer goldenen Kette vor ihrer Brust baumeln. »Sie stehen also doch nicht auf Fräulein Bergers Seite?«

»Doch. Natürlich! Ich stehe so fest, dass bestimmte Typen sich an mir eine blutige Nase holen werden.«

»Na ja, lassen Sie den Gorilla mal stecken.«

»Bitte?«

»Sie hatten gesagt, Sie wollten etwas über Heike Berger erfahren. Aber Sie wollen sich eigentlich nur selbst in Szene setzen?«

»Ich muss wissen, was los war und noch jemand …«

»Bestraft werden muss?«

»Fräulein Berger hat ihr Studium abgebrochen!« Peter wurde lauter. »Und es kann wohl kaum daran gelegen haben, dass sie in ihrem Fach zu schlecht war.«

Die Sekretärin fasste ihn am Ellbogen, um ihn weiter nach hinten zu führen, in eine stillere Ecke.

»Was verstehen Sie von Graphologie?«, fragte sie. »Wenig, viel oder nichts?«

»Nichts.«

»Ihre Freundin Heike Berger hat…«

»Verlobte.«

»Himmel! Sie wollen heiraten! Was tun Sie dann hier?«

»Reden Sie doch einfach zu Ende! Meine Verlobte Heike Berger hat – was?«

»Ich bin ehrlich bestürzt, dass unsere beste Graphologin sich in einer Ehe verkriechen will.«

»Bitte!« Peter war zunehmend verzweifelt. »Vielleicht haben Sie einen falschen Eindruck von mir, aber Sie können mir wirklich alles sagen.«

Die Sekretärin setzte ihre Brille wieder auf. »Ich durfte Fräulein Berger bei ihren Arbeiten unterstützen, und sie hat mich nie spüren lassen, dass ich keine Studierte bin. Übrigens hat sie auch nie versucht, meine Handschrift zu analysieren. Anstand und Würde! Das waren ihre Fixsterne.«

»Natürlich. Ich will auch keine Kritik an Heikes Arbeit üben. Im Gegenteil.«

»Ich weiß schon! Sie wollen sie heiraten und überprüfen vorher noch die Gerüchte und Fräulein Bergers Leumund. Aber ich sage Ihnen etwas: Dass sie auf Abwege geraten ist, hat sie nur ihrer außergewöhnlichen Begabung zu verdanken. Wäre sie eine schlechtere Graphologin gewesen, hätte man abgewartet, dass ihr von ganz allein ein Fehler unterläuft, anstatt sie in Versuchung zu führen. Männer mögen es nicht, wenn Frauen besser sind als sie!«

»Man hat Heike in Versuchung geführt?«

»Still! Pfui! Egal, was Sie gehört haben! Die Wahrheit

ist, dass Fräulein Berger förmlich gedrängt wurde, die Graphologie zu missbrauchen. Ich habe es vom Nebenzimmer aus mitbekommen.«

»Aber was erzählen Sie denn da, um Himmels willen? Was soll das bedeuten: Sie hat die Graphologie missbraucht?«

»Sind Sie sicher, dass Sie sie heiraten wollen? Obwohl Sie von nichts eine Ahnung haben? Offensichtlich nicht einmal von Heike Bergers Sorgen! Wie wollen Sie mit ihr leben?«

Erbost stürmte Peter aus dem Institut auf die Straße. Er bog um die Ecke und lief an der Universitätsbibliothek vorbei. In den Fensterscheiben flirrte sein Spiegelbild. Ein Dummkopf war er und blieb er und sollte sich wohl tatsächlich einmal fragen, warum Heike, die berühmte Wissenschaftlerin, es nicht über sich brachte, ihn detailliert in ihre Universitätszeit einzuweihen. Wollte sie in ihrer Ehe wirklich nur unterkriechen? Ausgerechnet bei Peter? Welche Gerüchte gab es denn, und wie überprüfte man sie? Andererseits: Warum sollte Peter das tun? Warum sollte er Dreck aufwirbeln, wenn er Heike doch liebte, so wie sie war? Ach, vielleicht war es grundsätzlich falsch, einander zu heiraten.

Bestimmt hatte Heike nicht ausreichend bedacht, welche Konsequenzen die Eheschließung hätte. Nach Recht und Gesetz würde Peter zum Herrn im Haus, zum Herrn über Heike Berger werden. Das klang nicht gut. Auch Heike musste wissen, dass Peter ihr in Wahrheit nicht gewachsen war.

Sein Mut schwand. Er sehnte sich nach einer Erlösung, wollte immer noch eins werden mit Heike, mit ihr verschmelzen, wurde aber mit jedem Schritt kleiner und kleiner.

Milchmädchen, Pipimädchen. In seiner Kindheit hatte sein Vater viele Bezeichnungen für ihn gehabt, und auf wundersame Weise hörte er jetzt ein Echo.

Später, am Abend, konnte Peter Heike nicht in die Augen blicken. Ich brauche Zeit, dachte er und grübelte endlos nach, wie er sich verhalten sollte. So gern hätte er begriffen, was der Satz der Sekretärin bedeutete: Heike hatte die Graphologie missbraucht, weil sie in Versuchung geführt worden war. Aber er kam nicht dahinter.

Möglichst beiläufig schob er die Hochzeit immer weiter auf. Heike drängte ihn nicht, und seine Eltern waren wohl schier erleichtert. Er dachte sich für sie offizielle, blumige Erklärungen aus: Eine gesunde Beziehung wachse wie in einem Schöpfrahmen, behauptete er. Er werde Kelle für Kelle einfüllen, ganz in Ruhe, und erst wenn das, was auf dem Sieb zurückblieb, dick genug war, werde er sich mit Heike darauf betten.

Um ein Haar hätte er alles vermasselt. Aber dann saß er eines Tages in seinem Zimmer bei den Eltern auf dem Fußboden und bedauerte sich wieder einmal selbst. Auf dem Plattenspieler drehte sich John Coltrane, *A Love Supreme*, und je länger er hinsah, umso deutlicher sah er statt der schwarzen Scheibe die Holländer-Walze rotieren, die Monstermaschine, die mit ihren Messern alles zerfetzte: die spießige Pflanze, die seine Mutter im Zimmer aufgestellt hatte, seine Jugendbettwäsche und letztlich ihn selbst.

Er sprang auf, rief Heike an, und am nächsten Tag bestellten sie das Aufgebot. Sie heirateten, einfach so, ohne weitere Besprechung. Sie bekamen Anne und Michael und brachten den Schreibwarenladen auf Vordermann. Und wie lief es seitdem mit ihnen? Perfekt! In jeder einzelnen Minute!

Und so stand er jetzt auch wieder zufrieden in ihrem geliebten Laden. Gleich brach die Stunde mit den besonderen Kunden an. Der späte Vormittag, an dem die Bundestagsbüros ihre Bestellungen aufgaben. Frau von Bothmer hatte bereits angerufen, sie würde eine Mitarbeiterin schicken, um einen Karton Briefpapier zu holen. Und die *Bayerische Staatszeitung* wartete noch auf jemanden aus dem Büro Strauß. Es war ein Blatt, das Peter nicht gern in der Auslage sah.

Ob auch Ilja heute noch einmal vorbeikäme? Der neue unverhoffte Bekannte. Ilja mit der Apfelkornflasche – oder nein: ehemals mit der Apfelkornflasche. Denn keiner von ihnen beiden würde das Zeug je wieder anrühren.

Gestern hatte jedenfalls die Türglocke gebimmelt, Peter hatte vom Kassenbuch aufgeblickt – und sich wahnsinnig erschrocken, wer in der Tür gestanden hatte. Der langhaarige Mann von der Jubiläumsparty im Institut für Graphologie. Der Typ, dem Peter alle Peinlichkeiten und Kopfschmerzen und Diskussionen mit Heike zu verdanken hatte.

»Du?«

»Sorry für alles. Darf ich reinkommen?«

»Klar.«

Ilja war blass gewesen, vor allem im Kontrast zu den schwarzen Haaren und dem hellblauen Stirnband. Er hatte die Ladentür so zart zugedrückt, als wollte er Peter mit keinem Laut zur Last fallen.

»Du weißt also noch, wer ich bin?«, hatte Ilja gefragt, und Peter hatte sich lässig gegeben: »Ich erinnere mich zwar nicht an alles, aber du hast mich ziemlich abgefüllt.«

»Tut mir echt leid, Mann. Ich hatte keine Ahnung, womit der Schnaps gepanscht war. Die Flasche stand irgendwo auf dem Tisch, und ich habe sie mir einfach geschnappt. Mache ich nie wieder.«

»Okay.«

»Ich hoffe, du glaubst mir das? Dass es keine Absicht war?«

»Ich hab's überlebt. Siehst du ja. Und dir ging es doch wahrscheinlich auch nicht gut, du hast schließlich mitgesoffen. Was waren das überhaupt für Drogen?«

»Keine Ahnung.« Ilja krauste die Nase. »Hattest du einen schlimmen Filmriss?«

»Denke schon.«

»Schade. Wir haben uns nämlich super unterhalten. Du bist richtig ausgeflippt, als ich erzählt habe, dass ich als Kind Papier schöpfen wollte.«

»Du?«

»Persönlich. Und dann hast du mir von deinem Laden vorgeschwärmt. Fabriano, Arches und so weiter. Wir haben herumgesponnen, dass wir eines Tages unser eigenes Bütten herstellen würden. Alberner Kram, das weiß ich natürlich.«

Sie hatten sich angrinst, und Peter hatte es wirklich bedauert, dass er sich an so wenig erinnerte, was Ilja betraf. Aber vor Peters geistigem Auge war automatisch ein neues Bild entstanden, wie er nämlich später noch einmal mit Heike über die Fete reden würde und wie Heike dadurch ebenfalls mit dem Apfelkorn-Vorfall ins Reine kommen könnte: Er würde ihr sagen, dass Ilja sich bei ihm entschuldigt hatte und überhaupt kein schlechter Typ war.

Leider war am Abend die Ernüchterung auf dem Fuße gefolgt. Als Peter nämlich nach Hause gekommen war, war das Gespräch mit Heike nicht gut verlaufen. Man könnte sogar sagen, es war total schiefgegangen, denn Heike war genervt gewesen, schon wieder an die verdammte Fete erinnert zu werden.

Aber egal. Heute war ein neuer Tag, und Peter durfte sich selbstverständlich freuen, wenn Ilja ihn wieder im Laden besuchen würde. Heike würde Ilja ohnehin genauso nett finden wie er – wenn sie erst dazu käme, Ilja richtig kennenzulernen.

Lieber Peter, tut mir leid wegen gestern Abend. Und deine Mutter hat sich die Hand verknackst! Bin mit den Kindern bei ihr. Übernehme Einkaufen usw.
Bald zurück! Essen auf dem Herd.
Küsse
Heike

10.

»Dafür, dass Sie schon einmal jemanden umgebracht haben, sind Sie erstaunlich leicht aus der Fassung zu bringen«, sagte Professor Buttermann und putzte lächelnd die Brille. Das Putztuch, das er aus der Hosentasche gezogen hatte, roch intensiv nach Lavendel. Dazu kam der Joint, der im Aschenbecher qualmte.

Heike atmete durch den Mund. »Eine Behauptung wird nicht glaubwürdiger oder wahrer, indem man sie hundertmal wiederholt.«

»Sie bluffen. Ich bluffe auch – oder nicht. Wir haben viele schöne Gemeinsamkeiten, Heike.«

Sie hatte keine Zeit, sich provozieren zu lassen, sondern musste sich endlich mit dem Lebenslauf beschäftigen, den der Professor ihr vorgelegt hatte. Handgeschrieben. Blaue Tinte auf billigem, leicht rauem Papier. Zwei Seiten, gleichmäßige Buchstaben, Arkadenbildung. Buttermann hatte gesagt, es sei wichtig, bei der Analyse sofort zu Ergebnissen zu kommen, dabei hatte Heike ein mindestens ebenso großes Interesse daran, die Arbeit zügig hinter sich zu bringen.

Aber es sträubte sich vieles in ihr – nach all den Jahren ohne Graphologie, der langen Zeit, in der sie enthaltsam gewesen war. Wie oft hatte sie gegen die Versuchung gekämpft, doch noch einmal eine Handschrift zu begutachten, und hatte am Ende immer gewonnen, war stark und standhaft geblieben. Das Verbot, das sie sich auferlegt hatte, hatte ihrem neuen, besseren Leben genützt, und mehr noch: Das neue Leben wäre ohne die Enthaltsamkeit gar nicht möglich gewesen. Und jetzt? Wie würde sich die Kehrtwende auswirken? Und anfühlen? Oder durfte Heike sich einreden, dass es gar keine richtige Kehrtwende war, da sie nur unter Zwang vollzogen wurde?

Die Umstände waren jedenfalls beklemmend. Es wurden präzise, möglichst intime Gutachten erwartet – und der Auftraggeber war die DDR. Einfach »die DDR«, keine Person oder konkrete Institution, sondern ganz allgemein die sozialistische Staatsmacht, mit der Buttermann als Hochschullehrer in Verbindung stand. Wenn Heike alles richtig begriff.

Der Professor tat, als beobachtete er sie nicht, sondern wäre mit eigenen Papieren beschäftigt. Mit viel Geraschel führte er vor, wie gut die Arbeit vorangehen könnte, wenn Heike sich nur Mühe gäbe. Sein Stapel an Lebensläufen war längst geschrumpft. Heikes Stapel nicht.

Ob es eine politische Grauzone war, in der der Professor agierte? Oder wurde er sogar selbst unter Druck gesetzt? Neulich, als der schmutzige BMW vor dem Institut gehalten hatte und die Lebensläufe aus der DDR angeliefert worden waren, hatte Buttermann sich im Vorlesungssaal neben dem Fenster versteckt, als hätte er Angst vor dem BMW-Fahrer gehabt. Warum? Und hoffentlich wussten die Leute, von denen die Handschriften stammten, auf wessen Schreibtisch sie gelandet waren?

Es waren recht freimütige Texte dabei, Heike hatte sie durchgeblättert. Gesinnungsbekenntnisse, plaudernde Striche, Punkte und Schleifen. Der Professor schien sich immerhin einer gewissen Verantwortung bewusst zu sein. Seine und Heikes Gutachten, hatte er gesagt, würden entscheiden, wer künftig in der Ständigen Vertretung der DDR in Bonn arbeiten dürfte. Also betrieben sie eine Personalauswahl, ähnlich wie früher? Warum stellte die DDR dann so geringe Ansprüche? Die Charaktere sollten nur willensstark und loyal sein, dabei konnte die Graphologie so viel mehr ermitteln!

Auf dem Tisch standen eine Kanne Kaffee und eine Schale mit Keksen. Außerdem hatte der Professor die alte Kreidetafel hervorgeholt, die er im Vorlesungssaal abmontiert hatte. Darauf war (in Druckbuchstaben) eine Leitlinie notiert, so wie es früher in den Seminaren üblich gewesen war:

SPITZENDIPLOMATEN GESUCHT. WER TAUGT ALS BOTSCHAFTER DES SOZIALISMUS?
(KUNDSCHAFTER DES FRIEDENS)

Ob Heike von Buttermann eine schriftliche Bestätigung verlangen könnte, dass sie als Gutachterin nirgendwo namentlich genannt würde? Und ob Buttermann ihr für alle Fälle auch bescheinigen könnte, dass sie einen unpolitischen Lohn für ihre Mitarbeit vereinbart hatten, nämlich den Kontakt zu Johann? Eigentlich müsste es dem Professor doch wichtig sein, für gute Stimmung zu sorgen, denn Heike würde ihm einen Großteil seiner Arbeit abnehmen. Dreißig Lebensläufe lagen vor ihr, und das war nur das Kontingent für heute, die nächste Lieferung war angeblich schon unterwegs.

Der Zettel, den Buttermann neulich aus dem Stiefelschaft gezogen hatte, war vermutlich echt. Sowohl das Papier als auch die Handschrift hatten Heikes Überprüfung standgehalten. Sie hatte zu Hause auf dem Dachboden eine Vergleichsschrift gefunden *(Dieses Buch gehört Johann Berger)* und am Ende die Gewissheit gegen die Zweifel aufwiegen können: Die Wahrscheinlichkeit, dass Johann die flehentliche Nachricht geschrieben hatte, lag bei 98 Prozent. Zwei Prozent Unsicherheit blieben, weil Heike die Gerätschaften fehlten, um eine chemische Altersanalyse des Zettels durchzuführen.

Aber waren zwei Prozent viel oder wenig – in einer so wichtigen Angelegenheit? Eine zweiprozentige Möglichkeit, dass der Professor Heike schlichtweg betrog? Ja, es könnte sein. Aber 98 Prozent sprachen dagegen.

»Noch Kaffee?«, fragte Buttermann.

»Nein, danke.«

»Der Magen? Die Aufregung?«

»Ich habe keinen Durst.«

»Ihr Bruder würde alles dafür geben, einmal wieder an einer Tasse Kaffee zu riechen.«

»Alles? Das glaube ich nicht.«

»Na ja, vielleicht kann er es Ihnen bald persönlich sagen.«

Buttermann lächelte und befasste sich demonstrativ wieder mit seinen Papieren.

Sie saßen im Keller des Instituts, in einer Ecke des Archivs, das nach der Fete mehr schlecht als recht wieder hergerichtet worden war. Mit alten Stühlen und einem Schreibtisch hatte der Professor einen Arbeitsplatz geschaffen, der gut verborgen hinter den ramponierten Regalen lag. Irgendwo in der Wand tropfte es rhythmisch, die Heizung rauschte. Eine staubige Leselampe spendete Licht, der Rauch des Joints kräuselte sich darin, und Heike dachte, dass ihre vorübergehende Rückkehr in die Welt der Graphologie wohl nicht stimmiger hätte sein können. Erstens war sie heimlich hier, und zweitens fühlte sie sich schmutzig.

»Was haben Sie eigentlich Ihrem Ehemann gesagt, wo Sie sind?«, fragte der Professor, als könnte er Gedanken lesen. »Sind Sie offiziell beim Einkaufen? Oder bei einer Freundin auf Krankenbesuch?«

»Meine Ehe geht Sie nichts an«, erwiderte Heike.

Buttermann lächelte. »Dennoch darf ich Sie an Ihre Verpflichtung zur Verschwiegenheit erinnern. Am Ende werden Sie stolz sein. Immerhin nehmen Sie an einer Friedensmission teil. Wir suchen die Besten aus dem Osten und laden sie in den Westen ein.«

»Ich nicht. Ich betrachte lediglich Schriftzeichen, und zwar nur, weil ich es muss.«

Buttermanns Lächeln verstärkte sich. Heike fand es besorgniserregend.

»Sie wollten schon früher nicht begreifen, wie bedeutend Sie sind«, sagte er. »Aber haben Sie denn inzwischen mit einem ersten Gutachten begonnen?«

Mit spitzen Fingern rückte sie den Lebenslauf mit der blauen Tinte zurecht und legte das Millimetermaß parat.

»Gut«, kommentierte der Professor. »Was sehen Sie dort?«

»Ich arbeite lieber still.«

»Nein, ich helfe Ihnen gern in Ihre alte Routine zurück. Schildern Sie mir bitte das Bewegungsbild.«

Und genau das fiel ihr schwer. Sie musste husten, sich räuspern, blickte eher neben als auf das Papier und quälte sich, als dann doch die ersten Silben kamen: »Abstand exakt. Schwebende Interpunktion.«

»Spitze«, meinte Buttermann. »Ein guter Anfang. Und was schlussfolgern Sie aus Ihrer Beobachtung?«

»Noch nichts. Tut mir leid.«

Erschreckend, wie schnell sie in die graphologischen Termini zurückrutschte. Wie überheblich und hart sie sich schon zu ersten Urteilen aufschwang, wenn auch im Stillen: gleichmäßige Buchstaben = Gefühlskälte; scharfe Strichführung = Kritikfreudigkeit. Was tat sie denn da? Was las sie, entdeckte sie? Gab es wirklich keine andere Möglichkeit, als sich so zu verhalten?

Der Lebenslauf war von einer jungen Frau geschrieben worden. Einundzwanzig Jahre, zwei Kinder. Förmlicher, substantivischer Schreibstil.

Meine Mutter ist Mitglied der PGH »moderne Haarpflege« Merseburg. Meinem Vater wurden in Anerkennung hervorragender Leistungen bei der Stärkung und Festigung der DDR im VEB Aluminium-Folie Merseburg der Orden »Banner der Arbeit« und die Medaille »Für ausgezeichnete Leistungen im sozial. Wettbewerb« verliehen.

»Was bedeutet sozial-Punkt-Wettbewerb?«, fragte Heike, obwohl – oder gerade weil – es für die graphologische Untersuchung nicht von Belang war.

»Sozialistischer Wettbewerb«, antwortete der Professor. »Warum fragen Sie das?«

»Warum wird das Schriftgutachten an Ihrem Institut in Bonn erstellt? Gibt es in der DDR keine Graphologen mehr?«

»Doch, natürlich! Aber in Anbetracht der Dringlichkeit sollten wir nicht diskutieren. Bitte!«

Er wies auf die Armbanduhr, die er auf den Tisch gelegt hatte, und vielleicht war es jetzt so weit, dass Heike sich doch noch einmal nach ihrem Bruder erkundigen sollte. Sie brauchte eine Garantie. Brauchte die Gewissheit, dass ihre vorübergehende Rückkehr zur Graphologie bedingungslos zu rechtfertigen war und dass es keinerlei Parallele zu der Situation vor zehn Jahren gab.

Damals saßen Heike und Buttermann noch traut in seinem Büro zusammen und studierten die Handschrift von Jolinda, der neuen Freundin von Johann. Heike konnte Jolinda nicht leiden, weil sie den Bruder komplett in Beschlag nahm. Johann war plötzlich kaum noch zu Hause, aß nicht mehr mit Heike zu Abend, schlief nicht mehr in seinem Bett, und wenn, dann mit Jolinda.

Auch der Professor hatte diese Frau auf dem Kieker. Ihn nervte, wie sie an der Uni und auf Partys sämtliche Aufmerksamkeit auf sich ziehen wollte, und darum hatte er auch ihre Bewerbung als Hilfskraft abgelehnt. Die Handschriftenprobe aber, die Jolinda dabei abgeliefert hatte, wollte er nutzen, um Heike zu schulen.

»Sehen Sie nach, welche Schwächen Sie bei der Dame finden«, sagte Buttermann an jenem Tag, und Heike gab sich bei der Analyse Mühe, kam aber zu keinem Ergebnis. Jolindas Buchstaben waren durchweg belanglos und artig, größere Schwächen hatte sie nicht.

»Gut«, sagte Buttermann. »Wir haben damit die perfekte Basis, um Ihre Rolle als Graphologin experimentell ausleuchten zu können. Sie verfassen jetzt ein Gutachten, das sich nicht an der phänomenologischen Darstellung der Handschrift orientiert, sondern an Ihren Gefühlen.«

»Aber das wäre gegen die Richtlinien.«

»Eben. Sie ergänzen sich und die Wissenschaft um eine neue Facette, indem Sie bewusst über die Stränge schlagen.«

Er holte Bier aus dem Kühlschrank im Sekretariat und bat Frau Hartmann, bald Feierabend zu machen. Dann drehte er eine Haschtüte und ermunterte Heike, daran zu ziehen. (Sie inhalierte nicht.) Schließlich, weil sie sich immer noch gegen sein Experiment sperrte, wurde er fordernd: »Überwinden Sie Ihre Spießigkeit!«, und versprach, dass die Übung sein Büro nie verlassen würde.

Ihr kam in den Kopf, wie die anderen Studenten sie von allem Experimentellen, das sich neuerdings an der Uni etablierte, fernhielten. Der SDS wollte sie nicht dabeihaben, und die ominöse Männerpurifikation war auch nichts für sie. Außerdem hatte ein amerikanischer Professor einmal auf einem Kongress ihren strengen Gesichtsausdruck bemängelt. Und ein Gammler am Rhein hatte sie gestern erst ausgelacht, weil sie nicht zu spät zur Vorlesung kommen wollte. Und Jolinda? Die fetzige Jolinda sprach prinzipiell nicht mit ihr.

Auch die Ruine aus Heikes Kindheit tauchte vor ihrem geistigen Auge auf. Nur die angesagtesten Leute hatten sich dort versammelt. Pfarrer Kehrer mit Gitarre. Die Mopedfahrer mit den Zigaretten, die auch Johann rauchte. Es fiel Heike sogar wieder ein, wie gemein Johann einmal weggesehen hatte, nachdem sie vor der Ruine hingefallen war. *Maria von Bahia*. War sie nicht zeitlebens allein gewesen und hatte sich befangen gefühlt? Und hatte sie dieser Empfindung je einen Ausdruck verliehen?

Sie spannte ein Blatt Papier in Buttermanns Schreibmaschine und erstellte einen Text über Jolinda. Die Zeilen flossen frei aus ihr heraus, erst plätschernd, dann immer stetiger und schließlich reißend vor Traurigkeit, Wut und Enttäuschung.

Danach war Heike erschöpft. Jolinda, so stand es auf dem Papier, war gemein und gefährlich und belog die ganze Welt. Die graphologischen Belege dafür waren erfunden. Heike schämte sich, als sie alles schwarz auf weiß sah. Professor Buttermann aber setzte noch einen Stempel darunter, so wie er es sonst bei den echten Gutachten machte. Da brach sie in Tränen aus. »Es hat mir nichts gebracht«, weinte sie. »Es war ein beschissenes Experiment.«

Buttermann schaffte das Papier außer Sichtweite, warf es in den Mülleimer, wie Heike dachte, und ließ sie nach Hause gehen, damit sie sich fasste. Aber am nächsten Tag fühlte sie sich keineswegs besser und beschloss, den Text vorsichtshalber zu verbrennen. Sie hob im Institut den Deckel vom Mülleimer – doch der Eimer war leer. »Oh Gott!«, sagte Buttermann. »Die Putzfrau? Oder will uns jemand erschrecken? Machen Sie sich keine Sorgen, Fräulein Berger. Bestimmt geht es gut aus.«

Nur vier Stunden später rannte Johann ins Institut, das Pseudogutachten in der Hand. Buttermann lotste ihn in sein Büro, wo Heike ihm zu erklären versuchte, dass der Text eine Erfindung war. Aber Johann glaubte ihr nicht! Sie sei doch immer so eine verbissene Graphologin gewesen, also würde sie so etwas nicht tun! Stattdessen unterstellte er ihr, dass sie ihn nur beschwichtigen wolle, gerade weil das Gutachten echt und grausam war. Heike war erschüttert. Wie war der Text überhaupt zu Johann gelangt? Er hatte zwischen der Post im Laden gelegen. Hatte Buttermann ihn etwa … Warum?

Plötzlich kam Jolinda ins Büro, angelockt durch den Lärm. Sie fing ebenfalls an zu streiten, sodass Buttermann sie schließlich allesamt hinauswarf. Jolinda und Johann verzogen sich an den Rhein, um sich auszusprechen, und Heike wollte sie eigentlich in Ruhe lassen, blieb dann aber doch, ohne dass die beiden es mitbekamen, in der Nähe, im Gebüsch. Wieder weinend – aber auch mit der Hoffnung, alles würde wieder gut.

Johann kletterte mit Jolinda auf eine Buhne. Heike hörte in ihrem Versteck, dass sie sich anschrien. Jolinda war sehr aufgebracht und gestikulierte wild. Dann stolperte sie plötzlich, stürzte rücklings in den Rhein – und verschwand.

Nie würde Heike vergessen, wie Johann damals nach ihr gerufen hatte. Ein Spaziergänger hatte ihn davon abhalten müssen, selbst ins Wasser zu springen und nach Jolinda zu tauchen. Noch Stunden war er am Ufer auf und ab gelaufen, vollkommen verzweifelt, weil seine Freundin nicht gefunden werden konnte. Und auch Heike war natürlich verzweifelt gewesen – bloß stiller. Eher wie tot. Denn auch wenn Johann es an jenem Tag nicht sofort gesagt hatte, sondern erst eine Woche später: Sie hatte gewusst, dass sie an allem die Schuld trug.

Also: Wie fühlte es sich jetzt wieder an, wenn sie nach all den Jahren hier im Institut war, sich wieder mit Professor Buttermann über eine Handschrift beugte und an den Umständen zweifelte? Tat es nicht weh?

»Wenn Sie ein wenig schneller vorankämen, wäre es günstig«, sagte Professor Buttermann.

»Ich kann nicht.«

»Wenn Sie sich entspannter hinsetzen? Gedanken müssen frei fließen.«

Nein, Heike ließ das Millimetermaß fallen und stützte die Ellbogen auf. Sie fühlte sich ratlos und schwach.

Der Professor beäugte ihre Arbeit. »Wenn ich bedenke, wie ehrgeizig Sie früher waren, Fräulein Heike.«

»Vielleicht könnte ich ein paar Lebensläufe mitnehmen und später zu Hause bearbeiten? Wenn ich eine ruhige Minute habe?«

»Das soll wohl ein Witz sein! Entschuldigung. Ich verstehe natürlich, aller Neuanfang ist schwer. Aber es ist doch in Ihrem eigenen Interesse! Also bitte: Raumbild, Formbild. Ich höre.«

Verzagt überflog sie den Lebenslauf: »Enge Buchstabenführung bei großem Wortabstand.«

»Gut. Jetzt nehmen Sie die Lupe.«

Sie resignierte. »Der i-Punkt ist leicht nach rechts verrückt, Herr Professor.«

»Die Lupe! Sie müssen genauer sein!«

Da brach es aus ihr heraus: »Weiß mein Bruder eigentlich, dass Sie mich zu dieser Arbeit zwingen? Und Sie haben mir immer noch nicht gesagt, warum er in Haft sitzt. Ich will es wissen!«

Buttermann lehnte sich seufzend zurück und verschränkte die Arme.

»Wie wäre es damit«, sagte er. »Ihr Bruder hat sich für Bonn beworben, nämlich für die Ständige Vertretung der DDR, wie Sie es bereits vermutet hatten. Aber er hat chronisch verschwiegen, dass er Westkontakte hat, nämlich Sie, die ungeliebte Schwester. In der DDR wird so etwas als Fluchtversuch bestraft.«

»Nein, das glaube ich nicht«, erwiderte Heike. »So naiv kann Johann nicht gewesen sein.«

»Sie kennen Ihren Bruder doch gar nicht mehr. Er hat sich in den vergangenen Jahren anders sozialisiert, als Sie meinen.«

»Ist seine Bewerbung denn hierher ins Institut geliefert worden? Haben Sie seine Schrift erkannt und ihn ans Politbüro verraten, sodass er verhaftet wurde?«

»Wie können Sie das von mir denken?«

»Ich habe keine Ahnung, wie eng Ihr Kontakt zu Ihrem Auftraggeber ist. Oder ob Sie überhaupt genug

Einfluss auf die DDR haben, um etwas für mich und meinen Bruder zu tun.«

»Pah! Sie werden unverschämt, Fräulein Heike. Dabei habe ich darauf bestanden, dass sich die höchste Stelle um Sie kümmern wird, wenn Sie mit mir kooperieren.«

»Die höchste Stelle der DDR?«

»Die Staatssicherheit – falls Sie sich damit auskennen. In der DDR ist das Ministerium für Staatssicherheit eine ganz normale Behörde. Allerdings sehr mächtig.«

Sie stand so schnell von ihrem Platz auf, dass der Stuhl umfiel. Buttermann sah überrascht zu ihr hoch, die Augen rot gerändert und aufgerissen.

»Sie haben nichts zu befürchten«, sagte er. »Man hält Sie für die beste Graphologin, die greifbar ist, hüben wie drüben.«

»Sie arbeiten für die Stasi?«

»Ich habe mich persönlich bei der Deutschen Demokratischen Republik dafür verbürgt, dass Sie für unsere Sache tätig werden. Und voilà: Ich habe Sie bekommen.«

Schockiert lief sie los. Mit Kraft und doch steif, als müsste sie durch eine gefüllte Bütte pflügen. Aber da war der Flur – und dort hinten sah sie schon die Treppe nach oben.

»Es muss Ihnen doch klar gewesen sein!«, hörte sie den Professor hinter sich rufen. »Oder was haben Sie gedacht, warum ich Sie anspreche?«

Ja, was hatte sie sich eigentlich gedacht? Zu wenig!

Im Treppenhaus brannte kein Licht, die Stufen

waren nur zu erahnen. Heike traute sich trotzdem, weiterzurennen. Sie nahm zwei Stufen auf einmal. Drei wären besser gewesen.

»Verdammt noch mal!« Buttermann riss sie am Arm herum. »In der DDR wird die Todesstrafe vollstreckt!«

»Dann schalten wir die Regierung ein!« Ihre Stimme war schrill. »Die Bundesregierung. Im Schreibwarenladen treffe ich wichtige Leute, die meinem Bruder helfen können. Aber ich werfe mich doch nicht der Stasi an den Hals! Das würde Johann auch nicht wollen.«

»Nun hören Sie doch endlich mit Ihrem Bruder auf! Ich rede davon, was mir da drüben blüht. Mir! Welche Strafe! Wenn ich Sie nicht dazu bringe, die Gutachten für uns zu schreiben, wird man es mich büßen lassen.«

»Dafür kann ich nichts.«

Doch Buttermann war kräftig, er zerrte Heike über die Stufen wieder nach unten. Sie sah das helle Plastik des Lichtschalters an der Wand und hieb mit der Faust darauf. Der Professor wirkte alt unter den Neonröhren, und er bebte vor Wut.

»Sie schulden mir etwas«, sagte er. »Das wissen Sie genau, Heike, selbst wenn ich all die Jahre lang nichts von Ihnen verlangt habe.«

»Falls Sie den Abbruch meines Studiums meinen … wegen Jolinda …«

»Jolinda? Herrgott, Sie reden ständig an mir vorbei. Ich meine die Zeit, in der Sie ein Kind waren! Ganz konkret den Abend, als Sie mit Ihrem Vater nicht mehr weiterwussten. Was wäre denn gewesen, wenn ich Sie nicht gefunden hätte?«

Ihr Herz blieb stehen. Die Ohren gingen zu, aber es

war zu spät, sie musste es hören. Buttermann schlug einen weicheren Ton an:

»Dass Sie sich nie bei mir bedankt haben – geschenkt. Es ging Ihnen ja auch die meiste Zeit nicht gut. Aber inzwischen sollten Sie so fair sein, sich zu revanchieren. Immerhin verdanken Sie mir Ihr Leben.«

1950 schon wieder, Heike im Alter von zehn. Jeden Abend vor dem Einschlafen und jeden Morgen beim Aufwachen grübelte sie darüber, was der Kunde Herr Buttermann mit ihrem Vater im Schreibwarengeschäft besprochen hatte.

»Unruhige Zeilen. Dachziegelartig steigend.« Heike hatte sich alles gemerkt. »Vergessen Sie bitte nie, dass ich einiges über Sie weiß. Ihre Handschrift plaudert, Herr Berger.«

In Heikes Nachttischschrank lag der Zettel, den der Vater an jenem Tag so wütend auf den Boden gepfeffert hatte. Es war eine ganz normale Seite, die aus einem Notizbuch gerissen worden war. Blassgelbes Papier, schwarze Schrift, ohne jede Besonderheit. Und trotzdem musste etwas Ungeheuerliches darauf zu sehen sein – nur dass Heike es nicht erkannte.

Herr Buttermann war ein Dozent für Graphologie, so hatte er sich im Laden vorgestellt, und weil Heike mit dieser Bezeichnung nichts anfangen konnte, fuhr sie eines Tages in die Stadtbücherei. Der Weg war kein Problem, weil sie schon oft mit Johann dorthin gefahren war. Eine eigene Fahrkarte für den Bus besaß sie auch.

Die Bäume in Bonn waren grün, die Tulpen und Narzissen von Ostern verschwunden. Stattdessen blühten die Rosen, und auch die Bücherei pflegte einen kleinen Garten. Darin stand sogar eine Lesebank, auf der Heike manchmal auf Johann warten musste. Das, was er mit der Büchereifrau zu besprechen hatte, sollte sie nicht immer hören.

Heute aber konnte sie direkt ins Gebäude spazieren – und erntete Gelächter. Ein so kleines dünnes Mädchen fragte nach so dicken Wälzern?

Immerhin wurde ein Wagen herangerollt, auf dem einige Bücher für sie lagen. Sie waren alle von demselben Mann geschrieben: Ludwig Klages. Heike durfte sich damit an einen Lesetisch setzen und allein bleiben.

Auf den Büchern lag Staub. Ihre Finger wurden stumpf, wenn sie die Seiten umschlug, und die Texte waren nicht gut zu verstehen. Wären die Titel und die Überschriften nicht gewesen, hätte Heike bald keine Lust mehr gehabt: *Handschrift und Charakter, Gemeinverständlicher Abriss der graphologischen Technik. Die Grundlagen der Charakterkunde. Graphologisches Lesebuch. Der Mensch und das Leben.*

Sie sprach einige Sätze laut aus, um sie sich besser merken zu können, weil sie so schwierig waren. Denn bei Ludwig Klages ging es um eine verblüffende Art, das Schreiben zu betrachten, und es war ganz anders als in der Schule. Von Schönschrift, Rechtschreibung oder Formulierung war nicht die Rede, stattdessen wurde das Schreiben als Armbewegung gesehen, bei der nichts falsch sein konnte, egal, wie schlampig man schrieb. Mit dem Stift in der Hand machte der Mensch – jeder Mensch – eine vollkommene Geste und brachte, ohne es zu merken, sein Innerstes nach außen.

Heike beschloss, mit Herrn Buttermann darüber zu reden, und lauerte ihm im Laden auf. Zunächst war es vergebens, denn der Dozent kam nur selten in das Geschäft, und wenn, dann gab es keine Gelegenheit, ihn anzusprechen. Der Vater runzelte die Stirn, wenn Heike dem Kunden vor den Füßen herumstand, und auch Herr Buttermann selbst war wenig erfreut, von ihr angestarrt zu werden. Er hatte es immerzu eilig.

Ab und zu sah sie, dass er drüben an der Ruine war. Er trank Bier mit den anderen Leuten (auch mit Johann?), hörte Musik, und einmal tanzte er sogar mit Pfarrer Kehrer auf der Mauer. Natürlich war die Entfernung zu ihnen nicht groß, fünfundzwanzig Schritte vom Laden aus quer über die Straße, aber Heike musste sich hüten, in Richtung Ruine zu gehen.

Schließlich fiel Johann auf, dass sie etwas im Schilde führte. Er stellte sie eines Abends in ihrem Kinderzimmer zur Rede.

»Warum glotzt du neuerdings so oft zur Ruine? Beobachtest du jemanden?«

»Ja. Auch dich.«

»Wehe, du verpetzt mich, du kleine Nervensäge!«

»Nein, du bist doch fast unsichtbar. Ich suche nur Herrn Buttermann.«

»Wer soll das sein?«

»Erik Buttermann, Dozent für Graphologie.«

»Dozent für … was?« Johann hielt sich die Hand vor den Mund, um nicht laut zu lachen. »Okay. Was hat er dir denn getan?«

»Nichts.«

»Soll ich Pfarrer Kehrer auf ihn ansetzen? Oder ihm einfach mal eine reinhauen?«

»Ich mag es nicht, wenn du haust.«

»Mensch, Heike.«

Er nahm sie in den Arm, und sie mochte den Zigarettengeruch an seinem Hals.

Und dann, wenige Tage später, geschah es endlich: Plötzlich traf eine große Lieferung für die Universität ein, und Herr Buttermann fuhr auf einem Motorrad mit Beiwagen vor, um die Bestellung abzuholen. Heike sollte ihm nur die Ladentür aufhalten, aber sie wollte mehr tun und schleppte eigenhändig einen der schweren Kartons nach draußen.

»Danke«, sagte Herr Buttermann und hob den Karton in den Beiwagen. »Such dir drinnen bei deinem Vater ein Lakritz aus, ich bezahle es gleich.«

Sie warf einen Blick in den Laden. Der Vater war beschäftigt.

»Was bedeutet: dachziegelartig steigend?«, fragte sie Herrn Buttermann schnell.

»Bitte? Haha! Du bist mir eine Marke!«

Beschwingt schob er sie zur Seite und ging noch einmal in den Laden, um einen weiteren Karton zu holen. Erst als er zurückkam, konnte Heike nachhaken:

»Dachziegelartig steigend. Was bedeutet das?«

Herr Buttermann zog die Plane über den Beiwagen. »Keine Ahnung, wo du das aufgeschnappt hast. Aber es ist ziemlich lustig, dass du dich für Graphologie interessierst.«

»Ludwig Klages«, sagte Heike vorsichtig. Drüben, in der Tiefe des Ladens, bewegte sich der Vater.

»Klages!«, rief Buttermann. »Du liebe Güte! Klages, der alte Judenhasser.«

Sie drückte die Knie zusammen und wurde rot. Sie hatte nicht gewusst, wie peinlich und dumm es werden konnte.

Doch Herr Buttermann ging vor ihr in die Hocke. Sein Gesicht sah aus der Nähe schöner aus als gedacht.

»Du bist ein neugieriges Mädchen«, sagte er.

»Ich habe gehört, dass Sie ein Dozent sind, Herr Buttermann«, erwiderte sie tapfer. »Aber was ist damit gemeint?«

»Psst. Du hast Angst vor deinem Vater. Ich weiß das. Und vielleicht bringt es dir Ärger, wenn wir beide uns zu lange unterhalten. Aber willst du wirklich etwas über die Graphologie wissen?«

»Ja.« Sie flüsterte jetzt. »Vor allem muss ich wissen, ob eine Handschrift jedes Geheimnis verrät.«

»So ist es. Jedes Geheimnis. Wenn man gelernt hat, die Schrift richtig zu lesen.«

Er lächelte sie an, und ihr Gesicht kribbelte, sodass sie eine Hand auf den schnittigen Beiwagen legen und sich daran festhalten musste.

Tage danach, als Herr Buttermann wieder in den Laden kam, geschah ein weiteres Wunder. Er steckte Heike heimlich ein Heft zu. Darin hatte er in Schreibschrift verschiedene Buchstaben nebeneinandergestellt. Ein *a* konnte so unterschiedlich aussehen: rund, zerknautscht, aufgebläht, mit oder ohne Anstrich. Und jede Version verriet etwas anderes über den, der sie geschrieben hatte.

Heike lernte und verglich ihr eigenes *a* mit dem *a*

ihres Bruders oder ihrer Mutter. Sie nahm andere Buchstaben dazu und suchte nach einem Weg, mit Herrn Buttermann über die Einzelheiten zu reden. Bald kam er an seinen Einkaufstagen nur noch um eine bestimmte Uhrzeit zum Vater, um vier Uhr nachmittags, damit sie sich auf den Termin verlassen konnte. Sie wartete eine halbe Stunde vorher an der übernächsten Straßenecke und freute sich, wenn sie sein Motorrad hörte.

Auf ihre Fragen hatte er Antworten, und er versorgte sie mit Informationen und Anleitungen. Wenn er feststellte, dass sie schon wieder Texte seitenweise auswendig gelernt hatte, war er begeistert. Außerdem erzählte er gern von berühmten Graphologen, Max Pulver, Robert Heiß, sogar Frauen waren darunter, die auf Versammlungen auftraten: Ania Teillard, geborene von Mendelssohn, Klara Roman, geborene Goldziehen, Roda Wieser und Thea Stein Lewinson, geborene Stein. Heike schrieb sie sich alle auf. Viele hatten sich zu Anfang ihrer Arbeit mit Ludwig Klages beschäftigt, so wie sie selbst, und waren später auf eigene, bessere Ideen gekommen.

Nach einem Jahr ließ Herr Buttermann Heike – zu seinem Vergnügen, wie er sagte – eine erste kleine Schriftanalyse anfertigen. Sie sollte eine Nachricht seiner Vermieterin studieren. Dort stand: *Herr Buttermann! Stellen Sie bitte Ihre Schuhe nicht in den Flur. Gez. Schüller.* Er gab Heike drei Wochen Zeit und war mit dem Ergebnis ziemlich zufrieden. Nur dass sie der Vermieterin Erregungszustände bescheinigte, wollte er nicht gelten lassen.

»Eine gute Graphologin weiß stets, wovon sie spricht. Aber ansonsten ist deine Studie ganz hervorragend, liebes Mädchen.«

Sie ärgerte sich. Die enthaltene Kritik war klein, aber treffend gewesen. Heike hatte ein Wort benutzt, dessen Bedeutung ihr nicht geläufig war. Also lernte sie fortan noch härter, und als sie zwölf Jahre alt wurde, beschloss sie, sich auch nicht mehr mit den Straßeneckentreffen zufriedenzugeben. Sie erneuerte ihre Erfahrungen in der Bücherei und verbrachte ganze Nachmittage mit Nachschlagewerken in einer freundlichen Buchhandlung, die nichts dagegen hatte, wenn sie nur las und nichts kaufte.

Die Handschrift als Tor zur Wahrheit. Die Graphologie als anerkannte, unbestechliche Methode, um Menschen zu überführen.

Kurz nach ihrem dreizehnten Geburtstag, es war noch Winter, dachte Heike, dass sie bereit war, das Größte zu wagen. Sie besorgte sich heimlich das Notizbuch des Vaters und setzte sich in ihrem Zimmer wie eine große Graphologin an den Tisch. Eine Lupe hatte sie längst geschenkt bekommen, und mit dem Schullineal ließen sich Abstände messen.

Dachziegelartig steigend bedeutete, dass bei dem Vater jedes Wort nach rechts oben lief. Er konnte beim Schreiben die Linie nicht halten und versuchte, das zu vertuschen, indem er bei jedem ersten Buchstaben wieder neu unten ansetzte – um mit dem Wortende doch bloß wieder oben zu landen. Er schrieb wie auf Scherben, die sich aufschichteten, und nach den Erkenntnissen der Graphologie kämpfte in ihm etwas

Wildes gegen etwas Strenges. Oder wie Herr Buttermann es nennen würde: Der Vater hatte einen schwierigen Charakter.

Außerdem entdeckte Heike neben den horizontalen noch senkrechte Auswüchse: Die Striche und Schleifen des Vaters waren nach oben und unten sehr lang. »Mehr Wollen als Können«, würde Herr Buttermann zusammenfassen. Sie notierte: *Der Vater ist ein Versager.*

Und sein Schreibdruck? Auf den Rückseiten der Notizblätter waren deutliche Furchen zu ertasten. *Härte, Rücksichtslosigkeit*, schrieb Heike in ihre Tabelle. Da flog die Kinderzimmertür auf, und der Vater sah, was sie trieb.

Diesmal nahm er das andere Ende des Gürtels, das mit der Schnalle, und als Heike versuchte, auf die Beine zu kommen, um wegzurennen, stieß er sie so heftig zu Boden, dass sie mit dem Kopf gegen die Heizung schlug. Hörte niemand, wie sie schrie? Nein, Johann war offenbar nicht zu Hause, und die Mutter war schon zu Bett gegangen, aber Heike schrie trotzdem um Hilfe, obwohl sie den Vater dadurch nur wütender machte.

Als sie die Füße nicht länger spürte, auch den Rücken nicht, sah sie auf der Wand eine Bewegung. Die Buchstaben des Vaters tauchten auf der weißen Farbe auf, und wirklich, da stand alles geschrieben. Jeder Hieb, jeder Tritt in den Bauch, jedes Spucken wäre vorhersagbar gewesen.

Später musste Heike irgendwie aus dem Haus gekommen sein. Sie fand sich jedenfalls an der Ruine wieder. Es schneite, und der Schnee blieb liegen, auch auf ihren Schultern. Gut, dass sie wenigstens die Schuhe angezogen hatte.

Die Ruine war leer, niemand trieb sich draußen herum, weder Johann noch Herr Buttermann. Es war ja auch stockfinster, mitten in der Nacht. Heike tastete nach der Stelle, an der man am besten ins Innere der Ruine, ins Trockene gelangte. Zum Glück hatte sie den Pfarrer und seine Leute oft genug beim Klettern beobachtet.

In dem Raum, den sie fand, roch es nach Feuer, aber es brannte keines. Die Luft war vielmehr genauso kalt wie draußen, nur weniger feucht.

Sie setzte sich auf den Boden, auf den Mauerschutt, und dachte an den Rheinfischer, der früher in diesem Haus gewohnt haben musste. Für alles im Leben gab es einen Sinn und eine Fortsetzung, hatte Herr Buttermann einmal gesagt. Bloß worin lag der Sinn, dass ihr Mund nach Blut schmeckte? Und was würde sich für den Vater fortsetzen, nachdem er sie verprügelt hatte und dann zu Hause die Treppe hinuntergefallen war? Er war totenstill liegen geblieben.

Heike weinte, merkte es aber nur an dem Salz auf ihren Lippen. Dann kroch sie noch ein wenig in der Ruine herum, fand ein Stück Stoff in einer Ecke, rollte sich darauf zusammen und schlief ein.

11.

Bonn war zu klein für eine Hauptstadt. Mental und räumlich zu eng, da waren sich viele Kunden einig, die in den Schreibwarenladen kamen. Manchmal gewann Peter den Eindruck, dass bestimmte Bundestagsabgeordnete die Mittagspause verlängerten, um sich bei ihm an den Kassentresen zu lehnen und die schrecklichen Worte zu sagen: »Ich akzeptiere Bonn beruflich. Aber privat, als Wohnort – ich bitte Sie!«

Peter nickte dann. Es wäre falsch, sich über die Meinung von Kunden zu erheben. Aber … Bonn! Beethoven war in Bonn geboren, Schumann gestorben, und jetzt sollte es nur noch »das Bundesdorf« sein? Ein Provinznest, eine Beamtenstadt, über die sogar die Zeitungen spotten durften?

Ja, Bonn steckte tatsächlich voller Beamter und auch voller Bürokratie. Aber Bürokratie bedeutete Ordnung, oder zumindest den Wunsch nach Ordnung, und daran konnte kein vernunftbegabter Mensch etwas auszusetzen haben. Das Begrenzte, das Beengte war auch eher der geografischen Lage der Stadt als den Menschen geschuldet: Kottenforst, Siebengebirge und Kölner Bucht, Bonn stieß überall an, und nicht zu vergessen lag man im Randbereich der Bundesrepublik – aber doch nur auf der Landkarte! Im echten Leben, in Wahrheit, hatte sich die Stadt, seitdem sie zur Hauptstadt gekürt worden war, elegant in den Mittelpunkt geschoben. Die ganze Welt war inzwischen darauf erpicht, Bonn in den Nachrichten zu sehen. Den Rhein, die Villa Hammerschmidt, den Kanzlerbungalow. Händeschütteln und Mikrofone.

Hätten die Urväter ahnen können, dass so etwas passierte? Dass es einmal eine Bundesrepublik Deutschland geben würde, die von Bonn aus regiert werden müsste? Und dass eine solche Regierung nicht nur einen Bundestag und Bundesrat an den Rhein brachte, sondern auch reichlich Ministerien mit Ausschüssen, Hunderte Mitarbeiter von Abgeordneten mit entsprechenden Büros und weiteren Hunderten an Sekretärinnen, die nach Feierabend ein Privatleben führen und nicht allzu schlecht wohnen wollten?

Dazu die Diplomaten und Gesandten. Attachés und Experten. Journalisten, Berater und Makler. Dolmetscher, Stenographen. Ein grandioses Gewusel gab es in dieser Stadt, in das sich jeder – mit ein wenig Mühe – einfügen konnte, weil auch jeder sehr herzlich willkommen war. Alles war möglich, solange ein Bonner Bagger noch eine Schaufel Erde fand, um sie beiseitezuräumen oder in ein Bürohaus umzuwandeln.

Wie kam es also zustande, dass Schreibwarenkunden so taten, als würden sie vor Langeweile und Unterforderung sterben? *Bonn ist nur halb so groß wie der Friedhof von Chicago, aber doppelt so tot* – ach ja? *Entweder es regnet, oder die Bahnschranken sind geschlossen, meist aber beides* – sehr witzig! Wer so redete, dem mangelte es an Respekt und an Durchblick. Denn indem man sich über das sogenannte Bundesdorf ausließ, legte man selbst einen erschütternden Kleingeist an den Tag. Wo die Stirn zu eng war, wurde das Große und Ganze nie verstanden.

Bonn schrieb Weltgeschichte. Na gut, in Berlin wurde auch Weltgeschichte geschrieben, aber Bonn vertrat mit seinen Institutionen das freie Deutschland und repräsentierte die Zukunft der Großmächte. In keiner anderen Stadt – und hier kam wohl doch wieder die räumliche Enge zum Tragen – waren sich Russen und Amerikaner so nah. Bat man auf dem Bonner Rathausplatz jemanden um Feuer, wusste man nie, was man als Antwort bekam: »Yes, of course« (ein Zippo schnippte auf) oder »Да конечно« (ein gelbliches Streichholzbriefchen wurde gezückt). Alles war gestattet, weil es für alles einen Paragraphen gab, und doch blieb man menschlich. Denn in der rheinischen Wärme konnten Visiere hochgeklappt werden.

Wobei manchen Leuten die dauernde Beschäftigung mit der Politik aufs Gemüt schlug. Speziell die Thematik der deutschen Teilung. Peter beobachtete im Laden, dass Abgeordnete, die besonders gelangweilt taten, im Grunde an einem Trauma litten. Sie kamen nicht darüber hinweg, was nach dem Krieg entschieden worden war, und es stimmte ja auch, es konnte einen zur Verzweiflung bringen, dass man große Teile Deutschlands an die Sowjets verloren hatte. Vor allem Teile von Berlin.

War Berlin denn schon immer der Sehnsuchtsort der Deutschen gewesen? Peter wünschte sich jedenfalls nicht dorthin, aber für Politiker war es eine Frage des Stolzes, wo sie ihre Zelte aufschlugen. Und dass die

BRD nach Bonn hatte ausweichen müssen, während die DDR frech an der Spree residierte… Es war eine Schmach, und die Abgeordneten des Bundestags würden wohl nicht eher ruhen, bis ihnen der Weg nach Berlin wieder offenstand.

Hatten sie sich das gut überlegt? Musste nicht, wer schon in Bonn Zustände bekam, in Berlin gänzlich den Verstand verlieren? Nie würde Berlin seine Geschichte abwerfen, und was dort seit Jahren geschah, war nicht wiedergutzumachen.

Die Mauer, der Todesstreifen, die Schüsse und Schreie. Ost gegen West. Sozialismus, Kapitalismus, Kalter Krieg. Peter vertrat in dieser Hinsicht die Meinung seiner Kunden, auch er wünschte sich ein Ende, auch er fand die deutsche Teilung verheerend und hoffte, dass die Grenze eines Tages wieder aufging. Aber anders als für die Abgeordneten gab es für ihn einen Unterschied zwischen »hoffen« und »glauben«.

Glaubte heute, im Jahr 1974, nach Jahrzehnten der Teilung, noch ernsthaft jemand an eine Wiedervereinigung? Und was würde das eigentlich für den Schreibwarenladen bedeuten, für Bonn?

Herrmann vom Großhandel sah zum Glück keine unmittelbare Gefahr einer Veränderung der Lage. Auf einer Versammlung der Schreibwarenbranche hatte er neulich gesagt: »Nehmen wir die Wiedervereinigung wie das Jüngste Gericht. Wir sprechen darüber, wir beten voller Hoffnung für unser Heil, und trotzdem glaubt niemand, dass ihn der Letzte Tag leibhaftig erwischen wird.«

Peter war glücklich, solche Sätze zu hören. Er war

glücklich in Bonn. Hier durfte er sich ausprobieren, hier war er zu dem Mann geworden, mit dem es sich aushalten ließ. Denn hier hatte er Heike getroffen.

1965 waren sie sich durch Zufall am Bahnhof begegnet. Die Stadt war an jenem Tag in Aufruhr gewesen, weil am Abend ein riesiges Beatkonzert stattfinden sollte. Heike besaß eine Eintrittskarte und wollte sie seltsamerweise verkaufen, und Peter war zufällig mit der Hoffnung von Frankfurt nach Bonn gereist, eine solche Chance zu bekommen. Als er Heike sah, die gerade erst ihr Verkaufsschild auspackte (sie hatte nicht einmal den Preis erhöht!), freute er sich so sehr, dass er gar nicht mehr aufhören konnte, sich zu bedanken. Dabei gab sie sich redlich Mühe, ihn abzukühlen. Das Konzert sei ihr egal, sagte sie, die Eintrittskarte habe bloß im Zimmer ihres Bruders gelegen, der seit einiger Zeit verschwunden war.

Vor Aufregung fiel es Peter schwer, angemessen darauf zu reagieren, aber dann hörte er, dass Heikes Bruder auch noch einen antiken Globus zurückgelassen hatte, der ihn ebenfalls interessierte. Er durfte also wiederkommen, Heike wiedertreffen und dabei eine weitere irre Entdeckung machen: Diese Frau führte ein Papier- und Schreibwarengeschäft! Ganz allein.

Keine Woche später betrat er das Geschäft zum ersten Mal zu den Öffnungszeiten. Mehrfach musste er hinsehen, aber am Büttenregal stand der ehemalige Bundeskanzler Adenauer persönlich, während eine kantige Frau, offenbar Adenauers Sekretärin, am Tresen einen Füllfederhalter ausprobierte. Heike benahm sich, als wäre nichts dabei, während Peter kein Wort herausbrachte. Immerhin hielt er den Kunden die Tür auf – ohne zu ahnen, dass er diese Geste in seinem Leben noch Hunderte, Tausende Male wiederholen würde.

Finanziell hatte sich der Schreibwarenladen damals gerade erst wieder berappelt. Das Geschäft war früher von Heikes Bruder geführt worden, bis er ohne Ankündigung aus Bonn abgehauen war und seiner Schwester damit nicht nur das Herz gebrochen hatte (falls das unter Geschwistern ging), sondern ihr auch von jetzt auf gleich den Laden an den Hals gehängt hatte. Wie es Heikes Art war, hatte sie sich mit ganzer Kraft in die Aufgabe gestürzt. Denn wie kam man über eine schlimme Zeit auch besser hinweg, als wenn man arbeitete, ständig das Telefon klingelte, die Ladenglocke schepperte oder eine Bundestagssekretärin einen Kugelschreiber mit mittelblauer, aber zwei mit nachtblauer Mine verlangte?

Jedenfalls war Heike, als Peter sie kennengelernt hatte, ziemlich erschöpft gewesen. »Wächst dir dein eigener Erfolg über den Kopf?«, fragte er nach dem Adenauer-Erlebnis, um sie möglichst stolz auf sich selbst zu machen, und weil sie nicht antwortete, dämmerte ihm, dass sie Unterstützung gebrauchen könnte. Von ihm!

Er war zwar damals fünfundzwanzig Jahre alt, wusste aber nicht, was aus ihm einmal werden sollte. Seine Talente waren nicht nur dürftig, sondern wertlos, hatte sein Vater immer gesagt, und sein Charakter (der Charakter eines Pipimädchens) würde ihm zeitlebens im Weg stehen.

Aber Peter war glühend in Heike verliebt, und auch

wenn ihn das in ungeahnte Wirren stürzte, konnte er doch die Energie daraus nutzen. Er taugte plötzlich etwas. Als Freund und als Mann.

Jahre zuvor – als er etwas schmaler gewesen war – hatte ihn ein Mädchen auf der Straße mit John Lennon verwechselt, im Halbdunkeln. Mit Heike, das wusste er schnell, würde es bodenständiger und somit belastbarer sein.

Bald besaß er einen eigenen Motorroller. Er erledigte Besorgungen für Heike und den Schreibwarenladen. Manchmal fuhr er auch mit ihr ins Grüne, in den Kottenforst. Sie saß nicht immer hinter ihm auf der Sitzbank, sondern benutzte manchmal auch ein eigenes Fahrzeug, nämlich eine Mobylette, die sie sich ebenfalls gebraucht gekauft hatte.

Für einige Zeit grätschte dann die gewisse Verlobungsverwirrung hinein – nach Peters geheimer Recherche im Institut für Graphologie. Aber letztlich nahmen sie beide die Kurve, und man konnte heute, im Rückblick auf die Jahre, mit Berechtigung sagen: Vom Beatkonzert an war es mit Peter in Bonn nur bergauf gegangen. Genauso wie mit Heike und später mit den Kindern.

Schön wäre, wenn jetzt noch das Schreibwarengeschäft wachsen würde. Das Sortiment müsste etwas häufiger aufgefrischt werden, fand Peter. Herrmann vom Großhandel hatte dazu den richtigen Riecher, und seine neueste Idee, Waren aus der DDR anzubieten, war eigentlich sehr interessant. Es gab Risiken, wie bei jeder Neuerung, aber Herrmann hatte doch sogar einen direkten Draht nach oben in die Regierung, zum persönlichen Referenten des Bundeskanzlers, und falls es stimmte, was Herrmann erzählte, war dieser Günter Guillaume bereit, die Bonner Geschäftsleute gegen politisch heikle Situationen abzusichern.

Ob Peter nicht doch noch einmal mit Heike überlegen sollte, die Ostwaren ins Sortiment aufzunehmen? Manchmal brauchte Heike etwas länger, um Entschlüsse zu fassen, und es war ihr das Liebste, am Bewährten und Herkömmlichen, also an der Alltagsroutine festzuhalten. Trotzdem musste es doch möglich sein, beruflich einmal einen Schritt weiterzugehen? Zumal Peter sich der Branche verpflichtet fühlte, die ihn so wohlmeinend aufgenommen hatte und seitdem trug.

Ostwaren. Was für eine Bezeichnung. Ausländische Ware konnte doch so wunderschöne Titel tragen. Papèterie. Articoli di carta. Das klang wie ein Urlaub, wie ein Hauch von Sonne und Meer, der durch den Schreibwarenladen wehte und die Kunden erfassen wollte, ganz nach dem Vorstellungsvermögen der Leute.

Auch Peter würde gern einmal wieder Urlaub machen. Mit den Kindern und Heike am Strand spazieren. Oder zelten? Er würde alles versuchen, was finanziell möglich war, genauso wie damals, im zweiten Jahr ihrer Ehe, mit der Überraschungsreise nach New York, die er für Heike und sich geplant hatte. Wäre Anne nicht plötzlich unterwegs gewesen, wären sie geflogen. Er hatte alles perfekt organisiert, und so würde es ihm auch heute wieder gelingen, zumal es nicht mehr nach Übersee ginge. Aber sie müssten das Geschäft für zwei Wochen schließen – was sie noch nie gewagt hatten. Bloß ... Peter spürte manchmal ein kleines Fernweh.

Morgens, wenn er an der Adenauerallee wartete, dass die Ampel grün wurde, sah er bereits ein internationales Panorama. Ein Brite kämpfte mit einem Regenschirm, eine Inderin fröstelte im Sari. Ein Mann aus Afrika klemmte einen Diplomatenausweis an sein Jackett, und ein Amerikaner las mitten auf der Straße die Zeitung. Grüßte Peter die Leute, grüßten sie zurück, sehr freundlich und manche sogar in ihrer Landessprache.

Außerdem wurde in Bonn an jeder Ecke gefeiert, vor allem in den Konsulaten und Botschaften, wobei sich die exotischsten Staaten nur einen Katzensprung voneinander entfernt befanden. Am Montag feierte Sambia in der Mittelstraße 39, am Dienstag Guatemala in der Zietenstraße 16, am Mittwoch Chile, Kronprinzenstraße 20. Und wie es duftete! Peter liebte den Geruch der fremden Speisen, der über die Straßen zog, und den Klang verrückter Musikinstrumente. Eine einzige Tour mit dem Fahrrad nach Feierabend durch Bonn-Bad Godesberg ließ ihn so viele Rhythmen hören, wie er sie an keinem anderen Ort und zu keiner anderen Zeit kennengelernt hatte.

Demnach war Peter also wirklich glücklich – und brauchte wohl doch keine Reise. Glücklich am Rhein und auch als Ladenbesitzer, der schon die kleinen Dinge genießen konnte. So wie heute, da er die wichtigsten Kunden versorgt hatte und etwas früher die Ladentür abschloss, um in den Feierabend zu verschwinden.

Er nahm sein Fahrrad und fuhr los. Der Frühling war

zu riechen, die Wolken jagten um die Sonne, und dafür, dass es noch März war, strich ihm die Luft ungewohnt mild über die Wangen. Mit einer Hand öffnete er den Blouson und lockerte die Krawatte. Er radelte Richtung Rheinaue. Ilja hatte ihn gefragt, ob sie nicht einmal ein Bier zusammen trinken wollten. Und er hatte gedacht: Warum nicht? Zwar war die Rheinaue seit Monaten eine Baustelle, Gärtner und Architekten wühlten sich durch die Wiesen, um die Bundesgartenschau vorzubereiten. Aber Ilja und er würden trotzdem ein gutes Plätzchen finden oder auch direkt zum Flussufer spazieren. Dann ein, zwei Flaschen Bier … Und wenn Heike später fragen würde, wie Peters Tag gelaufen war, könnte er ihr endlich alles über Ilja erzählen.

Ja, er hoffte sogar, dass Heike ihn heute konkret und hartnäckig ausfragte. Denn die Lage zu Hause war etwas seltsam geworden, auf dubiose Weise verändert. Sie gingen komisch vorsichtig miteinander um, wobei die Stimmung schon auf die Kinder abfärbte: Die kleine Anne war am Morgen noch schüchterner gewesen als sonst. Sie hatte Peter beim Frühstück die Butter gereicht und dabei ausgesehen wie eine bekümmerte Kaltmamsell. War es seine Schuld? Tja, wahrscheinlich! Weil ihm diese Sache mit Ilja im Magen lag und Heike ihm den Absturz auf der Fete im Institut wohl doch nicht ganz verziehen hatte.

Abends lagen sie derzeit wie Kartonpappe im Bett, jeder an seiner Außenkante, und wenn Peter nicht ganz genau wüsste, dass nichts Schlimmeres passiert war als diese nicht greifbare Verstimmung, würde er sich die größten Sorgen machen.

Bloß, worum ging es denn eigentlich? Ilja war ein Freak und trotzdem auf Peters Wellenlänge. Das war doch schön? Ilja kannte den Unterschied zwischen einem Vergésieb und der japanischen Rippung, und er war in Peters Leben erst die zweite Person, die bei dem Nachnamen Holländer nicht an die Niederlande gedacht hatte, sondern an die revolutionäre Papiermaschine mit diesem Namen. (Bei der ersten Person handelte es sich selbstverständlich um Heike.)

Eines Tages, bald, vielleicht schon heute, würde Peter die Dinge geraderücken. Diesmal würde er das Gespräch nicht aufgeregt, sondern eher langweilig beginnen, um nicht so emotional zu erscheinen. Er könnte über das Grundgesetz reden, das bekanntlich auf Papierbogen aus der Eifel gedruckt worden war, und dabei könnte er einflechten, dass ein solcher Eifler Originalbogen neulich im Laden auf dem Tresen gelegen hatte. Vorgelegt von einem Kunden namens … Das Wort »Apfelkornmann« durfte er jedenfalls nicht mehr gebrauchen.

Und er müsste die nächste Gesprächsgelegenheit auch wirklich am Schopf packen! Neulich war er nämlich schon einmal voller Vorsätze nach Hause gekommen und hatte nach Heike gerufen, aber da war nur eine Nachricht für ihn auf dem Tisch gewesen: Seine Mutter hatte sich die Hand verstaucht, und Heike war mit den Kindern zu ihr gefahren.

Siedend heiß war ihm eingefallen, dass am selben Nachmittag auch im Laden das Telefon geklingelt hatte. Es war wohl seine Mutter gewesen, aber er hatte es nicht geschafft, den Hörer abzunehmen, weil er draußen vor der Tür gestanden und – mit wem wohl? Mit Ilja! – Wasserzeichen ins Licht gehalten hatte. Zu Recht hatte er ein schlechtes Gewissen bekommen – und wurde es seitdem nicht mehr los, auch weil Heikes Einkaufstour für seine Mutter sich ausgedehnt hatte. Ob sie auch jetzt gerade wieder unterwegs war? Mit den Kindern?

Energisch trat er in die Pedale und dachte an seine Frau. Und an Ilja. Ilja war nicht verheiratet, hatte keine Freundin und auch keine Kinder. Und Ilja war dafür natürlich zu bedauern, denn das Leben ohne eigene Familie musste sehr, sehr leer sein.

»Guten Tag, Herr Holländer!«

Peter bremste. Von der anderen Straßenseite winkten die Westerhoffs herüber, das hieß, Herr Westerhoff lüftete den Hut, während seine Frau den Gehweg betrachtete.

»Wollten Sie noch zu mir?«, rief Peter. »Ich habe das Geschäft heute etwas früher …«

»Ach, nein, danke«, sagte Herr Westerhoff. Seine Frau klopfte die Schöße ihres Mantels ab und sah Peter immer noch nicht an.

Was war denn los? Peter kannte die beiden nicht besonders gut, meist kauften sie dienstags ein und wurden von Heike bedient. Aber Frau Westerhoff wollte doch wohl nicht unhöflich sein?

»Kommen Sie in den nächsten Tagen einmal vorbei«, rief Peter. »Wir stellen gerade die Sonderangebote für Ostern zusammen. Ich denke, wir finden etwas Schönes für Sie.«

»Gern«, antwortete Herr Westerhoff. »Bis dann. Und grüßen Sie Ihre Frau!«

»Auf Wiedersehen.«

Als Peter weiterfuhr, meinte er, Blicke im Rücken zu spüren. Es sollte ihm eine Warnung sein. Das Normalste konnte ins Wanken geraten. Besser, man gab acht, dass sich nichts anhäufte.

Er ließ den Stadtverkehr hinter sich und bog auf den kleinen Weg in Richtung der Rheinaue ein. Das Gelände öffnete sich, und der Fluss war zu riechen. Ein Vogelschwarm saß auf den weitläufigen Wiesen. Dunkle Spuren zogen sich über die Brache, wo Baumaschinen die Erde aufgewühlt hatten. Für die Gartenschau lagen junge Bäume herum, die pflanzbereiten Wurzelballen wurden mit Netzen geschützt.

Er umkurvte einen abgesperrten Bereich, die Vögel flogen auf. Nur wenige Spaziergänger waren noch unterwegs, es würde ja bald dunkel werden. Ein Paar hatte sich untergehakt, zwei Männer in Gummistiefeln führten Hunde aus. Weiter hinten spielten Kinder, und im Gebüsch, näher am Fluss, hing eine zartgrüne Wolke, der erste Frühlingsaustrieb der Zweige.

Im Fahren zog Peter die Krawatte über den Kopf und stopfte sie in die Tasche des Blousons. Dann ließ er sich zum Bismarckturm rollen und entdeckte in einiger Entfernung Ilja. Er war leicht zu erkennen. Die schlanke Gestalt mit dem wiegenden Gang auf den Plateausohlen-Stiefeln – das machte ihm so schnell keiner nach.

»Ilja!«

Keine Reaktion. Peter fuhr schneller: »Hi! Nicht erschrecken ...«

»Peter, komm her, Mann! Gut siehst du aus.«

Ilja umarmte ihn stürmisch, noch bevor Peter vom Fahrrad absteigen konnte. An Iljas Handgelenk baumelte eine Plastiktüte, in der Glasflaschen klirrten. Natürlich! Das war das Feierabendbier, Peter hatte gar nicht darüber nachgedacht, dass es jemand mitbringen musste.

Während er das Fahrrad abschloss, ließ Ilja den ersten Kronkorken zischen. Sein Jeansanzug bekam Bierspritzer ab, es schien ihm egal zu sein. Mit seinem Stirnband und den langen schwarzen Haaren wirkte er fetzig und fröhlich. Als stammte er direkt aus einem Starschnitt, dachte Peter und nahm einen Schluck aus der Flasche. Das Bier war ungewohnt warm und schäumte im Mund – durchaus herrlich. Und Peters Lederschuhe waren auch eigentlich nicht zum Spazierengehen gemacht, aber er schritt jetzt doch kräftig aus, denn Ilja hielt in seinen Stiefeln ebenfalls das Tempo hoch.

Und Ilja erzählte die tollsten Dinge, während sie die Wiese umrundeten. Er war auf einer Auktion gewesen, um sich ein italienisches Pergament anzusehen, fünfhundert Jahre alt und wahnsinnig teuer, und obwohl Peter kein Pergament mochte (ekelige uralte Haut), fand er die Schilderung spannend. Ilja gebrauchte Worte, als wären sie Farben, er sprach über die gelbe, stickige Luft, die blaue Aufregung der Männer, das ockerfarbene Gehüstel und Geflüster im Publikum.

»Ich weiß eigentlich viel zu wenig über dich«, sagte Peter.

»Inwiefern?« Ilja schwenkte die Plastiktüte. »Du kannst mich alles fragen.«

»Okay. Du arbeitest bei der Post. Wie bist du dazu gekommen?«

»Findest du es öde von mir?«

»Nein. Aber erzähl mal! Was tust du den ganzen Tag?«

»Ich schaufele Briefe von links nach rechts und wieder zurück. Es ist nicht so blöd, wie es klingt.«

»Und wo? In einer Filiale?«

»Echt, Peter? Du willst wissen, ob ich studiert habe, oder?«

»Nein! Wieso sollte ich? Ich habe schließlich selbst nicht studiert. Aber ...«

»Du? Ich dachte, du bist der Chef in eurem Laden?«

»Nur weil es sich so ergeben hat.« Peter ließ seine Bierflasche zwischen den Fingerspitzen baumeln. »Ursprünglich gehörte das Geschäft der Familie meiner Frau.«

»Aha! Schlau eingefädelt, was?«

Ilja lachte, und er hatte zwar nur einen Spruch gebracht und dann auch noch einen, den Peter längst kannte, aber es zwickte ihn trotzdem.

»Meine Frau hat nach der Hochzeit darauf bestanden, mir das Geschäft zu überschreiben«, sagte er. »Von mir aus wäre es wirklich nicht nötig gewesen. Wir hätten auch den Namen ›Schreibwaren Berger‹ behalten können, statt es ›Schreibwaren Holländer‹ zu nennen. Aber sie wollte nicht.«

»Schon klar. Es ist dir alles in den Schoß gefallen, und du konntest es gar nicht verhindern.«

»Blödmann. Heike und ich sind einfach ein gutes Team.«

Mit einem Zug trank Peter die Flasche aus. Er sollte nicht zimperlich sein.

Eine Weile lang gingen sie schweigend, dann stieß Ilja ihn mit dem Ellbogen an: »Übrigens! Ich habe deine Frau diese Woche gesehen. Am Dienstag.«

»Oh. Dienstags vormittags schmeißt sie den Laden.«

»Ach so. Ich wollte eigentlich zu dir, habe aber schon durchs Schaufenster bemerkt, dass du nicht da warst. Und deine Frau war echt schwer beschäftigt.«

»Bist du gar nicht reingegangen? Also weiß Heike nicht, dass du da warst?«

»Warum sagst du das so komisch?«

Peter schwieg, er war wirklich ungeschickt.

»Ey, Peter, gibt es Probleme?«

»Na ja, die Party, die Apfelkornsache. Ein schlechter Start.«

»Was? Ich konnte doch nichts dafür! Ich wusste nichts von der Panscherei.«

»Wäre einfach gut, wenn Heike dich mal in einem anderen Zusammenhang kennenlernen würde. Kannst ja mal ›Hallo‹ sagen, wenn du noch mal dienstags bei ihr vorbeikommst.«

»Okay. Aber du könntest ihr von mir ›Entschuldigung‹ ausrichten. Und ihr stecken, dass ich genauso vom Kater betroffen war wie du.«

Wieder rempelte Ilja Peter an, und diesmal war es ein Stoß, den man als Angriff empfinden konnte. Peter ließ die Bierflasche fallen und nahm Ilja in den Schwitzkasten, vielleicht grob, vielleicht spielerisch, Ilja kreischte aber nur und lachte gleichzeitig, und schon kippte alles ins endgültig Lustige. Sie rangelten und traten sich auf die Füße und rannten plötzlich wie auf Kommando gemeinsam los, einfach geradeaus über den Weg. Zwei Jungs, zwei alberne Kerle. Und wie herrlich Peters Beine pumpten, die Arme auch, während der offene Blouson hinter ihm zusammenschlug.

Vor ihnen tauchten Frauen mit Kinderwagen auf. Sie erschraken vor den heranstürmenden Männern, und Peter lief in einem weiten Bogen um sie herum, während Ilja mit klirrender Tüte zwischen ihnen hindurchpreschte.

Irgendwann hielten sie an, wieder gleichzeitig. Außer Atem, die Hände auf die Knie gestützt.

»Worüber wir geredet haben …«, japste Peter. »Als ich in den Laden eingeheiratet habe …«

»Sorry, ich hab's nicht so gemeint.«

»Aber mein Vater hat sich damals auch wahnsinnig geärgert, dass ich Geschäftsführer wurde. Er hatte mir nämlich immer prophezeit, dass ich in der Gosse lande, und dann ging es mir plötzlich so gut.«

»Was für ein Arschloch. Ich hoffe, dein Alter lebt nicht mehr?«

»Doch, er arbeitet sogar noch. Bauunternehmer, alte Schule, die finden kein Ende.«

»Und deine Mutter?«

»Na, was schon? Lebt ebenfalls, kocht und backt und rasiert meinem Alten samstags den Nacken aus.«

Peter richtete sich auf. Das Blut rauschte ihm in den Ohren. Es gefiel ihm, so lässig von sich zu erzählen, und waren es nicht solche Momente, die eine Freundschaft von einer Bekanntschaft unterschieden?

»Meine Eltern sind tot«, sagte Ilja.

»Oh. Das tut mir leid.«

»Mir nicht.«

Sie standen jetzt so dicht voreinander, dass sie sich in den Arm hätten nehmen können.

Ilja hielt Peters Blick fest. »Schieß deine Eltern auf den Mond, Peter.«

»Leicht gesagt. Sie sind vor Kurzem extra nach Bonn gezogen. Offiziell wegen der vielen Baustellen hier. In Wahrheit aber hatte mein Vater in Frankfurt was mit einer Stewardess angefangen. Als das rauskam, hat meine Mutter ihm die Pistole auf die Brust gesetzt und ihn gezwungen, ein Haus in Bonn zu kaufen, wegen der Nähe zu den Enkelkindern. Wenigstens wohnen sie am anderen Ende der Stadt, sonst stünden sie ständig bei uns auf der Matte.«

»Uaaah, Familiengeschichten!« Ilja riss die Augen auf. »Gruselig.«

Peter streckte die Hand nach ihm aus, aber Ilja zuckte zurück und machte ihn auf einen Mann aufmerksam, der sie von der Wiese aus beobachtete. Der Typ hielt etwas in der Hand, das wie ein Funkgerät aussah.

»Komm, weiter!« Ohne Umschweife marschierte Ilja los, und Peter musste sich beeilen, ihm zu folgen. Der Mann auf der Wiese war bestimmt ein Wachhund der Amis. Es gab zwar mehrere diplomatische Vertetungen an der Rheinaue, aber es waren immer die Amis, die so massiv ausschwärmten und die Sicherheitslage sondierten. Dahinten lag ihr berühmter Amerikanischer Club, dazu die High School und der Hubschrauberlandeplatz mit der eigenen Tankstelle. Trotzdem war Bonn nicht ihr Bonn.

Ilja schlug einen Haken ins Gebüsch. Zweige knackten, und Peter tauchte eilig hinterher. Ein Trampelpfad führte bergab, wurde sandig und breiter, und dann war der Rhein zu sehen. Das Wasser rauschte. Am Ufer lag feuchter Kies.

»Scheißkerle«, sagte Ilja. »Ich hasse diese Kontrollen! Ständig angestarrt zu werden. Der einzige Nachteil meiner langen Haare.«

»Meinst du den Ami eben?«, fragte Peter. »Darüber musst du dich nicht aufregen. Im Sommer habe ich häufiger mit ein paar Leuten auf der Wiese gesessen und …«

»Klar, dass du das locker siehst.«

»Nein, ich wollte nur sagen … Ach, vergiss es.«

»Wie oft sind sie denn schon bei dir im Laden gewesen und haben dir Fragen gestellt?«

»Die Amis? Mir?«

»Amis, Russen, Deutsche. Keine Ahnung, wem du verdächtig vorkommst. Du wirst doch überprüft?«

»Wieso sollte ich?«

»Weil du mit Politikern Kontakt hast. Stell dich doch nicht dumm! Du verkaufst Ministern Briefpapier, da geht man bestimmt auf Nummer sicher.«

Peter probierte ein Lachen. Ilja wollte ihn wieder aufziehen – oder tatsächlich ärgern?

Achtlos ließ Ilja die Tüte mit den Flaschen auf den Kies fallen. »Ich weiß sowieso, dass sie schon bei dir waren, und zwar meinetwegen. Um dich auszuhorchen, was ich für einer bin.«

»Du spinnst ja.«

»Schon okay! Ist nicht deine Verantwortung. Könnte

ja wirklich was dahinterstecken, wenn ein Typ wie ich in deinem Laden rumhängt.«

Ilja warf die Haare nach hinten, stiefelte über den Kies und sammelte Steine auf, die er in den Fluss warf. Überrascht blieb Peter zurück. Hatte Ilja so schlechte Erfahrungen gemacht? Konnte es denn stimmen, dass er bei irgendwelchen Sicherheitskräften aneckte?

Ein Frachter zog dröhnend vorbei. Die Dämmerung hatte eingesetzt und machte das Wasser dunkler. Peter drehte sich um. Er sollte bald nach Hause fahren. Über den Baumwipfeln stand die Abendsilhouette der Stadt. Im Langen Eugen brannte Licht. Der Mercedesstern auf dem Bonn-Center drehte sich majestätisch und funkelnd.

Ilja war immer noch mit den Steinen beschäftigt. Also gut, eine Weile noch, Peter hockte sich neben die Tüte. Seine Beine fühlten sich zittrig an. Vom Rennen, vom Durch-die-Sträucher-Brechen. Und von Iljas Schweigen.

Noch nie war der Schreibwarenladen für Sicherheitsleute von Interesse gewesen. Das Geschäft gehörte zum Bonner Establishment. Und es gab so viele Kunden mit wilden Frisuren, Professoren, Studenten, Hippies. Sie alle kauften vollkommen selbstverständlich, Seite an Seite mit den hohen Tieren und gestriegelten Promis bei Peter ein. Ganz zu schweigen von den stinknormalen Typen wie den Westerhoffs. Der Laden war etabliert und gleichzeitig bunt. Kein Hahn krähte danach.

Außerdem: Wenn es so wäre… Wenn Peter eines Tages wirklich wegen Ilja kontrolliert werden würde, wollte er sich dagegen sperren? Nein, ganz bestimmt nicht, denn es würde wohl kaum jemandem schaden, wenn Schreibwaren Holländer mit den Sicherheitsbehörden kooperierte, und könnte Ilja letztlich nur stärken.

Oder versetzte Peter sich zu wenig in ihn hinein? Wusste man je, was in anderen Menschen vorging?

Peter fiel eine Situation ein, die er kurz nach der Hochzeit mit Heike erlebt hatte. Sie hatten sich beim Abendessen unterhalten, und er hatte gefragt, wie Heikes Eltern ihn wohl als Schwiegersohn aufgenommen hätten. Ein harmloses Gedankenspiel war es gewesen, mehr nicht, aber Heike hatte sehr konsterniert reagiert:

»Meine Eltern haben nicht einmal für mich etwas übriggehabt«, hatte sie gesagt. »Nicht für ihre eigene Tochter! Und jetzt willst du tatsächlich wissen, ob du ihnen sympathisch gewesen wärst?«

Peter hatte sich unwohl gefühlt. »Aber dein Vater ist doch so früh gestorben. Vielleicht konnte wenigstens er dich ein wenig leiden?«

Er hatte nach Heikes Hand gegriffen, hatte alles nur tröstend gemeint, aber sie war aufgestanden.

»Du denkst, ich täusche mich? Du meinst, ich erinnere mich nicht richtig an meine Eltern?«

»Nein!«

»Doch! Du unterstellst mir, dass ich mir einbilde, wie ich behandelt worden bin!«

»Bestimmt nicht, Heike, und es tut mir leid, wenn ich dich aufgeregt habe. Ich glaube dir jedes einzelne Wort!«

Aber da war es wieder gewesen: glauben und hoffen. Peter glaubte Heike, selbstverständlich tat er das, und trotzdem glomm da noch etwas anderes auf, ein Hang zum Schönfärben, eine aberwitzige Scheuklappen-Hoffnung, in Heikes Vergangenheit könnte trotz allem auch etwas Ermutigendes gelauert haben. Etwas Kleines, Verschüttetes, das er als Ehemann zum Vorschein bringen dürfte.

»Heya!«, rief Ilja. »Du brütest!«

»Du doch auch.«

»Weil ich doof bin.« Ilja stakste über den Kies und baute sich vor Peter auf. »Ich hätte dir sagen sollen, dass ich einen stressigen Arbeitstag hatte. Ich musste heute beim Personalchef antanzen. Sicherheitsüberprüfung, zum zweiten Mal allein in diesem Jahr, und ehrlich, ich weiß, dass die Post ein super Arbeitgeber ist, aber manchmal geht mir diese Terror- und Spionageparanoia auf die Nerven.«

»Hm«, machte Peter. »Ich muss langsam nach Hause.«

»Okay.« Ilja reichte ihm die Hand und zog ihn hoch. »Warten die Kinder?«

»Und Heike.«

Ilja hob die Tüte auf und ging voran, auf das Gebüsch zu. »Ist eine klasse Frau übrigens!«, rief er in den Abendhimmel.

»Finde ich auch.« Peters Herz tat unvermittelt weh.

»Hat aber bestimmt lange Tage am Institut, was?«

»Wer?« Peter musste schneller werden, um zu Ilja aufzuschließen. »An welchem Institut?«

»An der Uni. Bei den Graphologen, wo wir im Februar zusammen gefeiert haben. Finde ich toll, dass sie noch mal studiert.«

»Du meinst Heike? Nein. Wir waren auch nicht deshalb auf der Jubiläumsfeier, weil sie studieren würde, sondern sie hat nur früher einmal, vor vielen Jahren, an diesem Institut… Wie kommst du eigentlich darauf?«

»Nix früher! Sondern am Dienstag. Ja, genau, am Dienstag habe ich sie glatt zweimal gesehen. Vormittags bei euch im Laden und gegen Abend, als sie aus dem Institut für Graphologie kam.«

»Sie… Ach so«, sagte Peter und sah mit stechenden Schmerzen zu, wie Ilja die Tüte in den nächsten Mülleimer stopfte.

12.

Professor Buttermann hatte die Ecke im Keller des Instituts neu ausgestattet. Ein Heizlüfter rumorte unter dem Tisch, die kleine Schreibtischlampe war frisch geputzt. Für Kaffee stand heiße Milch bereit und Zucker kam in einer dunklen, teuer anmutenden Variante auf den Tisch.

Heike saß steif auf dem Holzstuhl, zwischen Lehne und Rücken blieb Platz für eine Faustbreit Luft. Die Arbeit türmte sich vor ihr und wurde nicht weniger, obwohl sie fachlich gesehen keine Herausforderung war. Loyalität und Willensstärke. Graphologie im ersten Semester.

Aber Heike misstraute dem Auftrag. Warum hatte Buttermann sich ausgerechnet sie ausgesucht, um diese Gutachten zu schreiben? An der Uni hätte er Dutzende gefunden, die es ebenso gut hätten erledigen können wie sie – und die leichter zu überreden gewesen wären. Natürlich, da war Buttermanns und ihre gemeinsame Vergangenheit, die er offenbar ausnutzen wollte. Aber er behauptete ja auch, dass es der Stasi – Hilfe! – speziell auf Heikes Mitarbeit ankam. Woher wusste die Stasi denn von ihr und ihrem graphologischen Können? Und wie passte Heikes Bruder ins Bild? War Johann in der DDR etwa gezielt verhaftet worden, um Heike zu erpressen? Ihr war angst und bange.

Auch dass Buttermann gesagt hatte, er müsse um sein Leben fürchten, wenn er der Stasi nicht Heike als Mitarbeiterin präsentieren könnte. Was bedeutete das? Dass die Anwerbung, nein: Erpressung nicht allein auf seinem Mist gewachsen war? Es musste noch jemanden über ihm geben, der ihn enorm unter Druck setzte. War es der Mann, der heute dahinten im Dunkeln stand? Der Besucher, der Heike vorhin so harmlos vorgestellt worden war, sich jetzt aber nicht mehr rührte und strikt außerhalb des Lichtkegels blieb?

Ein Bewacher musste er sein, ein Stasi-Mann natürlich, und Heike war verzweifelt, dass sie so wenig über die Stasi wusste und in den vergangenen Tagen auch nicht mehr hatte herausfinden können. Es war kein Ruhmesblatt, so ahnungslos zu sein, aber jetzt erwies es sich sogar als gefährlich.

Sie hätte ja auch nicht gedacht, dass die Stasi in Bonn unterwegs war, im BMW herumfuhr, mit der Uni Kontakt hielt. Und auch wenn Buttermann gesagt hatte, das Ministerium für Staatssicherheit sei in der DDR eine ganz normale Behörde, bekam Heike ja die Methoden mit. Erpressung. Todesangst.

Vielleicht sollte sie sich damit trösten, dass sich auch der Professor fürchtete. Es geschah ihm recht. Wie hatte er sie in diese Situation hineingerissen. Jubiläumsparty, langes Geschwafel und am Ende … Von wegen, sie verdankte ihm ihr Leben! Sie hatte damals, mit dreizehn Jahren, gar keine Lust mehr gehabt zu leben!

Und seit Buttermanns Attacke musste sie wieder so

viel an diese Zeit denken. Speziell an die grauenhafte Nacht. Wie ihr Vater sie quer durch das Kinderzimmer geprügelt hatte und wie er dann die Treppe hinuntergefallen war. Wie Heike durch den Schnee zur Ruine gerannt und dort auf dem Boden eingeschlafen war, bis Erik Buttermann sie gefunden hatte. Ja, sie war fast erfroren gewesen, und Buttermann hatte auch Johann zu Hilfe gerufen – wie eigentlich? Aus einer Telefonzelle in der Gegend? Dann hatten Buttermann und Johann Heike zu den Eltern zurückgebracht. Der Vater hatte immer noch am Fuße der Treppe gelegen, und Buttermann hatte Heike ins Bad geschickt, damit sie sich das Blut abwusch, während er sich selbst zum Organisator der Nacht ernannte. Für die Mutter war es erleichternd gewesen. Buttermann hatte einen Arzt herbeigerufen und ihm den Tod des Vaters auf eine Weise präsentiert, dass niemand mehr schuld gewesen sein musste. Ein Totenschein war ausgestellt worden. Ende.

Mit zitternder Hand nahm Heike einen Lebenslauf vom Stapel. Sie konnte den Professor nicht ansehen, musste ihn aber atmen hören. Die Zeilen, die sie begutachten sollte, waren wieder mit Füllfederhalter geschrieben, schöne, kräftige Tinte, aber die Buchstaben versprühten keine Funken wie früher. Sie pickte sich ein spitzes A heraus, nahm ein angeberisches E dazu – mehr brauchte sie nicht.

Und Professor Buttermann schmatzte. Er wollte wohl erreichen, dass sie hinüberblickte. Sein Hemd stand offen, ein Halstuch verdeckte den Ausschnitt, und es ging ihm offenbar nicht gut. Na und? Den gesamten Nachmittag über hatte er noch nicht geraucht, noch nicht einmal einen Aschenbecher auf den Tisch gestellt, und seine Wangen wirkten zerschunden. Außerdem saß die Brille schief, und der Schnurrbart war wohl sehr ruppig abrasiert worden. Ein breiter, entzündeter Streifen wuchs nach. Trotzdem brauchte Heike ja wohl nicht weiter darüber nachzudenken. Wenn es für Buttermann bei der Stasi ungemütlich war – Pech für ihn.

Neben ihm auf dem Tisch stand sein schmuddeliger Holzkasten. Er enthielt die bunten Papieretiketten, die Heike noch aus ihrer Zeit als Studentin kannte. Es waren Zettel, die zu einem Codierungssystem gehörten, das der Professor entwickelt und immer weiter verfeinert hatte. Er liebte das System, weil es ihn davor bewahrte, seine eigene Handschrift zu zeigen. Denn anstatt sich Notizen zu machen, während er ein Gutachten erstellte, konnte er die vorgefertigten Etiketten benutzen. Mit der Schreibmaschine hatte er Schlagworte darauf getippt: *antriebsschwach, teigig, unscharf*, und das reichte ihm aus, um das Grundgerüst einer Analyse zu erschaffen. War er fertig, formulierte eine Studentin (früher meist Heike) die Schlagworte zu einem kompletten Text aus, sodass ein aussagekräftiges Gutachten entstand.

Das Raffinierte und Schwierige an dem System waren die Farben der Etiketten. Erst aus ihnen ergaben sich die korrekten graphologischen Codes, weil sie jedes Schriftmerkmal in Bezug zu anderen Merkmalen setzten. Eine teigige Handschrift konnte zu einem triebhaften, unbeherrschten Charakter gehören (Schlagwort *teigig* auf senfgelbem Zettel), aber genauso gut zu einem Charakter, der in positiver Weise sinnlich zu nennen war (*teigig* auf rotem Zettel).

Damals hatte Heike das System auswendig gelernt wie einen Vokabelkasten, aber sie hatte es nie für ihre eigenen Analysen benutzt. Denn wer mit vorgefertigten Kategorien an eine Handschrift heranging, konnte nichts Neues entdecken und folglich Heikes Ansprüchen nicht genügen.

Buttermanns Stuhl knarrte. Er goss sich noch einmal Kaffee nach und wies auf die Zettel. »Wenn Sie mögen, bedienen Sie sich ebenfalls«, sagte er und fächerte einige Streifen vor Heike auf. Zitronengelb, zartgelb, dunkelgelb, braungelb. Seit damals waren Farben hinzugekommen.

»Nein, danke.« Sie schüttelte kaum merklich den Kopf und gab vor, den Lebenslauf weiterzulesen. Den Blick nach unten gerichtet, konnte sie halbwegs Haltung bewahren.

Ob der Bewacher von der Stasi sich Notizen machte? Er hieß Herr Markus. Buttermann hatte ihn zu Beginn ihres Treffens begrüßt wie eine Berühmtheit, und Herr Markus hatte mit unangenehm heller Stimme von Heike verlangt: »Kümmern Sie sich nicht um mich, Frau Holländer«, bevor er in der Tiefe des Raumes in Position gegangen war. Starrte er sie fortwährend an? Wusste er, dass Heike ihn wiedererkannt hatte? Er war der Fahrer des schmutzigen BMW, der dünne Mann, der auch einmal bei ihr im Laden gewesen war, ohne etwas zu kaufen.

Wenn sie sich Mühe gab, sah sie seine Konturen. Oder eher die Andeutung seiner schmalen Gestalt. Er war ein Fisch im Trüben, farblos und glatt, sein beigebrauner Mantel verschmolz perfekt mit dem Dämmerlicht. Ihr war aufgefallen, wie tief er den Hut in die Stirn gezogen hatte. Unter der Krempe quollen buschige Koteletten hervor.

»Was meinen Sie, Heike?«, fragte Professor Buttermann und stellte seine Tasse sorgsam auf den Unterteller. »Ist unsere Ausbeute heute besonders gering, oder finden Sie es normal, dass in all den Lebensläufen so wenige Charaktere stecken, die als herausragend zu bezeichnen sind?«

Sie zögerte mit einer Antwort. »Herausragend im Sinne der DDR?«

»Im Sinne der Mission, der unsere Bewerber sich anschließen wollen. Als DDR-Bürger in Bonn werden sie mithelfen, den Kalten Krieg zu beenden.«

»Viele, die ihre Lebensläufe eingereicht haben, sind Lehrer oder Sekretärinnen.«

»Leider nur brav und bemüht.«

»Sogar eine Friseuse ist dabei.«

»Wenn Sie sich darüber wundern, offenbaren Sie typisch westliche Dünkel.« Der Professor stocherte im Zettelkasten. »Der Botschaftsbetrieb der DDR braucht nicht nur Diplomaten, sondern es muss auch Schreibkräfte geben, Hausmeister, ärztliches Fachpersonal, und möglicherweise soll auch jemand für den Haarschnitt zuständig sein. Meinen Sie nicht, das wäre sinnvoll?«

Erschrocken registrierte Heike eine Bewegung: Herr Markus hatte sich während Buttermanns Ausführungen nach vorne geschoben. Vollkommen lautlos, trotz des offenen Mantels, bis seine Schuhspitzen in den Lichtkegel eingetaucht waren. Der Professor hatte nichts davon bemerkt, da Herr Markus exakt hinter Buttermanns Stuhl geblieben war.

»Also, Heike, geben wir ruhig allen Bewerbern eine Chance, aber seien wir hart«, sagte der Professor.

Ihr Herz klopfte. Sie wagte nicht mehr hochzublicken. »Ich halte mich an den Auftrag«, sagte sie, schob aber nach kurzem Zögern nach: »So wie die DDR ja auch alles einhalten wird, was Sie mir versprochen haben, Herr Professor.«

Herr Markus gab keinen Mucks von sich. Buttermann dagegen hantierte auf dem Tisch geräuschvoll mit den Farben, und jetzt, nein, was tat er denn da? Er brachte die Codes durcheinander! Er, der große Graphologe – machte er es etwa mit Absicht?

Er benutzte Hellgelb, wechselte den Papierstreifen gegen Zitronengelb aus und nahm plötzlich doch lieber Grün zur Hand, Grasgrün allerdings (*Betonung der Endzüge*), was in Kombination mit Karmesinrot (*Unterbetonung der Endzüge*) praktisch gar nicht vorkommen konnte.

»Aus dem Kapitalismus ist es uns natürlich fremd, liebe Heike«, plauderte er dazu. »Wir kennen es nicht, dass man die ausgetretenen beruflichen Pfade verlässt und dabei vom Staat gefördert wird. Aber in der DDR ist jeder Bürger dazu aufgerufen, sich nach seinen Möglichkeiten zu entfalten, und warum soll eine Friseuse ihr Land nicht ebenso gut repräsentieren wie ein Kulturattaché? Wenn sie wortgewandt und willensstark ist? Vater Staat – nun gut, ›Vater‹ klingt in Ihren Ohren beängstigend. Aber trotzdem. Wenn Väterchen

Staat meint, diese Bewerbungen hier auf dem Stapel sind angemessen, werden wir es nicht hinterfragen. Stimmen Sie zu?«

Jetzt trat Herr Markus doch sehr energisch mit einem großen Schritt an den Tisch. Heike zuckte zusammen, und auch Buttermann blickte auf seinem Platz ruckartig hoch. War er überrascht? Oder sogar schuldbewusst wegen der Farben? Herr Markus beachtete ihn gar nicht, sondern langte wieselflink an die großen Papierstapel und stieß sie um. Sämtliche Lebensläufe verteilten sich auf dem Tisch, Erledigtes und Unerledigtes gerieten durcheinander.

»Was tun Sie denn da?«, rief Professor Buttermann.

»Wir halten hier kein Seminar ab«, sagte Herr Markus scharf.

»Aber ich …«

»Nein! Frau Holländer hat es nicht nötig, sich von Ihnen belehren zu lassen.«

Buttermann rückte an seiner Brille. Heikes Herz raste. Herr Markus durchwühlte mit beiden Händen den Wust an Papier und zog schließlich einen einzelnen Lebenslauf hervor: die Bewerbung der Friseuse. Weshalb kannte er sich so gut aus?

Mit unbewegter Miene überflog er die Zeilen. »Buchstaben eng gesetzt«, stellte er fest. »Aber große Abstände zwischen den Wörtern. Eine klassische Kombination?«

Gebieterisch sah er auf Heike herab, die schmalen Wangen nach innen gezogen, aber was wollte er von ihr? Dass sie mit ihm diskutierte?

»Tendenz zur Vereinsamung«, warf Buttermann ein.

»Und generelles Misstrauen bei der schreibenden Friseuse. Frau Holländer hatte jeden Grund, diese Bewerbung auszusortieren.«

»Lassen Sie uns allein«, befahl Herr Markus.

Buttermann schüttelte den Kopf, aber nach einem weiteren, schroffen Geplänkel lenkte er ein, erhob sich vom Stuhl und verschwand missmutig hinter den Regalen.

Heikes Atem ging flach. Herr Markus setzte sich ihr gegenüber und ließ sich erstmals direkt von der Schreibtischlampe bescheinen. Er hatte tiefe Falten um den Mund. Kaltweiße Zähne und nahezu haarlose Wangen. Die Koteletten mussten aufgeklebt sein.

Unablässig stieg die muffige Heizlüfterwärme unter der Tischplatte hervor. Lebensläufe, die über die Kante hingen, fächelten matt. Herr Markus schob die Blätter zusammen.

»Sie haben die Bewerberin abgelehnt?«, fragte er spöttisch, als hätte Heike einen Fehler gemacht.

Sie hielt die Hände auf den Schoß gepresst. Sie war die Graphologin. Nach ihr hatte das Politbüro verlangt, das musste Herr Markus wissen.

»Sie kommen von der Staatssicherheit?«, fragte sie angestrengt.

»Keine Angst vor Hierarchien, Frau Holländer.«

»Ich habe keine Angst.«

»Die Deutsche Demokratische Republik ist ein Kollektiv der Kümmerer.«

Er knüllte den Lebenslauf der Friseuse zusammen und steckte ihn in seine Manteltasche. Dann beugte er sich vor.

»Bisher sind wir mit Ihnen sehr zufrieden, und für mich persönlich ist es nur schade, dass Sie sich gar nicht mehr an mich erinnern. Ich saß damals im Publikum, 1963 in Madrid, als Sie den langen Eröffnungsvortrag gehalten haben. Abends haben wir sogar unter vier Augen gesprochen. Worum ging es noch? Ach, um die Arkadenbildung beim m. Sie vertraten die Ansicht, dass die Asymmetrie eine menschliche Eigenschaft ist.«

Ihr Magen zog sich zusammen. »Nein. Ich erinnere mich nicht. Welche Institution haben Sie denn damals vertreten?«

»Sagen wir so: Sie haben meinen Hintergrund nicht infrage gestellt, so wie Sie auch Ihren Professor, Herrn Buttermann, nie angezweifelt haben, sondern mit ihm durch die Städte getingelt sind.«

»Sie waren für die DDR in Madrid?«

»Ich wollte wissen, wie weit Sie mit Ihrer Ausbildung sind. Erik Buttermann schwärmte enorm von Ihnen, und es standen Entscheidungen an. Wir waren alle stolz auf Ihr Talent.«

»Als ob Sie schon damals ...«

»Sie, im Land der Nazi-Erben, sind so viel Fürsorge nicht gewohnt, Frau Holländer. Aber wir in der Deutschen Demokratischen Republik nehmen ein Potenzial gern frühzeitig in den Blick. Inzwischen verfügen wir über einen Vorrat an Experten und Perspektivagenten, über den Sie staunen würden, weil wir ihn über viele, viele Jahre aufgebaut haben. Wobei wir natürlich besonders gern mit Jahrhundertbegabungen operieren, wie Sie eine sind. Unterm Strich lohnt sich alles für alle. Sehen Sie sich an! Selbst für Sie ist der Tag gekommen, an dem Sie etwas zu unserer Friedensmission beitragen können.«

»Wenn Sie mich seit so vielen Jahren schon …«

»Moment! Wir waren nicht in jeder Sekunde dabei, keine Sorge.«

»… waren Sie auch in der Nähe, als mein Bruder auf den Hippie Trail gesprungen ist? Vor zehn Jahren? Haben Sie etwas damit zu tun?«

»Ertappt. Aber anders! Es ist nämlich das einzige Versäumnis, das ich mir vorwerfen kann: dass ich Ihren Bruder in den frühen Sechzigerjahren noch für unwichtig hielt. Ich konnte mir nicht vorstellen, dass ausgerechnet er derjenige wäre, über den wir eines Tages an Sie herankommen müssten. Also zusammengefasst: Wir hätten es leichter haben können.«

»Ich verstehe diese Antwort nicht.«

»Wir haben weder Johanns Weggang aus Bonn noch seine damalige Einreise in die DDR gesteuert. Johann Berger ist uns freiwillig zugelaufen.«

»Aber Sie und Professor Buttermann … Seit wann wusste der Professor, dass Sie …«

»Ach, Buttermann! Er spielt bei nichts mehr eine Rolle.«

Herrn Markus' Stimme hatte einen metallischen Klang angenommen. Entweder log er, oder er konnte Buttermann wirklich nicht leiden. Oder er wollte Heike noch weiter verwirren, was gar nicht nötig gewesen wäre. Denn: sie im Visier der Stasi? Seit damals?

»Ich will meinen Bruder sehen«, sagte sie möglichst entschieden.

»Das ist unmöglich.«

»Wenigstens sprechen. Am Telefon. Sofort.«

»Eine gute Idee. Ich würde es für Sie einrichten, nur gibt es hier im Institut oder in der Nähe keine sichere Leitung.«

»Nein? Und wie halten Sie sonst Kontakt zu Professor Buttermann? Sie telefonieren doch wohl mit ihm von Ostberlin aus?«

»Nein. Gerade mit ihm wird möglichst wenig kommuniziert.« Herr Markus lehnte sich zurück, die Hutkrempe warf jetzt wieder einen Schatten auf sein Gesicht. »Aber da Sie so gern über Buttermann reden, Frau Holländer, verraten Sie mir doch, was halten Sie eigentlich von ihm? Würden Sie ihn weiterempfehlen?«

Sie atmete durch. Jetzt oder nie. »Ohne ein Lebenszeichen von Johann werde ich nicht mehr an Ihren Gutachten mitarbeiten.«

»Aha. So wichtig ist er?«

»Mein Bruder … Aber das müssten Sie ja wissen: Er war lange Zeit … alles für mich.«

»Das sagt sich so schnell. Und passt nicht dazu, dass Sie offenbar bereit sind, seine Gesundheit zu riskieren.«

»Ich riskiere nichts! Sondern will sicherstellen, wie es ihm geht. Ich brauche Gewissheit, dass er in der DDR ist und die Probleme hat, die Sie behaupten.«

Herr Markus lächelte. »Verstehe. Ich melde Ihren Wunsch gerne nach oben, Sie werden von uns hören. Trotzdem zurück zu Professor Buttermann: Wie schätzen Sie seine Arbeit ein? Nun?«

»Ich kenne seine aktuelle Arbeit nicht.«

»Trotzdem haben Sie bemerkt, dass er einen falschen Farbcode aus dem Zettelkasten benutzt hat, und Sie haben ihn nicht korrigiert, obwohl Ihnen meine Anwesenheit bewusst war und Sie die Dringlichkeit korrekter Gutachten kannten.«

Es war eine Falle, jede Sekunde, jeder Wimpernschlag war gefährlich. Herr Markus betrachtete Heike mit einem glitzernden Augenausdruck.

»Ich werfe Ihnen keine Kumpanei mit Ihrem Professor vor«, sagte er. »Dazu kenne ich die Vorgeschichte zu gut, die Sie mit Herrn Buttermann ertragen mussten. Ich frage mich bloß, ob und wann Sie ihn mir ans Messer geliefert hätten: früher oder später?«

»Professor Buttermann ist für sich selbst verantwortlich«, stieß Heike aus.

»Sicher, Loyalität hat viele Gesichter. Was aber, wenn Buttermann Sie mit seiner Zettelwirtschaft denunzieren wollte? Indem er mir, seinem Führungsoffizier, demonstriert hat, wo Ihre Schwäche liegt? Nämlich in einem übersteigerten Eigensinn, mit dem Sie sich immer wieder über das Interesse unserer Gemeinschaft erheben werden.«

Er verzog den Mund, als dächte er nach, dann zückte er plötzlich ein Feuerzeug, schnippte es auf und hielt die Flamme an die Lebensläufe auf dem Tisch. Das Papier fing sofort Feuer, und Heike riss ihre Tasche an sich, um zur Tür zu rennen, zu fliehen, aber da stand schon Buttermann breitbeinig im Weg und schnalzte bedauernd mit der Zunge:

»Immer noch so impulsiv, wann lernen Sie dazu, Fräulein Heike?«

Es knisterte am Tisch, die Lebensläufe brannten wie Zunder. Herr Markus saß stoisch vor den Flammen, und auch Buttermann schien sich nicht darum zu sorgen, dass der Stasi-Mann das gesamte Archiv abfackeln könnte. Was wollten die beiden denn erreichen, was wollten sie mit Heike in diesem Keller anstellen?

Mit Gewalt riss Herr Markus das Kabel des Heizlüfters aus der Wand und stieß die Schreibtischlampe zur Seite. Dann nahm er die Kaffeekanne und leerte sie über dem Feuer. Es zischte und qualmte, aber die Flammen gingen nicht vollständig aus. Da griff er in die Tasche, die Buttermann am Platz zurückgelassen hatte, und zückte ein Ringbuch oder eine Mappe, um damit auf die Glutnester zu drücken. Funken stoben und erloschen.

»Vertrauen beruht auf Gegenseitigkeit«, sagte Herr Markus und goss auch noch die Milch über den Tisch.

Eine Machtdemonstration, dachte Heike. Ein absurdes Theater. Wie kam sie hier raus?

»Sehen Sie ruhig genauer hin, Fräulein Heike«, sagte Professor Buttermann. »Es wird sowieso unvermeidlich sein.«

Herr Markus klopfte die Asche von der Mappe und … der Umschlag kam Heike bekannt vor. Konnte es sein, dass es eine Mustermappe war? Etwa das Exemplar aus dem Laden, dessen Rückseite Heikes Telefonnotizen enthielt?

»Nun kommen Sie schon her!«, befahl Herr Markus. »Ich möchte, dass Sie auf dem gleichen Wissensstand sind wie ich.«

Nein, sie wollte sich nicht rühren.

Herr Markus verließ den Tisch. »Alles löst sich in Rauch auf, aber um die Lebensläufe ist es nicht schade, Frau Holländer, denn Lehrer und Friseusen, du liebe Güte! Haben Sie ernsthaft geglaubt, man könnte sich bei uns für den Dienst in der Ständigen Vertretung bewerben wie auf jede beliebige Stelle? Nein, aber wir mussten Sie als unsere Mitarbeiterin ja ein wenig anwärmen. Sie persönlich, weil Sie es uns wert sind.«

Sie wusste nicht, wohin sie laufen sollte. Hinter ihr stand Buttermann, von vorn kam Herr Markus auf sie zu. Rechts und links gab es Gänge zwischen den Regalen, aber es waren allesamt Sackgassen.

»Und zwar sind Sie es uns wert, Frau Holländer, weil Sie rein gar nichts verlernt haben. Es ist eine Freude, Ihnen bei der Arbeit zuzusehen, ich hatte nur Sorge, Sie könnten beleidigt sein, weil wir Sie mit den billigen Lebensläufen unterfordern. Aber ab jetzt wird es interessanter, das verspreche ich Ihnen. Ab sofort werden Sie die Handschriften unserer wichtigsten Kader bekommen, Sie können mit Fug und Recht stolz sein. Es sind hervorragende Männer und Frauen, die den Dienst in Bonn antreten sollen und die Sie auf Herz und Nieren prüfen werden.«

»Ich möchte nicht.«

»Nein? Weil? Weil Sie denken, Sie müssten auf Ihre gute Laune warten?« Herr Markus tippte auf die Rückseite der Mappe und tat, als läse er: »›Mama fährt Mobylette.‹ Ihre kleine Tochter ist munterer als Sie – und übrigens in Schreibdingen sehr begabt. Wie heißt sie? Anne? Es könnte sich lohnen, sie im Auge zu behalten.«

Der Schock ließ Heike in die Knie gehen. Herr Markus schlug ihr die Mappe gegen den Leib, sie riss sie an sich. Die Vorderseite war verkohlt, aber auf der Rückseite fand sie tatsächlich ihre eigene Schrift, die Telefonnotizen aus dem Laden, und daneben, am Rand, nein, das war neu! Dort standen gekrakelte Kinder-Buchstaben. Anne konnte doch überhaupt noch nicht schreiben!

»Sie können mich nicht erschrecken, Herr Markus«, sagte sie, obwohl ihre Stimme ihr kaum noch gehorchte.

»›Mama fährt Mobylette‹«, wiederholte er. »Die kleine Anne hat gleich gesagt, dass es eine Überraschung für Sie sein wird.«

Würde denn ein Kind, irgendein Kind, diese Worte wählen? Würde es *fährt* mit *h* schreiben? Oder das komplizierte *Mobylette?*

Heike ließ die Mappe auf den Boden fallen. Professor Buttermann kommentierte besorgt: »Wir wollen den Bogen aber nicht überspannen!«

»Immerhin sind wir jetzt endlich offen zueinander«, sagte Herr Markus und sah zufrieden aus.

Wie betäubt setzte Heike einen Fuß vor den anderen, an Herrn Markus vorbei, halb auf Buttermann zu, dann durch die Tür. Die Männer ließen sie gehen, plötzlich hatten sie nichts mehr dagegen, sie erreichte unbehelligt die Straße. Musste nach Hause. Musste dringend mit Anne reden und mit Peter, um die Wahrheit zu hören. Und um im Gegenzug auch die Wahrheit zu sagen.

Wenig später, als sie im Bus saß, war ihr zu kalt, um zu weinen. Die Gedanken klapperten wie Eisschollen. Im Herz steckte ein Zapfen, aber sie wollte trotzdem zu sich kommen. Konnte es denn stimmen? Hatte Herr Markus Zugriff auf Anne gehabt und ihr die Hand geführt, damit sie den Mobylette-Satz aufschrieb? Wann sollte das passiert sein? Heike war doch in der Lage, jede Minute ihrer Tochter zu rekonstruieren?

Heute hatte Anne den ganzen Nachmittag bei Peters Eltern gespielt. Der kleine Michael auch. Und Peters Mutter hätte die Kinder nie allein auf die Straße gelassen. Oder?

Und gestern, als Anne nach dem Mittagessen draußen gewesen war: Erst allein, dann mit den anderen Kindern aus den anderen Reihenhäusern, die Mütter sahen abwechselnd nach. Bloß was war in den Minuten zwischen den Kontrollen möglich gewesen? Und hatte Anne neulich nicht Rollschuhfahren gelernt? War sie immer auf dem Bürgersteig geblieben? Und wenn sie Ball spielte, dann wo? Auf welcher Wiese? Sprang Gummitwist – vor der Garage?

Der Bus ächzte in der Kurve. Boden und Sitze vibrierten, die Hydraulik zischte. Auf dem Gehweg draußen, sehr nah am Rand, stand eine kleine Person, eine zierliche Frau mit Wollmütze und strammer Haltung. Sie sah zu den Busfenstern hoch, als suchte sie jemanden. Aber war das nicht schon wieder Sabine? Die Frau vom Wachdienst und von der Fete im Institut! Nach wem hielt sie denn Ausschau? Etwa nach ihr?

Fast hätte Heike gegen die Scheibe gehämmert, aber im letzten Moment besann sie sich. Sie konnte nicht ausgerechnet Sabine vertrauen, die überall auftauchte, große Reden schwang und dann wieder verschwand! Der Bus rollte weiter, und Heike sank zurück auf das Polster.

Mama fährt Mobylette. Was ein Kind aushalten konnte. Was es aushalten musste. Aber nicht Anne.

13.

Peter wurde von Heike leider nicht gefragt, wie sein Tag verlaufen war, und ganz unerwartet hatte sie auch schon die Kinder ins Bett gebracht, als er von seinem Treffen mit Ilja in der Rheinaue nach Hause kam. Das gemeinsame Abendessen am Familientisch fiel aus. Die Kinder waren bei Peters Eltern mit Waffeln vollgestopft worden, so hatte Heike es jedenfalls gesagt – und sie selbst fühlte sich erschöpft. Sie lag frisch geduscht und mit nassen Haaren auf dem Sofa und hatte Kopfschmerzen.

Peter ging leise in die Küche. Der Herd war kalt. Wann waren Heike und die Kinder denn genau nach Hause gekommen? Und war Heike wirklich den ganzen Nachmittag bei seinen Eltern und beim Einkaufen gewesen?

Es ging ihm nicht gut, weil er misstrauisch sein musste, er verabscheute das. Nicht nur, weil ein solches Gefühl kaum zu den üblichen Ehegepflogenheiten passte, sondern auch, weil er, wann immer er in seinem Leben unsicher gewesen war, nie gewusst hatte, woher das Gefühl eigentlich stammte. Waren wirklich nur die anderen schuld? Oder hatte er nicht auch selbst etwas falsch gemacht, etwas missverstanden oder nicht richtig zugehört? Zum Beispiel mochte

Heike ihm vielleicht doch einmal etwas über das verdammte Institut und ihre Kontakte dorthin erzählt haben, und er hatte es nicht für wichtig erachtet und darum vergessen?

Nein. Sehr unwahrscheinlich. Genauso unwahrscheinlich wie die Überlegung, dass Ilja Heike mit einer anderen Frau verwechselt haben könnte, die am Dienstag aus dem Institut gekommen war. Ilja hatte Heike zweimal gesehen, vormittags im Laden und nachmittags bei den Graphologen. Wie sollte es da zu einer Verwechslung gekommen sein?

Und noch einmal zurückgedacht: Wie hatte Heike selbst ihren Dienstag geschildert? Hatte sie wörtlich behauptet oder nur den Eindruck erweckt, für Peters Mutter in den Supermarkt gefahren zu sein? Und was hätte sie theoretisch im Institut zu suchen gehabt? Wollte sie mit anderen Leuten zusammensitzen – mit klugen Wissenschaftlern? An alte, glorreiche Zeiten anknüpfen? Peter würde es natürlich verstehen, es war bestimmt schön, die Vergangenheit wieder aufleben zu lassen, falls man sich damals wohlgefühlt hatte. Ohne Ehemann.

Er füllte ein Glas mit Wasser und trank. Besser wäre Bier gewesen, auch warmes Bier aus einer Flasche, die in einer Plastiktüte durchgeschüttelt worden war. Vielleicht konnte er sich darauf vorbereiten, was Heike ihm später antworten würde, wenn er sie fragte? Wo sie am Dienstag gewesen war. Er würde Auskunft verlangen! *Man hat dich gesehen, Heike. Genau genommen hat Ilja dich gesehen, und bei der Gelegenheit, nimm es bitte zur Kenntnis: Ich treffe mich regelmäßig mit Ilja. Aber darum geht es nicht, sondern um dich. Wo treibst du dich in Wahrheit herum?*

Bei Professor Buttermann vielleicht. Der Kerl war doch sicher dabei gewesen, als Heike im Institut gewesen war. Der verlotterte Hippie, den sie neulich noch unsympathisch und widerlich gefunden hatte.

Bedrückt blickte Peter von der Tür aus ins Wohnzimmer. Alles wollte so friedlich und schön erscheinen. Die heiter gemusterte Tapete, der solide Fernsehschrank, die sonnenfarbenen Strohsets. Wie gut das Leben gewesen war, als er noch nichts hatte anzweifeln müssen. Gut und bequem. Wobei Bequemlichkeit möglicherweise zu Peters Schwächen zählte.

Er betrachtete Heike. Falls sie seine Anwesenheit spürte, ließ sie es sich nicht anmerken, sondern lag weiterhin rücklings auf den Sofakissen und hielt sich schützend einen Unterarm über die Augen. Und es ging ihr wirklich schlecht, Peter hörte es an ihren Atemzügen. Wie komisch, sie tat ihm leid – auch wenn er einschränken sollte, dass sie nicht die Einzige im Haus war, die heute Abend mit etwas zu kämpfen hatte.

Wann, fragte er sich, wäre er einmal an der Reihe? Wann könnte er sich so hinlegen und den Körper sprechen lassen, bis jemand vorbeikam und mitfühlende Fragen stellte?

Und jetzt Schluss damit! Kein Gejaule und Gezaudere mehr, verdammt! Seine Fragen würden heute hart sein! Jedenfalls härter als sonst.

Oder? Peinlich berührt, und zwar von sich selbst, zog er sich wieder in die Küche zurück und öffnete den Kühlschrank. Die ewigen Scheibletten. Toast. Ananas. Er war doch kein Kind. Und er war sehr hungrig und immer noch durstig, weil er von der Rheinaue aus so schnell nach Hause geradelt war, um bloß pünktlich zum Abendessen zu erscheinen, denn das wurde an allen anderen Tagen von ihm erwartet. Und übrigens auch eingehalten.

Denn er war Peter. Der eingeheiratete Peter Quereinsteiger, der für manche Menschen wohl wenig beeindruckend war. Der auch immer noch nichts über Graphologie wusste und dem im Laufe der Jahre leider die meisten der klugen Sätze entfallen waren, die er einst im Lesesaal des Instituts bewundert hatte. Das Wesen der Schreibschrift, unelastische Striche. Die Expertise seiner damaligen Verlobten. Messbare, zählbare Kinkerlitzchen.

Er knallte die Kühlschranktür zu. Heike hatte immer genügend Aufgaben und Anregungen zu Hause gefunden, das hatte sie selbst gesagt. Und wie es ihr gefalle, mit Peter verheiratet zu sein! Nur mit ihm tat sie die sehr nahen und freien Dinge! Sie würde auch nicht wieder studieren wollen (mit ihren vierunddreißig Jahren!), das wusste Peter genau, und sie würde wohl kaum in diesem Institut als Angestellte arbeiten wollen, mit Professor Buttermann dauerhaft vor der Nase. Aber als was sollte der Professor sie denn überhaupt einstellen? Sie hatte nicht einmal einen richtigen Beruf!

Auf die Arbeitsplatte gestützt, sah Peter seine schlanken Finger, die immer noch schmalen Hände, obwohl alles andere in die Breite gegangen war. Er war ein erfolgreicher Schreibwarenhändler, und objektiv, rein nach der Papierlage, stand ihm einiges zu. Er müsste sein Einverständnis geben, bevor Heike eine außerhäusliche Stellung im Institut antrat, das schrieb der Gesetzgeber vor. Klar, es war eine unfaire Regel, auf jeden Fall, aber er hatte die Gesetze nicht erfunden.

Er betastete seine Schläfen. Was geschah hier mit ihm? Wenn er nicht aufpasste, wurde er zu einem kompletten Idioten.

»Ich finde es nicht richtig, dass du so oft für meine Mutter einkaufen gehst«, rief er in Richtung Wohnzimmer und belegte dabei einen Toast. »Auch dass Anne und Michael neuerdings so viel Zeit bei meinen Eltern verbringen, gefällt mir nicht.«

Heike gab keine Antwort, selbstverständlich nicht, wie sollte sie Peter auch ernst nehmen, wenn in seiner Stimme das Tremolo eines Aufschneiders lag.

Ungeschickt trank er einen Schluck Ananassaft aus der Dose. Seine Beine waren genauso weich wie vorhin, als er mit Ilja am Kiesstrand gewesen war. Vielleicht wurde ihm für längere Zeit die Stabilität geraubt? Von Heike? Von ihm selbst?

Die letzten Minuten mit Ilja in der Rheinaue waren verdächtig ruhig gewesen. Sie waren im Abendlicht zurück zu Peters Fahrrad gegangen. Zwei nachdenkliche Freunde, der eine im Jeansanzug, die Hose mit Schlag. Der andere im Geschäftsanzug und spießigen Blouson, die Krawatte möglichst unsichtbar in der Tasche. Schulterklopfen. Die Frage nach einem Wiedersehen wäre zu heikel gewesen.

Sicher hätte Peter sich noch bei Ilja danach erkundigen können, wie Heike genau ausgesehen hatte, als sie aus dem Institut gekommen war. Ob sie gelächelt hatte, geschminkt oder aufgeregt gewesen war. Aber er hatte sich nicht entscheiden können, was daran schlimmer gewesen wäre: dass er hinter Heikes Rücken über sie redete oder dass er vor Ilja als Waschlappen dastehen müsste, als ahnungsloser Trottel, dem alles entglitt.

Er war so schlapp, dass es jetzt sogar ein Kraftakt war, den Toast in den Ofen zu schieben. Er schaltete das Gerät wieder aus, ließ auch die Krümel auf der Arbeitsplatte liegen und wechselte mit dem pappigen Brot in der Hand ins Wohnzimmer. Diesmal schreckte Heike hoch und sah ihn tatsächlich so an, als erwartete sie eine Strafpredigt. Auch das setzte ihm zu.

Sie wünschte einen guten Appetit, erhob sich und stellte den Fernseher an. Nun ja, das tat sie immer, auch wenn er es stets ein wenig schrecklich fand (ohne es zu sagen). Die Tagesschau kam. Peter setzte sich in seinen Sessel. Besoldungsrecht. Agrarpolitik. Zwischenstopp des amerikanischen Außenministers in Bonn.

Auch wenn er den Toast noch so ausgiebig kaute, schmeckte er nicht. Und warum blieb Heike bloß so weit in Peters Rücken sitzen? War sie überhaupt noch vorhanden? Er nahm sich vor, den Nachrichten nur so lange Beachtung zu schenken, wie er brauchte, um aufzuessen, danach würde er umgehend die Aussprache beginnen.

Die Meldungen flossen vorbei. Beim Wetterbericht schließlich drehte Peter sich um. Heike hockte kerzengerade auf der Sofakante und sah krank aus. Der Widerschein der Bilder flimmerte über ihr Gesicht.

»Wie war dein Tag?«, fragte er.

»Danke.«

»Du hast geduscht. Möchtest du dir nicht die Haare föhnen? Du frierst bestimmt.«

»Heute nicht. Deiner Mutter geht es übrigens besser.«

»Na endlich. Dann kümmert sie sich ab sofort wieder alleine um ihren Kram?«

»Wird sie wohl.«

Ungewohnt schwerfällig stand Heike auf und holte die Pralinenschachtel, als hätte Peter sie darum gebeten. Glücklicherweise war die Schachtel leer, und Heike brachte sie in die Küche. Peter hörte den Mülleimer klappern, dann Wasser rauschen, und ihm fielen die Westerhoffs ein. Frau Westerhoff hatte ihm heute ebenso wenig ins Gesicht blicken können wie seine eigene Ehefrau.

Er drehte den Fernseher ab, und als Heike zurückkehrte und sich wieder auf dem Sofa niederließ, setzte er sich neben sie. Sie duftete nach dem Familienshampoo, und obwohl er sie am liebsten bloß mit dem Ellbogen angestupst hätte (mit ihr gerangelt hätte wie mit Ilja?), legte er den Arm um sie und war erleichtert, als sie sich ihm entgegenlehnte.

Ihre Schläfe pochte, ihr Puls ging schnell. Vielleicht war sie tatsächlich krank – oder es entwickelte sich eine ihrer üblichen Phasen, also eine Krise, die aus ihr selbst heraus kam und nichts mit dem Institut oder Peter zu tun hatte.

Beinahe verzagt streichelte sie sein Bein. »Weißt du eigentlich, ob Anne schon schreiben kann?«

»Ein paar Buchstaben bestimmt.«

»Ich meine, hast du schon einmal mit eigenen Augen gesehen, dass sie Wörter schreibt?«

Er zögerte, denn er wollte vorsichtig bleiben. Sie konnten doch jetzt nicht über die Kinder reden?

»Anne spielt manchmal Schule«, sagte er. »Eigentlich müsstest du das wissen, du verbringst mehr Zeit mit ihr als ich.«

»Nein. Ich habe keine Ahnung, ob sie … Ich würde es auch nicht wollen, dass sie schon schreibt.«

»Weil du eine seltsame Einstellung zum Schreiben hast.«

»Habe ich nicht. Höchstens zur Schrift. Das ist ein Unterschied.«

»Entschuldige, falls ich dumm bin.«

Sie schwieg. Das war nicht gut. Und auch seine Bemerkung war nicht gut gewesen. Er spürte den Druck, sich zu verteidigen und gleichzeitig eine einvernehmliche Verbindung halten zu müssen.

»Neulich«, sagte er, »als ich die Kinder mit in den Laden genommen habe, hat Anne mich um ein Heft mit Schreiblinien angebettelt. Sie hat sich damit unter den Kassentresen gesetzt und vor sich hin gekritzelt.«

Heike krümmte sich zusammen, und jetzt war Peter sicher, dass sich eine ihrer Phasen anbahnte. Aber wie sollte er dann noch etwas mit ihr klären?

»Manche Kinder kommen von ganz alleine darauf, schreiben zu lernen«, sagte er, um kein Schweigen aufkommen zu lassen. »Unsere Anne ist eben besonders schlau.«

»Wo ist das Heft, das du ihr gegeben hast?«

»Weiß ich nicht. Sie wollte es mir nicht zeigen und hat es wahrscheinlich weggepackt.«

Er sah, dass es in Heike arbeitete, es war wirklich besorgniserregend. Wenn er sie nur bremsen oder wenigstens Zeit gewinnen könnte.

»Am Dienstag …«, begann er, aber sie unterbrach ihn sofort: »Anne hat das Heft also nicht im Laden gelassen?«, und als Peter mit den Schultern zuckte, riss sie sich von ihm los und lief ins Kinderzimmer, ohne Rücksicht darauf zu nehmen, dass Anne und Michael schon schliefen.

Er hastete ihr nach. »Warte!« Sie schien vollkommen verrückt geworden zu sein. Die Kinder würden sich erschrecken, denn sie durchwühlte Annes Spielsachen, die Malsachen, auch den Kleiderschrank, die Stiftekiste und die Schubladen, und als Peter sie festhalten wollte, zischte sie ihn an und stieß ihn zurück.

Hilflos behielt er die Betten der Kinder im Auge, es war ein Wunder, dass sie noch nicht aufgewacht waren. Heike warf nur kurz einen Blick auf sie und wütete dann im Wohnzimmer weiter. Sie durchsuchte die Kommode mit den Gesellschaftsspielen, Würfel und Plastikfiguren kegelten über den Fußboden, Spielgeld flatterte hoch. Das Heft, das Heft, wo war das Heft? Sie hatte jede Beherrschung verloren.

»Beruhige dich«, sagte Peter. »Es ist alles gut, am besten legst du dich wieder hin.«

Sie wehrte ihn ab, da nahm er ihr den Monopolykarton aus der Hand und bat sie etwas strenger, ihm in die Augen zu blicken.

»Ich räume auf, du gehst zum Sofa. Keine Widerrede, Heike.«

»Es ist nicht … Ich bin nicht …«

»Ich weiß.«

»Nein, es tut mir leid. Du weißt nichts! Aber hältst du es für möglich, dass jemand Anne anspricht, ohne dass wir es mitkriegen? Hast du sie in den letzten Tagen einmal aus den Augen gelassen?«

»Ich? Heike! Anne war jeden Tag bei dir oder meiner Mutter. So hast du es mir gegenüber jedenfalls dargestellt. Oder stimmt das etwa nicht?«

Sie schwieg. Ihm wurde schwummrig. In keiner einzigen ihrer vorherigen Krisen hatte Heike sich so verhalten.

»Was ist? Hast du Anne allein gelassen?«, fragte er lauter, als er wollte. »Und was ist mit Michael? Wo bist du denn gewesen?«

Sie sah weg. Es war der falsche Zeitpunkt, sie in die Enge zu treiben, das wusste Peter, aber er konnte sich doch nicht immer zurückhalten! Und da kniete sich Heike auch noch vor ihn hin und flehte ihn inständig an, mit ihr über Anne und das Heft zu reden. Es brachte ihn völlig durcheinander.

»Peter, du warst mit Anne spazieren. Am Sonntagnachmittag. Denk nach! War Anne in jeder einzelnen Minute bei dir?«

Nein. Er verschränkte die Arme. Er ließ sich nicht an den Pranger stellen, nur weil sie sich elend fühlte.

»Ich weiß nicht, warum du plötzlich die Kinder in alles hineinziehst«, sagte er. »Oder was du mir unterschwellig ankreiden willst, Heike.«

»Nichts! Ich will nur ...«

Und da bekamen sie beide die Quittung: Die Tür zum Kinderzimmer ging auf, und Anne huschte herein. Große Augen, wildes Haar. Eine Schlafanzughose aus rotem Frottee, die Peter noch nie gesehen hatte.

»Worüber redet ihr?«, wollte Anne wissen, und bevor Peter eine Antwort einfiel, warf Heike sich schon dem Kind entgegen: »Entschuldige, wenn wir dich geweckt haben!«

»Ja, ihr seid laut.«

»Komm zu mir, Anne«, bat Peter, aber das Mädchen schmiegte sich lieber an seine Mutter. Es war verstörend, sah so idyllisch aus, aber Peter wusste, dass er dazwischengehen musste, also hockte er sich neben die beiden, strich Anne über den Kopf und sagte: »Wir haben über dein neues Heft geredet und überlegt, ob du schon schreiben kannst.«

»Nein«, antwortete sie ernst. »Ich kann es noch nicht richtig.«

»Sondern wie?«, hakte Heike nach.

»Ich übe.«

»Gut.« Auch Heike griff nach Annes Kopf. »Ist denn ein Mann gekommen und hat dir gezeigt, wie du bestimmte Buchstaben malen sollst?«

»Heike!« Peter wollte sie von dem Kind wegdrängen, aber Anne schien über die Frage ihrer Mutter gar nicht verwundert zu sein. Sie formte mit den Lippen ein »Nein« – und schwieg dann doch.

»Ich bringe dich jetzt wieder ins Bett«, sagte Peter fest, auch wenn Heike widersprach: »Sie geht nicht, bevor ich nicht alles weiß.«

»Du machst ihr Angst!«

»Warum erzählt sie dann nichts? Anne! Ist ein Mann zu dir gekommen?«

Zu Peters Entsetzen lief Annes Gesicht feuerrot an. Was war bloß passiert? War wirklich etwas passiert?

»Der dicke Mann«, flüsterte Anne. »Mit dem ihr euch manchmal unterhaltet. Es sollte eine Überraschung sein.«

»Was für ein dicker Mann?«, rief Peter, und auch Heike war außer sich: »Erzähl genau, was passiert ist!«

»Nichts«, sagte das Kind.

»Nichts?«

»Er hat mir gezeigt, wie man Buchstaben schreibt.«

Peters Brust zog sich zusammen. Anne standen Tränen in den Augen, und auch Heike war sichtlich bemüht, nicht zu weinen. Von welchem Mann war die Rede? Was hatte er getan?

»Wen meinst du, Anne?«, fragte Peter.

»Seine Fingernägel sind krumm. Er muss den Stift komisch halten.«

»Ach so? Herrmann vom Großhandel? Hatte der Mann viele Haare, überall?«

Anne nickte, und auch wenn sie nicht besonders sicher wirkte, war Peter unnatürlich froh.

»Herrmann, natürlich! Es ist gar nichts dabei! Deine Mutter und ich kennen Herrmann schon sehr lange. Oder hat er dir wehgetan?«

»Nein. Wir haben nur gemalt und geschrieben.«

»Gut.« Peter hob das Kind hoch, ohne weiter auf Heike zu achten, und trug es zum Bett zurück. Aber er ging wie auf schwankendem Grund. Und er steckte immer noch in den Straßenschuhen, was ihm jetzt erst auffiel.

Verlegen kroch Anne unter die Bettdecke: »Seid ihr böse auf mich?«

»Auf gar keinen Fall!« Er lächelte breit, sodass sie es im Halbdunkeln sah. Michael schnarchte leise und bekam von allem nichts mit.

»Wo hast du Herrmann eigentlich getroffen?«, fragte Peter.

Anne musste überlegen. »Auf der Straße vor dem Laden, glaube ich.«

»Du bist nicht sicher, Anne?«

»Nein. Vielleicht war der Mann auch gar nicht so dick.«

Auf dem Boden lag Annes Teddy, Peter legte ihn ihr in den Arm. Dann summten sie gemeinsam ein Lied, und Peter löste dabei seine Schnürbänder und suchte nach einer Erklärung für die Situation.

Anne schlief ein, er nahm die Schuhe in die Hand und sah, dass der Dreck der Rheinaue sich längst auf dem Teppich verteilt hatte. Es geschieht mir recht, dachte er. Denn auch er hatte vorhin nicht die ganze Wahrheit gesagt. Am Sonntagnachmittag war er durchaus mit Anne spazieren gewesen und hatte sie zwischendurch aus den Augen verloren. Auf dem Spielplatz an der Ecke hatte er die neuen Nachbarn getroffen und sich mit ihnen unterhalten. Anne war in der Zwischenzeit zu den Schaukeln gelaufen, später zur Wippe, und dort hatte eine Frau mit einem jungen Hund gespielt. Als Peter ein zweites Mal hinübergesehen hatte, waren die Frau und Anne verschwunden gewesen. Für wie lange? Bestimmt hatte Anne den Hund ein wenig an der Leine führen dürfen und war immer in Rufweite gewesen – hatte er gedacht. Aber jetzt? Müsste Heike es nachträglich erfahren? Obwohl es sich um eine fremde Frau gehandelt hatte, nicht um einen Mann?

Zurück im Wohnzimmer, fand Peter Heike in den Sessel gekauert vor. Sie hatte geweint und verlangte mit einer so seltsamen Stimme, das Gespräch in der oberen Etage fortzusetzen, dass er nur nickte.

Im Schlafzimmer war es kalt. Peter wollte die Heizung andrehen, aber Heike hielt ihn zurück und riss hastig die Gardinen vor das Fenster. Ihr Gesichtsausdruck traf ihn hart: Sie hatte schiere Angst. Etwa um Anne?

»Ich werde erpresst«, sagte sie leise und schnell. »Man verlangt, dass ich graphologische Gutachten erstelle, um den Charakter bestimmter Menschen zu entschlüsseln.«

»Bitte? Was?«

»Die Ständige Vertretung der DDR sucht gerade ihr Personal für Bonn aus«, schob sie nach. »Die Stasi durchleuchtet ihre eigenen Leute.«

»Gut, ja. Wir setzen uns erst einmal hin.«

Er klang gefasst, hoffte er, auch wenn sich seine Gedanken überschlugen. Die Ständige Vertretung, vielleicht die Ostwaren, die Herrmann importieren wollte – warf Heike etwas durcheinander? Sie meinte doch nicht wirklich, sie würde erpresst?

»Du traust mir nicht«, flüsterte sie. »Natürlich nicht. Aber wenn ich dir sage, dass Professor Buttermann …«

»Ach! Weil du neulich wieder im Institut warst? Bei ihm? Ist es das?«

»Du weißt davon?«

»Nein, ich weiß überhaupt nicht, was hier los ist! Aber Ilja hat dich am Dienstag bei den Graphologen gesehen. Und was bedeutet ›erpresst‹?«

»Ilja, der Mann von der Feier? Hat er mich beobachtet?«

Sie zitterte, und auch Peter fühlte sich ohne Knochen und Halt. Nie hätte er gedacht, dass seine eigene Frau ihm einmal einen solchen Schrecken einjagen würde.

»Womit könntest du denn erpresst werden?«, fragte er heiser und zwang sich, die Antwort, die sie hervorquetschte, bis zum Ende zu hören:

»Professor Buttermann ist bei der Stasi und hat angeblich Kontakt zu meinem Bruder in der DDR. Wenn ich mich weigere, die Gutachten für die Stasi zu schreiben, werden sie Johann drüben im Osten dafür büßen lassen.«

Ein Horrortrip. Eine Dissoziation musste es sein, ausgelöst durch einen Schock? Wie sollte Peter seine Frau wieder zur Besinnung bringen?

»Ich tue dir nichts«, sagte er, weil sie zurückwich, als er die Hand ausstreckte. Daraufhin schluchzte sie auf und ließ sich umarmen, ohne aber selbst Anstalten zu machen, ihn an sich zu ziehen.

»Ja, am Dienstag war ich im Institut«, flüsterte sie. »Ich habe im Keller gesessen und mich als Graphologin betätigt. Und heute habe ich dasselbe getan. Angefangen hat es auf der Jubiläumsfeier. Seitdem bin ich Buttermann nicht mehr losgeworden. Die Stasi hat ihn auf mich gehetzt.«

Hätte ich sie bloß nicht berührt, dachte Peter. Denn

hier, mit den Händen auf ihrem Rücken, ihrem Geruch in der Nase und der Stimme so dicht an seinem Ohr, kam es ihm vor, als ob sie ihn niemals belügen würde.

»Die Jubiläumsfeier ist über einen Monat her, Heike. Wenn alles so gewesen wäre, wie du im Moment denkst, hätten wir doch darüber geredet.«

»Ja, das wäre besser gewesen. Aber mir war selbst nicht klar, in was ich da hineingeraten bin. Ich habe mir eingebildet, es wäre schnell wieder vorbei, wenn ich nur ein paar Gutachten schreiben würde. Aber es ist ganz anders gekommen. Sie haben mich bisher nur getestet und mir Lebensläufe vorgelegt, die ihnen im Grunde egal waren. Sie führen für die Ständige Vertretung auch kein Bewerbungsverfahren durch, wie wir es kennen. Sondern es existiert ein Kader, den sie jetzt einem finalen Gesinnungstest unterziehen wollen. Mit meiner Hilfe.«

»Also hat es noch nicht richtig angefangen?«

»Ja und nein. Wobei mein Bruder in der DDR längst verhaftet worden ist, damit ich mich nicht weigern kann.«

Je länger sie redete, umso ruhiger wirkte sie auf Peter. Als wüsste sie wirklich, wovon sie sprach!

»Und was war das eben mit Anne?«, wollte er wissen und ließ sie los. »Das hatte doch hoffentlich nichts mit der DDR zu tun?«

»Es tut mir leid, aber wir müssen in jeder Hinsicht vorsichtig sein. Auch bei Herrmann. Die Stasi behauptet, sie hätte Anne ein paar Worte für mich aufschreiben lassen.«

»Was für Worte? In dieses blöde Heft?«

»Nein, auf die Mustermappe die … Ach, ist doch egal. *Mama fährt Mobylette*, das war der Satz. Meinst du, Anne könnte das wirklich schreiben?«

Peter sank auf das Bett. Er war sprachlos. Anne. Stasi. Der Bruder. Die Ehefrau, die Fremde.

»Ich wünschte, ich könnte alles rückgängig machen«, sagte Heike. »Es hätte mir klar sein müssen, wie furchtbar es sein würde, wieder Graphologin zu sein.«

Da sprang Peter hoch und packte sie: »Du bringst unsere Tochter in Gefahr! Du riskierst Annes Sicherheit und lügst mich an?«

»Nicht freiwillig, Peter.«

»Nein. Aber du tust es für deinen Bruder, mit dem wir – wenn wir mal ehrlich sind – überhaupt nichts zu schaffen haben. Weil Johann sich seinerseits nie großartig um dich gekümmert hat!«

14.

Es war wieder Dienstag, April inzwischen, die Sonne schien steiler und traf auf die Schaufensterscheibe. Heike hatte schon morgens die Flasche mit dem Glasreiniger aus dem Hinterzimmer geholt, einen griffigen Lederlappen dazu, aber sie würde jetzt keinen Finger mehr rühren. Ihr jagte die Vorstellung Angst ein, sich ungeschützt am Fenster zu zeigen.

Bei den Kunden war der Frühjahrsputz ein gern besprochenes Thema: Wie sich jede Frau in jedem Jahr davor gruselte, die Fenster zu wienern, und sich gleichzeitig darauf freute, weil jetzt die hellere, bessere Jahreszeit anstand. Schon zur Ladenöffnung um neun Uhr hatte es gute Wünsche für Heike gehagelt, und sie hatte sich freundlich bedankt, denn selbst jetzt noch, oder gerade jetzt?, wusste sie ihre Rolle im Laden zu spielen. Die Routine kam ihr zugute, aber auch die neue Wachsamkeit, die sie trainierte.

Sie blieb hinter dem Tresen, im sicheren Kassenbereich. Stets war sie darauf bedacht, das Schaufenster und die Straße im Blick zu behalten. Selbst wenn sie Kundengespräche führte, horchte sie auf Geräusche von draußen.

Ein Taxi könnte vorfahren wie im Februar. Oder ein BMW. Ein Feuer könnte ausbrechen.

Um kurz vor elf malmten Reifen, aber es war nur das schwere Postfahrrad, das über den Gehweg eierte. Wenig später schlich ein Kleinbus vorbei, besetzt mit Arbeitern im Blaumann, die vermutlich nach einer Baustelle suchten. Als ein Windstoß gegen die Eingangstür drückte und der Geruch von Zigaretten von der Straße in den Laden drang, schrak sie zusammen, entdeckte dann aber nur die alte Frau aus dem Nachbarhaus, die ihren Hund ausführte und es sich im Sonnenschein rauchend gutgehen ließ.

Angespannt sortierte Heike Postkarten und Bütten, spitzte Bleistifte und stieß Notizbücher auf Kante. Schulkinder kamen vorbei, die in dieser letzten Woche vor den Osterferien noch ein neues Lineal brauchten. Der Direktor des Museums Koenig reklamierte ein Eselsohr im kleinkarierten Ringordner. Und die Putzfrau aus dem Kanzlerbungalow brauchte sowohl einen Tintenkiller für ihr Tagebuch als auch eine Schachtel Streichhölzer für ihren Mann, der im Modellbau aktiv war.

Ganz normale Leute waren es, mit ganz normalen Wünschen und Geschichten. Aber Heikes inneres Flirren dauerte an.

Sie war mit der Mobylette zum Schreibwarengeschäft gekommen. Die Gewissheit, zur Not schnell davonfahren zu können, war heute wichtig. Für mittags war eine große Frauendemonstration in Bonn angekündigt, die auch am Laden vorbeiziehen würde, und Heike wusste nicht, wie sie auf die unübersichtliche Menschenmenge reagieren würde.

Natürlich musste der Dienstag für die Kunden – oder

die heimlichen Beobachter, Professor Buttermann, Herrn Markus – vollkommen normal aussehen. Demnach sollte Heike ihren Dienst wie immer verrichten und das Geschäft für zweieinhalb Stunden alleine führen, während Peter zu Herrmann in den Großhandel gefahren war. Die einzige, aber entscheidende Veränderung, die sie sich heute erlaubten, war, dass Peter die Kinder bei sich hatte. Er passte auf sie auf und hoffte natürlich, Rückschlüsse ziehen zu können, wenn Anne und Herrmann sich begegneten.

Heike hielt es für möglich, dass Herrmann im Auftrag von Herrn Markus gehandelt hatte, falls er wirklich der Mann gewesen sein sollte, der Anne ein paar Buchstaben beigebracht hatte. Peter war eher skeptisch. Sie kannten den Großhandel und seinen Chef schon so lange. Herrmann war ein Bonner Urgestein, bis über die Stadtgrenzen hinaus bekannt für seine Zuverlässigkeit und dazu konservativ bis in die Spitzen seiner Nasenhaare. Aber war es nicht gerade deshalb so seltsam, wie vehement er sich neuerdings für Schreibwaren aus der DDR einsetzte? Und sah nicht auch sein Besuch neulich bei Heike im Rückblick fast bedrohlich aus?

Peter fiel es schwer, Erlebnisse, Freunde und Bekannte in einem neuen Licht zu sehen. Er brauchte Stabilität um sich herum, er vertraute festen Strukturen und Apparaten, das war auch deutlich geworden, als er mit Heike am Tag, nachdem sie ihm alles gestanden hatte, zur Polizei gefahren war.

Das Revier hatte noch genauso ausgesehen wie in Heikes Kindheit, als sie ihren Vater dabei begleitet hatte, die Autofahrer anzuzeigen, die an der Ruine den

Gehweg blockiert hatten. Das Glas mit den Brustkamellen stand immer noch auf der Anrichte, die Wände glänzten im alten Ocker, die Schreibtischunterlagen und die Bezüge der Stühle waren wie früher grün.

Ein junger, durchtrainierter Beamter nahm Peters aufgeregte Schilderung zur Kenntnis: Dass ein Professor namens Erik Buttermann von der Bonner Universität im Institut für Graphologie Schriftgutachten für die DDR erstellte; dass die Stasi ihre Leute nach Bonn in die Ständige Vertretung der DDR an der Diplomatenallee 18 einschleusen wollte; dass Heike zur Mitarbeit bei der Personalauswahl erpresst worden war.

»Und man hat Ihre Tochter bedroht?«, fragte der Beamte.

»Ja«, sagte Peter. »Man hat Anne dazu gebracht, etwas aufzuschreiben. Als Nachricht an uns.«

»Kann ich mal sehen?«

»Nein, wir sind nicht im Besitz der Mustermappe.«

»Sie meinen? Bitte?«

»Es handelte sich um eine Mustermappe aus unserem Geschäft. Professor Buttermann hatte sie sich unter Vorspiegelung falscher Tatsachen angeeignet, weil sich darauf die Schrift meiner Frau befand.«

»Hm. Okay. Und was haben Sie dann für mich? Als Anschauungsmaterial?«

»Darum geht es doch gerade. Sie müssen das Institut für Graphologie auseinandernehmen, da wird sich etwas finden.«

»Aber die Lebensläufe aus der DDR, die Ihre Frau dort begutachtet haben will, sind verbrannt. So hat sie es ausgesagt.«

»Ja! Und meine Frau sitzt übrigens vor Ihnen und beantwortet Ihre Fragen gerne persönlich.«

»Frau Holländer, wissen Sie, was ich nicht verstehe? Sie sind keine richtige Graphologin, sondern ich lese hier: Hausfrau. Und Mutter? Wieso interessiert sich die Stasi für Sie? Warum wendet man sich nicht an einen etablierten Experten?«

Peter schlug sich auf die Beine: »Weil meine Frau eine Expertin ist!«

Heike beobachtete den Beamten genau, der mit geübter Hand seine Notizen zu Papier brachte. Sie gestattete sich eine schnelle Analyse – aus der Bedrängnis heraus – und erkannte, dass der Polizist nicht abgeneigt war, ihnen zu helfen (rechtsschräg: zugewandt), dass er aber viel Zeit brauchen würde, um einen Entschluss zu fassen (verhäkelte Zeilen: schlechter Überblick). Zuerst müsste er über das Ausmaß seiner Pflichten nachdenken, dann würde er mehr Informationen über den Fall einholen wollen und dabei besonders gründlich sein. Alles, damit der Chef ihm später nichts vorwerfen könnte (kleines Mittelband: geringes Selbstbewusstsein).

»Dürfen wir uns denn auf Ihr Stillschweigen verlassen?«, fragte Heike den Beamten zum Abschluss und war froh, als er immerhin nickte.

Peter dagegen fand Heikes Nachfrage unmöglich und warf ihr auf der Rückfahrt vor, aus den eigenen Fehlern nichts gelernt zu haben. Denn Stillschweigen war doch der Anfang allen Übels gewesen, wie konnte es da ihre größte Sorge sein, ob die Polizei sich bedeckt hielt?

Sie hatte Peters Hand ergriffen, was ihn sichtlich beruhigt hatte, aber sie waren nicht zärtlich zueinander gewesen, sondern hatten die Finger ineinander verschlungen wie die Schleifen des H in Sütterlinschrift.

Nachts hatte Heike gehört, dass Peter sich hin und her gewälzt und vielleicht sogar geweint hatte, hoffentlich im Schlaf.

Sie teilte doch seine Angst. Sie fürchteten beide um ihre Familie, fühlten sich beide hilflos und kannten sich nicht mit Geheimdienstleuten aus. Die Stasi war ein Gespenst mit Verwandtschaft zur organisierten Kriminalität. Und mit einem Hang zur Zersetzung.

»Ist dir dein Bruder mehr wert als Anne, Michael und ich es sind?«, hatte Peter neulich gefragt.

»Nein!«, war Heikes schnelle Antwort gewesen.

»Also dann? Wie geht es jetzt weiter?«

»Wir gewinnen Zeit. Bisher hat Professor Buttermann sich nicht mehr gemeldet, seit Tagen hält er still. Ich weiß nicht, auf was er wartet, werde aber sowieso auf nichts mehr reagieren – bis die Polizei eine Idee für uns hat und es irgendwie weitergeht.«

»Ja, gut. Und um Johann kümmerst du dich gar nicht mehr? Soll ich das glauben? Erst lässt du dich um seinetwillen von der Stasi erpressen, und jetzt ist er dir plötzlich egal?«

»Nicht egal, Peter. Aber ich kann ihm offenbar nicht helfen, nicht unter diesen Bedingungen.«

In dem Moment, als Heike diese Worte ausgesprochen hatte, war sie ehrlich davon überzeugt gewesen, dass sie stimmten. Sie würde Johann loslassen, weil Peter und die Kinder ihr wichtiger waren. Und weil

Peter ein klares Zeichen von ihr brauchte. Doch nach und nach hatten sich wieder Schuldgefühle und Zweifel eingeschlichen. Musste alles mit allem verknüpft sein? Hing das Wohl der Familie tatsächlich davon ab, dass es in ihrem Leben keinen Johann gab? Wäre es klug, sich den einen Arm abzuhacken, wenn gerade Heike beide Arme brauchte?

Es ging los. Die Demo begann. Vor dem Schaufenster zogen Frauen vorbei. Untergehakte junge Frauen in Ponchos und Fransenstiefeln, manche hatten sich mit Plakaten geschmückt. Sie tanzten synchron. Wallende Haare und gehäkelte Taschen. Glitzerschuhe, Turnschuhe, die Menge wurde immer größer.

Heike blieb am Kassentresen und versuchte, sich so hinzustellen, dass man sie von draußen nicht allzu gut sah. Ein Tamburin schepperte, Trillerpfeifen schrillten, und erste Sprechchöre erklangen.

Ob die Mobylette noch sicher stand, oder ob die Demonstranten sie umreißen würden? Heike hatte das Motorfahrrad extra dicht an die Hauswand gestellt, bloß vielleicht nicht dicht genug.

Sie trat an den Postkartenständer und steckte Willy Brandt in ein anderes Fach. Zwei Frauen klopften an die Schaufensterscheibe und zeigten ihr ein Transparent, das sie zwischen sich spannten: *§218 streichen + Frauen gegen die Hausfrauenehe.* Heike nickte ihnen freundlich zu und wich vom Fenster zurück.

Hoffentlich erwartete niemand, dass sie bei der Demo mitmarschierte. Sie könnte die Tür abschließen, nur zur Sicherheit. Während des Menschenauflaufs würde sowieso keine Kundschaft hereinkommen, und Peter wäre damit einverstanden, wenn sie kein Risiko einging.

Sie näherte sich der Ladentür. Der Lärm schwoll an. Eine Basstrommel dröhnte, die Ladenglocke vibrierte erregt in ihrem Gestell. »Küche, Ehe, Vaterland – unsre Antwort: Widerstand!« Rhythmisches Klatschen, Lachsalven dazu, man konnte sich wirklich schlecht entziehen.

»Kondome, Spirale – Linksradikale!«

»Was kotzt uns so richtig an? Die Einteilung in Frau und Mann!«

Heikes Herz wurde leichter. Bei solchen Sprüchen konnte sie nicht mitreden, aber der Enthusiasmus da draußen erinnerte sie an die Zeit, in der ihr Bruder noch bei ihr war. Johann wünschte sich eine bessere Welt – und Heike war schon damit zufrieden, wie sie damals lebten, nämlich allein. Heike war Anfang zwanzig, ihre Mutter war gerade beerdigt worden (acht Jahre nach dem Vater), und Johann und sie hatten das Haus komplett umgestaltet. Die Wohnzimmertapete war unter Plattencovern verschwunden, von den Sesseln sägten sie die Beine ab – beschwingt nach einer Korbflasche Lambrusco. Ständig brachte Johann Freunde mit in ihre neue sturmfreie Bude. »Gammler«, hätte der Vater gesagt, »Freaks«, meinte Johann und stellte seinen Freunden auch Heike vor. »Das ist meine Schwester. Ich arbeite, und sie studiert, weil sie mindestens so viel Grips in der Birne hat wie ihr.«

Eine schöne Erinnerung war es, denn sie bewies, dass es nicht stimmte, was Peter neulich herausgerutscht war: dass Johann sich nie um Heike gekümmert hätte. Sie waren so eng gewesen, wie Geschwister nur sein konnten. Hatten sich geliebt, aufeinander aufgepasst, waren ohne den anderen nicht vollständig gewesen – bis Jolinda gekommen war. Das wusste Heike genau.

Johann hatte Heike höchstens einmal Grenzen gesetzt, zum Beispiel wenn es um ihre Schlaflosigkeit ging. Seit ihrem dreizehnten Lebensjahr kam sie nachts nicht mehr richtig zur Ruhe. Sie schaffte es einfach nicht, sich zu entspannen, und als auch die Mutter nicht mehr da war, musste sie sogar noch häufiger an den Tod ihres Vaters denken. Wie er auf der Treppe gestürzt und Heike zur Ruine gerannt war, und wie sie im Schnee gelegen hatte, bis Buttermann gekommen war. Einmal fragte sie Johann, wo er eigentlich jenen Abend verbracht hatte. Zu Hause war er jedenfalls nicht gewesen, um sie zu beschützen. Johann wimmelte sie ab und wollte nicht antworten, wahrscheinlich war er bei einem seiner Mädchen gewesen. Außerdem war es seiner Ansicht nach schädlich, immer wieder über den schrecklichen Abend zu sprechen. Konnte Heike keinen Schlussstrich ziehen? Nein, sie bat vielmehr darum, die Betten zu tauschen, weil der Vater in ihrem Kinderzimmer zwischen den Wänden spukte. Johann lachte sie aus, wodurch das Problem natürlich nicht aus der Welt geschafft werden konnte, sondern sich noch steigerte. Heike gewöhnte sich an, an x-beliebigen Stellen im Haus einzuschlafen, bloß nicht mehr im eigenen Zimmer. Sie schlief damals im Flur, im Bad, in der Küche oder im Wohnzimmer vor dem Plattenschrank, selbst wenn Freaks anwesend waren.

Sie hatte dazugehört, aber eher wie ein Faktotum, und so fühlte sie sich auch heute, wenn sie durch das Fenster nach draußen blickte. Die Straße war voll, die Frauen klatschten, trommelten und stampften mit den Füßen. War die eine wie die andere mit sich im Reinen?

Und kamen denn Peter und die Kinder immer noch nicht vom Großhandel zurück?

Und es wäre jetzt wohl doch klüger, die Tür abzuschließen, dachte Heike und drehte mit einer rigorosen Bewegung den Schlüssel um. Dann verschwand sie im Hinterzimmer, und auch hier: Tür zu.

Es war etwas leiser in diesem Raum. Das Fenster, an dem der Vater früher die Nummernschilder der Autos aufgeschrieben hatte, war schon vor Jahren zugemauert worden. Ein Warenregal stand inzwischen davor, und Heike sah, dass dort Arbeit für sie bereitlag. Die Hälfte der Geha-Füller musste verpackt und zurückgeschickt werden, der Trend ging zu Pelikan. Außerdem war die *Wild und Hund* wieder mit zehn statt mit fünf Exemplaren gekommen, und so viele Abnehmer hatte Bonn für das Blatt nicht.

Sie etikettierte und frankierte und spitzte doch noch einmal die Ohren. Könnte Peter den Laden überhaupt von außen aufschließen, wenn von innen ein Schlüssel in der Tür steckte? Wahrscheinlich nicht. Herr Markus dagegen könnte das Schloss im Handumdrehen knacken. Es würde im Getümmel nicht einmal auffallen, so geschickt würde er vorgehen, und dann würde er Heike überwältigen. Und … Was würde er mit ihr tun?

Plötzlich wurde ihr bewusst, wie gefährlich es war, ganz allein in einem fensterlosen Hinterzimmer zu hocken. Sie lief wieder nach vorn, sperrte die Tür auf und lächelte gegen die neugierigen Blicke von der Straße an.

Aber es war anstrengend! Denn die Frauen standen praktisch vor dem Schaufenster im Stau und hatten nichts anderes mehr zu tun, als zu gucken und zu winken. Eine stark geschminkte Oma zeigte mit dem Finger auf etwas in der Schreibwarenauslage. Schnell drehte Heike sich weg.

Der Kassentresen, das Kassenbuch. Sie nahm irgendeinen Stift zur Hand. Die Berechnungen. Die Zahlen – aber es war ja immer nur ihre eigene Schrift! Wohingegen auf den Transparenten da draußen … *Ob Kinder oder keine, entscheiden wir alleine.* Verlängerter Anstrich, der allseits beliebte Eiferstrich, besondere Einsatzfreude des Schreibers … Was tat sie? Heike vergrub das Gesicht in den Händen.

Erst nach einer Stunde lichteten sich die Reihen vor dem Schaufenster. Die Frauen schwappten träge voran, verfielen in Minischritte, schubsten und zogen weiter. Erleichtert sah Heike ihnen zu. So geht es vorbei, dachte sie. Jede Minute, jede noch so anstrengende Sekunde wurde Vergangenheit.

Auf dem Gehweg blieb Müll zurück. Flugblätter lagen herum, dazwischen Kaugummipapier. Eine Coladose war halb in den Gulli getreten worden. Und wie ging es wohl der Mobylette? Wann könnte Heike den Kopf aus dem Laden strecken und nachsehen?

Schon bückte sich draußen jemand nach dem Abfall. Eine Frau war es, in Stiefeln und Rock … Sabine!

Es war schon wieder Sabine, das wusste Heike, noch bevor die Frau sich zu ihr umgedreht hatte.

Sie hechtete zur Tür, zum Schlüssel, aber zu spät. Sabine stand schon unter der Glocke.

»Hey, Heike! Was ist los?«

»Verzieh dich.«

»Au, was machst du? Du tust mir weh!«

Heike wollte die Tür zudrücken, aber Sabine hielt einen Fuß dazwischen und zog ihn auch nicht zurück, als Heike rabiater wurde. Also war es richtig, ihr nicht zu vertrauen, denn wer verhielt sich wohl so? Auf keinen Fall durfte Sabine in den Laden eindringen.

»Schon mal was von Hausrecht gehört?«, fragte Heike scharf. »Als Frau vom Wachdienst müsste dir das eigentlich ein Begriff sein.«

»Ach so! Darum!« Sabine lachte. »Da hast du wahrscheinlich was in den falschen Hals gekriegt, tut mir leid.«

»Von wegen! Spar dir die Ausreden. Beim Wachdienst an der Uni kennt dich nämlich niemand. Und neulich hast du auf dem Bürgersteig gestanden und den Bus beobachtet, in dem ich saß. Ausgerechnet diesen einen Bus. Was sollte das?«

Sabine schien einlenken zu wollen. »Ja, du hast recht. Ich könnte einen komischen Eindruck hinterlassen haben. Aber pass mal auf. Du bist doch Graphologin. Ich habe hier was, das wollte ich dir unbedingt zeigen.«

Sie nestelte an ihrer Rocktasche, zog den Fuß dabei aber nicht aus der Tür, und Heike blieb wachsam. Außerdem fiel ihr noch eine weitere Ungereimtheit auf: Sie hatte Sabine nie verraten, wo sie zu finden war. Weder wo der Schreibwarenladen lag, noch dass der Laden überhaupt existierte. Also war Sabine von Buttermann oder Herrn Markus geschickt worden?

»Du warst das!«, rief Heike aus, voller Entsetzen. »Du warst die Frau mit dem Hund, die neulich am Spielplatz meine Tochter angesprochen hat!«

»Wovon redest du?«

»Das werden wir gleich wissen. Mein Mann ist jeden Moment hier und wird dich wiedererkennen.«

»Prima. Also soll ich jetzt doch hierbleiben? Du bist heute wirklich durcheinander.«

Penetrant kopfschüttelnd zog Sabine die Hand aus der Rocktasche, und da war nichts, kein Zettel, kein Schriftstück, das sie Heike vorzeigen würde – wie gerade eben noch behauptet.

Sie starrten sich an, da fuhr ein dunkler Wagen vor. Glänzender Lack, schwerer Motor, der Fahrdienst der Bundestagsabgeordneten. Frau von Bothmer? Heike war erleichtert, und wie Sabine reagierte, das sprach doch Bände: Sie wich hastig einen Schritt von der Ladentür zurück und stellte sich so hin, als hätte sie sich ganz normal mit Heike unterhalten.

Elegant stieg Frau von Bothmer aus dem dunklen Wagen. »Hallo, Frau Holländer, sperren Sie den Laden gerade zu?«

»Nein, aber ich …«

»Schscht!«, machte Sabine eilig. »Auch sie ist möglicherweise nicht sauber!«

»Bitte?«, fragte Heike verblüfft.

Frau von Bothmer beugte sich in den Wagen, um

etwas mit dem Fahrer zu besprechen, da griff Sabine erneut in ihre Rocktasche, holte diesmal wirklich etwas hervor und steckte es Heike zu. Ein kleines Kärtchen.

»Wir wollen dir helfen«, flüsterte sie. »Aber halt dich von Leuten fern, über die du nichts weißt.«

Dann schlenderte Sabine davon, und Heike betrachtete sprachlos die Karte in ihrer Hand – eine Visitenkarte mit dem Bundesadler darauf und den Worten: *Sabine Gambert, Hauptstelle für Befragungswesen.*

Frau von Bothmer kam heran: »Waren Sie bei der Demo dabei, Frau Holländer? Tolle Sache, so eine Frauensolidarität.«

»Nein, ich musste arbeiten«, antwortete Heike und verbarg die Karte in ihrer Linken. Der Bundesadler, Sabine – und Befragungswesen? Was war das?

»Ich musste natürlich auch arbeiten«, sagte Frau von Bothmer und legte eine Hand auf Heikes Arm. »Aber ich sage mir immer: Solange es für die männlichen Kollegen als Arbeit gilt, wenn sie abends beim Bier zusammensitzen, darf es auch Arbeit sein, wenn ich mit den Frauen mitmarschiere.«

»Sicher.«

Prüfend blickte Heike der Politikerin in die Augen. Frau von Bothmer war ihr immer vorbildlich erschienen, gerade weil sie als Abgeordnete keine Hemmungen hatte, frei und selbstbewusst aufzutreten. Nur was bedeutete es, sie könnte »möglicherweise nicht sauber« sein? Was nahm Sabine sich eigentlich heraus – ausgerechnet sie?

Höflich bat Heike Frau von Bothmer in den Laden und schob die Visitenkarte unter die Kasse. Ihr Herz schlug schnell. Sie konnte niemandem trauen und sollte sich daran gewöhnen. Aber wo blieben bloß Peter und die Kinder? Es ging ihnen bei Herrmann im Großhandel doch hoffentlich gut?

»Ein Ringbuch, bitte«, sagte Frau von Bothmer und richtete ihr zerzaustes rotblondes Haar. »Oder einen Hefter, in dem ich gewisse Schreiben ablegen kann.«

»DIN A4 oder DIN A5?«

»Hier.« Die Politikerin nahm ihre Handtasche vom Unterarm und öffnete sie. »So etwas schreibt man mir: *Sie würdelose Person*, oder auch so etwas: *Sie Schwein Sie!* Ist es nicht erstaunlich, dass die Menschen keine Ruhe geben?«

»Tut mir leid«, sagte Heike.

»Denken Sie aber nicht, die männlichen Abgeordneten würden ähnliche Briefe bekommen! Nein, wir Frauen sind die Zielscheibe. Und was hat Franz Josef Strauß mir ins Gesicht gesagt? Ich sei selbst schuld, wenn ich in Hosen zur Arbeit erscheine.«

»Ich ... habe Sie immer dafür bewundert, dass Sie Ihren eigenen Stil pflegen.«

»In den USA gibt es Studien zu einer sogenannten Täter-Opfer-Umkehr. Vielleicht sollte ich Herrn Strauß eine Kopie schicken, auch wenn ich weiß, dass es nichts nützen würde. Er braucht es für sein Ego, auf mir herumzuhacken. Vielleicht ist er sogar neidisch auf mich, dabei gefällt mir der Rummel um meine Person schon lange nicht mehr. Die Leute sollen auf meine Politik achten und nicht auf mein Äußeres! Stelle ich nicht mehr dar, als die Frau zu sein, die als Erste im Bundestag keinen Rock mehr getragen hat?«

»Das ist doch sehr viel, Frau von Bothmer. Hier im Laden habe ich schon oft gehört, wie man Ihnen Komplimente macht.«

»Komplimente helfen nicht weiter. Vierhundertachtzig Männer zu dreißig Frauen, so sieht der Bundestag aus, und wenn Strauß mir offen ins Gesicht sagt, dass ich selbst schuld sei, wenn ich Schmäh- und Drohbriefe bekomme, habe ich mit Dutzenden weiteren Stimmen dieser Art zu rechnen, die sich nur heimlich äußern.«

»Bekommen Sie denn keine Hilfe gegen die Briefe?« Heike holte Luft und verkrampfte die Hände unter dem Tresen. »Es gibt doch für jedes Anliegen ein Büro … oder eine Hauptstelle, an die man sich wenden kann?«

Sie musste unbedingt verstehen, was vor sich ging. Wissen, wovon auf der Visitenkarte die Rede war, und wenn jemand den Bonner Behörden- oder Hauptstellendschungel wie seine Westentasche kannte, dann doch Frau von Bothmer.

Die Abgeordnete blätterte durch ihre Schmähbriefe: »Ich werde die Absender nicht dadurch adeln, dass ich Hilfe suche. Aber ich hebe die Machwerke auf, für alle Fälle. Also geben Sie mir bitte einen Hefter in DIN A4, dann habe ich mehr Platz.«

»Einen Moment bitte.«

Wer war sauber, wer nicht? Was sagte Heikes Gefühl? Frau von Bothmer benahm sich wie immer. Vor Sabine Gambert von der Hauptstelle für Befragungswesen hatte Heike dagegen Angst. Ihr wurde schwarz vor Augen. Sie stützte sich auf den Tresen. Peter. Und die Kinder. Sie kamen vielleicht nie mehr wieder.

»Aber, Frau Holländer, was ist denn mit Ihnen?«, fragte Frau von Bothmer.

»Danke, nichts. Ich hatte heute wohl zu viel zu tun.«

Mühsam bückte Heike sich nach den Ringordnern, doch die Modelle, die in Reichweite lagen, waren in Kardinalfarben gehalten, und Frau von Bothmer mochte es meistens gedeckter. Also musste sie sich zu den Regalen hinüberzwingen. Es klappte, indem sie sich festhielt.

»Sie machen mir Sorgen«, sagte Frau von Bothmer. »Ich sehe doch richtig, dass Ihre Arbeit im Geschäft eine zusätzliche Familienleistung ist und dass zu Hause noch der Haushalt auf Sie wartet?«

»Ja. Natürlich. Wir haben zwei Kinder.«

»Nichts ist natürlich! Die Pflicht der Ehefrau zur Haushaltsführung ist fürchterlich rückständig. Hoffentlich haben Sie mitbekommen, dass die SPD im Familienrecht viele Erleichterungen anstrebt? Gerade für Frauen wie Sie?«

Wieder kramte die Politikerin in ihrer Handtasche, es knisterte und klapperte, bis sie einen ganzen Packen Schmähbriefe herausnahm und zur Seite legte. Heike kehrte zum Tresen zurück und sah Schreibschrift, Maschinenschrift und eine mit rotem Filzstift gemalte Obszönität.

»Paragraf 218 ist natürlich auch in der Reform«, sagte Frau von Bothmer mit gesenktem Blick. »Falls Sie dazu Fragen haben, Frau Holländer. Nur raus mit der Sprache! Unter uns beiden.«

»Nein. Danke.«

»Sie wissen, was ›Fristenlösung‹ bedeutet? Sie könnten … Also, falls Sie selbst …«

»Wirklich, nein, vielen Dank.«

Meine Ehe ist anders, wollte Heike gern sagen. Peter ist anders, ich liebe meine Kinder, und ich arbeite gern! Aber es schnürte ihr die Kehle zu.

Die Abgeordnete legte unbeirrt ein braunes Taschenbuch auf den Tresen. »Das ist für Sie«, sagte sie. »Frisch gedruckt von der Bundesregierung mit Grüßen von Willy Brandt. Es ist ihm sehr wichtig, dass dieses Büchlein von den Betroffenen, von Ihnen, gelesen wird.«

109 *Tips für die Frau*. Ebenfalls mit Bundesadler geschmückt.

»Ein Leitfaden durch die Angebote des Staates, Frau Holländer. Ämter, Behörden für jede Lebenslage. Sogar mit Adressen.«

Der Adler hatte die Flügel erhoben. Kraftstrotzend und hämisch und wissend.

»Gibt es eine Hauptstelle für Befragungswesen?«, stieß Heike aus, und Frau von Bothmer fuhr zurück.

»Sind Ihre Probleme … von solcher Art?«

»Nein! Nein. Nicht so wichtig.« Heike merkte, dass sie etwas falsch gemacht hatte. Die Abgeordnete sah sie wie versteinert an.

»Was möchten Sie mir sagen, Frau Holländer? Geht es um mich? Schon wieder?«

»Wieso denn um Sie? Entschuldigung. Soll ich Ihren Hefter in eine Tüte einpacken?«

»Gut. Ich weiß es zu schätzen, wenn Sie mir etwas durch die Blume mitteilen wollen. Aber ich bin enttäuscht.«

Frau von Bothmer reichte Heike das Geld für den

Hefter und sah an ihr vorbei. Ein Schweigen breitete sich aus, das nicht nur traurig, sondern auch peinlich war. Was hatte Heike bloß Schlimmes gesagt?

Sie brachte die Politikerin zur Tür. Der Fahrdienst des Bundestags war leider nicht mehr zu sehen, sondern hatte wohl, wie Frau von Bothmer verkniffen anmerkte, die Zeit genutzt, um zum Tanken zu fahren. »Ich warte sehr gern an der Straße. Auf Wiedersehen«, sagte sie zu Heike, blieb aber dennoch im Laden, als könnte sie selbst noch nicht akzeptieren, was zwischen ihnen vorgefallen war. Aufrecht und stocksteif blickte sie durch das Schaufenster nach draußen, den Unterarm mit der Handtasche abgespreizt.

»Wissen Sie, Frau Holländer«, sagte sie mit kehliger Stimme, »als Bundestagsabgeordnete ist man vielen Anfeindungen ausgesetzt. Aber vom eigenen Staat bespitzelt zu werden, ist und bleibt eine der unangenehmsten Erfahrungen.«

»Ja«, antwortete Heike leise. »Eigentlich wollen wir alle nur unsere Arbeit erledigen. Und Sie als Volksvertreterin …«

»Wie kommt es dann dazu?«

»Bitte?«

»Na, das, was Sie mir eben mitgeteilt haben. Sie sind vom Befragungswesen vorgeladen worden.«

»Entschuldigung?«

»Seit Willy Brandt dem Osten die Hand ausgestreckt hat und besonders seitdem wir die Ständige Vertretung der DDR in Bonn erwarten, werden gerade wir SPD-Abgeordnete mit unerträglichen Verdächtigungen überzogen, die ironischerweise ›Sicherheitsmaßnahmen‹

genannt werden. Gut, kein Problem! Ich habe sowieso nichts zu verlieren, und wenn für meine Sicherheit gesorgt werden kann – gerne. Aber diese Aktion hier bei Ihnen im Schreibwarenladen geht mir zu weit! Ich kann nicht einmal mehr bei meiner Lieblingshändlerin einkaufen, ohne dass sie vom Bundesnachrichtendienst kontaktiert wird? Was verspricht man sich denn von Ihnen, Frau Holländer? Ich bin aufgebracht, ja, sogar mehr als das. Und ich bin deprimiert.«

»Aber Frau von Bothmer! Wieso Bundesnachrichtendienst? Ich habe keine Vorladung bekommen. Und ich würde mich auch nie aushorchen lassen!«

Die Abgeordnete kniff den Mund zusammen. Ihre Wangen waren erhitzt, die Hände trotz der eleganten Haltung geballt.

»Sie erwähnten die Hauptstelle für Befragungswesen, Frau Holländer. Was haben Sie damit zu tun, wenn es nicht um Auskünfte geht?«

Auskünfte … die Sabine einholte? Und zwar bei Heike – für den Bundesnachrichtendienst? Aber dann wäre Sabine ja theoretisch auf Heikes Seite – gegen die Stasi! Und bräuchte sich doch nicht so seltsam zu geben, so windig, so undurchschaubar wie eine Trickbetrügerin. Es war nicht zu glauben!

»Ich habe gar nichts damit zu tun«, sagte Heike bebend. »Sondern ich habe den Begriff ›Befragungswesen‹ nur irgendwo aufgeschnappt und dachte, Sie könnten wissen, worum es sich dabei handelt.«

»Ich. Natürlich.« Aufgewühlt kam die Politikerin näher. »Wer wüsste besser Bescheid als ich, wenn es um die Einrichtungen unseres Geheimdienstes geht!

Ich bin doch nicht doof, Frau Holländer, sondern weiß ganz genau, wie penibel man von dieser Seite darauf achtet, sich nirgendwo ins Gespräch zu bringen. Wenn Sie etwas über die Hauptstelle für Befragungswesen aufgeschnappt haben, ist es nicht aus Zufall geschehen. Sie hatten Kontakt zu unseren Schlapphüten.«

»Bitte. Bedenken Sie, wer hier alles im Laden verkehrt! Es wird über Dinge geplaudert, ich höre Begriffe, ohne persönlich verwickelt zu sein. Sie dürfen nicht schlecht von mir denken!«

»Ach. Das möchte ich auch gar nicht.« Frau von Bothmer lächelte bitter. »Es sei denn, ich werde eines Besseren belehrt.«

15.

Also musste Peter sich in Zukunft doch wieder öfter mit seiner Mutter treffen – was aber wohl das Geringste war, das er in dieser Katastrophe übernehmen konnte. Seine Mutter würde perfekt sein, um auf Anne und Michael aufzupassen, aber sie sollte auf keinen Fall erfahren, was bei ihnen zu Hause los war und warum Heike und Peter es nicht mehr alleine schafften, sich um die Kleinen zu kümmern.

Peter war panisch. Und verletzt war er, ja, das war auch so eine Tatsache, mit der er zurechtkommen musste. Allein der Gedanke an das Wochenende, das auf ihn zukam, ließ ihn innerlich ausflippen! Heute war Freitag. Morgen Nachmittag würde er die Kinder zu seiner Mutter bringen und dort die unvermeidliche Tasse Kaffee trinken, damit die Kinder eine bessere Zeit hätten als in der permanent angespannten Stimmung zu Hause.

Nie! Hätte! Er! Es für möglich gehalten, dass Heike so etwas tun würde! Und zwar für einen Bruder, der sich seit Jahren einen Dreck um sie scherte.

War das normal unter Geschwistern? Peter war ein Einzelkind und wusste wahrscheinlich auch zu wenig über Heikes und Johanns Kindheit. Vielleicht hatten sie aneinander gehangen. Na und? Die Eltern waren wohl auch nicht sehr nett zu ihnen gewesen, soweit Peter wusste, und unter solchen Umständen schlossen sich Bruder und Schwester vielleicht besonders eng zusammen. Aber der natürliche Lauf der Dinge war doch, dass sich, wenn man erwachsen wurde, die Prioritäten verschoben. Die Herkunftsfamilie wurde weniger wichtig, und die neue Familie, die man sich selbst aufbaute, nahm den Spitzenplatz ein. So wie bei Peter: Seine Jahre bei den Eltern waren eine Zwangsveranstaltung gewesen, und seine Zeit mit Heike und den Kindern war das Größte!

Warum konnte Heike nicht die Wahrheit sehen? Dass ihr Bruder eines Tages den Hippie Trail viel interessanter gefunden hatte als sie? Also bitte! Das Ganze war zehn Jahre her, da dürfte sich inzwischen auch die anhänglichste Schwester gefangen haben.

Peter hatte immer gedacht, Heike sei ehrlich, wenn sie ihm ins Ohr geraunt hatte, er und die Kinder seien alles, was sie brauchte. Er hätte einmal genauer hinhören sollen! Meinte sie »alles« in dem Sinne, dass sie mit Peter das Optimum ihres Lebens erreicht hatte, oder meinte sie »alles« im Sinne einer kärglichen Mindestausstattung?

Nein, nein, nein! Peter verabscheute diese Gedanken! Er verabscheute es auch ganz grundsätzlich, wütend zu sein.

»Die menschliche Seele ist verknittert und faltig wie ein altes Schulheft«, hatte Rut Brandt neulich gesagt, als sie bei ihm Lutschbonbons gekauft hatte. »Lesen Sie in dem Heft, das das Leben Ihnen zugeteilt hat, aber ziehen Sie nie die Knitterfalten auseinander.«

Ja, inzwischen konnte Peter den Rat der Kanzlergattin verstehen.

Anfang des Jahres war er gemeinsam mit Heike beim Kinderarzt gewesen. Sie machten sich Sorgen um Michael, der manchmal nur rückwärts krabbelte und sich außerdem gerne die Windel auszog, um irgendwohin zu pinkeln. Wenn Michael endlich laufen lernen würde, hatte Peter im Sprechzimmer gesagt, könnten sie ihn als Eltern besser steuern. Aber der Arzt hatte davon nichts wissen wollen. Ob sie mit ihrer Tochter Anne nicht geduldiger gewesen seien als mit Michael, hatte er gefragt und nachgeschoben: »Jedes Kind hat seine eigene Persönlichkeit« – was Peter als Plattitüde empfunden hatte, während es bei Heike unerwartet auf Begeisterung gestoßen war: »Bestimmt kommt Michael nach meinem Bruder. Meine Mutter hat immer gejammert, dass sie Johann noch mit fast zwei Jahren herumtragen musste.« Bitte? Warum hatte Peter noch nie vorher von dieser Geschichte gehört?

Nachgefragt hatte er später allerdings auch nicht. Weil? Er sich zu sehr daran gewöhnt hatte, seine Frau in Ruhe zu lassen, Hauptsache, es ging ihr gut. Ja, so war er! So ein Mann! Aber Entschuldigung, er würde es wohl Liebe nennen dürfen.

Im Laden sagte Heike manchmal: »Ich habe uns ein anderes Kassenbuch bestellt. Fünf Spalten reichen, das haben wir früher immer gesagt.« Beim Essengehen dann: »Muscheln nehme ich nicht, das fanden wir früher schon fies.« Oder im Bett: »Nein, danke, mir reicht das kleine Kissen. Ich bin es von früher nicht anders gewohnt.«

Früher, früher. Wir! Damit meinte sie: sich plus Johann. Niemanden sonst.

Wie glorreich mussten die Jahre gewesen sein, in denen die Geschwister allein in ihrem alten Haus gewohnt hatten. Die Mutter tot, der Vater auch längst, und Bruder und Schwester hatten keine anderen Verpflichtungen gehabt, als sich um sich selbst, den Laden und das Studium der Graphologie zu kümmern. Aber, huch, was wusste Peter schon davon? Mit ihm wurde nicht viel darüber gesprochen, und jetzt wollte er erst recht keine Details mehr hören.

Zufälligerweise handelte es sich nämlich bei diesen drei glorreichen Jahren der beiden Geschwister um genau die Zeitspanne, an der Peter sich schon einmal die Zähne ausgebissen hatte. Auch das war ja nicht normal gewesen: dass er damals als Verlobter gezwungen gewesen war, heimlich zu recherchieren, welche Karriere Heike als Graphologin hinter sich gelassen, welche Vorträge sie in fremden Ländern gehalten und welche Aufsätze und dicke Bücher sie geschrieben hatte.

Er hatte die falschen Konsequenzen daraus gezogen! Nämlich zu meinen, dass sie, wenn sie erst verheiratet wären, gemeinsam die Welt erobern würden. Wenn er an die geplatzte Reise nach New York dachte, auf der er Heike das Grab von John Coltrane hatte zeigen wollen … Wahrscheinlich hätte es sie gar nicht interessiert, weil ihr fremde Länder, Musik – und auch Peters Wünsche – vollkommen egal waren. Wie er inzwischen wusste. Sie hatte ihre internationale Karriere beendet und klebte seitdem an der Scholle.

Dass es trotzdem acht Jahre lang mit ihnen funktioniert hatte … Und wie schnell Peter plötzlich der Gelackmeierte war. Er hatte keine Orientierung mehr, fühlte sich wie in der Staubexplosion einer schlecht gewarteten Ballenpresse.

Aber er lief. Im Anzug. Die Krawatte hatte er im Schreibwarenladen gelassen. Ausnahmsweise blieb das Geschäft heute Mittag für anderthalb Stunden geschlossen. Die Lederschuhe tappten auf dem Gehweg, die Socken rutschten, egal, er hatte sein Ziel im Visier und war ganz bewusst zu Fuß unterwegs, als Läufer. Bewegung wirkte positiv auf die Birne.

Hoffentlich sprach ihn bloß niemand an. Freitag, zwanzig Grad, Sonne, es herrschte sogar schon Wochenendstimmung in Bonn. Plaudernde Menschen bevölkerten Straßen und Gehwege, und je näher Peter dem Rhein und den Regierungsgebäuden kam, umso dichter wurde das Gedränge.

Am Bundesbüdchen stand eine Schlange. Er lief um sie herum. Aus dem Langen Eugen strömten Aktentaschen und Kostüme. Barzel? Von Bothmer? Wenn er wegsah, würde wahrscheinlich niemand nach ihm rufen. Denn er war beschäftigt! Lange Schritte, frei schwingende Arme. Danke, man machte ihm Platz.

Am Rhein hing ein Duft in der Luft. Peter lief flussabwärts, vielleicht sogar schneller, als die Strömung floss. John Lennon würde das nicht schaffen, dachte er, viele Menschen würden das nicht schaffen, und auch er wäre bis neulich noch nicht dazu in der Lage gewesen, so schnell zu sein, hatte aber in letzter Zeit ein paar Kilos verloren, denn er verspürte jetzt häufiger Lust, einfach zu rennen. Die innere Schraubzwinge zu lockern. Freiheit, auch im Kopf!

DDR-Scheiße. Stasi-Arschloch Herr Markus. Versiffter Dreckskerl Buttermann und Schwächling Johann, der sich gefälligst selbst aus der Scheiße ziehen sollte!

Und Mutter! Die Einzige, die sich über die ominösen Komplikationen freute, die bei Peter und Heike aufgetreten waren. Wenn sie ihre Enkelkinder sehen durfte, schwebte sie im siebten Himmel. Während Peters Vater beleidigt sein würde, falls das Essen nicht so pünktlich auf dem Tisch stand wie sonst.

Der Vater hatte Peter neulich auf die Schulter gehauen, zum ersten Mal in seinem Leben beinahe anerkennend, aber nur, weil der Vater die Situation, in der Peter steckte, falsch interpretiert hatte. »Gestrubbel mit Frauen? Tut mir leid für dich, Junge«, hatte er gesagt. »Aber beim nächsten Mal, du weißt schon: Wenn du zum Weibe gehst, auch wenn du mehrere hast, vergiss die Peitsche nicht.« Peter hätte ihm am liebsten vor die Füße gekotzt.

Oh, er rannte jetzt wirklich gut, er fetzte durch die Menschen und störte sich nicht an blöden Bemerkungen. Das war neu! *Trimm dich fit.* Da hing ein Plakat. *Ich bin Trimm-Traber.* Ich!

Schöner war es natürlich neulich in der Rheinaue gewesen, als er mit Ilja um die Wette gelaufen war. Heiß und kräftig, übrigens in denselben ungeeigneten Schuhen. Und mit damals noch lächerlichen Sorgen, aus heutiger Sicht. Das Treffen war keinen halben Monat her. Und trotzdem war inzwischen alles anders geworden. Außerdem stand Ostern vor der Tür. Karfreitag, Samstag, Sonntag, Montag: Das Geschäft würde vier Tage lang geschlossen bleiben, vier ganze Tage, in denen Ilja nicht vorbeikommen könnte. Und: Ilja hatte sich seit der Rheinaue nicht wieder bei Peter gemeldet.

Keine feine Art, dachte er im Takt der Laufschritte, oder nein, er dachte: Eine Scheißart, weil es nämlich dazu führte, dass er sich Sorgen machte. Hätte er mit Ilja anders über Heike reden sollen? Wie stark hatte Ilja gemerkt, dass Peter von Heikes Aktivitäten im Institut nichts gewusst hatte? Vielleicht hatte Ilja sich geärgert, weil er Peter unehrlich fand? Oder verklemmt. Oder war Ilja sauer wegen ihrer unterschiedlichen Meinung über die Sicherheitskontrollen?

Wenn Ilja nur wüsste, wie bei Peter zu Hause allabendlich über ihn diskutiert wurde, dann würde er in Ohnmacht fallen! Heike hielt es für wahrscheinlich, dass Ilja mit der Stasi in Verbindung stand. Und, na gut: Ilja hatte im Februar an Buttermanns Party teilgenommen, und man wusste gar nicht, wieso er dort gewesen war, weil er ja bei der Post arbeitete und keine Kontakte zu Studenten hatte. Außerdem hatte Ilja sich mit dem Apfelkorn und später im Laden an Peter herangeschmissen. Genauso hatte Heike es ausgedrückt: »Regelrecht rangeschmissen hat er sich an dich, denn wie wahrscheinlich ist es eigentlich, dass ein Typ mit langen Haaren dich anspricht, dich besoffen macht und zufällig auch noch über Spezialkenntnisse in der Papierherstellung verfügt?«

Eher unwahrscheinlich, das war Peter durchaus klar, aber gerade deshalb war es auch schön! Und warum sollte nicht auch er einmal angesprochen werden? Vielleicht kannte Heike nicht alles, also wirklich alles, was Peter als Person ausmachte.

Bei Herrmann vom Großhandel hatte Heike ja auch zurückrudern müssen. Dass Herrmann die kleine Anne im Auftrag der Stasi zum Schreiben animiert haben könnte oder dass Herrmann sich sogar an Günter Guillaume rangewanzt hätte, um über Guillaume in die Nähe von Willy Brandt zu gelangen und für die Stasi… Ach, du liebe Güte! Nichts davon war bewiesen, und vor allem hatte Peter persönlich beobachtet, wie unbefangen Herrmann mit Anne umging – und Anne mit ihm. Neulich im Großhandel: Test durchgeführt, zufrieden gewesen. Und bei der Gelegenheit hatte Peter noch erfahren, dass Herrmann in nächster Zeit sowieso keine Gefahr mehr darstellen konnte, weil er über Ostern verreisen würde, an die Côte d'Azur mit seinem neuen Freund Guillaume, der für Herrmanns Gesellschaft angeblich Frau und Kind zu Hause ließ. So ging es zu unter Menschen, die sich vertrauten.

Wenn Ilja nur ahnte, wie Peter neuerdings drauf war. Dass er eine irre Aufgabe geschultert hatte, nämlich gegen Stasi-Agenten anzutreten und seine Familie vor Erpressern zu schützen. Er würde zu Ilja sagen: Ich kann das.

Oh, oh, oh, aber nicht übertreiben. Heute erst einmal die Tagesordnung abklappern, also auch Ilja auf den Zahn fühlen, dazu hatte Peter sich bereiterklärt, auch wenn es wahrscheinlich überflüssig war. Er brauchte für zu Hause ein offizielles Ilja-Ergebnis. Für Heike. Schade.

Er verließ das Ufer und nahm Kurs auf die Unibibliothek. Da vorne fuhr eine Motorradeskorte, er konnte langsamer laufen. Zum Glück schien es kein Staatsbesuch zu sein, keine Straßensperre, sondern es war etwas Kleineres, der Standarte nach eine Abordnung aus Dahomey, die wohl zur russischen Botschaft fuhr. Der Ostblock rollte in einem Mercedes durch Bonn. Eine Frechheit eigentlich.

Und es war auch kein Wunder, dass die Stasi in Bonn so dreist war. Herr Markus und Professor Buttermann lachten sich wahrscheinlich täglich ins Fäustchen. Die Politik war so naiv! Auch Peter war bisher naiv gewesen, dabei las er die Zeitung und hatte sich eingebildet, auf dem Laufenden zu sein. *Vorzimmerdame Irene Schultz*, der Fall war noch nicht lange her, eine Spionin der DDR hatte es bis ins Chefsekretariat eines Bundesministers geschafft. Peter hatte es für eine Ausnahme gehalten.

Es schepperte, ein Mülleimer, er war mit der Hüfte daran hängen geblieben. Genervt wechselte er vom Bürgersteig auf die Straße und nahm dort neues Tempo auf. Iljas Wohnung war nicht mehr weit entfernt. Gleich kam es darauf an. Gleich würde Peter die richtigen Worte finden und sich auch endlich das warme Jackett ausziehen. *Hast du eine Minute Zeit für mich, Ilja? Es ist leider wichtig. Ein Gespräch unter Männern.*

Und vorher würde Peter sogar die Gasse passieren, in der das Institut für Graphologie lag. Denn das war überhaupt der Grund dafür gewesen, dass Ilja neulich Heike am Institut hatte beobachten können: weil er in der Nähe wohnte. Ganz harmlos, ganz selbstverständlich, und damit sollte Heike diesen Zufall schon einmal von der Liste verdächtiger Momente streichen.

Ob Ilja auch schon einmal den BMW gesehen hatte, der wohl häufig hier herumfuhr? Die Behörden waren an dem Wagen interessiert, wenigstens das hatte die Polizei inzwischen durchblicken lassen. Heike war nämlich zu einem zweiten Gespräch aufs Revier vorgeladen worden, ohne Peter, und hatte dort einen Auftrag bekommen:

»Ich soll Ausschau nach dem BMW von Herrn Markus halten. Wenn ich ihn sehe, soll ich das Nummernschild aufschreiben.«

»Und dann?«, hatte Peter skeptisch gefragt.

»Keine Ahnung. Man hält sich insgesamt bedeckt. Wegen der aktuellen politischen Lage.«

»Das heißt?«

»Es gibt eine Ansage der Regierung. Nicht direkt meinetwegen, oder, entschuldige: unseretwegen, Peter, sondern ganz allgemein zum Umgang mit der DDR. Genscher und Brandt wünschen keine Irritationen im Vorfeld der Ständigen Vertretung in Bonn.«

Da war er sauer geworden: »Irritationen, dass ich nicht lache! Es kräht kein Hahn danach, wenn Herr Markus aus dem Verkehr gezogen wird, und auch Buttermann könnte man diskret erledigen. Die Bundesrepublik hat doch ihre Methoden!«

Heike hatte zugestimmt, aber auch abgewiegelt: »Sobald die DDR ihre Vertretung an der Diplomatenallee eröffnet hat, wird man aktiv werden, also in vier Wochen. Nur jetzt gerade wäre der Politik ein offener Streit mit der DDR unangenehm.«

Unangenehm, soso! Zum Piepen!

Neuerdings, wenn Peter abends von der Arbeit kam, begrüßte Heike ihn aus irgendeiner Ecke des Hauses, wo sie die unsinnigsten Dinge auf Hochglanz polierte. Im Wohnzimmer spielte seine Mutter wie selbstverständlich mit Michael, und die arme Anne saß daneben und betrachtete mürrisch ein Bilderbuch. Hilfe! Nein! Ein Zuhause war das nicht mehr.

Beim Zubettgehen erstattete Heike Bericht über ihren Tag. Sie erzählte, wo die Kinder gespielt hatten und wer sie beaufsichtigt hatte, wen sie getroffen hatten und wie lange. Neulich hatte sie Peter sogar eine Quittung vom Friseur vorgezeigt. Gruselig. Aber vielleicht provozierte er auch dieses Benehmen, denn in ihm herrschte ein wahnsinniger Rede- und Fragebedarf. *Was, wann, wieso, Heike? Und jetzt, jetzt, jetzt?* Sie diskutierten bis spät in die Nacht.

Was Peter sich bisher noch nicht getraut hatte, war, sich nach der Art der Schriftgutachten im Institutskeller zu erkundigen. Dabei wäre es aufschlussreich für ihn. Denn wenn seine Frau wirklich dazu imstande war, den Charakter eines Menschen vollständig zu entschlüsseln, einzig aufgrund einer Handschrift, und wenn sie in dieser Kunst immer noch Weltklasse war, sodass die Stasi niemand Besseren finden konnte als sie: Hatte Heike auch schon einmal Peters Schrift studiert? Und wenn ja, was hatte sie gesehen?

»Du hast eine schöne Schrift«, hatte sie einmal geurteilt. »Sehr ordentlich und gleichmäßig, Peter.« Aber neuerdings bezweifelte er, dass das wirklich ein Kompliment gewesen war.

Rot. Die Ampel war rot, hey, er würde jetzt warten, zumal er ja nicht mehr auf dem Gehweg, sondern mitten auf der Straße unterwegs war. Hallo? Ja, und? Zeigte der dahinten ihm einen Vogel? So intolerant, und das mitten im Univiertel.

Er stand still. Zwischen den Autos. Schob die Hände in die Hosentaschen und blickte stur geradeaus. Seitenstiche, ach, und Puddingbeine wieder. Das große Rennen war plötzlich vorbei.

Und? Wer hupte? Direkt hinter ihm? Idiot! Der Typ gab Gas, und Peter verfehlte den Bordstein, auf den er vor Schreck hatte springen wollen. Viel zu glatte Lederschuhe, er knickte um. Es tat weh! Mann! Er konnte nicht mehr!

Konnte wirklich nicht mehr.

Hüpfend, humpelnd schleppte er sich zur nächsten Kreuzung, zur Gasse, in der das Institut lag. Freie Sicht bis zum kleinen grauen Haus, und die Wut – oder Angst? – zog sich schon wieder zusammen. Was war dort drüben alles passiert? Was war Heike passiert? Neulich – und damals?

Ein BMW war in der Gasse nicht zu erkennen, aber das musste nichts heißen. Die Autos parkten zu dicht hintereinander, auch zwei schmutzige, möglicherweise ehemals weiße waren dabei.

Peter ließ die Gasse rechts hinter sich und überquerte die Kreuzung, um endlich zu Ilja zu gelangen, doch nach wenigen Schritten fühlte es sich falsch an, was er tat, und er drehte wieder um. Wie das Institut in der Frühlingsluft stand … Unschuldig. Unscheinbar. Perfekt getarnt. Was wäre, wenn Peter – wie damals in der Verlobungszeit – hineinginge, den Lesesaal beträte und noch einmal nach Heikes Aufsätzen fragte? Ob jemand darüber Bescheid wüsste, dass Heike vor Kurzem wieder im Institut aktiv gewesen war? Im Keller? Und ob Peter der Sekretärin wiederbegegnen könnte, Frau Hartmann, die ihn damals zwar ausgeschimpft hatte, aber nur, weil sie so unverbrüchlich von Heikes Könnerschaft überzeugt gewesen war?

Heike war in Versuchung geführt worden, hatte die Sekretärin gesagt, und Heike hätte die Graphologie missbraucht. Also, ohne dass Peter je den Sinn dieser Worte begriffen hatte, war die Äußerung doch bei ihm hängengeblieben. Er hatte sich bloß nicht mehr darum gekümmert, weil die Aussage für sein Leben und seine Ehe keine Rolle gespielt hatte. Bis jetzt nicht.

Geradezu lauernd näherte er sich dem Institut. Das Haus übte eine seltsame Anziehungskraft aus, denn es wusste Bescheid, kannte die Lösung für alles, was Peter rätselhaft und bedrohlich erschien.

Wie sollte er sich damit zufriedengeben, die eigene Frau als so fremd zu empfinden? Wie sollte er außen vor bleiben, wenn seine Familie in Gefahr war?

Und das Haus schien sich zu bewegen. Das Dach waberte unter Sonnenflecken, die Fassade wedelte mit Stofffetzen – es war das Transparent von der Jubiläumsfeier, das noch nicht abgenommen worden war.

Im Keller könnte Professor Buttermann sitzen. Im Archiv, im Versteck. Heike hatte Peter die Ecke beschrieben, in der die Gutachten für die Stasi erstellt wurden.

Er schritt den Vorgarten ab. Aus den Lichtschächten

des Kellers stieg muffige Luft. Eine Bierflasche steckte im Cotoneaster. Auf dem Briefkasten waren Zigaretten ausgedrückt worden. Ein leerer Farbeimer stand vor der Tür, Fetzen einer Raufasertapete lagen herum.

Schließlich ging er einfach hinein. Im Treppenhaus: Stille. Und der Geruch von frischem Putz, von Mörtel, wie aus einer Erinnerung an die Baufirma des Vaters. Wurde das Institut für Graphologie renoviert?

Und plötzlich erinnerte sich Peter auch an ein Gespräch mit Heike, das länger zurücklag. Er hatte den Schreibwarenladen einmal eigenhändig renovieren wollen, und Heike hatte ihm diese Idee ausgeredet, und zwar unmittelbar nachdem sie seine Einkaufsliste studiert hatte – die er mit der Hand geschrieben hatte!

Also stimmte es wohl? Heike durchschaute ihn? Blickte ihm als Graphologin in die Tiefe des Herzens, ohne dass er es verhindern konnte? Er hielt sich am Treppengeländer fest. Es gab doch Dutzende Zettel, die er ihr im Lauf der Ehe geschrieben hatte, und jetzt fühlte er sich entblößt.

Oben im Gebäude klapperte es metallisch. Irgendwo wurde eine Leiter aufgestellt. Er stieg dem Geräusch entgegen.

Wenn er jetzt gleich die Sekretärin wiederträfe, müsste er grundsätzlich werden. Denn anders als Frau Hartmann es damals dargestellt hatte, war die Graphologie nichts Schönes oder gar Bewundernswertes, und eine Graphologin beherrschte auch keine geniale Kunst. Nein. Die Graphologie war nichts als ein Vertrauensmissbrauch.

Liebe Heike,
ich dachte, wenn ich dir ein paar Zeilen mit der Hand schreibe, kannst du dir einen besseren Eindruck von mir verschaffen. Alles krakelig und eilig, aber du sagtest mal, Schönschrift sei egal. Reicht der kurze Text? Wie wäre es mit einem Treffen? Ich warte um 12 Uhr, täglich. Adresse wie neulich auf der Visitenkarte angegeben. Und: Je weniger Personen Bescheid wissen, umso besser. Logisch.
Sabine, Befragungswesen

16.

Die Adresse führte zu einer Wohnung in der Nähe des Bonn-Centers, es war ein schmales Apartment in einem verlebten Wohnhaus, dritter Stock links. Heike sah sich ganz genau um, und Sabine, Hauptstelle für Befragungswesen, ließ ihr die Zeit dazu.

Eine Kitchenette war neben dem Bad in eine Nische gequetscht, zwei Stühle und ein winziger Tisch waren dicht an den Herd geschoben. In der Mitte, dem Wohnbereich, gab es kein Sofa, keinen Fernseher, dafür Kissen aus Cord auf dem Boden, an der Wand ein Poster von *Hair*, einen Setzkasten aus Plastik und eine Makramee-Eule daneben.

Weiter hinten hing ein bunter Perlenvorhang, der vermutlich den Schlafbereich abtrennte. Wenn Heike genau hinsah, erkannte sie das Bild eines Aras, das sich aus den Perlen zusammensetzte, aber der Vorhang hatte auch Lücken, weil einige Schnüre fehlten. Sie spähte hindurch und sah eine breite Matratze. Beigefarbene Laken knäulten sich darauf.

So also stellte sich der Bundesnachrichtendienst ein Apartment einer jungen Frau vor? Denn diese Wohnung war doch sicher eine reine Tarnadresse, und privat lebte Sabine an einem geheimen Ort? Eigentlich würde Heike sich eine Agentin des BND eher gewieft und abgeklärt vorstellen, ganz anders also als Sabine. Aber vielleicht war Sabine auch neu in dem Gewerbe, und Heike war ihr erster eigener Fall. Der Gedanke war nicht sehr beruhigend.

Die Telefonnummer, die auf der Visitenkarte stand, hatte zunächst ins Nichts geführt. Heike hatte dreimal dort angerufen, es hatte jeweils zehnmal geklingelt, danach war besetzt gewesen. Aber in Heikes Manteltasche hatte Stunden später plötzlich die handgeschriebene Nachricht gesteckt, ohne dass Heike sich hätte erklären können, wie der Zettel zu ihr gelangt war. Ein Treffen um zwölf Uhr mittags – der BND wusste offenbar nicht, wie sich der Tagesablauf einer Mutter von zwei kleinen Kindern gestaltete. Normalerweise.

»Ist ganz nett in dieser Wohnung«, sagte die Agentin jetzt, eine Gastgeberin mimend. »Allerdings halten wir die Adresse nicht mehr lange. Ich bin praktisch schon wieder mitten im Umzug.«

»Aha«. Heike strich sich die Haare zurück. »Bekomme ich auch dein Büro zu sehen? Oder deine Kollegen von der Hauptstelle für Befragungswesen?«

»Nein, die Hauptstelle ist in Düsseldorf, das Apartment hier ist rein operativ gedacht. Viele unserer Einsätze finden ja in Bonn statt.«

»Ich weiß nicht, ob ich froh oder besorgt sein soll, dass der BND sich für mich interessiert. Wie ist es dazu gekommen, und warum hast du mir diese Visitenkarte gegeben, die kein normaler Mensch versteht?«

»Was hätte ich denn zu dir sagen sollen? Ich bin's, Null-Null-Sabine, wie mein Chef immer meint? Außerdem hast du über Frau von Bothmer doch ganz leicht herausgefunden, worum es bei der Befragungsstelle geht, und wir finden es super, wenn jemand mitdenkt. Daraus entwickeln sich unsere liebsten Informanten.«

»Nenn mich nicht Informantin«, sagte Heike bestimmt. »Ich bin doch eher ein Fall. Eine Person, die ihr beschützen wollt.«

»Natürlich! Wobei unsere Methoden flexibel sind, und wir haben uns gut vorbereitet. Wir kennen zum Beispiel Professor Buttermanns Tagesroutine aus dem Effeff, sowohl im Institut als auch bezüglich der Studentenwohnheime, die er besucht. Außerdem wissen wir, in welche Löcher Herr Markus gern schlüpft. Und, pass auf!« Sabine hob die Augenbrauen. »Wir sind sogar über den Spritverbrauch deiner Mobylette informiert, denn dein Bewegungsradius ist für uns von immenser Bedeutung.«

Heike verschränkte die Arme. »Und wie macht ihr das?«

»Je nachdem.«

»Woher wusstest du, wie ich mich über die Hauptstelle für Befragungswesen informiert habe? Hast du Frau von Bothmer und mich belauscht?«

»Möglich. Aber, um das klarzustellen: Wir belauschen eigentlich nur die Lauscher, die sowieso schon da sind. Oder hast du gedacht, wir sind die Einzigen, die bei Schreibwaren Holländer Mikrofone platziert haben?«

Heike war irritiert. »Ihr habt aber wohl nicht schon im Februar zugehört? Als Buttermann aufgetaucht ist, um mich zur Jubiläumsfeier einzuladen?«

»Tja. Hm. Aber jetzt zieh doch mal deine Jacke aus. Wir machen es uns gemütlich.«

»Ihr hättet alles verhindern können! Ihr hättet mich davon abhalten können, ins Institut zu gehen und auf Buttermann zu hören, dann wäre überhaupt nichts passiert!«

»Jetzt wirst du selbstgerecht, Heike. Du bist dem Professor doch relativ gern an den Haken gesprungen. Er hat mit der Vergangenheit gewedelt, schon warst du ihm zu Willen. Wenn ich mich damals bei dir gemeldet hätte, hättest du gar nicht auf mich gehört.«

Unfassbar! Heike zog die Jacke enger um sich. Sie hatte geahnt, dass auch der BND sie nicht mit Samthandschuhen anfassen würde, aber auf eine Beleidigung wie diese war sie nicht vorbereitet gewesen.

Heute war Ostermontag, und eigentlich hatte sie gehofft, das Blatt heute endlich wenden zu können. Sie brauchte eine Perspektive, und obwohl es extrem merkwürdig war, jetzt auch noch mit dem Bundesnachrichtendienst zu tun zu haben, kam sie doch alleine nicht weiter. Buttermann und Herr Markus warteten bestimmt schon sehr ungeduldig auf ihre Rückkehr ins Institut. Es konnte nicht mehr lange gut gehen, dass sie sich totstellte. Und wer könnte der Stasi wohl besser entgegentreten als der BND? Sabine war vielleicht nicht die beste Agentin, aber sie könnte ja fähige Kollegen haben.

»Ein Glas Wasser erst mal?«, fragte Sabine, aber Heike schüttelte den Kopf.

Das Osterfest war für sie schon immer ein Grauen gewesen, und in diesem Jahr fühlte sie sich besonders zerschlagen. Den Karfreitag hatten sie zu Hause noch zu viert verbracht, Peter, sie und die Kinder, am Samstag aber war Peter schon wieder mit Ilja verabredet gewesen, angeblich zu einem Osterfeuer im Umland (nur für Erwachsene?). Peters Haare hatten nach Rauch gerochen, als er nach Hause gekommen war, um fünf Uhr morgens, und Heike hatte bis dahin keine Minute geschlafen. Sie wollte Peter keine Vorwürfe machen, aber dass sein neuer bester Kumpane unbedingt Ilja sein musste? Einen Nachnamen schien dieser Mann nicht zu haben, und nach Sabines kaum verhohlener Bitte um Verschwiegenheit in ihrer Nachricht war Heike noch vorsichtiger geworden. Sie hatte es nicht gewagt, Peter von Sabines Agententätigkeit zu erzählen – aus Sorge, dass er Ilja gegenüber nicht dichthalten könnte.

Ostersonntag, gestern, hatte Heike beim Frühstück vor Müdigkeit kaum die Augen offen halten können. Anstatt mit den anderen in die Kirche zu gehen, hatte sie sich dann um das Osteressen gekümmert, aber schließlich hatte es den Kindern nicht geschmeckt, Heike auch nicht, und es war nur noch Peter gewesen, der am Tisch gute Laune verbreitet hatte – bis er angeboten hatte, heute, Ostermontag, mit den Kindern bei seinen Eltern zu verbringen, und Heike sollte einmal ihre Ruhe haben und durchatmen. Sie hatte sich wahnsinnig erschrocken. Jetzt gingen sie also schon getrennte Wege?

Anne, Michael und Peter waren vormittags aufgebrochen, während Heike wie benommen im stillen Reihenhaus auf dem Sofa sitzen geblieben war. Vier verlassene Osternester vor sich. Die Einladung von Sabine in der Hosentasche. Die Uhr hatte getickt, beide Zeiger waren Richtung 12 gekrochen.

Ob Peter sie eigentlich noch leiden konnte?, hatte Heike sich gefragt.

»Schwierige Zeiten, was?«, meinte Sabine und hängte Heikes Jacke an einen Nagel, der neben der Eingangstür des Apartments in die Wand geschlagen war. »Gut, dass wir jetzt zusammenarbeiten, Heike. Ab sofort kannst du dich offen und ehrlich mit uns abstimmen.«

»Ich würde gern alles mit Peter besprechen und brauche dazu eine klare Aussage von dir, Sabine: Gibt es Bedenken, Peter in unseren Kontakt einzuweihen?«

»Du misstraust ihm?«

»Doch nicht ihm! Aber … ich kenne nicht sein gesamtes Umfeld, und wenn ihr etwas wisst …«

Sabine musste offenbar überlegen, was sie antworten sollte. Das war nicht schön. Und dann winkte sie plötzlich ab und lief geschäftig im Apartment herum, als kontrollierte sie etwas. Sie sah hinter den Perlenvorhang, anschließend schaltete sie das Deckenlicht ein und aus, was wie ein Lichtsignal nach draußen wirkte, vielleicht zu einem Agentenkollegen auf der Straße. Schließlich verschwand sie im Bad und machte sich danach in der Kitchenette zu schaffen. Ohne ein weiteres Wort.

»Sabine, mir gefällt es nicht, wie du mit mir umgehst«, sagte Heike. »Mir ist bewusst, dass ich auf den BND angewiesen bin und ihr eure Prinzipien habt, aber …«

»Warum hast du eigentlich keine Freundin, Heike?«

»Bitte?«

»Ich meine, keine Freundin außer meiner Wenigkeit. Du bist klug und nicht so stromlinienförmig wie andere Frauen. Aber weder im Schreibwarenladen noch in deiner Nachbarschaft knüpfst du echte Kontakte.«

»Haha!« Heike war betroffen und versuchte, das zu überspielen. »Ausgerechnet du willst mit mir über Echtheit reden, Sabine?«

»Also hör mal. Du brauchst nicht gleich so angriffslustig zu sein. Ich mag dich und würde dich wirklich gern noch besser kennenlernen. Zumal wir unsere Operation gegen die Stasi gezielt auf dich zuschneiden müssen.«

»Was soll das bedeuten?«

»Wir stehen hinter dir. Und egal, was wir über dich wissen: Wir setzen es nicht gegen dich ein, sondern nutzen es nur zu deinen Gunsten. Anders als es zum Beispiel Professor Buttermann gemacht hat. Zwischen euch ging es um die Jolinda-Sache. Richtig? Und um dein übertrieben schlechtes Gewissen deinem Bruder gegenüber. Erzähl doch mal.«

Heikes Mund blieb offen stehen. Dies musste wirklich Sabines erster Fall sein. So platt und brutal, wie sie vorging. Es tat weh!

Sabine füllte in der Kitchenette einen Kessel mit Wasser und redete ungeniert weiter: »Als Agentin stehe ich auf Psychologie, aber auch auf Fakten. Ich habe die Vermisstensache Jolinda sehr genau studiert und in der alten Akte nichts, aber auch gar nichts gefunden, womit du dich damals im juristischen Sinn strafbar gemacht hättest. Ich schätze, Professor Buttermann weiß das genau. Trotzdem bürdet er dir die Verantwortung für Jolinda auf und meint, dich in der Hand zu haben.«

Heike atmete aus, ganz langsam und leise. Welche Akte könnte Sabine gelesen haben? Die Unterlagen der Polizei von vor zehn Jahren? Wozu? Natürlich war Heike juristisch nicht zu belangen gewesen, aber Schuld hatte sie trotzdem auf sich geladen. Oder war die Akte nicht mehr vollständig? Oder könnte Sabine neue Erkenntnisse haben?

Heike dachte an den schrecklichen Morgen zurück, an dem der Schrank des Bruders leer gewesen war. An das Gefühl, in einen Abgrund zu rasen: Jolinda wurde zu diesem Zeitpunkt seit zehn Tagen vermisst, die Wasserschutzpolizei suchte nicht mehr nach ihr, und weil Buttermann sein Versprechen gebrochen und überall herumerzählt hatte, Heike habe ein Gutachten gefälscht, zeigten an der Uni alle mit dem Finger auf sie. Jolinda war beliebt gewesen, Heike nicht.

»Das kannst du nie wieder gutmachen!«, schrie Johann eines Abends Heike an. Sie war froh, dass er überhaupt wieder mit ihr sprach, und versuchte, sofort einzuhaken: »Es war Professor Buttermanns Idee, das Gutachten zu erfinden, ich kann es dir nur immer wieder versichern. Du hättest dich mit Jolinda nicht darüber streiten müssen.« – »Was? Schiebst du mir die Schuld zu? Du bist ja irre, Heike! Komplett irre!« Er weinte und schlug sich heftig vor den Kopf, sodass sie ihm in den Arm fallen musste: »Es tut mir so leid, Johann. Ich habe auf Buttermann gehört, weil ich unglücklich bin. Weil ich dich brauche!« – »Du? Du brauchst einen Psychiater. Das wollte ich dir schon lange mal sagen.«

Am nächsten Morgen war Johann weg. Die Luft fühlte sich für Heike schon beim Aufstehen ganz anders an. Sie verließ auf Zehenspitzen ihr Zimmer und sah, dass bei Johann nicht nur das Bett leer war. Sein Ausweis, das Geld: weg. Sein Pulloverfach ausgeräumt. Und da hatte kein Brief gelegen, nicht einmal der allerkleinste Abschiedsgruß an sie.

Seit nunmehr zehn Jahren trug sie diese Bilder in sich und hatte gedacht, damit alleine zu sein. Und jetzt kam der BND und behauptete, er wisse über die Schuldfrage Bescheid? Wie denn, wenn nicht nur Akteneinträge und Evidenzen, sondern auch Gewichtungen, Einordnungen – Gefühle! – entscheidend waren? Nein, Heike wollte und konnte mit Sabine nicht über Jolinda und auch nicht über Johann reden.

Die BND-Agentin blieb an den Kochplatten und wartete wohl, dass der Wasserkessel pfiff. Klein und selbstbewusst und siegessicher stand sie stramm.

Von der Kitchenette führte auf dem Teppich eine helle Laufspur zum Ara-Perlenvorhang und zum Fenster. Dort waren Obstkisten auf den Kopf gestellt worden, sie dienten als Ablageflächen. Auf einer Kiste brannte ein Stövchen, auf einer anderen war ein Set aus Räucherstäbchen und Klangschalen drapiert, und auf einer dritten lagen Stifte und Zeitungen im Stapel.

Heike trat an das Fenster. Es ging auf das Bonn-Center hinaus, in dem heute bestimmt wieder viel los war.

Im feinen Restaurant Ambassador würde Lammbraten serviert, im Steigenberger sprang man durch die Betten, während auf dem Dach des Gebäudes der Mercedesstern rotierte in seinem ewigen Glanz. Zweimal pro Minute drehte er sich und kam doch nie vom Fleck.

»Habt ihr einen Hinweis auf meinen Bruder gefunden?«, fragte Heike und wandte sich zur Kitchenette um.

»Nö«, antwortete Sabine. »Könnte auch sein, dass die Stasi die ganze Geschichte um Johann erfunden hat. Also wirklich: Dein Bruder in der DDR im Knast – findest du das nicht etwas zu wild?«

»Wild ist, dass ich einer BND-Agentin nicht trauen kann.«

»Okay, okay. Ich füge hinzu: Wir haben unsere Ostkontakte auf deinen Bruder angesetzt und ihn bisher nicht entdeckt. Natürlich wollen wir uns noch nicht festlegen, aber alles deutet daraufhin, dass es schon wieder ein Psychotrick der Stasi ist, mit dem man dich in Schach hält. Weil Buttermann dich kennt – meine Rede –, wusste er natürlich, wie du reagieren würdest, wenn er dir in Aussicht stellt, Johann wiederzusehen und dich endlich einmal wieder gut zu fühlen. Du musst dein schlechtes Gewissen dringend abstreifen, Heike.«

Jetzt war es genug. Heike wurde lauter: »Ich denke nicht, dass du dir ein Urteil über mich erlauben kannst!«

»Doch, irgendwie schon. Für dich war es toll, dass Buttermann etwas richtig Abenteuerliches von dir verlangt hat. So konntest du dir selbst beweisen, dass dir für deinen Bruder kein Preis zu hoch ist. Dabei … Weißt du eigentlich, dass Jolindas Leiche nie gefunden wurde?«

»Ich will von dir nichts mehr darüber hören, Sabine!«

»Meiner bescheidenen Ansicht nach könnte Jolinda damals im doppelten Sinne untergetaucht sein. Sie fiel in den Rhein und kletterte heimlich wieder raus, um sich bei dieser Gelegenheit wieder in ihre Heimat, die DDR, zu verabschieden. Wusstest du, dass sie aus Dresden stammt, obwohl Köln in ihrem Ausweis steht?«

Der Kessel pfiff, Sabine fasste den Griff mit einem Topflappen an und goss das Wasser bedächtig in eine Teekanne, während Heike so wütend wurde wie lange nicht mehr. Das war doch alles frei erfunden?

Mit großen Schritten lief sie zur Kitchenette – und sah in der Ecke einen zerfledderten Ordner liegen. *Polizei Bonn.*

»Die Akte kannst du später mit nach Hause nehmen«, sagte Sabine. »Lies dir alles gut durch, dann wirst du verstehen, wie ich darauf komme. In Jolindas Lebenslauf gibt es Ungereimtheiten. Auch ihre angeblichen Kölner Eltern haben sich damals seltsam verhalten. Im Rückblick ist man natürlich immer schlauer, und ich will die ermittelnden Beamten von damals auch nicht kritisieren. Aber es besteht eine realistische Möglichkeit, dass Jolinda eine Stasi-Kollegin von Professor Buttermann war.«

Heikes Schläfen wummerten. »Was … war dann der Sinn, dass sie in den Rhein gefallen ist?«

»Dass du dich mit deinem Bruder überwirfst. Professor Buttermann wollte die alleinige Macht über dich, hast du das immer noch nicht verstanden? Wahrscheinlich war er es, der alles inszeniert hat. Dein Bruder war ein Konkurrent für ihn, wenn es darum ging, Einfluss auf dich zu nehmen, und Buttermann wollte dich mit Haut und Haaren für die Stasi rekrutieren. Allerdings hat er nicht damit gerechnet, dass du vor lauter Gram über den Stress mit der Graphologie brichst und deine Karriere auf den Mond schießt. In diesem einen Punkt hat er dich falsch eingeschätzt.«

»Aber … er hat mich doch vor allen Leuten unmöglich gemacht. Er hat an der Uni erzählt, ich hätte ein Gutachten gefälscht, auch bei der Polizei hat er das angegeben! Wie hätte ich da am Institut bleiben sollen? Er hat mich regelrecht verscheucht!«

»Er hat es erst getan, als er merkte, dass die Sache schieflief. Dein Streit mit Johann muss dich unglaublich aus der Bahn geworfen haben. Außerdem – wie du in der Akte sehen wirst – hatte die Polizei recht schnell die Idee, in Jolindas Leben herumzustochern. Daraufhin wird Buttermann von der Stasi den Auftrag bekommen haben, seinen Plan zu ändern. Er musste dich fallenlassen – die einzige Person, die wusste, wie der Gutachtenabend in Wahrheit verlaufen war – und seinen eigenen Arsch retten.«

Was Sabine da erzählte! Als wäre es eine vollkommen durchsichtige Geschichte, in der Heike die Rolle des Deppen eingenommen hatte.

Sie war traurig. Gar nicht so erleichtert, wie sie hätte sein können. Jolinda lebte. Aber sie … War alles überflüssig gewesen? Manipuliert? Dass sie die Graphologie hingeworfen hatte? Sie griff sich an den Hals. Nur nicht hysterisch werden. Es konnte auch alles gelogen sein, ein Machtspiel, ein Psychotrick, denn so arbeiteten die Agenten, beim BND vermutlich genauso wie bei der Stasi. Sabine warf Heike einen Blick zu, sah aber schnell wieder weg und beschäftigte sich mit dem Tee.

»Ich gestehe dir etwas«, sagte Sabine. »Ich habe selbst nicht besonders viele Freundinnen, und zwar weil mein Beruf es so schwierig macht. Das nur zum Thema ›Wir müssen uns kennenlernen‹. Aber ich liebe meinen Job, besonders heute, weißt du.«

Sie ging zu den Obstkisten, schenkte zwei Becher voll und stellte die Teekanne auf das Stövchen. Heike nahm mit kalten, zitternden Händen die Akte an sich und würde sie tatsächlich mit nach Hause nehmen. Seite für Seite würde sie untersuchen und jede Notiz auf Echtheit prüfen. Sie würde nachweisen, dass sie von niemandem mehr zu belügen war.

Sabine ließ sich auf einem der Sitzkissen nieder. »Dann schreiten wir jetzt mal zur Tat, oder? Ost-West-Versöhnung, Grundlagenvertrag, Pipapo. Wir mischen uns ein.«

»Nein. Ich werde jetzt gehen.«

»Aber wir haben uns doch noch gar nicht geeinigt!«

»Worauf denn? Oder … Nein, kein Interesse.«

Heike nahm ihre Jacke vom Nagel. Sabine sprang geschmeidig auf die Füße.

»Hey, wir sitzen alle in einem Boot, und ich verspreche dir, es gibt ein Mittel gegen die Stasi, nämlich uns vom BND. Als Nächstes werde ich mich bei euch im Laden als Aushilfe bewerben, damit wir unauffällig miteinander in Kontakt bleiben können, du, Peter und ich.«

»Auch darüber muss ich nachdenken.«

»Brauchst du nicht. Denn für uns sieht es so aus: Der Bundeskanzler legt uns ein Ei nach dem anderen ins Nest, holt uns den Ostblock in die Hauptstadt, und wir müssen die Lage in den Griff kriegen. Wir schaffen das selbstverständlich, nämlich mit dir zusammen!«

»Ihr? Ihr kümmert euch in Wahrheit doch gar nicht um mich und meine Situation!«

»Doch. Zum Beispiel jetzt gerade.« Sabine hob beschwörend die Hände. »Darum darfst du auch nicht einfach aus der Wohnung spazieren. Wir haben noch kein Signal erhalten. Klingelzeichen, zweimal kurz, einmal lang, wenn die Luft unten rein ist. Ein Kollege wird dich nach Hause begleiten.«

»Spinnst du?«

Heike drückte die Klinke der Wohnungstür, aber Sabine betätigte zugleich den Türsummer, und unten kam jemand ins Haus. Schwere Schritte. Jemand stieg die Stufen hoch.

»Schick ihn weg«, verlangte Heike.

»Das geht nicht. Wir haben alle unsere Anweisungen.«

»Bist du sicher, dass du beim BND bist?«

Wieder betätigte Sabine den Summer, diesmal in einer Abfolge von Zeichen, als würde sie morsen. Im Treppenhaus schlug etwas Metallenes gegen das Geländer, dann herrschte Stille. Der Besucher war stehen geblieben.

Würden sie Heike überhaupt wieder nach Hause lassen?

»Alles wird gut«, flüsterte Sabine. »Du musst nur begreifen, dass die Bundesrepublik Deutschland mit dir eine historische Chance bekommt. Wir nehmen Einblick in die wichtigsten Personalentscheidungen der DDR – mit deinen Gutachten! Mit deiner Hilfe! Brandt, Genscher, alle sind begeistert angesichts deiner Möglichkeiten. Darum darf ich dir Folgendes anbieten: Die Regierung würde viel, wenn nicht sogar alles für dich tun, wenn du bloß weiter mit Herrn Markus und Professor Buttermann zusammenarbeitest.«

17.

In der Nacht wachte Peter auf, weil er halb auf Heike lag. Peinlich, schließlich hatte er gerade vom Osterfeuer geträumt und musste sich sehr langsam, sehr vorsichtig wieder in seine Betthälfte zurückbewegen. Heike wachte davon nicht auf. Oder sie tat gnädigerweise so, als hätte sie nichts bemerkt.

Auf ihr zu liegen, war immer noch angenehm, aber überhaupt nicht mehr richtig. Wenn eine bestimmte Zeitspanne überschritten war, in der man sich als Ehepaar nicht mehr berührt hatte, bauten sich Hürden auf. Die Leichtigkeit war dahin, die Selbstverständlichkeit, und das Einverständnis auch.

Vielleicht würden sie es sogar nie wieder miteinander tun. Weil sie sich dem andern nicht mehr ausliefern konnten. Sich nicht mehr entspannen konnten, das Gehirn rauschte die ganze Zeit mit. Neuerdings ging es auch um den BND. Der BND hatte Heike vorgeschlagen, eine Art Doppelspionin zu sein! Und Peter hätte von diesem Vorschlag wahrscheinlich gar nichts erfahren, wenn Heike und er sich nicht schon wieder gestritten hätten. Wieder war Ilja das Thema gewesen, angeblich misstraute ihm der BND. Der BND!

Ob Heike noch wusste, wie es war, wenn alles normal lief? Aufstehen, arbeiten, essen, schlafen? Und ob sie noch wusste, wann sie das letzte Mal gemeinsam Spaß gehabt hatten? Auch im Bett? Denn es hatte ihr doch immer Spaß gemacht? Ihm war es jedenfalls unproblematisch erschienen. Zwar hatten sie selten etwas Neues ausprobiert, und Ilja würde sich kaputtlachen, wenn er wüsste, wie verschämt Peter in manchen Dingen war. Aber Heike und er waren zufrieden gewesen.

Und wenn Heike jetzt aufwachen würde? Einmal keinen Albtraum gehabt hätte, sondern – schlaftrunken – bei ihm die üblichen Knöpfe drücken, Stellen streicheln würde? Wenn sie duftete, warm war, heiß war, nein, er wüsste ja selbst nicht, wie er das fände! Früher hätte er sich diese Fragen nicht gestellt. Heute war alles schwieriger.

Aber Peter lernte dazu. Vielleicht war das sogar sein Problem. Natürlich, er lebte, also sammelte er automatisch Erfahrungen. Nahm Eindrücke auf, auch unbewusst, Bilder von anderen Menschen als Heike, und verglich möglicherweise, ohne es zu wollen, wie er das ein oder andere fand. Alles sauber, alles korrekt, ja, selbstverständlich! Er war keiner, der betrog.

Er nahm den Wecker und drückte auf die Taste für die Beleuchtung. Heike schlief auf dem Rücken, die Lippen geschlossen, die Wangen flach und irgendwie bekümmert. Ihr Kopf war tief in das Kissen gesunken, das dunkle Haar floss hilfesuchend nach oben. Schlief sie wirklich?

Er stellte den Wecker beiseite. Herrgott. Er war krank. Erst recht, wenn er sich auf sie schob, während er träumte. Und eines stand fest: Im nächsten Jahr würde er Ostern zu Hause verbringen!

Am Samstag, beim Osterfeuer, hatte Ilja sich immer in seiner Nähe gehalten. Prasselnde Äste und Strohballen. Meterhohe Flammen, aber je länger sie dort herumstanden, umso kälter kroch ihnen die Nacht in die Jeans. Ein Typ mit großen weißen Zähnen pirschte sich heran, um Peter nach Ilja auszufragen, wahrscheinlich war er verknallt. Er erwähnte Bars und Kneipen, die Peter nicht kannte, aber bevor das Gespräch so richtig unangenehm werden konnte, tauchte drüben auf der anderen Seite des Feuers plötzlich der Gitarrenmann auf, mit dem Peter im Sommer in der Rheinaue gesessen hatte. Unglaublich! Was für ein Wiedersehen! Sie musterten sich durch die stiebenden Funken, fast magisch. Bis Ilja eine blöde Bemerkung dazu machte und der Gitarrenmann plötzlich verschwand – oder war er vielleicht gar nicht real gewesen? Ilja fand jedenfalls, dass Peter zu viel getrunken hatte und in diesem Zustand auf keinen Fall nach Hause gehen durfte. Also nahm er Peter mit in seine Wohnung, damit sie sich erst einmal aufwärmten, ausnüchterten und am besten schon einmal duschten, um den Gestank nach Feuer loszuwerden. Es war alles so einfach. Ilja zog sich als Erster aus – ein Beispiel für eine automatische Erfahrung: Denn ohne eine andere Möglichkeit zu haben, sah Peter Ilja dabei zu, wie er nackt herumlief und ein Handtuch suchte, und er betrachtete irgendwie sogar sich selbst, wie er in der Wohnung an der Wand lehnte und mit ruhigem, kräftigem Herzschlag einen Frieden genoss, den er sonst gar nicht mehr kannte. Aber als Ilja endlich in der Dusche verschwunden war, lief Peter trotzdem schnell auf die Straße hinaus und trabte zur Reihenhaussiedlung. Sicher war sicher.

Im Traum vorhin war er mit Ilja in einem Auto nach Hause gefahren. Ilja hatte am Steuer gesessen. Und dann war auch Heike zugestiegen, und Peter hatte sich so gefreut, sie zu sehen. Sogar Ilja war begeistert über Heike gewesen, und sie waren sehr lustig und scharf durch die Nacht gebrettert.

Und jetzt, wann wurde es eigentlich Morgen? War da schon Vogelgezwitscher zu hören? Peter setzte sich auf und stellte die Füße auf den flauschigen Schlafzimmerteppich. Tatendurstige Füße, das spürte er.

Ilja hatte ihn neulich gefragt, welcher Läufertyp er sei. Als ob man ihn schon als Läufer und nicht mehr als Trimmtraber bezeichnen könnte. Jedenfalls hatte Peter noch nie darüber nachgedacht, wie und warum er lief oder wo er am liebsten lief, aber sofort gewusst, dass ihm am ehesten die Ebene lag. Denn bergauf war es ihm zu anstrengend, und bergab war es nicht leicht, den Rhythmus zu halten.

Ein Mann musste seine beste Methode finden. Und Peter war im Laufe seines Lebens immer männlicher geworden, das dachte er plötzlich und schlich dabei durch den Flur, am Kinderzimmer vorbei, die Treppe hinunter, in die Küche. Schön, wie der Bund der Schlafanzughose rutschte, während sich der Stoff an den Beinen enger anfühlte als sonst. Peter hatte sich verändert. Innen wie außen. Er konnte Strecke machen. Distanzen zurücklegen. Vielleicht würde man ihn eines Tages nur noch von hinten sehen.

Dass er in der Woche vor Ostern das Institut für

Graphologie betreten hatte, war auch schon ein Zeichen von Veränderung gewesen. Er wollte das Schwierigste anpacken, wollte die heikelsten Rätsel endlich lösen und dem Institut (und seiner Frau) die Mythen austreiben. Möglicherweise wäre es ihm sogar gelungen! Am Ende hätte er noch den Keller gesprengt, in dem Professor Buttermann sein Unwesen trieb! Aber die Uni hatte vor Ostern schon Semesterferien gehabt, und die Gänge im Institut waren an jenem Tag wie ausgestorben. In der obersten Etage, wo Peter den alten Lesesaal vermutet hatte, hielt sich nur ein Handwerkertrupp auf – der gerade Mittagspause machte.

»Mahlzeit«, sagte einer der Männer, und Peter traf halb der Schlag: Wo waren die Graphologen und die Bücher?

»Der Lesesaal, die Bibliothek? Könnte ich bitte die Sekretärin sprechen?«

»Haha! Lange nicht mehr hier gewesen, was? Wir renovieren seit März.«

»Und der Inhalt der Regale? Ist in den Kartons, ja? Alphabetisch geordnet? Lassen Sie mich!«

»Ey, Meister! Wir haben die Plane nicht ohne Grund festgeklebt.«

»Ich brauche nur bis Buchstabe *B*. *B* wie *Berger*.«

»Du nimmst die Pfoten weg, aber sofort!«

Zuerst dachte Peter, er hätte keine Chance gegen die Männer. Sie trugen verwaschene Handwerkershirts mit einem Firmenaufdruck, den er sich sehr genau ansah, weil ihn der Gedanke durchzuckte, die Firma seines Vaters würde das Institut renovieren. Aber nein, es waren natürlich ganz andere Bauarbeiter, die sich um ihn scharten, und er verlor seine Hemmung, schob einen breiten, gedrungenen Kerl mit Glatze zur Seite und fetzte die Kartons auf: *B* wie *Berger*! Leider waren die Bücher nicht sortiert, und Peter war nicht einmal mehr sicher, wie der Umschlag von Heikes Buch aussah. Oder warum er das Buch unbedingt haben wollte. Das besondere Werk, Heikes Werk. Es gehörte zu ihr und irgendwie auch zu ihm und zur Geschichte ihrer Ehe.

»Was gibt es im Keller?«, fragte er die Handwerker. »Mehr Bücher? Und wer arbeitet dort?«

»Geht dich nichts an.«

»Professor Buttermann, ist er heute da?«

»Professor wer? Du machst dich jetzt mal zackig vom Acker. Aber vorher die Kartons wieder eingeräumt!«

Vermutlich blieb ihm ab da nichts mehr anderes übrig, als zu gehorchen. Und dennoch: Beim Einpacken fand er es! *Die zählbaren, messbaren und schätzbaren Merkmale der Handschrift.*

Zu Hause hatte er das Buch sorgsam hinter dem Kühlschrank versteckt, und jetzt bückte er sich, um es aus dem engen Spalt wieder herauszubekommen. Es war inzwischen etwas wellig geworden, die Wärme zwischen Wand und Aggregat hatte ihm gar nicht gutgetan. Aber die Seiten schlugen sich immer noch von allein an der Stelle auf, wo Heikes Aufsatz begann, und hinten im Personenregister gab es ein schönes Foto von ihr.

Sie sah ernst und stolz aus. Sehr jung noch, und die Bienenkorbfrisur, die Peter damals an seiner Mutter gehasst hatte, stand ihr sehr gut. Ein Turm aus Haaren. Wuchtig und zugleich apart, denn Heikes zarte Augenbrauen sorgten für einen interessanten Kontrast.

Er küsste das Foto, lächerlich, und lauschte ins Haus. Er hatte eine Stimme gehört, eines der Kinder hatte gerufen oder gejammert. Anne wieder, weil sie schlecht geträumt hatte? Oder war es etwa Heike gewesen, die wissen wollte, wo Peter geblieben war? Da! Wieder der Laut! Er hielt die Luft an. Meinte aber jetzt, dass das Geräusch eher von draußen kam und dass es mehr jaulte als jammerte, und schon rumpelte etwas auf der Terrasse. Hohl. Also war die leere Gießkanne umgestürzt. Ein Tier war dort, es fauchte. Eindeutig. Nachbars alte, dicke Katze.

Und jetzt war Peter hellwach, auch wenn gar nichts passiert war. Er fühlte sich von sich selbst ertappt, weil er nachts in der Küche so schreckhaft sein musste. Weil er heimlich ein Buch las? Oder weil er aus dem Ehebett aufgestanden war? Hatte er ein schlechtes Gewissen wegen Ilja und der halblüsternen Schlaflosigkeit oder nur Angst vor der Stasi, den BND-Agenten und ihren Einfällen? Es hatte etwas Unheimliches, dass sich zwei Geheimdienste für seine Ehefrau interessierten. Für die Frau von Peter Pipimädchen, wohnhaft in Klein-Klein.

Beinahe trotzig starrte er auf das Graphologiebuch. Wenn er wollte, könnte er so stehen bleiben. Stehen und starren, solange es ihm passte. Er müsste das Buch dabei nicht einmal bewundern. Er fand es zwar richtig, es aus dem Institut gerettet zu haben, aber es handelte sich immer noch um eine zweifelhafte Wissenschaft.

Heike hatte ihren Aufsatz 1963 verfasst, also im Alter von dreiundzwanzig Jahren. In der Einleitung schrieb sie, der Text sei aus einem Referat hervorgegangen, das sie auf einer Konferenz in Madrid gehalten habe, und wenn Peter es richtig überblickte, gingen auch die Aufsätze der anderen Autoren in diesem Buch auf diese Veranstaltung zurück. Allerdings waren die anderen Autoren ausschließlich Männer. Alte Knacker, damals schon, nach den Fotos zu urteilen.

Ihre Überschriften klangen langweilig. Nur Heikes Überschrift sprach Peter an, und wie er wusste, befasste sich ihr Aufsatz mit dem Wesen der Handschrift. Dem Wesen! Na gut, man musste schräg drauf sein, um sich dafür zu interessieren, aber in der Form handgeschriebener Buchstaben steckte angeblich eine Welt, die zwar existierte, aber für normale Menschen unsichtbar war.

Nehmen wir das Formniveau als Gewicht einer Seele, ähnlich wie es Klages eingeführt hat, so dürfen wir uns dem Menschen in seiner persönlichen, ursprünglichen Eigenart nähern.

Ging es noch komplizierter? Für wen war dieses Buch verfasst worden? Oder hatten die alten Knacker 1963 in Madrid einfach nur Bock gehabt, mit Heike zwischen zwei Deckeln zu klemmen?

Peter schubste das Buch von sich. Er wäre übrigens auch einmal gern nach Madrid gereist. Oder in den Pinelawn Memorial Park.

Was wäre wohl gewesen, wenn Heike und er im

Laufe ihrer Ehe mehr die Typen geblieben wären, die sie als Singles gewesen waren? Wenn Peter nach der Geburt der Kinder seine Energie verdoppelt und sich doch noch Flugtickets nach New York geleistet hätte? Und wenn Heike sich ihre Graphologie nicht abgeschminkt, sondern damit weitergemacht hätte, auch nachdem sie Mutter geworden war? Das Familienleben wäre chaotisch gewesen, aber am Ende wären sie wahrscheinlich an genau demselben Punkt gelandet wie jetzt. Denn die Welt hätte ihren eigenen schicksalhaften Lauf genommen und sie mitgerissen. Der Bundeskanzler wäre derselbe wie heute, die DDR würde die Ständige Vertretung an der Diplomatenallee bekommen, und die Stasi hätte bei der Suche nach einer kompetenten Graphologin Heike angesprochen. Weil sie die Beste war, wie man es drehte und wendete.

Also warum pickte man sich nicht ständig die Rosinen heraus? Wenn das Leben ohnehin immer auf dasselbe hinauslief? Warum stand Peter stattdessen nachts verschwiemelt in der Küche und sinnierte? Die Schlafanzughose hing ihm halb unterm Hintern. Aus der Spüle roch es schon wieder nach Ananassaft.

Er zog die Hose aus und hatte Lust, etwas vollkommen Verrücktes zu tun, zum Beispiel durch den Garten zu laufen. Der Gedanke an die Nachbarn hielt ihn davon ab. Oder doch noch einmal nach oben auf Heike – nein, um Himmels willen! Er öffnete den Kühlschrank, die kalte Luft fiel ihm unangenehm auf die Füße. Und wie lächerlich er aussah! Fahl und haarig, nicht so schimmernd wie Ilja.

Ein Mann war er, der offensichtlich in die Jahre kam

und der, wenn er weiterhin so verwirrt blieb, am Ende alles zerstören würde, was er sich aufgebaut hatte.

Die Schlafanzughose in der Hand, tappte er die Treppe hoch zurück ins Bett. Heike lag auf der Seite, er wagte es und schmiegte sich an sie. In Klein-Klein zu wohnen, war durchaus auch schön.

Schlief er denn ein? Oder wurde Heike wach? Hatte sie vielleicht auf ihn gewartet? Sie nahm jedenfalls seine Hand, und ihm fielen tausend Steine vom Herzen, denn er fühlte sich – wie früher – geborgen.

Am nächsten Morgen entzückten sie die Kinder, indem sie zu Hause blieben. Vielleicht war es der Mut der Verzweiflung, aber es funktionierte. Sie grübelten nicht, sondern frühstückten gemeinsam mit Anne und Michael bis in den Vormittag hinein, und Peter fuhr nur zwischendurch zum Schreibwarengeschäft, um einen Hinweis ins Schaufenster zu hängen, dass der Laden heute geschlossen blieb. *Wegen Krankheit*, wollte er flunkern, schrieb es aber dann doch nicht dazu. Die Kunden würden es überleben, sich Fragen zu stellen, und siehe da: Als Peter die Tür wieder abschloss, spazierten gerade die Westerhoffs herbei und mokierten sich, dass sie nichts einkaufen konnten. Er besänftigte sie gut gelaunt, und Frau Westerhoff, die ihm gegenüber zuletzt so zurückhaltend gewesen war, taute dadurch sogar auf:

»Wenn Sie so strahlen, Herr Holländer, gibt es bestimmt einen schönen Anlass.«

»Sagen Sie es bitte nicht weiter«, antwortete Peter. »Die Belegschaft macht heute blau.«

»Wer es sich leisten kann…«, sagte Herr Westerhoff. »Ist Ihre Frau denn mit von der Partie, oder machen Sie einen reinen Herrenausflug?«

»Selbstverständlich ist Heike dabei. Und die Kinder sind es auch.«

»Dann wünsche ich Ihnen viel Spaß.« Herr Westerhoff lüftete den Hut. »Es sei denn, Sie verreisen für länger, dann würde ich das Veto der Stammkundschaft einlegen.«

»Nein, wir verreisen nicht.«

»Sondern?«

»Wenn es hochkommt, machen wir einen Schiffsausflug auf dem Rhein.«

»Gut. Schön. Wohl bekomm's.«

Beflügelt fuhr Peter nach Hause. Der Schiffsausflug war nur eine spontane Idee gewesen, eine von vielen, aber Heike war sofort damit einverstanden. Sie schmierte Brote und packte einen Rucksack, während Peter den Kindern warme Jacken anzog, und als Heike ihn darum bat, noch schnell die Joghurts aus der Küche zu holen, und er den Kühlschrank öffnete, musste er lächelnd an die vergangene Nacht denken. Er fühlte sich um so vieles besser!

Sie nahmen ein Schiff, das Richtung Loreley fuhr. An Bord tummelten sich einige Familien, auch mit älteren Kindern, die ihre Osterferien genossen. Anne gefiel es besonders gut, und sie schlüpfte auch gern in ihre Rolle als große Schwester. Sie ließ Michael nicht aus den Augen und kontrollierte sogar die Reling, ob ihr Bruder nicht darunter hindurchkrabbeln konnte.

Auf dem Oberdeck fand Peter eine Sitzreihe für sie

alle. Sie saßen ganz vorn, der Fahrtwind blies ihnen frisch um die Nase, und man konnte sich einbilden, man hätte den Dampfer für sich. Manchmal drehte Peter sich allerdings um und sondierte verstohlen, wer in ihrer Nähe saß – zur eigenen Beruhigung. Es waren drei Kinder und eine Frau, ein Mann mit einer Illustrierten, und weiter seitlich gab es eine gemischte Gruppe mit Wimpeln. *Kegelfreunde Kugelrund.*

Gemütlich stampfte das Schiff flussaufwärts, die Sitzschalen zitterten freudig. Peter legte den Arm um Heike, sie mussten ja gar nicht mehr reden. Die Landschaft brachte ganz großes Kino, die Ufer zogen als grüne Bänder vorbei, und auch die Kinder hatten so viel Spaß. Die kleine Anne half ihrem Bruder, der wie ein großer Junge auf einem eigenen Platz sitzen wollte, bis er müde wurde und sich an Heike schmiegte. Mit dem Kopf auf ihren Beinen schlief er zufrieden ein.

Am Ufer wurde geangelt, die Männer winkten den Schiffsreisenden zu. Ein Rennrad überholte auf dem Landweg, die Kegelfreunde johlten. Im Hier und Jetzt zu sein, auch träge zu sein, war genau der Luxus, den Peter gebraucht hatte.

Als der kleine Michael immer länger schlief, wurde es Anne langweilig. Heike zauberte einen Bindfaden aus ihrer Tasche, die beiden liebten das Abhebespiel, und Peter sah ihnen dabei zu. Anne war heute allerdings abgelenkt, denn das fremde Mädchen hinter ihr kommentierte die Figuren, die sie schaffte, und wollte am liebsten zugreifen. Schließlich überließ Heike den Kindern den Bindfaden, und Peter hatte seine Frau ganz für sich.

»Ich liebe dich«, sagte er, und sie rückte näher.

»Danke, dass du heute frei machst.« Danke, dass sie endlich wieder vertraut miteinander waren.

Sie hielten Händchen, und Heike betrachtete lächelnd den schlafenden Sohn. Peter spürte sein Herz, es nahm sich ungewohnt Raum und schäumte auf. Und ließ sogar die Hoffnung knistern, er könnte mit Heike über Ilja reden und es gäbe keine Probleme.

»Ostermontag«, flüsterte er. »Als du bei Sabine warst und ich eigentlich mit meinen Eltern und den Kindern an der Kaffeetafel sitzen sollte, bin ich zwischendurch kurz zu …«

»Nicht jetzt«, bat Heike leise und freundlich und nahm ihre Hand zurück.

»Ich will nur über mich reden«, versicherte er.

Sie lächelte ihn an. »Und ich will, dass du dir keine Sorgen machst. Der BND schätzt mich falsch ein. Ich werde keine Gutachten mehr für Professor Buttermann und Herrn Markus schreiben, selbst wenn mich der Bundeskanzler persönlich anflehen würde.«

Peter nickte – und schluckte. Bestimmt war er egoistisch, aber er wünschte sich, auch einmal Einfluss auf die Gesprächsgestaltung zu nehmen.

»Wir müssen ja nicht mehr lange durchhalten«, sagte Heike. »Sobald die Ständige Vertretung ihren Betrieb aufnimmt, will niemand mehr etwas von mir.«

»Wer weiß, ob Null-Null-Sabine dann nicht etwas Neues einfällt. Oder deinem Professor.«

»Bitte. Rede nicht so.«

Er gab sich einen Ruck und küsste sie, denn wie würde es ihm wohl an ihrer Stelle ergehen? Er würde sterben vor Angst.

Sie streichelte Michaels Kopf auf ihren Beinen, und Peter wusste, wie herrlich es sich für seinen Sohn anfühlen musste. Auch Anne hatte Spaß, sie spielte immer noch mit dem Mädchen und dem Faden. Drüben am Flussufer saßen Menschen im Gras, die Welt war schön. In der Ferne schwang das Siebengebirge sanfte Ketten, und unter allem lag der beruhigende Soundtrack des gurgelnden Wassers am Schiffsbug.

Heike beugte sich zu Peter. »Ich habe darüber nachgedacht, was du neulich gesagt hast«, flüsterte sie. »Dass mein Bruder sich in Wahrheit nicht um mich gekümmert hat. Das stimmt nämlich nicht.«

Er schwieg, und ja, möglicherweise tat er auch so, als hätte er nichts gehört.

»Das Gegenteil ist der Fall«, fuhr Heike fort. »Johann hat sehr viel für mich getan, aber ich habe mich zu wenig damit beschäftigt, was in ihm vorging. Am Ende ist er regelrecht vor mir weggelaufen.«

Peter könnte jetzt lachen. Aber das wäre gemein, und ihm ging sowieso die Energie aus. Bloß: Wenn Heike nicht von allein darauf kam, dass sie sogar heutzutage noch dazu neigte, sich zu wenig mit gewissen Dingen und Personen zu beschäftigen, wusste er nicht, wie sie an einem Strang ziehen sollten. Sollten sie streiten? Nein, nicht heute.

»Es gibt Austauschprogramme mit der DDR«, sagte er matt. »Die Bundesrepublik kauft Häftlinge von drüben frei. Soll ich mich einmal danach erkundigen? Unter unseren Kunden gibt es sicher Experten dafür.«

»Ach, Peter, sieh mich doch nicht so an. Es hat nichts mit dir zu tun, sondern ist ganz anders, als du denkst.«

»Leise. Bitte. Und ich möchte jetzt noch etwas zu trinken bestellen. Für dich und die Kinder auch?«

»Ich habe an der Uni vor zehn Jahren ein fieses Schriftgutachten über Johanns Freundin geschrieben. Es war nicht echt, sondern frei erfunden, aber Professor Buttermann hat dafür gesorgt, dass Johann es zu lesen bekam.«

»Okay.« Er resignierte. Es ging um die ganz alten Geschichten. Alles musste raus.

Heike holte Luft. »Johann hat den Text für voll genommen«, sagte sie. »Er hat sich mit seiner Freundin darüber gestritten, und zwar am Rhein. Sie … hat sich extrem aufgeregt und ist ins Wasser gefallen. Sie hieß Jolinda.«

»Oh!« Peter stutzte. »Aber sie ist doch hoffentlich nicht …?«

»Doch.«

Wie schrecklich! Ertrunken? Das hatte Peter nicht gewusst. Er starrte Heike an, und für einen Moment herrschte Schweigen.

»Tut mir leid, wenn du dich erschreckst«, sagte Heike leise. »Und die Wahrheit ist vielleicht auch noch anders. Der BND … Sabine behauptet, Jolinda könnte noch leben. Sie könnte sogar bei der Stasi gewesen sein, und der Streit mit meinem Bruder, der Sturz ins Wasser … Die gesamte Aktion diente nur dazu, meinen Bruder und mich auseinanderzubringen.«

»Was?«

Instinktiv wollte Peter ein Stück zur Seite rücken – nur um Heike besser ansehen zu können –, aber er blieb wie festgeklebt sitzen.

»Also war die Stasi vor zehn Jahren schon an dir dran?«, fragte er fassungslos.

»Ja.« Heike beugte sich näher zu seinem Ohr. »Ich würde dir gerne alles erzählen. Auch das Schlimmste, wenn ich nur wüsste, dass du dann immer noch zu mir hältst.«

»Das tue ich.« Er drückte ihre Hand. »Wir brauchen uns doch.«

Aber sein Herz klopfte wie wild. Was wollte sie ihm noch sagen? Das Schlimmste – was war das?

Sie rückte ganz nahe, und ihre Lippen berührten seine Ohrmuschel, als sie zu sprechen begann:

»Als ich dreizehn war, kannte ich Buttermann längst. Er hat mir damals Unterricht gegeben. Und ich tat ihm wahrscheinlich auch leid, weil … er wusste, dass meine Eltern mich verprügelten. Hauptsächlich mein Vater.«

»Ach, du Scheiße.« Er saß ganz starr. »Du hattest mal so etwas angedeutet, Heike, aber …«

»Ich habe meinen Vater zu Hause die Treppe hinuntergestoßen. Aus Notwehr, würde man wahrscheinlich sagen. Er war sofort tot.«

»Du … Was?« Es kribbelte an seinem Ohr, er rührte sich trotzdem nicht. »Du warst dreizehn?«, fragte er und hoffte, es falsch verstanden zu haben.

Sie küsste ihn leicht. Er drückte ihre Hand jetzt so fest, wie er konnte.

»Danach«, flüsterte sie, »als mein Vater unten an der Treppe lag, stand ich unter Schock. Ich lief aus dem Haus und lag eine Weile im Schnee. Ausgerechnet Buttermann hat mich gefunden. Ich hätte die Nacht sonst nicht überlebt, sondern wäre erfroren.«

Unvermittelt stiegen Peter Tränen in die Augen, und jetzt konnte er sich nicht mehr beherrschen, sondern stieß einen qualvollen Laut aus. Heike krümmte sich zusammen, auch sie hätte sicher gern gejammert, mit einem viel besseren Grund!, aber da war ja noch Michael, der auf ihrem Schoß schlief, und … Nein, dachte Peter, das alles ist vollkommen verkehrt!

Außer sich bedeutete er Heike, den Kopf des Kindes umzubetten, damit er sich mit ihr an die Reling stellen und weiterreden konnte. Dort stützten sie sich auf das Geländer und starrten ins Wasser, die Schläfen aneinandergelegt. Nur noch ein schneller Blick zurück zu Anne: Sie war weiter in ihr Spiel versunken.

Peter spürte Heikes Puls, er klopfte in einem so rasenden Tempo wie seiner, aber ihre Stimme klang gefasster, als es ihm vermutlich gelang.

»Buttermann hat damals einen Arzt gerufen«, sagte sie. »Der Arzt hat einen harmlosen Totenschein für meinen Vater ausgestellt. Dadurch hat bis zum heutigen Tag keiner erfahren, was ich getan habe. Nur Johann und meine Mutter wussten Bescheid. Und Buttermann, natürlich.«

»Erpresst er dich damit? Geht es gar nicht nur um deinen Bruder? Aber wenn Buttermann geholfen hat, zu vertuschen, dass du deinen Vater … Und wenn du erst dreizehn warst!«

»Er denkt, du würdest mich verachten, wenn dir klar wird, was ich getan habe.«

»So ein Quatsch. Eine Frechheit!«

»Außerdem war Buttermann, wie soll ich es erklären … Er war über viele Jahre der Einzige, der Verständnis für mich hatte, abgesehen von meinem Bruder, auch wenn es keine Prügel verhindert hat.«

»Aber das bedeutet doch nicht, dass du ... Wie lange ist Buttermann denn schon bei der Stasi? Und was war mit deiner Mutter? War sie auch so brutal?«

»Von ihr kam meistens kein Kommentar. Manchmal schlug sie mir mit dem Kochlöffel auf den Kopf.«

Er biss die Zähne zusammen, aber Heike war noch nicht fertig.

»Einmal hat mein Vater mich mit dem Küchenstuhl verprügelt. Ich musste danach ins Krankenhaus, zum Röntgen und Eingipsen, denn das Schlüsselbein ... Meine Mutter hat eine Geschichte erfunden, und als wir wieder zu Hause waren, hat sie den Stuhl repariert. Ein Bein war abgebrochen, sie wollte es anleimen, aber es klappte nicht perfekt. Seitdem musste immer ich diesen Stuhl benutzen und durfte mir keinen anderen mehr nehmen. Weil es ja meine Schuld war, dass er wackelte.«

»Es ist so schrecklich, Heike, ich halte das gar nicht aus. Am liebsten würde ich alle umbringen, die dir das angetan haben!«

»Du musst ruhig bleiben, Peter.«

Er brauchte ein Taschentuch. Er!, und nicht sie. Sie legte ihre Hand an seine Wange und tröstete ihn. Dann blickte sie sich um.

»Anne?«, fragte sie. »Wo ist Anne?«

Auch Peter drehte sich um. »Sie war vorhin noch ...« Aber jetzt nicht mehr! Peter schrie auf. Der Mann in der zweiten Reihe schreckte von seiner Illustrierten hoch, der Kegelclub reckte die Hälse. Aber Anne war nirgends zu sehen! Obwohl da noch das Mädchen war, mit dem sie eben gespielt hatte, es saß bei der Frau mit den beiden anderen Kindern. Und Anne?

»Wo ist sie?«

Peter stolperte zu den Sitzschalen, Michael schlief. Das Faden-Mädchen zeigte auf. »Da war ein Mann«, sagte es. »Er hat nach Anne gerufen, aber eigentlich konnte man ihn kaum hören.«

18.

Wieder im Keller. Wieder am Tisch mit Professor Buttermann, der inzwischen um weitere Jahre gealtert war. Nach seiner eigenen, leiernden Aussage hatte er es ausbaden müssen, dass Heike so lange nicht zur Arbeit im Institut erschienen war, zum Dienst am sozialistischen Weltfrieden. »Ich dachte schon, Sie lassen mich hängen!«, so hatte er Heike begrüßt und ausführlich an seinem Schal genestelt, wohl damit sie die Striemen an seinem Hals und die violetten Flecken an den Handgelenken entdeckte. War er von Herrn Markus malträtiert worden? Hing sein Wohl bei der Stasi tatsächlich davon ab, wie gut Heike gehorchte? Es war ihr egal. Sein Selbstmitleid machte es ihr nur leichter, ihn zu hassen. Wobei sie gern gewusst hätte, ob Herr Markus auch wieder hier bei ihnen im Keller war, doch sie traute sich nicht zu fragen, und wenn sie in die dunkle Tiefe des Raumes spähte, konnte sie nichts erkennen.

Buttermann roch aus dem Mund, war womöglich hungrig und durstig. Es standen diesmal auch weder Kekse noch Getränke auf dem Tisch, sondern es gab zwischen ihnen nur die mit Wut und Schmerz aufgeladene Stimmung. Sicher wusste Buttermann über die Aktion von Herrn Markus auf dem Ausflugsschiff Bescheid, aber er schien sich davor zu fürchten, dass

Heike es ansprach, denn er erstickte jede ihrer Andeutungen im Keim, indem er seine eigenen Qualen in den Mittelpunkt rückte.

Als ob Heike ihm ihr Herz ausschütten würde. Sie bestand aus nichts anderem mehr als aus einem Eisenkern, an dem der Professor sich höchstens noch mehr blau-lila Flecke holen würde, als er ohnehin schon besaß.

»Ihre Anne ist ein Kind, sie wird die Ereignisse schnell vergessen«, hatte der Vizechef des Bundesnachrichtendienstes Heike ausrichten lassen. »Hingegen wird es schädlich sein, wenn Sie Ihre Angst jetzt auf Ihr Kind übertragen.« Was für eine unverschämte, dreiste Unterstellung! Wo nahm der Mann seine Weisheit her?

Angst reichte als Wort nicht im Mindesten aus, um das Gefühl zu beschreiben, das Heike und Peter seit dem Schiffsausflug erfasst hatte. Sie waren in einen Abgrund gestürzt, als sie Anne nicht mehr hatten finden können, und dann auf dem Boden des Abgrunds aufgeschlagen, als Anne plötzlich wieder hinter dem Schornstein des Dampfers hervorgelugt hatte. Heike hatte wie eine Wahnsinnige geschrien: »Da ist sie, Peter! Da!« Aber neben Anne hatte Herr Markus gestanden. Schmächtig, im Cordanzug und diesmal ohne Koteletten. Mit Fotoapparat und Buch als Tourist getarnt. Er hatte Anne einen Stoß nach vorn versetzt und war verschwunden, aber die Welt war in dem Moment schon eine andere gewesen, für immer verändert.

Peter hatte überall auf dem Schiff nach Herrn Markus gesucht, es war vergeblich gewesen. Zurück an

Land, hatten sie sofort Kontakt zum BND, zu Sabine aufgenommen, die so schnell zur Stelle gewesen war, als hätte sie nur auf den Hilferuf gewartet. Und auch sie war – genau wie ihr Vizechef – voller Ratschläge gewesen: »Denkt euch eine Geschichte für Anne aus, aber ihr könnt ihr nicht sagen, dass sie in der Hand der Stasi war. Sie wird es weder verstehen noch verarbeiten können.«

Sie unterschätzten das Mädchen. Als Peter und Heike Anne weismachen wollten, es habe auf dem Schiff einige Missverständnisse unter den Erwachsenen gegeben, die sich am Ende aufgelöst hätten, hatte Anne den Kopf geschüttelt: »Nein. Ihr beide habt euch auf dem Ausflug unterhalten und wart traurig, und dann ist der Mann gekommen, aber ich konnte euch nicht stören. Hat Papa meinetwegen geweint? Ich wollte dem Mann wirklich nur sagen, dass ich keine Buchstaben mehr mit ihm üben will. Da ist er böse geworden, und ich sollte still sein.« Es hatte Heike das Herz gebrochen!

Die Stasi tötet, hatte Sabine gesagt. Die Stasi verhaftet, entführt und mordet nach eigenem Gutdünken und wird von niemandem kontrolliert außer von sich selbst. »Darin unterscheidet sich der DDR-Geheimdienst von unserem BND. Ich sage das nur, weil du mir gegenüber so misstrauisch bist, Heike.«

»Warum ist der BND nicht in der Lage, unsere Tochter zu schützen?«, hatte Heike gefragt.

»Wir haben alles im Griff, aber es tut mir leid, zwischen dir und uns sind noch zu viele Dinge unklar. Wir wissen nicht, inwieweit du mit uns kooperieren wirst.«

»Ihr könnt nicht von mir verlangen, dass ich für die

Bundesregierung bei der Stasi spioniere. Ihr seht doch, wie gefährlich diese Leute sind!«

»Vor allem will Herr Markus, dass du dich fürchtest. Aber nach unserer Überzeugung wird er dir und deiner Familie keinen ernsthaften Schaden zufügen. Er braucht dich dringend für seine Schriftgutachten und wird es inzwischen sehr eilig haben, das Personal für die Ständige Vertretung festzulegen. Guck mal auf den Kalender! Die Stasi kann es sich nicht leisten, dich final zu erschrecken.«

»Die Stasi kennt keine Grenzen. Sie mordet. Hast du gerade selbst gesagt.«

»Herr Markus ist ein Einzelkämpfer innerhalb seines Systems. Er verfolgt seine Karriere mit extravaganten Mitteln, verstehst du. Er wird von seinem Ministerium eingesetzt, um innerbetrieblich gefährlich zu sein, nämlich als OibE, als Offizier im besonderen Einsatz, der in der Ständigen Vertretung die eigenen Kollegen überwachen soll. Ein DDR-Spion, der die DDR-Spione ausspioniert.«

»Nichts von dem, was du sagst, kann mich beruhigen, Sabine, und ich hoffe sehr, dass ihr noch einen anderen Plan habt als den, dass ich weiterhin Gutachten schreibe.«

»Als Zuträgerin des Bundesnachrichtendienstes würdest du den allerhöchsten Schutz genießen. Mitsamt deiner Familie, selbstverständlich.«

Also wurde Heike wieder erpresst. Diesmal von Seiten der Bundesrepublik, als gehörte sie nicht richtig dazu. Der Ostblock, der Westblock, wie viel Platz bot der Graben dazwischen?

»Mal ganz logisch überlegt«, hatte Sabine gesagt. »Herr Markus meint ja jetzt, er hätte Peter und dich auf dem Ausflugsdampfer genügend erschreckt, sodass du wieder im Institut antanzen wirst. Also wenn du trotzdem wegbleibst, wie willst du ihm erklären, dass du so widerspenstig bist und sogar über seinen Zugriff auf Anne hinweggehst? Du bist entspannt, weil du mit dem BND gesprochen hast – willst du ihm das wirklich sagen?«

Schäbig, schäbig, und so durchsichtig, dass auch Peter aus der Haut gefahren war. »Finger weg von meiner Frau«, hatte er gesagt. »Sie wird nur das tun, wovon sie überzeugt ist.«

Bloß: Auf eine Überzeugung konnte man lange warten. Denn für Heike ging es nur noch darum, welchem Druck sie standhalten könnte. War sie stark genug, sich gegen beide Geheimdienste zu stellen? Wieder auf Kosten ihrer Familie? Oder würde sie es eher schaffen, sich wenigstens an den BND anzulehnen? Sie würde Sabine mit Informationen über das DDR-Personal beliefern und im Gegenzug Schutz erhalten. Peter hatte signalisiert, dass er diese Lösung am sichersten fand – falls Heike sich dafür entschied. Aber Peter war es auch eher gewohnt, an die Zusagen anderer Leute zu glauben.

Wenn es eng wird, funktioniere ich, dachte Heike jetzt, als sie mit Buttermann im Keller saß. Sie hatte im Leben schon so viel gemeistert und oftmals bewiesen, dass sie einiges durchstehen konnte, sogar ohne sich etwas anmerken zu lassen.

Aber sie fror. Sie war zu dünn angezogen, im Institutskeller war es kalt. Die Heizung war ausgestellt worden, wahrscheinlich im Zuge der Renovierung, das hatte sie nicht bedacht. Professor Buttermann kratzte sich ständig am Kopf, dann schmatzte er, als klebte ihm die Zunge am Gaumen, und manchmal kam ein Stöhnen oder sogar Wimmern über seine Lippen, als fühlte er sich dem Schriftmaterial nicht gewachsen.

Vor ihnen lagen inzwischen die Handschriften der allerhöchsten DDR-Kader. »Endstufe, Heike«, hatte Buttermann gesagt. »Uns obliegt die endgültige Personalauswahl für die Ständige Vertretung der DDR.« Hohe Beamte seien dabei, Offiziere und Parteifunktionäre. Heike nahm es zur Kenntnis und dachte nur, dass Sabine durchaus zufrieden sein müsste, wenn sie später den Bericht darüber bekam.

Die Papierbogen waren sorgsam mit Heftstreifen versehen und einzeln in Seidenpapier eingeschlagen. »Handelt es sich um Referate oder Briefe?«, fragte Heike den Professor und legte eine erste Schriftprobe bereit. »Oder sind es wohl eher Notizen?«

»Immerhin sind es keine Lebensläufe mehr. Die Anforderungen an uns steigen, und unser Fleiß steigt mit.«

Bloß wäre es mit Lebensläufen leichter gewesen, sich ein Bild von dem Kader zu machen. Denn wie Heike bemerkte, trugen die heutigen Schriftproben weder Namen noch Angaben über Herkunft oder Alter der Schreiber.

»Unsere Aufgabenstellung ist gleich geblieben?«, fragte sie. »Loyalität, Willensstärke?«

»Ja, natürlich, oder was denken Sie, Fräulein Super-Graphologin? Dass wir alles umschmeißen, nur weil

Sie sich den halben Monat lang zieren? Ich hoffe, Sie hatten ein schönes Osterfest.«

Der Professor war reizbar – sein Problem. Heike musste nur austarieren, wie hartnäckig sie bei ihm nachhaken durfte, ohne dass er misstrauisch wurde. Und sie musste im Hinterkopf behalten, dass auch Herr Markus möglicherweise zuhörte.

»Ich möchte bei meiner Analyse korrekt sein«, sagte sie. »Dazu wäre es hilfreich, wenigstens das Geschlecht der Personen zu erfahren, von denen die Handschriften stammen.«

»Ist unwichtig!«, gab Buttermann zurück. »Fangen Sie einfach an.«

»Und wenn ich für den Posten einer Bürohilfe aus Versehen einen Mann vorschlage, wie würde die DDR das finden?«

»Herrgott! Als ob ein Mann nicht genauso gut als Bürohilfe arbeiten könnte!«

Buttermann verlagerte das Gewicht auf dem Stuhl, als hätte er Schmerzen beim Sitzen – und als wollte er sich nicht damit abfinden, dass Heike sich von seinem Zustand nicht beeindrucken ließ.

»Herr Professor, ich erinnere Sie an Ihre eigenen Studien«, sagte sie sachlich. »Die Horizontalspannung muss bei einem männlichen Schreiber anders gedeutet werden als bei einer weiblichen …«

»Ja! Aber die Posten, die Sie im Sinn haben, sind doch längst besetzt! Bürohilfe, Krankenschwester, tutti kompletti. Jetzt geht es um die gehobenen Etagen, da können Sie sich auf einen starken Männeranteil verlassen, Fräulein Heike. Und falls es doch einmal eine

Dame in unsere Spitzenauswahl schafft, darf sie ihren Kollegen charakterlich in nichts nachstehen. Insofern gilt: Gleicher Maßstab für alle.«

»Na gut. Ich schreibe neutral.«

Sie betrachtete die Buchstaben auf dem Blatt Papier und wusste, dass sie zurückstecken musste, aber es fiel ihr schwer.

Buttermann blieb ihr Zaudern nicht verborgen. »Sie werden Charakteren begegnen, die Ihnen imponieren«, sagte er etwas freundlicher. »Ich habe die ersten Genossen schon leibhaftig kennengelernt, sie sind gerade auf Visite in Bonn und richten Schreibtische und Wohnungen ein. Hervorragende Kundschafter des Friedens, kann ich Ihnen sagen. In der Pariser Straße herrscht das allerschönste Leben. Ich hätte Sie neulich abends gern auf ein Glas Wein mit dorthin genommen, wenn Sie Ihr miefiges Ehenest ab und zu verlassen würden.«

»Nein, danke.«

»Hochmut kommt vor dem Fall.«

»Sie müssen es ja wissen.«

»Bitte? Wie meinen Sie das?«

»Entschuldigung, Herr Professor, aber Sie wirken nicht, als hätten Sie gemütliche Stunden in der Pariser Straße verbracht. Man hat Sie vielmehr durch die Mangel gedreht.«

Na gut, jetzt hatte Heike doch eine Bemerkung über sein Aussehen gemacht, auch wenn er es als Anteilnahme deuten würde. Er sah sie recht verblüfft an und nahm die Hände vom Tisch wie ein Schuljunge.

»Loyalität«, hüstelte er. »Und Willensstärke, Fräulein Heike. Machen wir das Beste daraus.«

»Wie Sie meinen.«

Sie musste sich zusammenreißen. Durfte sich nicht provozieren lassen. Auch wenn die Last sehr schwer und der eiserne Kern nicht einfach zu handhaben war. Ihr stand die Akte Jolinda vor Augen, die sie von Sabine bekommen und gierig durchgearbeitet hatte. Es war erhellend gewesen, aber vor allem erschütternd.

Die Polizei hatte damals tatsächlich geprüft, ob es eine Verbindung zwischen Jolinda und der Stasi gegeben hatte. Warum war niemand je auf die Idee gekommen, Heike davon zu erzählen? Nur Professor Buttermann war noch einmal vorgeladen worden, offenbar im Zusammenhang mit der Spur in die DDR. Er hatte allerdings die Verdachtsmomente entkräftet, und die Ermittler waren von einem politischen Hintergrund des Falls auch nicht besonders überzeugt gewesen. Das Protokoll verstieg sich zu der Behauptung, Jolinda sei für Buttermann nur eine Studentin unter vielen gewesen, und er habe sie nicht einmal besonders gemocht. »Ganz anders, als er zu Heike Berger steht«, hatte der Polizeibeamte notiert und Buttermann wörtlich wiedergegeben:

Fräulein Heikes Fehlverhalten in Sachen Falschgutachten über Fräulein Jolinda ist das Bitterste, was ich als Professor für Graphologie je aushalten musste, und ja, Heike Bergers unrühmlicher Abgang von der Universität hat meinem Institut geschadet. Dennoch war es ein Erlebnis, sie kennenzulernen. Es gibt eine Vielzahl an guten Graphologen in der Bundesrepublik, aber niemanden, der so ist wie sie. Denn Heike Berger interessiert sich nicht

> für den Menschen, aus dem ein Buchstabe fließt, sondern umgekehrt: Sie liebt den Buchstaben und tastet sich von dort aus zum Menschen vor. Als wäre sie von Natur aus blind und bräuchte eine Handschrift, um zu sehen. Dadurch entdeckt sie den Menschen ganz anders, als wir es vermögen. Sie nähert sich ihm und seinem Charakter wie einem unbekannten Konglomerat in einem leeren Universum. Stellen Sie sich das einmal vor! Wie mag es sich anfühlen? Heike Berger betrachtet den Menschen von einer Seite, die uns allen unbekannt ist.«

Heike war verwirrt und betreten gewesen, als sie das gelesen hatte, und es hatte sie gestört, sich vorzustellen, wer diese Zeilen inzwischen kannte. Die Polizeibeamten von damals – der Protokollführer hatte am Rand einige Fragezeichen gemalt – und Sabine, die sich nach dem Studium der Akte bestimmt ihr eigenes Bild gemacht hatte. Warum nahm sich jeder die Freiheit heraus und reimte sich etwas über Heike zusammen? Wer kannte sie denn wirklich? Sie sich selbst? Wer hatte sie am längsten begleitet, war an den Wendepunkten ihres Lebens von Bedeutung gewesen und hatte einen kühleren Blick auf sie geworfen, als es ihr persönlich möglich gewesen war?

Entschlossen sammelte sie allen Mut, den sie in sich fand, und suchte Buttermanns Blick. »Denken Sie, ich bin nicht mehr so gut wie früher, Herr Professor Buttermann? Befürchten Sie, ich lasse mich beeinflussen, wenn Sie mir sagen, welche Handschrift von einer Frau stammt und welche von einem Mann? Oder wer jung ist und wer alt? Wer einen schwierigen Lebensweg hinter sich hat und für wen ein Arbeitsplatz in der Ständigen Vertretung der DDR die Spitze einer langjährigen Karriere wäre?«

Er wich ihrem Blick aus und musste wohl nachdenken. Dann hantierte er übertrieben mit den Papieren. »Als Sie dreizehn waren, habe ich Ihnen geholfen. Ihnen sogar das Leben gerettet, wie Sie wissen. Später, als Sie meine Studentin waren, habe ich Sie leider überschätzt. Und heute neige ich nur noch zur Enttäuschung, vor allem seitdem ich wieder mit Ihnen arbeiten muss. Mit Heike Holländer, einer geborenen Berger, heutigen mittelalten Mutter, Hausfrau, Gattin und Schreibwarenaushilfe.«

Die Wut schlug über ihr zusammen. Sie umklammerte das Millimetermaß. Was war er für ein Scheusal, er drangsalierte sie bis aufs Blut. Nur damit sie Leistung erbrachte – das begriff sie wohl, aber es machte nichts besser.

Mit spitzen Fingern nahm sie die Schriftprobe hoch und las:

Herr L. saß hinter einem Pfeiler allein an einem kleinen Tisch. Er sah sich nach allen Seiten um, woraufhin auch ich mich im Kreise umsah, ob evtl. Frl. R. anwesend wäre.

Warum achtete kaum ein Spitzel der Stasi darauf, wie er schrieb? Meinte der Top-Kader der DDR, unangreifbar zu sein? Die angeblich Besten unter den Besten des Ostens waren nicht über die Graphologie informiert.

Buttermann lächelte. »Wir beide verstehen uns doch.«

Von wegen. Heike verzog keine Miene, das Gespräch konnte von ihr aus beendet sein.

Sie markierte im Text den Ansatz eines Deckstrichs, der dem Schreiber unterlaufen war, und sortierte in Gedanken bereits, was sie später Sabine darüber berichten würde. Unerwartet kam sie dabei mit den graphologischen Kategorien in Konflikt. Wann sollte sie einen Stasi-Spitzel als verlogen bezeichnen und wann nicht? Der Schreiber hier, der Herrn L. und Fräulein R. im Café beobachtet hatte, würde es als seine Pflicht empfunden haben, die Leute zu verraten. Seine Handschrift müsste demnach vor Aufrichtigkeit strotzen, weil er ein ehrlicher Diener des Staates war, und das Gutachten über ihn müsste positiv ausfallen – während es für Sabine lauten musste, dass der Spitzel ein mieser, verlogener Typ war. Beide Versionen des Gutachtens würden sich auf dieselben Buchstaben beziehen. War das noch Graphologie?

»Hätten Sie ein Bonbon für mich?«, fragte Professor Buttermann. »Oder einen Kaugummi?«

»Nein, ich bin mit leeren Taschen gekommen. Sie haben mich vorhin persönlich kontrolliert.«

»Das stimmt. Ach je. Tut mir leid.«

Er blinzelte hinter seiner verbogenen Brille hervor und setzte wieder die Leidensmiene auf. Schwer vorstellbar, dass Heike einmal Respekt vor ihm gehabt hatte. Vor ihrem Lehrer, dem Könner … Wann hatte Buttermann eigentlich den Entschluss gefasst, sie für die Zwecke der Stasi einzusetzen? Schon als sie zehn Jahre alt gewesen war und ihm die ersten Fragen über Handschriften gestellt hatte? Rekrutierte die Stasi denn schon Kinder, wenn sie eine seltene Begabung aufwiesen?

Sie erstellte drei Gutachten schnell hintereinander. Das vierte dauerte etwas länger, weil die Schrift verstellt worden war. Als aber auch das erledigt war, stand Heike entschlossen auf.

»Ich muss in unser Schreibwarengeschäft, mein Mann wartet auf mich.«

»Heute?« Buttermann wirkte alarmiert. »Welchen Wochentag haben wir? Sie müssen bleiben!«

»Es sind Osterferien, und da haben wir unsere Dienstpläne für den Laden durcheinandergewürfelt.«

Der Blick des Professors flackerte: »Bullshit. Sie haben noch nie etwas durcheinandergewürfelt.«

»Sie würden sich wundern. Wir werden sogar erstmals eine Aushilfe einstellen. Heute kommt jemand zum Vorstellungsgespräch, und mein Mann möchte mich unbedingt dabeihaben. Auch er empfindet mich als Expertin.«

»Prima«, sagte Sabine, als sie ihre Bewerbungsmappe im Laden abgab. »Aber wenn ihr keinen Job für mich habt, fühlt euch zu nichts gezwungen. Ich komme klar und finde etwas anderes. Allerdings wäre ich über ein bisschen Kohle sehr happy.«

Sie trug eine weiße Bluse, die aussah, als stammte sie von ihrer Mutter, und die Mappe, die wohl vom BND zusammengestellt worden war, hatte Eselsohren.

»Hast du schon einmal in einem Schreibwarengeschäft gearbeitet?«, fragte Peter getreu der Rolle, die er zu spielen hatte.

»Nö. Aber ich traue mir ziemlich viel zu.«

»Wir suchen jemanden, auf den wir uns verlassen können.«

»Klaro«, erwiderte Sabine. »So was suche ich auch.«

Heike hielt sich im Hintergrund und runzelte die Stirn. Die Agentin war viel zu flapsig, um als Bewerberin für eine Aushilfsstelle durchzugehen. Oder wollte sie Peter übertönen, dem deutlich anzumerken war, dass er an die Abhöranlagen dachte, die sich im Laden versteckten?

»Also«, er räusperte sich. »Denk nicht, nur weil wir uns auf einer Party kennengelernt haben, werden wir keine Ansprüche an dich als Mitarbeiterin stellen.«

»Ich wachse mit meinen Aufgaben.« Sabine lachte. »Wenn auch mit mäßigem Erfolg, wie man unschwer erkennt.«

Sie strahlte Peter an, durchaus kokett, was ihn sichtlich ärgerte. Wahrscheinlich erwartete er jetzt, dass Heike ihm zur Seite sprang, aber sie sollte sich doch explizit mit der Bewerbungsmappe, speziell dem handgeschriebenen Lebenslauf, befassen, um authentisch zu wirken. Sabine hatte den Kugelschreiber flott über die Linien geführt, so wie Heike es schon von ihr kannte. Intelligenz, Intuition und Eigensinn. Nur die Integrität war bei ihr weniger stark ausgeprägt (Fuge gelötet, ein halber Lügenkringel). Es war die Schrift einer nicht unsympathischen Person. Sie ist sogar ganz menschlich, dachte Heike. Man sollte Sabine bloß nicht sein Leben anvertrauen.

»Also«, sagte Peter gestelzt, »danke für deine Bewerbung, wir werden uns alles überlegen. Der Job wäre aber sehr kurzfristig anzutreten. Ich hoffe, du hast keine anderen Verpflichtungen.«

»Lass mich gerne heute zur Probe anfangen! Rausschmeißen könnt ihr mich immer noch.«

»Ich weiß nicht. Was sagst du denn dazu, Heike? Wir hatten ja noch nie eine Aushilfe, nur meine Mutter ist früher ab und zu eingesprungen, als Anne geboren war. Wir fanden es damals eigentlich ganz … gut …«

Er verstummte. Sein Blick irrte zwischen Heike und dem Schaufenster hin und her. Auf dem Gehweg hatte sich eine kleine Gruppe zusammengefunden, jemand lehnte rücklings an der Scheibe. Ein Mann, weißer Haarschopf, dunkelblaue Jacke. Könnte er gefährlich sein? Die Sonne schien, und die Stadt war seit Ostern voller Touristen.

»Wäre ich jetzt schon eure Aushilfe«, sagte Sabine, »würde ich zum Beispiel Fenster putzen. Oder nervige Gaffer verscheuchen.«

»Nicht nötig«, sagte Heike schnell, denn sie ahnte, was kam: Sabine beugte sich über die Schaufensterauslage und hämmerte gegen die Scheibe. »Ey, ihr da draußen! Reinkommen oder verzischen, bitte schön, aber nicht unsere Aussicht verschandeln!«

»Sabine! Hör sofort auf!«, rief Peter entgeistert. Die Leute draußen mokierten sich. Der alte Mann, der sich angelehnt hatte, zeigte ihnen einen Vogel.

Sabine aber zuckte nur mit den Schultern: »Sorry, Peter, das sollte bloß ein Beispiel für meine Durchsetzungskraft sein. Ich würde natürlich genauso gerne Kartons ausräumen oder eure Ecken durchfeudeln. Oder sehr gut auf eure Kinder aufpassen, wenn es mal nötig wäre.«

»Lass uns allein«, sagte Peter schneidend, und Heike zuckte zusammen: Hatte er die Mikrofone vergessen? Warum hatte Sabine denn auch die Kinder erwähnt! Sie waren tabu.

Es wurde still. Auch im Hinterzimmer, wo bis gerade eben noch Anne und Michael zufrieden gespielt hatten. Heike wollte nachsehen, ob bei ihnen alles in Ordnung war, doch Peter hielt sie ungewohnt herrisch zurück: »Ich übernehme die Kinder. Du kümmerst dich um deine Bekannte.«

Er warf die Tür zum Hinterzimmer zu. Das hatte es noch nie gegeben.

Sabine schien unbeeindruckt zu sein. »Dürfte ich mein Fahrrad bei euch unterstellen?«

»Nein.«

Heike lauschte. Peter murmelte mit den Kleinen. Michael quietschte auf.

»Nur bis morgen«, sagte Sabine beharrlich. »Das Fahrrad hat einen Platten, vorne und hinten, und ich muss jede Menge Einkaufstüten schleppen.«

»Ich habe hier zu arbeiten, meine Güte! Außerdem gibt es im Laden überhaupt keinen Platz.«

»Hm. Mal nachdenken. Vielleicht fährt ein Bus? Wobei es nicht weit bis zu meiner Wohnung ist, ich bin ja inzwischen umgezogen. Vielleicht hättest du Lust, kurz mitzukommen, Heike?«

»Nein! Und kannst du einmal auf mich hören?«

Sabine spitzte affektiert die Lippen, und auch im Hinterzimmer reagierte man wohl auf Heikes ungewohnten Ton. Ein Stuhl schrappte über den Boden, dann tauchte Peter im Türrahmen auf.

»Geh ruhig mit Sabine nach Hause, Heike«, sagte er düster und ohne Sabine anzusehen. »Hilf ihr mit ihren Klamotten. Ich schaffe das hier im Laden allein.«

»Auf keinen Fall!«, widersprach Heike. »Und wenn es doch nicht das Richtige für uns ist, eine Aushilfe einzustellen, dann ...«

»Doch. Aber ihr solltet noch einmal über die Bewerbung reden. An der frischen Luft und ganz in Ruhe.«

Die neue angebliche Wohnung von Sabine lag in der Teutonenstraße, dicht an der Diplomatenallee, in unmittelbarer Nähe mehrerer Botschaften. Eine ideale Adresse für den Bundesnachrichtendienst, dachte Heike. Hier konnte der BND internationale Gegner observieren, belauschen oder mitten unter ihnen sein.

Die Ständige Vertretung der DDR befand sich an der Ecke. Sabine und Heike gingen sogar daran vorbei. Es war ein klobiges, viergeschossiges Gebäude mit glatter Fassade.

Am gläsernen Eingang waren zwei Männer damit beschäftigt, ein Schild anzubringen. Hammer, Zirkel, Ährenkranz, das Staatswappen der Deutschen Demokratischen Republik, ganze zehn Tage vor der offiziellen Eröffnung der Vertretung.

Heike schob Sabines plattes Fahrrad und nickte nur knapp, als die DDR-Männer sie grüßten. Sabine, die ihre Einkaufstüten trug, gab sich unbefangen und sagte: »Hallo!«, bekam allerdings keine Antwort.

Neben Sabines neuer Haustür war ein Klingelschild mit Leukoplast überklebt worden: *Sabine Gambert*. Sie zwinkerte Heike zu und drückte im Treppenhaus den

Lichtschalter mit dem Ellbogen, als hätte sie es schon hundertmal getan. Vor ihrer Wohnungstür in der obersten Etage lag eine Fußmatte mit aufgedruckten Blumen. Sie rückte die Matte scheinbar beiläufig gerade, legte eine Hand an den Türrahmen und schloss die Wohnung dann auf.

In den Räumen war es düster. Vor den Fenstern hingen dicke Gardinen. Sprühdosen mit Teppichreiniger lagen herum, es roch nach Rosenblüten. Auch das Sofapolster war damit bearbeitet worden: »Vorsicht, noch feucht«, sagte Sabine und schob Heike eine gehäkelte Tagesdecke unter den Hintern. Dann spähte sie durch einen Gardinenspalt nach draußen und war offenbar zufrieden mit dem, was sie sah, denn sie zog daraufhin den Stoff zur Seite und ließ Licht in den Raum.

»Wir können übrigens frei reden«, sagte sie dabei. »Die Wohnung ist ein echter Glücksfall. Wir haben jeden Quadratzentimeter überprüft und keine einzige Wanze gefunden.«

»Dann lass uns sofort loslegen«, sagte Heike. Sie wollte in den Laden zurück. »Ich erstatte dir Bericht über meine heutige Arbeit im Institut, und du reichst die Infos an deinen Chef weiter, bitte.«

»Wollen wir nicht erst kurz über Peter…«, wandte Sabine ein.

»Nein!«

»Aha. Das war deutlich«. Sabine lächelte. »Aber ich füge mich gern.«

Heike blieb fokussiert. »Die Handschriften, die ich heute im Institut gesehen habe, stammten von besonders wichtigen Personen. ›Kader der Stasi‹, hat Professor Buttermann sie genannt. Und diese Leute sind zum Teil schon in Bonn.«

»Allerdings.« Sabine verschränkte die Arme. »Das deckt sich mit meinen Beobachtungen.«

»Habt ihr auch mitbekommen, was sie mit Professor Buttermann gemacht haben?«

»Nö. Ich sehe nur jeden Morgen den Lieferverkehr vor der Ständigen Vertretung. Mit Bussen werden die Leute von der Pariser Straße hierher zur Arbeit gebracht. Junge Typen übrigens, Anfang oder Mitte zwanzig. Hast du das auch an ihrer Schrift gesehen?«

»Möglich, aber sie haben …«

»Mein Chef meint, sie sind Stasi-Agenten der zweiten Generation, also erst nach Gründung der DDR geboren. Damit sind sie perfekt für den Einsatz in Bonn. Gut ausgebildet, klug und modern, viel wendiger als die Agenten der ersten Generation, zu denen dein Professor Buttermann zählt.«

Heike spürte einen Druck im Magen. »Professor Buttermann ist von ihnen verprügelt worden.«

»Hauptsache, er lässt dich noch an die Handschriften ran.«

»Ja, aber es sind keine Lebensläufe mehr, die ich bekomme.« Heike stand auf. »Es handelt sich um Spitzelberichte, um Beobachtungen aus Cafés und von Bahnhöfen: Wer hat mit wem wann gesprochen, was hat er getrunken und gegessen, und wie war sein Benehmen.«

Sabine sah aus dem Fenster. »Durchschnittsware. Weiter, Heike.«

»Anhand gewisser Merkmale kann ich Vermutungen

über das Geschlecht der Schreiber anstellen. Außerdem sehe ich natürlich charakterliche Grundzüge. Es gibt ehrgeizige, eher dominante Personen in dem Kader, aber auch Menschen mit einem ausgeprägten Moralempfinden. Der eine strebt also nach Macht und ist deshalb bei der Stasi, der andere meint, mit seinem Einsatz der Völkerverständigung zu dienen. Am Ende handeln sie beide gleich.«

»Uff. Das klingt sehr allgemein.«

Sabine ließ die Schultern hängen, die Enttäuschung war ihr deutlich anzusehen. Aber was sollte Heike tun? Selbst wenn der BND einen hauseigenen Graphologen in den Institutskeller geschickt hätte, wären keine besseren Erkenntnisse dabei herausgekommen. Sie musste unbedingt aufrichtig sein.

»Wir haben eine Schwierigkeit übersehen«, sagte sie. »Ein Charakter, den ich für Buttermann und Herrn Markus als gut bezeichnen muss, wird nach deinen Maßstäben schlecht genannt werden. Und umgekehrt. Ich muss darüber nachdenken, was das für die Schriftanalyse bedeutet. Vielleicht brauchen wir neue Kategorien? Hat der BND dazu Ansätze?«

Sabine fuhr herum. »Hier geht es nicht um einen Forschungsauftrag, Heike! Oder hast du die Zeit im Institut heute mit Grübeln verbracht? Keine Charakterprofile geschrieben?«

»Doch! Vier Stück.«

»Und? Wer sind diese vier Personen?«

»Das weiß ich nicht. Ich kann nur ihre Eigenschaften beschreiben.«

»Wir brauchen mehr! Wir müssen sie identifizieren!

Wenn ich dir zum Beispiel ein Foto zeige, auf dem die Stasi-Leute aus einem Bus aussteigen, müsstest du mir sagen, welche Schrift zu wem gehört und wer welchen Charakter besitzt.«

»Das ist absurd, Sabine.«

»Warum? Oder brauchst du die Personen eher live und in Farbe? Ginge es dann besser, wenn du mit ihnen reden würdest, erleben würdest, wie sie sich bewegen?«

Ja, dann wäre eine Zuordnung schon leichter, dachte Heike, aber sie antwortete nicht. Stattdessen begann ihr Magen zu flattern. Wollte der BND etwa neue Ansprüche anmelden? Kam da wieder etwas auf sie zu?

Sabine wechselte den Tonfall. »Es braucht Mut, Heike, um sich den Staatsfeinden entgegenzustellen. Aber Mut besitzt du ja, und du weißt auch, wie wichtig es ist, unseren Kinder eine Zukunft in einem friedlichen, demokratischen Land zu sichern.«

»Hast du ein Telefon?«

»Wozu?«

»Ich will mich vergewissern, dass bei Peter im Laden alles in Ordnung ist.«

»Ja, dort ist alles perfekt. Unsere Leute sind jetzt immer in eurer Nähe. Auch hier in der Teutonenstraße sind wir übrigens massiv vertreten, sei ganz beruhigt. Oder komm ans Fenster und überzeug dich selbst.«

»Du bist aber insgesamt nicht zufrieden mit mir, Sabine, oder?«

»Es ist noch nicht aller Tage Abend.«

Die Teutonenstraße war von der Wohnung aus gut zu überblicken. Locker bebaut mit halbhohen Häusern, Bäumen und Büschen, wirkte sie auf Heike wie eine Theaterkulisse. Im Garten vor Sabines Haus spielten Kinder. Zwei Frauen unterhielten sich wie Nachbarinnen über den Zaun. Ein Mann ging vorbei.

»Neulich haben wir ein geheimes Dossier fotografiert«, sagte Sabine. »Es stammt direkt aus dem Ministerium für Staatssicherheit in Ost-Berlin und gibt Anweisungen, wie das sozialistische Personal sich in Bonn zu verhalten hat. Vor allem die Frauen dürfen nicht allein auf die Straße gehen, sie dürfen auch nicht alleine Auto fahren. Die DDR hat große Angst, sie könnten angesprochen oder gar angeworben werden – von uns.«

»Also könnte man sie gar nicht … live erleben?«, fragte Heike vorsichtig.

»Nicht ohne Weiteres«, bestätigte Sabine. »Selbst für uns Profis wird es schwer. Wir können ihnen noch nicht einmal etwas zustecken. Wenn sie eine Aktentasche oder Handtasche tragen, sind sie verpflichtet, sie verschlossen zu halten. Außerhalb ihrer Arbeit dürfen sie auch mit niemandem reden und selbst auf Ansprache hin nicht stehen bleiben. Die einzige Chance, die wir hätten, wäre, gewisse Schwächen auszuschlachten. Intime Wünsche. Geldgier, Sexsucht oder andere Gelüste, von denen wir aus den Handschriften erfahren und auf die wir gezielt eingehen können.«

Heike wagte kaum, den Kopf zu schütteln. So funktionierte die Wissenschaft nicht, nein. Das hatte die Graphologie nicht verdient.

Ein Taxi bog in die Teutonenstraße ein. Ein schwerer Mercedes, der sehr langsam fuhr, und Heike erinnerte sich an den Tag im Februar, als Buttermann in einem ähnlichen Wagen am Schreibwarenladen vorgefahren war. Ein Zufall, vielleicht, aber der Anblick jagte ihr furchtbare Angst ein.

»Das Taxi ist da!«, rief Sabine. »Unsere Überraschung. Alles klar, lauf los, Heike, wir reden wann anders weiter.«

»Was soll das?«

»Wir spendieren deiner Familie und dir einen Ausflug, ein kleines Dankeschön. Peter und die Kinder sitzen schon im Wagen. Da willst du doch mit?«

19.

Wann war Peter zuletzt Taxi gefahren? In Bonn ließen sich alle Wege mit dem Fahrrad bewältigen, warum Geld für einen Chauffeur und eine Abgaswolke ausgeben? Aber diese Überraschung hier konnte er nicht ausschlagen, auch wenn sie von seiner Mutter kam: Silvia spendierte ihnen einen Besuch im Kölner Zoo. Und sie war persönlich im Schreibwarenladen erschienen, um die Arbeit dort vertretungsweise zu übernehmen.

»Früher habe ich doch auch manchmal ausgeholfen«, sagte sie. »Damals kam es euch gelegen. Und natürlich ist mir aufgefallen, dass bei Heike und dir der Haussegen schiefhängt. Ihr arbeitet zu viel, also macht ihr heute Nachmittag mal frei. Wo ist Heike?«

»Oh, sie ist bei … Ich kenne die Adresse nicht.«

Peter war durcheinander, aber auf dem Kassentresen lag noch die Bewerbungsmappe von Sabine, Nachname *Gambert*, wohnhaft in der *Teutonenstraße*, und Peter schrieb sich beides auf, während er sich darüber wunderte, dass seine Mutter ihn nicht dafür kritisierte, dass er über seine Ehefrau so schlecht informiert war. Wollte Silvia wirklich Familienretterin sein?

Ja, sie füllte mit ihrem Schwung den gesamten Laden aus, ließ sich noch einmal die Registrierkasse zeigen und beschloss, Einnahmen und Ausgaben des

Nachmittags doppelt und dreifach zu notieren, damit nichts durcheinandergeriet. Die Preislisten legte sie sich in Reichweite und warf Peter und die Kinder schließlich hinaus. Hätte Peter sich widersetzen sollen? Oder können?

Anne und Michael staunten, so hatten sie die Oma noch nie gesehen, und Peter verdrängte den Eindruck, überrumpelt worden zu sein. Der Tag war bisher so anstrengend gewesen, wie konnte es schaden, sich etwas zu gönnen? Außerdem war der Schreibwarenladen sowieso nicht mehr der Ort, an dem er sich am wohlsten fühlte. Hier wurde abgehört, beobachtet, von Pseudobewerberinnen schikaniert. Es war also kein Wunder, wenn sich seine Interessen verschoben.

Anne und Michael saßen wie kleine Könige auf dem Rücksitz des Taxis. Sie sollten sich am Türgriff festhalten, sagte Peter und rutschte selbst etwas tiefer in den Beifahrersitz. Der Wagen glitt eher, als dass er fuhr, er war sehr geräumig und mit Leder ausgeschlagen. Und der Taxifahrer duftete. Sein Handgelenk war goldbehaart, und er trug ein Armband aus Wolle. Die Hose saß eng, das erkannte Peter aus dem Augenwinkel, und hatte eine grasgrüne Farbe. Und die Koteletten – was waren das nur für Dinger! Kräftig und dunkel, glänzend geölt oder gewachst.

Wie würde Heike wohl reagieren, wenn sie mit diesem Luxusschlitten abgeholt wurde, auf Kosten der Schwiegermutter? Vielleicht würde sie das Taxi nur bis zum Bahnhof in Anspruch nehmen wollen, um von dort mit dem Zug nach Köln weiterzufahren. Aber sei's drum, dachte Peter. Die Geheimdienste rotierten wohl sowieso schon, um ihnen zu folgen. Planänderung! Das war nicht jedermanns Sache.

Verstohlen beobachtete er den Seitenspiegel. Vielleicht hätte er vorhin noch etwas Kluges in die Ladenmikrofone sagen sollen. Aber der BND war doch hoffentlich von alleine auf Zack. Ein Lieferwagen folgte dem Taxi, bog aber bald ab.

Dass Peters Mutter sich über Familienaufgaben Gedanken machte … Peter musste ihr in letzter Zeit sehr merkwürdig vorgekommen sein, das konnte er ihr nicht verdenken. Und obwohl er es nicht unterschreiben würde, dass er mit Heike in einer Beziehungskrise steckte – zumal nicht in einer, die seine Mutter auf den Plan rufen sollte –, wollte er den Ausflug heute als Chance nutzen. Die Kinder würden im Zoo Spaß haben, und er könnte Heike zeigen, dass er trotz der sich überschlagenden Ereignisse nicht vergessen hatte, was sie ihm auf dem Schiffsausflug anvertraut hatte. Für ihn war nichts erledigt, was ihr als Kind widerfahren war. Und er wollte ihr versichern, dass er, auch wenn sie nur noch über die Stasi und den BND redeten, jede Minute des Tages daran dachte, wie schrecklich sie sich als kleines Mädchen gefühlt haben musste.

»Na?« Der Taxifahrer lächelte ihn an. »Gehe ich zu schnell in die Kurven?«

»Nein. Warum?«

»Weil Sie sich am Griff festklammern. Sagen Sie einfach Bescheid, wenn Sie es gemütlicher wünschen.«

»Okay. Entschuldigung.«

»Haha, wofür Entschuldigung?«

Der Mann warf einen Blick in den Rückspiegel und

lächelte den Kindern zu. Dann ließ er die Hand auf den Schalthebel sinken. Kräftige Finger. An dem Armband hing eine kleine silberne Gitarre.

»Teutonenstraße also«, sagte er. »Da wohnt ein Kumpel von mir.«

»Von mir die Ehefrau. Also, nein, wir holen meine Ehefrau ab, sie ist zu Besuch bei einer Bekannten.«

»Verstehe.«

Plötzlich fühlte Peter sich unwohl neben dem Mann, und normalerweise wäre die Fahrt auch längst zu Ende gewesen, aber die Straßen waren dermaßen verstopft, dass es nur noch im Schneckentempo voranging. Sie passierten das Gebäude der Ständigen Vertretung der DDR, und Peter schielte beklommen hinüber. So viel Unheil ging von dieser Einrichtung aus. Und warum hatte man dort einen Wald aus Antennen auf dem Dach? Das waren doch Abhöranlagen! Fiel das niemandem auf?

»Ich bräuchte noch mal die Hausnummer«, sagte der Taxifahrer und lenkte den Mercedes in die Teutonenstraße. »Sie können die Kinder bei mir im Wagen lassen, während Sie Ihre Ehefrau rausklingeln.«

»Danke, nein, das kommt nicht infrage, ich nehme die beiden mit«, antwortete Peter, denn er würde Anne und Michael ums Verrecken nicht unbeobachtet lassen.

Er stieg auf der Beifahrerseite aus, achtete nach rechts und links auf den Verkehr (es gab keinen) und auf verdächtige Fußgänger (nur zwei Frauen am Zaun), bevor er den Kindern die hintere Taxitür öffnen wollte – da näherte sich von der Seite ein gewaltiger Bus. Er hupte, weil das Taxi im Weg stand, und Peter gab ein Handzeichen: Bitte ein wenig Geduld allerseits, denn er wollte ja nur kurz seine Kinder aussteigen lassen… Aber… Heh! Nein! Halt! Was war denn das? Der Taxifahrer gab Gas und fuhr weg! Mit den Kindern an Bord!

Empört riss Peter die Arme hoch, sprang mitten auf die Straße und schrie. Auch der Bus machte einen Satz nach vorn, hupte erneut, Peter lief auf den Bürgersteig zurück. Wo war das Taxi? Dahinten – und es bremste! Schon einige Häuser weit entfernt. Und was bewegte sich in der Heckscheibe? Es war Anne! Sie winkte Peter fröhlich zu, also war alles in Ordnung, und er durfte den Kindern keine Angst einjagen, indem er sich übertrieben panisch benahm.

Neben ihm zischte es, der Bus öffnete die Türen. Der Taxifahrer legte den Rückwärtsgang ein. Sehr gut. Weiße Leuchten über der Stoßstange, aufjaulender Motor. Nur warum fuhr das Taxi so schnell? Während so viele Leute aus dem Bus ausstiegen und sich auf der Straße verteilten!

»Heh!«, rief Peter wieder. Eine Frau drängte sich an ihm vorbei, hinter ihr huschte ein Schatten. Vorsicht, wollte Peter sagen – aber es blieb ihm im Hals stecken: Das Taxi schoss schon heran, die Frau blickte zur anderen Seite, ein dumpfes Geräusch folgte, und die Frau schlug auf den Boden. Geriet halb unter den Wagen. Entsetztes Geschrei. Dann Stille.

Peter hörte sich hecheln. Die Frau rührte sich nicht, sondern lag schlaff auf dem Asphalt, den Oberkörper verdreht. Peter ging in die Hocke. Bitte nicht, bitte nicht, war sie tot? Nein, sie stöhnte! Kniff die Lider zusammen. Weinte. Also wagte er es und berührte ganz vorsichtig ihre Schulter. »Alles wird gut, ich helfe Ihnen. Können Sie mich hören?«

Ein Blusenärmel war zerfetzt, eine Wange aufgeschürft und ... Peter blickte unter den Wagen: Die Beine lagen gestreckt und ohne sichtbare Verletzungen nebeneinander.

»Scheiße, Mann«, sagte der Taxifahrer über ihm. »Hast du sie mir vor die Karre gestoßen?«

»Was?«

Hinter dem Taxifahrer sah Peter Anne, die ebenfalls ausgestiegen war und gerade mühsam ihren Bruder aus dem Taxi hob. »Anne! Pass auf!« Schon war Peter bei ihr und nahm ihr Michael ab.

»Ich habe Angst«, sagte sie mit Mäusestimme.

»Es ... sieht vielleicht schlimmer aus, als es ist«, antwortete er ohne Überzeugungskraft.

Der Taxifahrer aber zeigte mit dem Finger auf ihn: »Wenn er die Frau nicht geschubst hätte, wäre nichts passiert!«

»Aber das stimmt doch nicht!«, protestierte Peter. »Ich habe überhaupt nichts getan, und außerdem sind Sie viel zu schnell gefahren. Dabei saßen meine Kinder in Ihrem Auto!«

»Ach! Ich hab es doch gesehen, Mann. Du hast direkt neben dieser Frau an der Straße gestanden, und dann ist sie gestürzt.«

»Nichts da! Ich habe die Frau gewarnt, als Sie mit dem Taxi angebrettert kamen, und da war es schon zu spät. Außerdem war noch jemand bei ihr, kurz vorher. Er könnte sicher mehr dazu sagen.«

»Jemand. Jaja.«

»Haben Sie eigentlich einen Krankenwagen gerufen, oder haben Sie keinen Funk in Ihrem Taxi?«

Die Unfallstelle war inzwischen von Leuten umringt, die miteinander diskutierten. Ein paar junge Männer bildeten einen gesonderten Ring um Peter und die Kinder. Michael weinte lauthals auf Peters Arm, Anne versteckte ihr Gesicht an seinem Bein. Er musste die beiden dringend wegbringen, am besten zu Heike, die ja noch in Sabines Wohnung sein musste.

Aber kaum hatte Peter einen Schritt nach vorn gemacht, stieß ihn ein Mann zurück: »Hiergeblieben, Freundchen.« In der Ferne waren Sirenen zu hören. Krankenwagen und Polizei, hoffentlich brauchten sie nicht mehr lange.

Peter schirmte die Kinder, so gut es ging, gegen die Männer und den Anblick des Unfallopfers ab, da hörte er eine vertraute Stimme: »Lassen Sie mich durch!« Es war Heike! Sie kämpfte sich durch die Schaulustigen und schlang schon bald die Arme um Anne: »Was ist passiert? Geht es euch gut?«

»Lass uns abhauen«, sagte Peter. »Das Taxi hat eine Frau angefahren, und der Fahrer behauptet jetzt, ich hätte … Ach, treten Sie doch alle mal einen Meter zurück! Sie sehen doch, dass die Kinder sich fürchten!«

»Erst die Personalien.« Der Mann, der ihn eben schon angeschnauzt hatte, baute sich wieder vor Peter auf. »Sie haben hoffentlich einen Ausweis dabei.«

»Wer sind Sie denn? Doch wahrscheinlich kein Polizist?«

»Ich bin Diplomat und finde die ganze Situation hier sehr brisant.«

Diplomat? Der Typ war zehn Jahre jünger als Peter. Sirenen gellten, mehrere Fahrzeuge bogen in die Teutonenstraße ein. Rettungswagen, Polizeiautos und ein langer silberner Wagen mit schwarzen Scheiben. Augenblicklich bellte der Mann, der Diplomat, ein scharfes Kommando über die Straße, und Peter konnte nicht fassen, was geschah: Sämtliche Leute stiegen daraufhin wieder in den Bus ein! Im Nu war die Unfallstelle geleert. Nur der Taxifahrer war zurückgeblieben – und die Frau auf dem Asphalt. Sanitäter knieten bei ihr, sie bewegte die Beine und schien gut ansprechbar zu sein.

Peter küsste den kleinen Michael und übergab ihn an Heike. Er würde jetzt mit der Polizei reden. Zwei Beamte sprachen schon mit dem Taxifahrer, er würde sich nicht verleumden lassen! Und da kam auch schon ein dritter Polizist direkt auf ihn zu: »Sie sind bundesdeutscher Staatsbürger?«, fragte er Peter.

»Mein Name ist Peter Holländer. Ich habe nichts getan.«

»Bitte antworten Sie.«

»Ja, natürlich bin ich bundesdeutscher Staatsbürger!«

»Dann folgen Sie mir zum Streifenwagen, zu Ihrem eigenen Schutz.«

»Nein! Der Taxifahrer war zu schnell. Er will mir alles in die Schuhe schieben!«

»Bitte.« Der Polizist wies auf den Bus. »Wir werden gerade fotografiert, Herr Holländer. Das möchte ich nicht in die Länge ziehen.«

Hinter der Windschutzscheibe, neben dem Busfahrer, stand ein Mann mit einer Kamera. Peter drehte schnell das Gesicht weg und spürte, wie der Polizist ihn weiterschob.

»In dem Bus sitzen ganz feine Leute«, sagte der Beamte. »Abgesandte der DDR, auch das Unfallopfer stammt von drüben. Also, Herr Holländer: Auf Sie, aber auch auf uns kommen irre Komplikationen zu.«

Erst gegen Abend durfte Peter das Polizeirevier wieder verlassen. Er hatte als Zeuge ausgesagt, nicht als Beschuldigter, immerhin, war aber dennoch mit den Vorwürfen des Taxifahrers konfrontiert worden und hatte am Ende seitenweise Protokolle unterschrieben. Hauptsache, er hatte alles richtig gemacht. Als es um den Schatten ging, den er kurz vor dem Unfall hinter der Frau wahrgenommen hatte, hatte er selbst gedacht, dass es halbseiden klang, und auch die Beamten waren distanziert geblieben. Je mehr Peter sich verteidigt hatte, umso komischer hatten sie ihn angesehen.

Nach einiger Zeit hatte sich auf dem Revier ein Anwalt gemeldet, den Peter zwar nicht bestellt, der aber Grüße von Heike ausgerichtet hatte. Bestimmt war er vom BND organisiert worden. Null-Null-Sabine fühlte sich hoffentlich mies, weil sie schon wieder versagt und es nicht verhindert hatte, dass die Stasi an die Familie Holländer herangekommen war. Denn es war doch die Stasi gewesen, die diesen Unfall mit einer Verletzten inszeniert hatte? Kam der BND da überhaupt noch mit?

Am liebsten hätte Peter der Polizei reinen Wein eingeschenkt, aber er hatte nicht gewusst, ob es richtig gewesen wäre. Er verstand nicht, was die Stasi mit dem Unfall bezweckte. Womöglich würde er Heike noch in Bedrängnis bringen, wenn er sich unbedacht äußerte. Vielleicht fehlte nur ein winziger Funke, und die Stasi jagte sie alle in die Luft.

Und seine Mutter? Sie war doch auch in die Sache involviert? Bewusst oder unbewusst. War überredet, überzeugt oder hereingelegt worden und war jedenfalls schuld, Peter und die Kinder in dieses Taxi gelockt zu haben. Er könnte sie … umbringen?

Und er jammerte. Hier, auf offener Straße. So brutal war der Arm der DDR! Und so klein war Peters Verstand.

Er stützte sich auf den Oberschenkeln ab. Fühlte sich wie gerädert. Hatte unbedingt zu Fuß gehen wollen, aber der Weg vom Polizeirevier nach Hause zog sich unerwartet in die Länge. Die frische Luft tat nicht so gut wie gedacht.

Was die Stasi wohl als Nächstes plante? Würde sie den Unfall ausschlachten, um Peter und Heike geschäftlich zu ruinieren? In Bonn könnte sich herumsprechen, Peter sei ein politischer Extremist, der eine DDR-Bürgerin vor ein Taxi gestoßen hatte.

»Wie schwer ist sie verletzt?«, hatte Peter auf dem Revier gefragt.

»Das wird sich noch zeigen«, war die Antwort des Beamten gewesen.

»Finden Sie nicht, dass die Leute aus dem Bus sich herzlich wenig um sie gekümmert haben? Mich zu beschuldigen war ihnen viel wichtiger, dabei ist die Frau doch auch eine von ihnen?«

Nein, dazu konnten und wollten die Polizisten sich

nicht äußern, und Peter hätte sich die Anspielung sparen können. Der Anwalt hatte sich nervös geräuspert. Der BND-Trottel, der zahnlose Tiger.

Peter ging weiter, penibel in der Mitte des Bürgersteigs, weil er es dort am sichersten fand. Ganz Bonn hatte gerade Feierabend, die Limousinen rauschten im Schwall Richtung Bad Godesberg oder steuerten die Vergnügungsstätten im Bonn-Center an. Aus einer Dachwohnung drang Musik. Ein fröhlicher Sambarhythmus, ein melancholischer Chor. Peters Hals war wie zugeschnürt.

Ob er irgendwo ein Bier bekäme? In seiner Jackentasche fand er Kaugummi und eine Rolle 50-Pfennig-Stücke, Wechselgeld aus dem Laden, das er für den Zoobesuch eingesteckt hatte, um die Kinder an die Lolli- und Tierfutterautomaten schicken zu können. Einmal plus, einmal minus macht null, hatte er zu seiner Mutter gesagt, als er den passenden Geldschein in die Kasse gelegt und sich die Münzrolle herausgenommen hatte. Wahrscheinlich hatten die Stasi-Agenten an den Abhöranlagen gegrinst: Die Null war ja Peter! Der so leicht in eine Falle tappte.

Er sah sich um. Wo war eigentlich der BND, jetzt gerade, hier? Wo waren Brandt, Genscher, all die Leute, von denen es hieß, sie seien Heike so dankbar und garantierten ihrer Familie Sicherheit? Man ließ Heikes Ehemann ganz allein durch die Stadt spazieren, wohl wissend, wie erschöpft und dadurch vielleicht auch schwach er sein musste.

Er zerknüllte das Kaugummipapier, seine Zähne taten weh. Wenn wenigstens Herrmann vom Großhandel in Bonn wäre, dann würde sich Peter mit ihm besprechen. Herrmann würde nicht mehr auf der Verstimmung wegen der Ostwaren herumreiten, wenn er hörte, wie ernst es um Peter stand, sondern seinen Draht zur Bundesregierung nutzen und ein gutes Wort für ihn einlegen. Denn Brandt und Genscher erfuhren ja möglicherweise gar nicht, was es mit dem Unfall auf sich hatte. Der BND würde seine Fehler vor der Regierung vertuschen. Wenn Peter aber Herrmann einweihen könnte, und Herrmann würde es seinem Freund Günter Guillaume erzählen, der dann als Referent des Bundeskanzlers – am BND vorbei – ein paar Strippen zog: Das wäre toll.

Und dahinten stand eine Telefonzelle, und Herrmann hatte Peter das Hotel genannt, in das er sich mit Guillaume an der Côte d'Azur einquartieren wollte. Zwar hatte Herrmann vor Peter nur mit dem klangvollen Französisch angeben wollen, und Peter hatte sich auch tatsächlich geärgert, aber der Name des Hotels war bei ihm hängengeblieben.

Flink legte sich der Telefonhörer in seine Hand, und schon steckte der Finger in der Wählscheibe. Das erste Telefonat war nicht teuer: die Auskunft. Für das zweite Gespräch dagegen musste Peter eine Münze nach der anderen in den Schlitz werfen, weil die Dame an der Hotelrezeption kein Deutsch sprach. Erst als sie aus Peters Redeschwall das Wort »Herrmann« herausgehört hatte, stellte sie durch.

»Hier ist Peter aus Bonn, hör mal, ich wollte dich nicht stören und auch nicht direkt nach Günter Guillaume fragen, aber …«

»Wer?«, rief Herrmann. »Peter, bist du es?«

»Du könntest etwas mit Guillaume besprechen. Kannst du mich hören? Hallo?«

Es tutete, das Geld rasselte ins Rückgabefach. Peter warf nach, hörte noch einmal kurz Herrmanns Stimme: »Peter? Ist was passiert?« Dann rauschte es wieder, und der Apparat wollte keine weitere Münze annehmen. Stattdessen fielen die Fünfzigpfennigstücke zu Boden, und als Peter sich bückte, sah er zufällig zur anderen Straßenseite hinüber. Dort standen die Westerhoffs! Die Hände in den Manteltaschen, starrten sie ihn an, als hätten sie ihn schon länger in der Telefonzelle beobachtet.

Er nickte ihnen zu und drückte mit klammen Fingern den Telefonhörer ans Ohr, um ein Gespräch vorzutäuschen. Der Schweiß brach ihm aus. Was, wenn die Westerhoffs ebenfalls Stasi-Agenten waren?

Herr Westerhoff lüftete den Hut, dann gingen sie fort. Peter wartete noch einen Moment, stürzte dann an die Luft, rannte los und erreichte nach wenigen Minuten, völlig außer Atem, die Reihenhaussiedlung. Sein Zuhause, die letzte Zuflucht, die er noch hatte.

Er schloss die Haustür auf, mit den Nerven am Ende. Stand im Flur, an der Garderobe. Alles war wie immer. Die Jacken der Kinder lagen auf dem Boden. Nur warum begrüßte ihn niemand? »Hallo?« Wurde er denn nicht erwartet? »Heike?« Er hörte doch Stimmen!

Und da, im Wohnzimmer, ein schreckliches Bild: Heike saß auf dem Sofa und weinte. Und neben ihr, was für eine Unverschämtheit, saß seine Mutter.

20.

Die Welt bestand aus billigem Pappkarton, war dick und starr und taugte nichts. Wer einmal ein Loch hineinstieß, bekam es nie mehr geflickt.

Heike nahm es hin. Es war der Morgen nach dem Unfall. Peter hatte sich entschieden, bei den Kindern zu bleiben, und Heike hatte – schließlich war Dienstag – den Laden übernommen und bald feststellen müssen, dass die Gerüchte in Bonn schneller hochkochten als selbst gemachte Tinte.

Der erste Kunde kam kurz nach Ladenöffnung: »Ich bin so froh, Sie zu sehen, Frau Holländer. Ist denn alles in Ordnung? Oder muss Ihre Schwiegermutter jetzt häufiger aushelfen?«

»Sie war gestern so nett, uns ausnahmsweise zu vertreten.«

»Alles klar.«

Von wegen. Gar nichts war klar, sondern der Kunde beugte sich neugierig vor. Rutger Schmidt aus dem Parlamentsarchiv, meist spekulierte er auf Cognac, heute nicht.

»Wie ich höre, hat sich Ihre Schwiegermutter prima bemüht, gute Laune zu verbreiten«, sagte er leise. »Aber man erzählt, dass Ihr Mann zur Polizei musste, Frau Holländer?«

»Meine Schwiegermutter war nicht deshalb hier.«

»Neulich war das Geschäft ja schon einmal geschlossen. Den ganzen Tag lang.«

»Es tut mir leid, falls Sie Umstände hatten.«

»Im Gegenteil, mir tut es leid! Für Sie! Denn es will mir nicht in den Kopf, dass Ihr Mann eine Frau vor ein Auto … Die Ärmste! Wirklich eine DDR-Bürgerin? Wer hält denn so etwas für möglich?«

Heike lernte an diesem Vormittag, Auskunft zu geben, ohne inhaltlich etwas beizutragen. Sie stapelte auch Papier, ohne es zu merken, und beantwortete Lieferantentelefonate, ohne nachher zu wissen, mit wem sie eigentlich gesprochen hatte. Sie hielt einfach nur Schreibwaren Holländer am Laufen – und ansonsten die Luft an.

Doch dann kam auch Frau von Bothmer in den Laden, und durch Heike ging ein Ruck. Die letzte Begegnung mit der Abgeordneten hatte mit einer Missstimmung geendet – wegen der Hauptstelle für Befragungswesen, so ahnungslos war Heike da noch gewesen –, und auch jetzt stellte sich heraus, dass Frau von Bothmer niemand war, der sich mit Wischiwaschi zufriedengab. Kaum zehn Sekunden im Laden, brachte sie die Gerüchte über Peter zur Sprache und rückte dabei Heike als Ehefrau in den Mittelpunkt:

»Was immer es mit Ihrem Mann auf sich hat und welche Konsequenzen Sie auch ziehen werden, Frau Holländer: Mit unserem Handbuch 109 *Tips für die Frau* stehen wir Ihnen zur Seite.«

»Sie glauben also, was über Peter erzählt wird, Frau von Bothmer, obwohl Sie ihn so lange kennen?«

»Nein!« Die Abgeordnete lachte. »Ich will nur herausfinden, ob Sie bislang bloß deprimiert oder auch schon verzweifelt sind.«

»Ihr Humor ist speziell.«

»Ja, aber verachten Sie ihn nicht. Ich bin vermutlich die einzige Person, die in diesen Tagen offen und ehrlich mit Ihnen sprechen wird, und greife dabei auf eigene Erfahrungen mit dem Bonner Sensationszirkus zurück. Glauben Sie mir, ich weiß, wie es Ihnen geht.«

»Vielen Dank.«

»Ich weiß auch, dass Sie am besten zu allen Gerüchten schweigen, Frau Holländer. Ihr Laden lebt von der Politik, genauso wie ich es tue, also lassen wir doch unsere Versorgungsader frei pulsieren! Bonn bewegt sich in immer gleichen Wellen: Wenn über Sie getratscht wird, werden Sie ein paar Tage lang bestürmt, weil die Büros etwas zum Reden brauchen. Dann kommt der Wechsel, man geht abrupt auf Distanz. Wahrscheinlich wird es schon morgen sehr einsam in Ihrem Schreibwarengeschäft werden, und bitte hüten Sie sich in dieser Zeit vor Emotionen, außer vor Stolz. Nach einer angemessenen Zeit wird alles wieder genauso sein wie vorher. Versprochen.«

»Cognac, Frau von Bothmer?«

»Nein, danke. Und bitte wägen Sie ab sofort Ihre Worte ab. Überlegen Sie, mit wem Sie sich treffen. Ich bin mir sicher, dass Ihnen zahlreiche Augen und Ohren folgen, immerhin war die Deutsche Demokratische Republik in den Taxiunfall involviert.«

»Na ja. Involviert waren vor allem wir. In etwas, das nicht steuerbar war.«

»Gut. Mir gefällt es, dass Sie präzise sind, Frau Holländer.«

Heike war überrascht, wie gut es tat, Ratschläge von einer krisenerprobten Person zu bekommen. Und dann blieb Frau von Bothmer auch noch länger im Laden, weil ein Schwarm junger Sekretärinnen hereindrängte, sich kichernd vor den Regalen amüsierte und nur einen billigen Bleistift kaufte.

Natürlich dachte Heike auch an Sabines Warnung, Frau von Bothmer sei möglicherweise nicht sauber. Aber welchen Wert besaß eine solche Äußerung noch? Musste es nicht inzwischen für ganz Bonn heißen: Die Stadt ist möglicherweise nicht sauber?

Frau von Bothmer verabschiedete sich mit einem langen Händedruck, und wenig später huschte die Angestellte aus dem Büro Renger herein, die sonst gern etwas überheblich auftrat. Heute schien sie an der Ecke gewartet zu haben, bis der Laden leer war. Sie wolle sich für eine gewisse Zeit verabschieden, sagte die Angestellte und klang dabei peinlich berührt:

»Wir denken, die Sache wird übertrieben, Frau Holländer, keine Sorge, aber ein Zwischenfall mit der DDR löst im parlamentarischen Gefüge wahnsinnige Irritationen aus. Verstehen Sie uns nicht falsch, bitte, bloß als Büro der Bundestagspräsidentin müssen wir symbolisch agieren, selbst wenn wir es bedauern. Sicher sehen wir uns in Kürze wieder, das möchte ich an dieser Stelle versprechen. Legen Sie uns bis dahin gern das schicke Bütten zurück, Sie wissen schon, das dicke für den präsidialen Schriftverkehr.«

Heike bedankte sich kühl und bemerkte erst später, dass die Angestellte ein kleines Usambaraveilchen dagelassen hatte. Es stand in einem geblümten Keramiktopf auf dem Tisch neben der Tür. Eine winzige Grußkarte hing daran, und obwohl die Unterschrift fehlte, erkannte Heike die Schriftzüge von Annemarie Renger. Typisch, dass die Buchstaben einer so mächtigen Frau zum Wortende hin kleiner wurden (erzwungene Anpassung) und dass das große R seine gewaltige Haube nicht selbstbewusst trug, wie es bei einem Mann der Fall gewesen wäre, sondern das R wirkte bei ihr, als schleppte ein Sisyphos seinen Stein.

Heike legte die Grußkarte in die Kassenschublade und stellte das Usambaraveilchen ins Hinterzimmer. Nur kurz wollte sie sich hinsetzen und einmal ausruhen und sich dem Sog der Erschöpfung hingeben. Was Peter wohl gerade machte? Und die Kinder, wie ging es ihnen?

Gestern, nach den stundenlangen Vernehmungen auf dem Polizeirevier, war Peter völlig durcheinander gewesen. Als er endlich nach Hause gekommen war, hatte der bloße Anblick seiner Mutter ihn aus der Fassung gebracht:

»Woher hattest du das Taxi, in das ich gestiegen bin, Mutter? Wie bist du an diesen speziellen Fahrer gekommen?«

»Ganz normal. Wie man das so macht«, hatte Silvia geantwortet. »Wenn ich natürlich gewusst hätte, um was für einen Halunken es sich handelt … Was ist denn mit dir los, Peter?«

»Du hast also in der Taxizentrale angerufen und irgendeinen beliebigen Wagen bestellt?«

»Ja, genau. Wollte die Polizei das von dir wissen? Warum?«

»Die ganze Aktion kommt mir komisch vor! Zoobesuch. Überraschung. Du hast uns noch nie einen Ausflug geschenkt, Mutter.«

»Also, Junge, so lasse ich nicht mit mir reden. Der Unfall war schrecklich, ja, aber du kannst es nicht an mir auslassen. Ich kenne genügend Leute, die sehr gute Erfahrungen damit gemacht haben, ihren berufstätigen und gestressten Kindern etwas entgegenzukommen, und dachte, dass ihr euch doch einmal helfen lassen könnt? Wozu bin ich denn da? Die meisten Ehekrisen sind in den Griff zu kriegen.«

»Wir haben keine Ehekrise, Mutter!«

»Es muss euch nicht unangenehm sein. Was in letzter Zeit alles los war! Warum ist Heike Ostermontag nicht mitgekommen, als sich die Familie versammelt hat? Und wohin musstest du zwischendurch so dringend verschwinden, Peter, kaum dass der Pudding gegessen war?«

Heike hatte gewünscht, sie hätte die Stichelei nicht gehört. War Peter wieder bei Ilja gewesen? Und hatte er ihr nicht sogar auf dem Ausflugsschiff etwas über Ostermontag sagen wollen?

»Lass Peter in Ruhe, bitte«, hatte sie zu seiner Mutter gesagt. »Ich weiß, du meinst es immer sehr gut mit uns, Silvia, aber wir müssen erst einmal den Unfall verkraften.«

»Ihr wollt also nicht darüber reden. Na gut.« Silvia

war eingeschnappt gewesen. »Aber, Peter, in juristischer Hinsicht wirst du trotzdem unsere Unterstützung brauchen. Sprich deinen Vater auf einen Anwalt an. Er wird dir helfen, dich gegen den Taxifahrer zu behaupten.«

»Ich habe schon einen Anwalt.«

»Einen guten? Der Taxifahrer wird sich nichts bieten lassen, für ihn geht es schließlich um alles. Denn wenn sich herausstellt, dass er Schuld hat, verliert er seinen Job, und so einer wie er findet nicht leicht etwas Neues. Ich habe es auf den ersten Blick gesehen: Er ist ein warmer Bruder.«

»Ja, und?«, hatte Heike gefragt, und auch Peter hatte gerufen: »Das ist doch egal!«

Aber Silvia hatte die Augenbraue hochgezogen, und das hatte Peter derart in Rage gebracht, dass er etwas getan hatte, was bisher undenkbar gewesen war: Er hatte seine Mutter aus dem Haus geworfen.

Später im Bett hatte Heike mit ihm geflüstert, die Decke über beide Köpfe gezogen: »Wie war es bei der Polizei? Sie werden dich doch nicht ernsthaft bezichtigen?«

»Ich kann es nicht fassen.« Peter barg sein Gesicht an ihrer Brust. »Du tust doch alles, was die Stasi von dir verlangt! Warum nehmen sie jetzt auch noch mich ins Visier?«

»Wie kommst du auf die Stasi?«

»Ich bin in eine Falle gelatscht!«

»Nein! Also ja, aber es war doch nicht die Stasi, sondern der BND, der den Unfall in die Wege geleitet hat!«

»Bitte?«

»Ja, ich bin sicher, dass es der BND war! Sabine hat oben in ihrer Wohnung am Fenster gestanden und auf das Taxi gewartet. Vorher hat sie mir fiese Fragen gestellt. Sie will, dass ich meine graphologischen Gutachten konkreten Personen zuordne. Ich soll mit dem Personal der Ständigen Vertretung in direkten Kontakt kommen, und es ist ein Wahnsinn, aber ich denke, dazu war der Unfall gedacht: dass ich mich unter die Leute aus dem Bus mische.«

»Unmöglich! Der BND würde doch keine Frau vor ein Taxi stoßen, nur damit du …?«

»Doch, genau das würde er tun. Bestimmt war die Frau in die Sache eingebunden. Eine Doppelspionin oder eine Stuntfrau. Bist du sicher, dass sie verletzt worden ist?«

»Das ist doch kompletter Irrsinn!«

»Ja, Peter. Aber wir dürfen an unser Leben keine normalen Maßstäbe mehr anlegen.«

Peter klammerte sich an sie: »Und wie hängt meine Mutter mit drin?«

»Also, als ich mit ihr sprach, hatte ich nicht den Eindruck, dass sie irgendetwas durchschaut, geschweige denn an einem Plan beteiligt war. Sie würde sich auch für nichts einspannen lassen, von dem die Kinder betroffen wären.«

»Aber dass sie ausgerechnet diesen Taxifahrer … Warum bin ich nicht stutzig geworden? Du hättest dich von dem Kerl nicht übers Ohr hauen lassen, Heike.«

»Doch, ganz bestimmt. Aber wenn es dich beruhigt, werden wir Sabine morgen fragen, wie es genau gewesen ist. Wir erkundigen uns auch nach deiner Mutter.«

»Nein. Mit Sabine will ich erst recht kein Wort mehr wechseln!«

»Ich auch nicht. Wenn es bloß möglich wäre.«

Heike saß im Wohnzimmer. Die Zeit verging inzwischen so langsam, als steckte ein Radiergummi unter den Zeigern der Uhr. Nun waren es noch neun Tage, bis die Ständige Vertretung der DDR in Bonn eröffnet würde. Neun Tage, bis der deutsch-deutsche Eiertanz ein Ende fände und endlich Gerechtigkeit walten könnte. Sie malte sich die Ereignisse aus:

Die Bundesregierung würde die Feierlichkeiten an der Diplomatenallee 18 abwarten, um die DDR und ihre Stasi in Sicherheit zu wiegen. Hammer, Zirkel und Ährenkranz würden gehisst, aber kaum dass die Fahne im Wind flatterte, schwärmten die Ermittler aus. Der BND stürmte das Institut für Graphologie, die Kriminalpolizei hob Professor Buttermanns Wohnung und das Pensionszimmer von Herrn Markus aus. Die Handschellen klickten.

Peter und Heike würden sich abends alles in der Tagesschau ansehen. Sehr aufgeregt, aber freudig. Nicht mehr so nervös und ängstlich wie zum Beispiel heute Abend, wo sie vor dem Fernseher gesessen und damit gerechnet hatten, dass der Unfall einer DDR-Bürgerin in der Teutonenstraße in den Nachrichten erwähnt würde. Die Sorge war überflüssig gewesen.

Nach der Tagesschau war Peter direkt zu Bett gegangen. Er war bald noch einmal aufgestanden, um eine Schlaftablette zu nehmen (erst eine halbe, später die andere Hälfte), hatte aber nichts mehr gesagt, und

Heike hatte es zuerst auch nicht schlimm gefunden, im Wohnzimmer für sich zu sein und den Abend allein ausklingen zu lassen. Aber sie quälte sich doch. Je länger sie auf dem Sofa saß, in eine Wolldecke gehüllt und trotzdem frierend, umso unwahrscheinlicher kam es ihr vor, sich je wieder wie ein normaler Mensch bewegen zu können.

Gegen Mitternacht klingelte das Telefon. Sie erschrak, es konnte nichts Gutes bedeuten. Zuerst wollte oder konnte sie den Hörer nicht abnehmen, dann tat sie es doch.

»Holländer?«

»Guillaume«, bekam sie zur Antwort und erschrak noch mehr. Die Politik? Persönlich um diese Uhrzeit?

»Guillaume, Günter«, wiederholte der Referent des Bundeskanzlers geschäftig. »Sind Sie noch dran? Ihr Mann wollte mich sprechen.«

»Wirklich? Er schläft.«

»Ja, das würde ich auch gern. Aber Ihr Mann hat es ein wenig eilig gemacht, immerhin hat er mich in Frankreich angerufen. Beziehungsweise hat er unseren gemeinsamen Freund Herrmann angerufen, der so schlau war, eine dringende Angelegenheit zu vermuten.«

»Entschuldigung. Ich wecke Peter auf.«

»Moment! Sie sind doch Heike Holländer?«

»Ja, selbstverständlich, aber ich bin, ehrlich gesagt, nicht gut informiert.«

»Von Ihrem Mann nicht?«

»Richtig.« Von ihrem Mann nicht, dem sie einen Anruf in Frankreich gar nicht zugetraut hätte.

»Ach, na ja«, sagte Herr Guillaume und wurde vertraulich. »Das Gespräch zwischen Herrmann und Ihrem Mann war auch nur sehr kurz und wurde leider unterbrochen. Normalerweise hätte ich mich gar nicht darum gekümmert, Urlaub ist Urlaub. Aber als ich heute zurück nach Bonn gekommen bin, musste ich gleich ins Büro fahren, um den Stapel an Arbeit zu sichten, der sich aufgetürmt hat. Und da hörte ich tatsächlich, dass Ihr Mann in Schwierigkeiten steckt, und zählte eins und eins zusammen. Nur, also, in Anbetracht der Uhrzeit… und wenn er schläft, wird er sicher die Ruhe brauchen. Also meinen Sie, es könnte ausreichen, wenn ich mich morgen um alles kümmere?«

»Vielleicht. Ja.«

Denn heute steht Peter sowieso unter Tabletten, dachte Heike. Und sie konnte es auch nicht recht glauben: Der Referent des Bundeskanzlers wollte sich für Peter einsetzen? Am BND vorbei – oder war Guillaume von Sabine und ihrem Chef um diesen Anruf gebeten worden?

»Vielleicht schildern Sie mir einmal die Umstände«, schlug Herr Guillaume vor. »Ihr Mann ist in den Unfall einer Staatsangehörigen der Deutschen Demokratischen Republik verwickelt.«

»Leider.« Also das war zumindest bekannt. »Aber es war kein Unfall. Das hat man Ihnen sicher auch erzählt. Meinen Mann trifft überhaupt keine Schuld.«

»Natürlich nicht! Und ich weiß genau wie Sie, dass es kein Unfall war. Sehr schwierig, das alles.«

»Wo kann Peter Sie denn morgen erreichen?«

»Ihnen ist aber nichts passiert, Frau Holländer?«

»Mir? Nein.«

»Sie waren ja ebenfalls in der Teutonenstraße.«

»Das musste ich doch. Wegen der ... Es ist wirklich sehr spät.«

»Sie machen sich Sorgen, ob unser Gespräch sicher ist, richtig? Ich finde es prima, dass Sie darauf achten, Frau Holländer. Aber wissen Sie, sobald Sie mich an der Strippe haben, handelt es sich immer und ausnahmslos um eine sichere Leitung. Fragen Sie mich nicht, wie das möglich ist, unsere Jungs von der Technik kriegen das irgendwie hin. Zum Glück! Wir könnten ja gar nicht regieren, wenn wir nicht frei sprechen könnten.«

»Wunderbar.«

Heike lachte höflich und blieb trotzdem befangen. Denn die Jungs von der Technik würden vielleicht von anderen Jungs übertroffen, die von der Stasi kamen und noch viel bessere Tricks beherrschten als die Bundesregierung. Überhaupt wäre es nie zu der Katastrophe gekommen, wenn der Westen in Bonn die Oberhand hätte!

»Frau Holländer?«

»Entschuldigung. Peter wird sehr glücklich sein, dass sich das Bundeskanzleramt einschaltet.«

»Sind Sie es denn nicht? Also: glücklich?«

»Doch. Und wie.«

»Vielleicht treffen wir uns alle gemeinsam morgen in der Teutonenstraße. Sie, Ihr Mann, ich selbst und alle anderen, die Ihnen beistehen könnten und denen Sie von ganzem Herzen vertrauen. Wir treffen uns an der Adresse, die Sie schon kennen, nicht wahr.«

»Oh. Ich glaube, damit wird man einverstanden sein.«

»Gebongt. Die Adresse ist doch … sagen wir: zuverlässig? Und wer wäre einverstanden, wie Sie gerade erwähnten?«

Nanu? Heike stutzte. Wusste Guillaume denn nicht über Sabine und die Wohnung in der Teutonenstraße Bescheid – wenn er doch ansonsten so gut informiert war? Was dachte er denn, warum Heike dort gewesen war?

»Keine Sorge, ich kläre alles«, sagte Guillaume und ging damit über ihr Schweigen hinweg. »Meine Erfahrungen mit solch spontanen Sicherheitskonferenzen sind hervorragend, Frau Holländer, gerade wenn es delikat zugeht. Vielleicht bringe ich morgen auch jemanden mit, von ganz oben aus der Bundes … Nein, halt, ich will Ihnen nicht zu viel versprechen. Sagen wir so: Ich könnte mir sehr gut vorstellen, dass jemand aus dem Regierungskabinett Interesse hat, mit Ihnen zu reden. Und am besten melde ich das auch jetzt gleich schon bei unserem Personenschutz an, die sind rund um die Uhr besetzt, und dann haben wir morgen keine Schwierigkeiten mit den Formalitäten. Also, ich schreibe eine Liste. Wäre unser gemeinsamer Freund Herrmann jemand, den Sie dabeihaben wollen?«

»Herrmann? Nein. Nicht, dass ich wüsste. Es sei denn, er …?«

»Keine Ahnung?«

»Nein. Also Herrmann nicht.«

»Und sonst? Der Personenschutz braucht Namen, Frau Holländer. Sonst funktioniert das nicht.«

»Aber ich kann doch nicht …«

»Doch, oder wann wollen Sie, wenn nicht jetzt? Sie brauchen Unterstützung. Und es wird doch jemanden geben, der Ihnen den Rücken stärkt und Sie berät, bevor Sie beispielsweise im Institut für Graphologie tätig werden?«

Sabine? Er will, dass ich »Sabine Gambert« sage, dachte Heike. Nur: warum?

21.

Ein Tag zum Weglaufen. Nicht nur für Peter. Die Kinder beim Frühstück: schlecht gelaunt. Michael hatte seinen Kakao umgeworfen, Anne war die Butter vom Messer gerutscht. Heike war still gewesen wie der Mond, den sie wohl in der Nacht vorher angebetet hatte. Denn wann immer Peter aufgewacht war, hatte er das Bett neben sich leer vorgefunden, und sicher, es würde stimmen, dass Günter Guillaume gegen Mitternacht am Telefon gewesen war, aber Heike hatte doch nicht deshalb im Wohnzimmer geschlafen?

Überhaupt: Guillaume. Anstrengend. Und Peter hatte es sich selbst eingebrockt, dass der Kanzleramtsreferent sich gemeldet hatte. Vielleicht könnte man sogar stolz darauf sein, denn es bedeutete, dass Herrmann vom Großhandel sich echte Gedanken über Peter gemacht hatte. Aber die Situation hatte sich inzwischen gründlich geändert, hatte sich seit dem Unfall noch verkompliziert, und Peter verspürte gar keine Lust mehr, sich in die Hände von Obrigkeiten zu begeben. Seine Hoffnung auf Guillaume war Schwachsinn gewesen.

Irgendwie müsste er Guillaume den Sinneswandel natürlich erklären. Er müsste ganz sachlich sagen, dass ihm, als er in Frankreich angerufen hatte, nicht bewusst gewesen war, dass der bundesdeutsche Geheimdienst hinter dem Unfall gesteckt hatte. Okay. Aber dann würde er hinterherschieben, dass Guillaume sich seinen Regierungsapparat samt BND sonst wohin stecken könnte! Weil er, Peter, durch diese Scheißidee mit dem Unfall extreme Nachteile zu erdulden hatte! Wenn nicht inzwischen sogar seine geschäftliche Existenz auf dem Spiel stand.

Dennoch: Er sollte von Guillaume nicht zu viel erwarten. Der Typ war wahrscheinlich nicht aus der Ruhe zu bringen und würde erst recht kein schlechtes Gewissen haben, denn ein Mann, der auch nur den Hauch eines moralischen Empfindens hätte, würde in der Politik gar nicht so weit gekommen sein wie er. Der Haus-und-Hof-Referent.

Nur noch acht Tage, würde Guillaume antworten, *acht Tage, Herr Holländer, in denen wir auf ein diplomatisches Procedere bestehen müssen, und dann ist es vorbei, bitte halten Sie durch, die DDR wird ihre Strafe bekommen.*

Aber acht Tage waren länger als eine Woche! Und wenn Peter sich vorstellte, er müsste bis dahin stündlich, minütlich um seinen Ruf kämpfen… Warum konnte Westdeutschland nicht einfach Westdeutschland sein und der Osten der Osten?

Er könnte sich bei Guillaume nach dem Taxifahrer erkundigen, dem Arschgesicht. Ob der Mann auch ständig aufs Revier geladen wurde, so wie Peter? Peter war ihm jedenfalls nicht mehr begegnet. Vielleicht hatte die Polizei ihn inzwischen eingebuchtet?

Für den Nachmittag hatten sich die beteiligten Behörden schon wieder ein Topsecret-Großereignis einfallen lassen: Peter sollte aufs Polizeirevier kommen, um eine offizielle Gegenüberstellung mit den Zeugen aus dem Bus zu absolvieren, und Heike sollte ihn dabei begleiten und sich erneut die DDR-Leute ansehen. Der BND wollte einfach nicht einsehen, dass Heike mit ihren Charakterstudien am Ende war. Loyalität! Sie sollte quasi mit dem Finger auf einzelne Leute zeigen und dem BND verraten, welcher DDR-Diplomat nicht ganz so felsenfest zum Sozialismus stand, wie das Politbüro es sich wünschte. Aber das funktionierte nicht. Peter wusste nicht genau, wieso nicht, aber er glaubte Heike sofort, wenn sie sagte, es sei ein erschreckendes Niveau, auf dem der BND operierte. So wollte der Westen sich gegen den Osten verteidigen?

Peter und Heike würden trotzdem alles mitmachen, was verlangt wurde. Selbstverständlich. Immerhin verging dadurch die Zeit. Acht verdammt lange Tage.

Und Peter würde auch brav im Schreibwarenladen stehen. Wie immer. Wie jetzt. Was gab es zu tun? Büttenpapier prüfen. Zurückschicken, wieder einmal. Und den Bestand an Schulheften kontrollieren, denn die Ferien waren bald vorbei, und es musste genügend Material vorrätig sein. Außerdem sollte Peter die Tageszeitungen sortieren. Manche Exemplare konnten ordentlicher gefaltet werden. Aber siehe an: Die *Bayerische Staatszeitung* war ihm aus Versehen in den Müll gerutscht und blieb dort liegen.

Das Schaufenster war schmutzig. Man konnte kaum noch hindurch… Hallo! Ach, verrückt. Ilja? Da drüben auf der anderen Straßenseite mit dem Regenschirm! »Hallo, hier bin ich!«

Peter klopfte gegen die Scheibe, aber der Mann draußen drehte sich nicht um, weil… Huch! Weil Peter ihn sowieso verwechselt hatte. Dieser Kerl war doch viel jünger als Ilja und trug nicht dieselbe, sondern nur eine ähnliche Schlaghose und wehende Haare. Und er hatte einen Regenschirm aufgespannt, wozu Ilja sich nie herablassen würde.

Zügig verließ der Fremde das Blickfeld, als wäre er auf dem Weg zu einer Verabredung. Peter sah ihm nach und fühlte sich verlassen.

Er hatte heute ja nicht einmal Kunden, die ihn ablenkten. Seit dem Morgen war noch niemand gekommen. Bei Heike war es gestern angeblich wie im Taubenschlag zugegangen, aber bei ihm wollte man nichts mehr kaufen, geschweige denn ein Schwätzchen halten oder ein Gläschen trinken. Nicht mit Peter Holländer, dem stadtbekannten Frauenschubser.

Die Welt draußen schwieg. Auch die Straße schwieg, sogar das Wetter passte sich an und war aus Blei. Die Kaffeemaschine lief heute nicht, Peter hatte die Filtertüten vergessen, die Ladenglocke hing schlaff am Haken. Sollte er einmal selbst die Tür aufstoßen? Er brauchte Bewegung, zumindest Luftbewegung!

Aber, sah er richtig? Was war mit dem Diplomatenwagen da drüben an der Ecke? Hatte er nicht bereits vor Stunden dort gestanden, als Peter zur Arbeit erschienen war? Und da kam auch der Mann mit der Schlaghose und dem Regenschirm zurück. Offenbar hatte er nun doch keine Verabredung gehabt, jedenfalls keine spektakuläre. Er sah weder gut noch schlecht gelaunt aus. Einfach nach nichts.

Möglichst unauffällig drückte Peter die Tür wieder ins Schloss und versteckte sich halb neben dem Postkartenständer. Das Schaufenster konnte ein Fernseher sein.

Ein Hund hob an der Laterne ein Bein und beschnüffelte die Leistung. Ein Herrchen war nicht in Sicht.

Ach. Könnte man in diesem Laden bloß laut seufzen oder schnaufen oder mit den Fingern trommeln. Irgendein Geräusch machen, nur für sich selbst und ohne daran zu denken, wer alles zuhörte und sich am Ende der Lauschleitung Notizen machte.

»Zehn Uhr dreißig«, sagte Peter bewusst in die unsichtbaren Mikrofone. »Also halb elf. Zeit für ein zweites Frühstück, ein Sportlerfrühstück mit einem Apfel und einer Flasche Wasser.«

Er setzte sich an den kleinen Tisch in der Nähe der Eingangstür und raschelte mit einer Zeitung. Die Wasserflasche zischte, als er sie öffnete. Der Stuhl knackte, wenn er damit kippelte.

Und ausgerechnet jetzt kamen doch noch Kunden über die Straße. Oh Mist, es waren die Westerhoffs im Schleichgang, bitte nicht, Peter machte sich auf alles gefasst. Wie sie ihn beobachtet hatten, als er in der Telefonzelle gestanden hatte. Nach Stasi-Art hatten sie ihn angesehen! Und wie merkwürdig, dass sie jetzt schon wieder … Er sollte die spitze Schere in Reichweite legen. Hatte Angst. Angst! Aber was war das? Die Westerhoffs gingen vorbei! Wie bitte?

Frau Westerhoff betrachtete den Diplomatenwagen, der an der Ecke parkte, und auch Herr Westerhoff hatte für nichts anderes Augen als für das Auto. Vielleicht wollten sie sich beschweren, dass der Gehweg versperrt war, bevor sie zu Peter herein…? Nein, nein, auch so war es nicht, sondern die beiden verschwanden. Einfach so. Und im Seitenspiegel des Diplomatenwagens blitzte es. Wirklich, Peter hatte es genau gesehen: Es hatte ganz kurz geblitzt, als ob der Spiegel ein Foto von den Westerhoffs geschossen hätte, und jetzt wusste er gar nicht mehr, wohin mit sich. Alles hatte aufgehört, normal zu sein. Bonn war weg. Das geliebte, bekannte Bonn, und damit sämtliche Gewissheit.

»Später höre ich Radio«, sagte er laut, um sich selbst zu beruhigen. »Die Nachrichten um elf. Vielleicht ist ja etwas passiert, das ich wissen müsste?«

Allerdings müsste er erst einmal den Apparat suchen. Heike hatte ihn weggeräumt, weil das Gedudel sie genervt hatte und die Kunden durch die Weltnachrichten zu ausufernden politischen Referaten animiert worden waren.

Anderswo, in anderen Geschäften, lief ständig Musik, es war herrlich. Auch Herrmann hörte im Großhandel von morgens bis abends Programm. Weltmännisch natürlich, BFBS und Radio Luxemburg, und wenn Herrmann Lust hatte, begrüßte er seine Kunden auf Englisch oder Französisch, und ganz bestimmt hatte er aus seinem Urlaub, von der Côte d'Azur, eine Kiste Wein mitgebracht, die er malerisch in der Nähe der Kasse aufstellen würde, damit ihn bloß jeder nach der Reise fragte. Guillaume und ich, würde er antworten, wir hatten viel Spaß *entre nous*. Günter, der Referent, *mon ami et moi*.

Bei Peter hatte Herrmann sich hingegen noch nicht zurückgemeldet. War es möglich, dass er in Frankreich geblieben und nur Guillaume schon wieder in Bonn war? Oder hing es mit dem Taxiunfall zusammen, dass Herrmann sich wegduckte? Er könnte die Gerüchte gehört haben, Peter hätte eine Frau aus der DDR attackiert, und darüber entsetzt sein, denn ein solcher Vorgang lief den geplanten Geschäften mit den Ostkunden zuwider.

Der Diplomatenwagen stand immer noch an der Ecke. Nichts geschah. Der Apfel war nur fast aufgegessen, die Flasche Wasser nur halb ausgetrunken worden. Und die Last auf Peters Schultern wog schwerer und schwerer.

Er konnte es überstehen, na klar. Aber wozu? Wozu hielt er den Laden geöffnet, wenn er nichts verkaufte, wozu wartete er auf Anrufe oder keine Anrufe, wenn das Telefon ohnehin stumm blieb, und wozu ließ er es geschehen, dass sein Ruf in dieser Stadt vor die Hunde ging? Er konnte abhauen! Hinaus in den Kampf! Oder schlicht in die Freiheit, wie Ilja es machen würde.

Fast scheu schloss Peter den Laden ab, nahm das Fahrrad und fuhr Richtung Rheinaue. Auf den größeren Straßen herrschte Verkehr, und das Geräusch besänftigte ihn etwas. Auf der Diplomatenallee kam ihm eine Kolonne Streifenwagen entgegen. Vielleicht war tatsächlich etwas passiert, sodass Bonn heute so seltsam war? Etwas, das nichts mit Peter zu tun hatte?

Er radelte langsamer, vermied es bewusst, zur Hausnummer 18 hinüberzusehen, zur potthässlichen Ständigen Vertretung, und dann rollte das Fahrrad wie von selbst über das Auenpfädchen zum Bismarckturm. Der Rhein schimmerte blass durch die Bäume, nicht anders als an jenem Tag, an dem Peter sich mit Ilja verabredet hatte. Er schulterte das Fahrrad und drängte sich damit durch das Gebüsch auf den Kiesstrand.

Der Fluss plätscherte. Peter ließ ein paar Kiesel auftitschen. Scherben lagen im Wasser, bunte Plastikbänder wehten in der Strömung. Am Ufer gegenüber ging ein älteres Paar spazieren, Hand in Hand, sie küssten sich. Schön. Und allzu bewegend.

Peter nahm das Fahrrad und schleppte es wieder auf das Auenpfädchen zurück. Aus Richtung des Amerikanischen Clubs drang Musik. Ein Medley von James Last. Peter radelte auf den Club zu. Ein bulliger Sicherheitsmann wippte im Takt.

Und jetzt: Welche Richtung? Links herum nach Hause oder rechts zurück in die Stadt – vielleicht zu Ilja. Würde es passen? In dieser Stimmung?

Ein Hubschrauber kam heran, die nervigen Amis. Es knatterte, dröhnte, die Maschine flog viel zu tief. Und da sah Peter doch schon wieder einen Streifenwagen! Er bog in die Rheinaue ein, fuhr langsam auf Peter zu – und kroch an ihm vorbei.

Das Gefühl, nicht auf dem neuesten Stand zu sein, verstärkte sich. Aber wie sollte Peter sich auch informieren, wenn er von jeder Kommunikation abgeschnitten war? Oder hätte sich nicht Heike längst bei ihm im Laden gemeldet, wenn etwas Dramatisches passiert wäre? Bloß: Vielleicht hatte er ihren Anruf verpasst? Weil er unterwegs war? Er vermisste sie plötzlich, in einer jähen ängstlichen Aufwallung. Wahrscheinlich hatte er schon wieder etwas falsch gemacht.

Mit Schwung trat er in die Pedale. Ließ die Oberschenkel pumpen und ging zu hart in die Kurve. Im hinteren Reifen fehlte Luft, das wusste er doch und konnte sich nur knapp wieder fangen. Dann raste er durch den Verkehr, und als er am Reihenhaus ankam, ließ er das Fahrrad in der Einfahrt fallen, um keine Zeit mehr zu verlieren.

Die Haustür war doppelt abgeschlossen, verrückt, Heike hatte gesagt, dass sie mit den Kindern zu Hause bleiben würde. Er betrat den Flur und hielt vorsichtshalber inne. Aus dem Wohnzimmer war etwas zu hören, das er nicht zuordnen konnte.

»Heike?«

»Halt!«, rief eine Frau durch die geschlossene Zimmertür.

Peter stutzte mit jagendem Puls: »Wer ist da?«

»Geh nicht weiter, Peter, bitte!«

Das war Sabine! Er stürmte ins Wohnzimmer und konnte es nicht fassen. Das Telefon lag am Boden, der Hörer war in seine Einzelteile zerlegt. Auf dem Sofa türmten sich Papiere, Briefe und Mappen in einem wüsten Durcheinander, und davor, breitbeinig, bleichgesichtig, stand Sabine und hielt eine Waffe auf Peter gerichtet. Eine Pistole!

»Geh da rüber«, sagte sie. »Setz dich in den Sessel. Tut mir leid.«

»Wo ist Heike? Wo sind die Kinder?«

»Sie hat mir das alles erlaubt, sie ist mit allem einverstanden, was ich hier tue, Peter. Jetzt ist es nur wichtig, dass du ruhig bleibst. Also setz dich.«

Aber wenn er sich setzte … Nein, er musste wissen, was hier los war! »Wo sind Heike, Anne und Michael? Habe ich gefragt!«

»Sie gehen spazieren. Zwei Kollegen sind bei ihnen, es ist absolut sicher für sie, aber bitte, wenn sie zurückkommen, sollten sie dich und mich nicht in so einer Aktion sehen. Sondern dich im Sessel. Und du unterhältst dich mit mir.«

»Du tickst wohl nicht richtig! Und bist also überhaupt nicht beim BND?«

»Doch. Natürlich. Und in diesem Zusammenhang muss ich leider Befugnisse gegen dich wahrnehmen.«

Sie stieß die Pistole in seine Richtung, er hatte noch nie in den Lauf einer Waffe gesehen und fiel in den Sessel – dabei sollte er nichts akzeptieren. Auch die Waffe nicht! Nur, was blieb? Sein Kinn zitterte, sein ganzes Gesicht war in Bewegung, und gleich würde er schreien. Denn dass Heike und die Kinder bloß harmlos spazieren gingen, war gelogen! Ihnen war etwas Schlimmes passiert!

»Peter.« Sabine ließ die Pistole sinken. »Wir räumen gleich wieder auf. Im Grunde ist es sogar zu deinem eigenen Vorteil, wenn wir unter deinem Zeug etwas finden, das wir besser beiseiteschaffen sollten. Denn wahrscheinlich stellt sich dann heraus, dass du nicht besonders tief drinsteckst, oder? Ich persönlich bin sowieso davon überzeugt, dass es sich in deinem Fall nur um Kleinigkeiten handelt, und werde dir auch gerne helfen. Hast du das verstanden?«

Manche Papiere, Briefe und Mappen trugen Nummern. Peter sah seine eigene Handschrift und amtliche Stempel auf uralten Anschreiben und Bescheinigungen der Stadt. Die Eheurkunde. Sehr viel Geschäftskram, der eigentlich in den Büroschrank im Keller gehörte. Eine Rechnung von Herrmann. Eine Quittung vom Cevapcici-Grill, die er vielleicht von der Steuer absetzen wollte, obwohl der Anlass privat gewesen war. Eine Schallplatte von John Coltrane, *A Love Supreme*. Peter hatte Johns Grab immer noch nicht gesehen, war nie in den Pinelawn Memorial Park gekommen.

Warum sollte Heike erlauben, dass Sabine in ihren Sachen schnüffelte? Warum sollte der Bundesnachrichtendienst in Peters Wohnzimmer dieses Chaos anrichten? Nichts stimmte.

Er sprang auf. »Gib mir die Pistole«, sagte er mit schwankender Stimme.

»Wie kommt es, dass Günter Guillaume dich angerufen hat, Peter?«, erwiderte Sabine und ließ die Waffe sehr locker baumeln. »Und dann auch noch mitten in der Nacht?«

»Warum weißt du das nicht?«, fragte er zurück. »Wenn du nicht lügen würdest und tatsächlich mit meiner Frau gesprochen hättest, wüsstest du über den Anruf von Guillaume Bescheid.«

Er streckte die Hand nach der Waffe aus, aber Sabine wich ihm aus.

»Was lief da, Peter? Besser, du sagst es mir und setzt dich wieder hin. Was lief mit euch und Guillaume?«

Noch einmal langte er nach vorn, um die Pistole an sich zu bringen. Er würde für seine Familie einstehen – stolperte aber über einen Stapel Papier, stürzte gegen Sabine, die ihn abfangen wollte – und hörte einen Schuss. Das war doch ein Schuss gewesen? Und dann brüllte er wie von Sinnen. Bis er verstummte. Denn er sah Blut. Und er lag mit einem Mal auf der Seite, Sabine lag vor ihm, war also ebenfalls zu Boden gegangen. Die Augen weit aufgerissen, starrte sie ihn an und wimmerte. Während er keine Luft mehr bekam, weil sein Herz seine Brust malträtierte, als wollte es darin platzen.

Er versuchte, sich hochzurappeln. Alles drehte sich. »Sabine?« Sie blieb liegen. Blut floss aus ihr heraus. Viel Blut, ihr Blut, nicht seines. Und es floss und floss auf den Teppich.

»Sabine?« Sie sah ihn an, wollte vielleicht etwas sagen, gurgelte nur. Dann ein Schrei hinter Peter. Schriller und spitzer als jeder Ton, den er sich je hatte vorstellen können. Er fuhr herum. Es war seine Tochter! Die liebe kleine Anne, die ihn ansah und vor Angst verging.

TEIL III

27. April 1974 bis 6. Mai 1974

22.

Die oberste Regel für einen Papier- und Schreibwarenladen lautete, dass er trocken zu halten war. Regenschirme, die hereingetragen wurden und tropften, sollten in einem nach unten geschlossenen Ständer aufbewahrt werden. Nasse Mäntel waren möglichst bald an die frische Luft zu verfrachten, und selbst wenn es Zeit und Überwindung kostete, war der Fußboden bei Regenwetter regelmäßig zu wischen. Also legte Heike sich alles parat, denn ja, heute war ein regnerischer Tag, und sie würde die Regeln für das Geschäft befolgen. Denn andere Gesetzmäßigkeiten gab es nicht mehr.

Sie öffnete einen Karton mit Bütten und nahm einen der Bogen zur Hand. Was hatte das Papier nicht alles ertragen? War beim Hersteller gepresst und gewalzt, gegautscht und gequetscht worden und verspürte jetzt sicher einen ehrlichen Durst. Also würde sich Heike erbarmen, das Papier tränken, und zwar mit dem Besten, das zur Verfügung stand. Ich brauche rote Tinte, dachte sie, dem Anlass angemessen. Rot – wie zu Hause die Lache auf dem Wohnzimmerteppich gewesen war, die das Personal des BND eilfertig beseitigt hatte.

Sie holte die Brasilholztinte aus dem Schrank im Hinterzimmer – brillant, exzellenter Fluss – und wählte den M30 Schwarz Rolled Gold aus der Vitrine. Sie würde sich gehen lassen, während sie schrieb, einfach notieren, was ihr durch den Kopf ging: abgehacktes Zeug. Was sie schon um vier Uhr morgens hier im Laden zu suchen hatte; welche Filtertüten fehlten. Ob Peter in Iljas Wohnung ebenfalls früh aufstehen würde; ob er überhaupt noch aufstand, seitdem er nicht mehr zu Hause wohnte. Und die Kinder? Nein, nichts über die Kinder. Durchstreichen.

Neu: Ob Buttermann sich vor Angst in die Hose machte, seit Günther Guillaume als DDR-Spion enttarnt worden war. Und Herrmann? Wie stand Herrmann jetzt da, die Schreibwarenbranche, Herrmanns Gebuhle um Ostwaren und die Kundschaft von drüben, alles dubios neuerdings, gut, dass Schreibwaren Holländer wenigstens in dieser Hinsicht nicht mitgemacht hatte. Außerdem Sabine. Wie ging es ihr wohl inzwischen? Ob sie in einem Krankenhaus in Bonn behandelt wurde? Unter falschem Namen womöglich? Bekam sie Besuch?

Heike setzte ab und zwang sich, ihre Schriftzüge zu begutachten. Sehr schade, das Mittelband war immer noch klein, die Buchstaben wirkten unverbunden – aber hatte sie es denn anders erwartet? Eine Schrift veränderte sich nicht so schnell wie das Leben, das wusste sie seit ihren allerersten Graphologielektionen.

Innerhalb kürzester Zeit hatte das Leben aus ihr eine andere Frau gemacht. Eben noch war sie Hausfrau und Mutter und rein dienstägliche Ladenaushilfe gewesen, jetzt eine Frau, die das alles vermisste und in jeder Sekunde mit heftigen Schmerzen an ihre Kinder dachte – denn Peter hatte die Kleinen gestern mit zu Ilja genommen, und dort würden sie auf unbestimmte Zeit bleiben. Zur Vorsicht, wie Peter beschlossen hatte. Weil es für Anne und Michael in Heikes Umfeld zu gefährlich geworden war und weil er selbst nach dem Schuss im Wohnzimmer darüber nachdenken wollte, zu was für einem Menschen er sich in den vergangenen Wochen entwickelt hatte.

Heike verstand das. Ja, wirklich! Auch sie ertrug die Situation nicht mehr. Die permanente Angst nicht – und sich selbst auch nicht. Aber sie hatte gedacht, Peter und sie könnten zusammenhalten.

Brauchten sie nicht nur ein klein wenig mehr Geduld? Es hatte sich doch schon etwas verändert, und zwar zu ihrem Vorteil. Seit drei Tagen, also seit Guillaume verhaftet worden war und Peter Sabine beinahe erschossen hatte, benahmen die Geheimdienste sich anders. Herr Markus und Professor Buttermann hatten sich nicht wieder gemeldet! Sondern hockten wahrscheinlich in einem Versteck und warteten ab, ob Guillaume sie in der Haft verriet. Und der BND ließ auch nichts mehr von sich hören! Sondern hatte Heike und ihre Familie schlicht fallen lassen. Also wagte sich niemand mehr aus der Deckung, und wenn dieser Zustand andauerte, bedeutete das: Heike brauchte nichts mehr zu tun. Niemandem mehr zu Willen zu sein.

Und Peter hatte eigentlich auch keine andere Aufgabe, als sich zu sagen, dass er nichts dazu konnte, dass er auf Sabine geschossen hatte. Er musste es sich verzeihen, einen Menschen verletzt zu haben.

Aber nein, das konnte und wollte er nicht, sondern fühlte sich krank und ohnmächtig seit seiner sogenannten Tat. Er hatte das Reihenhaus wie auf der Flucht verlassen – aber doch organisiert genug, um die Kinder mitzunehmen.

Heike war besonders angst und bange geworden, als sie gehört hatte, wohin es ihn zog. Zu Ilja. Ilja durfte die Kleinen jetzt jeden Tag stundenlang sehen – während Heike den Laden führen musste. Oder? Wie hatte sich Peter das gedacht? Er ging doch bestimmt davon aus, dass Heike die Arbeit übernahm, zu der er sich nicht mehr in der Lage fühlte?

Mit zitternder Hand steckte Heike die Kappe auf den Füller, dann blies sie über die Tinte auf dem Büttenpapier. Sie würde den Kindern zuliebe nicht aufgeben. Wahre Sicherheit gab es sowieso nur in der Schrift.

Drüben, im Regal mit den Schulsachen lagen verschiedene Lupen. Sie holte sich ein Modell mit sechsfacher Vergrößerung und legte es auf ihre Notizen. Das kleine m sah weich aus. Übertriebene Anpassungsbereitschaft – nein, das mochte sie nicht. Stattdessen suchte sie Spitzen und Zacken, manchmal versteckten sie sich. Kleine willensstarke Dächer, oder gab es einen t-Strich, der hoch angesetzt war? Wirklich nicht? Nirgends, nicht einmal rudimentär? Dann waren dies nicht ihre Buchstaben!

Sie dachte an die Zeit vor zehn Jahren, als ihr Bruder gerade aus Bonn verschwunden war und sie sich genau wie heute von jetzt auf gleich in der alleinigen Verantwortung für den Laden wiederfand. Auch damals war sie verstört und schloss trotzdem morgens die Eingangstür auf. Durchwühlte sogar die Geschäftsräume, leerte sämtliche Kartons und Schränke, in der Hoffnung, einen Brief oder wenigstens einen Ratschlag von ihrem Bruder zu entdecken. Unvorstellbar erschien es ihr, dass Johann grußlos von ihr weggegangen war. Aber sie fand nichts, nur eine Häkelzeitschrift ihrer Mutter aus dem Jahr 1955, die hinter die Heizung gerutscht war, und ein altes Paket aus der Eifel im obersten Schrankfach. Verschiedene Büttenmuster lagen darin, sie stammten aus der Zeit, in der das Grundgesetz geschrieben worden war und der Vater die Regierung Adenauer beraten hatte, welches Papier sich dafür am besten eignete. Heike legte das Paket ins Schaufenster – und merkte erst in diesem Augenblick, was sie tat: Sie war so einsam, dass sie der Welt etwas aus ihrer Kindheit zeigen wollte. Sie legte sogar noch einen alten Gürtel und einen Notizblock dazu, auf dem sie einige Nummernschilder notiert hatte. Dann wartete sie. Vergeblich. Die Welt drehte sich weiter.

In Bonn erzählte man sich damals an jeder Straßenecke, dass über dem Laden ein Unglück hing. Beide Elternteile tot, jetzt noch der Bruder verschwunden, und irgendetwas war mit der Tochter nicht in Ordnung. Niemand kaufte mehr bei Schreibwaren Berger ein. Als Heike das begriff, und um überhaupt einmal wieder mit jemandem zu reden, bestellte sie bei den alten Lieferanten Stifte, Füllfederhalter und Crayons, ohne zu wissen, wie sie die Rechnungen dafür bezahlen sollte. Der Geruch frischer Bleistiftminen und das Geräusch goldener Tintenfedern, die über Papier glitten, sollten ihr helfen, die Tage ohne Johann zu überstehen. Doch als die Stifte eintrafen, konnte sie nichts damit anfangen, erst recht nicht schreiben. Sie war bloß verwirrt. Einmal dachte sie, Erik Buttermann huschte draußen vorbei, Arm in Arm mit dem verschollenen Bruder. Ein anderes Mal spürte sie die Hand des Vaters im Nacken. Und dann wieder rief vermeintlich Jolinda nach ihr.

Die angelieferten Kartons stapelten sich bald und wurden nicht ausgepackt. Papier vergilbte. Schließlich wurde das Chaos so wild, dass der eine oder andere Passant anklopfte, um neugierig zu stöbern. Eine Bundestagssekretärin bemerkte die hochwertigen Füller in der Ecke, und als sie mit Heike über die Fließeigenschaften eines bestimmten Modells sprach, fand sie das Ambiente so pittoresk, dass sie noch oft und in wechselnder Begleitung wiederkam. Abgeordnete gesellten sich dazu, dann noch mehr Sekretärinnen und ein Pressereferent. Die Bestelllisten wurden länger, die Lagerbestände überschaubarer, und plötzlich wollten sich viele Büros etwas Besonderes leisten. Heike schaffte die erste Cognacflasche an, und eines Tages tauchte sogar Konrad Adenauer auf und ließ ein sehr vornehmes Schreibgerät bestellen.

Den Jahrestag von Konrad Adenauers Besuch feierte Peter noch heute gern mit einem Glas Sekt, denn an jenem Nachmittag war auch er zum ersten Mal im Laden gewesen – rundum begeistert. Zum Glück hatte er die Beziehung zu Heike trotzdem langsam angehen lassen, auch nie ihre Gemütslage seziert oder analysiert, selbst wenn sie ihm unverständlich vorgekommen war. Demnach war es wohl kein Wunder, dass sie gedacht hatte, es könnte immer so weitergehen?

Vielleicht war es aber gar nicht richtig, dass im

Leben eines auf das andere aufbaute. Professor Buttermann hatte einmal behauptet, es gebe für alles einen Sinn und eine Fortsetzung, doch er könnte auch damit Unrecht gehabt haben.

Wenn Heike zurückblickte, sah sie ihre Vergangenheit wie eine Schleppe hinter sich. Auf den Saum waren schwarze Perlen gestickt, eine Perle für jeden Albtraum ihrer Kindheit. In der Mitte der Schleppe befand sich ein kunstvolles Hexagon, das war die Winternacht, in der ihr Vater gestorben war. Seine Schläge, sein Sturz auf der Treppe, ihre Flucht in die kalte Ruine. Die Rückkehr nach Hause, die ungewohnte Hilfe durch Erik Buttermann und schließlich Heikes Gewöhnung an die Leere in ihrem Innern, die sie mit Handschriften zu füllen vermochte.

Wer schrieb, verriet sich, wer las, entdeckte. Buttermann hatte sie gelehrt, die Menschen als das zu sehen, was sie waren: speziell. Aber, na und?

In jener Nacht, als Erik Buttermann Heikes Vater am Fuße der Treppe fand, zögerte Buttermann keine Sekunde, in ihr Leben einzugreifen. War ihm damals sofort bewusst, dass sie schuld am Tod ihres Vaters war? Dass sie, seine Schülerin, den Vater die Stufen hinuntergestoßen hatte?

Buttermann bat Johann, Heike in die heiße Badewanne zu helfen, damit sie das Blut abwaschen könnte. Außerdem sollte sie dem Arzt, der den Totenschein ausstellen würde, nicht unter die Augen treten. Die Geschwister gehorchten und gingen ins Bad, und als Heike ins heiße Wasser tauchte, stachen tausend Nadeln in ihre Arme und Beine. Die Glieder waren ja noch blau von der Kälte. Trotzdem gab sie keinen Mucks von sich, nur ihr Blick klammerte sich verzweifelt an Johann: Was dachte er? Über den Vater? Über sie? Und würde Johann sie später etwa ins Kinderzimmer stecken, weil sie dort schlafen sollte wie immer?

Erik Buttermann kam später ebenfalls ins Bad und kontrollierte die Wassertemperatur mit dem Finger. »Armes Ding«, sagte er und betrachtete Heikes Wunden. »Dass es so schlimm um dich steht, hat keiner gewusst.«

»Doch«, sagte Johann und holte das größte und flauschigste Handtuch, das im Hause Berger zur Verfügung stand. »Ich wusste, was unser Vater mit ihr gemacht hat. Manchmal jedenfalls.«

»Hat er dich auch verprügelt?«, wollte Buttermann wissen, aber Johann winkte ab, obwohl die Narbe an seinem Kinn und das Falsche in seiner Stimme Bände sprachen. Er sagte: »Der Alte war mir egal.«

Dann legte Johann mit schönen, lieben Händen das Handtuch auf den Wannenrand. Heike wollte sich sofort darin einwickeln, konnte aber nicht aus dem Schaum steigen, solange die Männer im Badezimmer zusahen.

»Vielleicht habe ich es für uns beide getan?«, fragte sie Johann im hoffnungsvollen Ton, denn sie sehnte sich nach einer Erklärung und wollte, dass Johann alles in ein richtiges Licht rückte. Was hatte sie getan, und was käme jetzt? Sie musste auf das Schlimmste schließen.

»Erzähl keine Märchen«, erwiderte Johann rau – aber auch das brachte keine Klarheit. »Arme kleine Schwester.«

»Ein Kind. Nicht strafmündig«, warf Buttermann ein und starrte Heike an. »Euer Vater könnte auf der Treppe ausgerutscht sein.«

»Nein, ist er nicht«, korrigierte sie zitternd. »Ich habe seine Schrift untersucht. Dachziegelartig steigend, große Unter- und Oberlängen, extrem starker Schreibdruck, und dann ...«

»Aber Heike!« Buttermann klang betroffen. »Wir waren doch noch nicht so weit, dass wir Personen aus unserer nächsten Umgebung ...«

»Lass sie bloß in Ruhe!«, unterbrach Johann ihn. »Und verschon uns mit deinem Handschriftenquatsch!«

Erschrocken blickte Heike von einem zum anderen. »Ich war sehr wohl so weit, dass ich es konnte, Herr Buttermann«, sagte sie und glitt ins Wasser, bis es wieder an ihre Unterlippe reichte.

Buttermann blickte zur Decke. In seinen Augen glitzerte es. »Dein Vater war kein guter Mensch. Aber man muss mit der Wahrheit sehr vorsichtig sein. Es tut mir leid.«

Dann stand er auf, und Heike überfiel die Angst, dass er sie künftig nicht mehr unterrichten wollte. Er sah sie auch gar nicht mehr an, klopfte Johann wortlos auf den Rücken und wandte sich gebeugt zur Tür.

»Eure Mutter erledigt die Bestattung«, sagte er. »Damit ist alles besprochen.«

»Und was ist mit uns?«, fragte Heike. »Montagabend, acht Uhr wie immer?«

Buttermann zögerte. Johann packte ihn am Arm: »Eine Antwort, Erik. Du lässt meine Schwester nicht hängen. Nicht so!«

23.

Peter war so schmal geworden, dass er inzwischen in Iljas Pullover hineinpasste. Praktisch, denn er hatte zu wenige eigene Klamotten mitgebracht, als er bei Ilja eingezogen war. Die Taschen für die Kinder waren so groß und schwer gewesen, dass er sich geschämt hatte, die fremde Wohnung damit vollzustopfen, dabei war es überhaupt kein Problem gewesen, Platz für sie alle zu finden. Ilja hatte den Kindern ein Matratzenlager in dem kleinen Zimmer eingerichtet, das er sowieso nie benutzte, und Peter schlief im Wohnzimmer auf dem Sofa. Wenn er schlief.

Jetzt war es fünf Uhr morgens. In zwei Stunden würde zu Hause der Wecker klingeln (auf Heikes Bettseite), Heike würde aufstehen, beim Frühstück Radio hören und dann in den Laden fahren, denn es war Montag. Sie konnte das. Schaffte das. Hatte es immer geschafft, das Leben zu bewältigen, wenn es verlangt wurde. Die harte Schule ihrer Kindheit … Hatte er das gerade wirklich gedacht?

Als Peter gegangen war, vergangenen Freitag, hatte sie jedenfalls nicht geweint. Oder sie hatte sich wegen der Kinder zusammengerissen, auch das würde ihr ähnlich sehen. Peter kannte niemanden sonst, dem so viel Disziplin gelang wie Heike.

Er dagegen musste aufpassen, sich nicht hängenzulassen. Anne und Michael hatten sich schon beschwert, weil er sich seltener rasierte, seitdem sie bei Ilja wohnten. Er roch auch nicht gut, befürchtete er. Heike durfte das nicht erfahren, aber wie sollte er sich beispielsweise aufraffen zu duschen? Sich erst einmal ausziehen – Iljas Pullover ausziehen. Und wohin dann mit dem stinkenden Ding? Peter müsste den Pulli mit der Hand durchwaschen, das gebot die Höflichkeit, theoretisch, und schon allein dieser Plan war sehr erschöpfend. Man müsste Waschmittel holen (aus dem Keller?) und Wasser ins Becken lassen. Einen Wäscheständer finden (auf dem Dachboden?).

Jeder Handschlag war eine Abwägungssache. Auch jeder Gedanke, eigentlich alles, rund um die Uhr. Wobei Peter nicht der grundsätzliche Impuls fehlte, sich aufzuraffen, denn wenn er eine Notwendigkeit zu handeln erkannt hatte, überlegte er immerhin, wie er es in der Praxis angehen könnte. Aber dann verhedderte er sich: Jede Tat konnte denkbar und zugleich unmöglich sein. Und jedes Ausbleiben einer Tat wäre nicht minder verwirrend, weil es nämlich undenkbar und zugleich möglich sein konnte. Hä?

Das Schlimmste, das Zweitschlimmste. Zum Beispiel der Unfall mit dem Taxi, abgewogen gegen den Unfall mit der Pistole im heimischen Wohnzimmer. Was war schlimmer für Peter: dass er den Verdacht fremder Leute aushalten musste, er hätte eine Frau vor ein Auto gestoßen, oder dass er es vor sich selbst rechtfertigen musste, Null-Null-Sabine eine Kugel in den Leib gejagt zu haben, abgefeuert aus einer Waffe des Bundesnachrichtendienstes? Aus rein praktischer Sicht war der Verdacht der Leute schlimmer, weil er riesige Kreise zog und Peters Leumund, also seine Existenz, untergrub. Während der Schuss – man sollte es kaum glauben! – problemlos verheimlicht wurde. Eine Selbstverständlichkeit für den BND, missglückte Aktionen zu vertuschen, selbst wenn eine eigene Agentin zu Schaden gekommen war. Sabine hätte die Waffe besser sichern müssen, hieß es. Aber Peter konnte das nicht, er konnte nicht einfach zur Tagesordnung übergehen! Was wäre er sonst für ein Mensch? Für ein Mann? Er war friedfertig! Gewaltfrei! Er wollte so sein wie früher.

Also waren radikale Einschnitte erforderlich. Heike und er hatten es viel zu lange geduldet, dass sich das Unnormale in den Alltag geschlichen hatte. Seit der Jubiläumsfeier im Institut für Graphologie im Februar, oder, wenn Peter einmal streng sein wollte, auch schon seit dem Sommer davor, als er seiner Ehefrau nicht erzählt hatte, dass er nach Feierabend mit dem Fahrrad durch die Rheinaue gefahren war – seitdem also hatte der Alltag Schlagseite bekommen. Und so ging es wahrscheinlich immer los: Erst sah alles harmlos aus, dann verschoben sich die Gewichte, und wenn am Ende alles in sich zusammenfiel, war man längst machtlos geworden. Als Mann durfte man den Moment nicht verpassen, an dem man noch zu sich selbst zurückfinden konnte.

Im Ergebnis wohnte Peter jetzt bei Ilja. Und er hatte Ilja alles erzählt.

»Mann, ey«, hatte Ilja gesagt. »Anne und Michael gehören zu ihrer Mutter.«

»Und zu ihrem Vater«, hatte Peter geantwortet und sich dabei ein Bier geben lassen, was aber auch schon wieder eine wehleidige Geste gewesen war.

Ilja konnte die Konfliktlinien und Zusammenhänge des Lebens sehr gut begreifen, vor allem wenn es um Peter und seine Familie ging, weil Ilja als Außenstehender unvoreingenommen war. Als Peter ihn zum Beispiel gefragt hatte, ob er es für möglich hielt, dass ein Kind seinen Vater aus Notwehr umbrachte, war Iljas Antwort sehr weise gewesen: »So oder so, deine Frau ist ein armes Schwein.«

Der Kommentar hatte Peters Bauch aufgerissen. Die ganze Liebe und das Mitgefühl, das er für Heike empfand, waren herausgebrochen. Dann hatte er noch ein Bier getrunken und noch ein längeres Gespräch mit Ilja geführt und schließlich nichts anderes mehr gewollt, als das arme kleine Mädchen, das Heike einmal gewesen sein musste, in den Arm zu nehmen und nachträglich zu retten. Alles wird gut, wollte er sagen und Heikes Kopf streicheln, während er mit der anderen, noch freien Hand ihren Vater packen und ganz, ganz langsam erwürgen wollte. Ja, dazu war Peter offenbar in der Lage! In seiner Fantasie. Und zwar nicht erst, seitdem er auch auf Frauen schoss.

»*River Deep – Mountain High*«, hatte Ilja gesagt, und selbst, wenn es etwas kitschig gewesen war, hatte es schon wieder gestimmt. Der Riss in Peters Bauch ging nämlich nicht mehr zu, weil – und auch diese Erkenntnis hatte Peter Ilja zu verdanken – seine Gefühle widerstreitend waren. »Du bist irre sauer, dass deine geliebte Frau dir nie etwas über sich erzählt hat.« Ja!

Überraschung! Aber Wut eliminierte kein Mitleid und auch keine Liebe, und so wurde Peter andauernd gebeutelt von den heftigsten Gefühlen.

Nur warum meldeten sich diese Gefühle erst jetzt, da er sich selbst aus den Angeln gehoben hatte?

Wenn er die Augen schloss, sah er Sabines Blut auf dem Wohnzimmerteppich und wusste, dass er schuld an ihrer Verletzung war, egal, was die anderen sagten. Die viel zu junge Agentin lag vor ihm, dem Sterben nahe, während er nur mit seinem albernen Herzklabaster beschäftigt war. Er hörte auch wieder Annes Schrei hinter sich. Die berechtigte Anklage der Tochter gegen ihn, den Vater. Spürte die Hitze an den Händen, das Nasse, weil er verzweifelt versuchte, Sabines Wunde zuzudrücken. Fühlte ihr Fleisch pulsieren. Roch ihr Fleisch. Hörte Heike in seinem Rücken telefonieren, Mayday, Mayday, dann Männer hereinstürmen und schreien. Er solle Sabine loslassen, weg, aus dem Weg, wo hatte er die Pistole gelassen? Und die Kinder bitte raus aus dem Wohnzimmer, Herrgott noch mal, und jetzt alle ganz ruhig: Kein Wort zu irgendjemandem! Keine einzige Silbe! Bis auf Weiteres. »Doch, Herr Holländer, das ist wörtlich zu nehmen: eine behördliche Anordnung im höchsten bundesrepublikanischen Interesse.«

Es war der fette rote Faden durch dieses Frühjahr: die Verpflichtung zum Schweigen. Derselbe rote Faden – zufälligerweise? –, der auch Peters Ehe durchzog. Vielleicht rächte sich eines Tages alles. Was man auf einer harmlosen Ebene falsch machte, trat in einer gesteigerten, bestialischen Dimension neu auf. Verheimlichte Begabungen einer Ehefrau wurden zum Lockstoff brutaler Stasi-Agenten. Ein Pipimädchen griff nach Jahrzehnten zur Waffe. Und ein Paar, das nicht mehr synchron ging, wohnte plötzlich an unterschiedlichen Orten und wusch seine Wäsche nicht mehr in derselben Maschine.

Ja, er stank und würde duschen. Aber später. Jetzt tappte Peter erst einmal in Iljas Küche hinein, immer noch in Unterhose und Pullover. Eine Männerküche war es, mit wenigen, nur den nötigsten Geräten, darum konnte er sich einen löslichen Kaffee zubereiten, ohne das Licht anzuschalten. Er brauchte auch keine Filtertüten, keinerlei Brimborium. Löffeln und rühren, dann aufrecht am Fenster stehen. Stramm im verlängerten Rücken, weil das nie schadete.

Der Chef des Schussopfers Sabine war nur Minuten nach Peters Tat ins Reihenhaus geeilt. Er hatte seinen Namen nicht genannt, jedenfalls nicht so, dass Peter ihn verstanden hätte, und so musste er in Peters Gedanken Specki heißen.

Specki war ein immens hohes Tier beim BND, sein Arsch aber quoll beim improvisierten Verhör rechts und links über den Küchenstuhl, als würde er den ganzen Tag nur fressen. Es war sowieso der besondere, der beste Stuhl, auf dem sonst nur Heike saß, der Anblick ging Peter komplett gegen den Strich. Außerdem hinterließen Speckis Unterarme Flecken auf der Küchentischplatte, auf der bisher ausschließlich Spuren ihres Familienlebens zu sehen gewesen waren.

»Kommen wir zurück auf Ihre Verbindung zu Günter Guillaume«, sagte Specki zu Heike. »Gab es nur das eine Telefonat zwischen Ihnen beiden?«

»Ja«, antwortete sie, »und es tut mir leid, Ihnen nicht weiterhelfen zu können. Ich habe mir bereits den Kopf zermartert, ob ich Guillaume etwas Brisantes erzählt habe. Er war so sehr darauf erpicht, dass ich ihm Namen nenne, angeblich für eine Besprechung in der Teutonenstraße, aber ich habe gezögert.«

»Sie haben also keine Namen preisgegeben?«

»Ich glaube nicht.«

»Sie glauben?«

»Natürlich dachte ich an Sabine. Sie hätte an einer solchen Besprechung ja teilnehmen müssen, sie war – oder ist – doch meine Verbindung zum BND. Aber ich war Guillaume gegenüber misstrauisch. Das Telefonat kam sehr unerwartet. Ich wusste nicht einmal, ob mein Mann wirklich bei Herrmann und Guillaume in Frankreich angerufen hatte.«

»Sie misstrauten spontan Ihrem Mann?«

»Nein, nicht ihm. Sondern der Situation.«

»Gut. Dann halten wir fest, dass der Name Sabine Gambert nicht über Ihre Lippen gekommen ist?« Speckis Unterarme schmatzten, als er sie anhob und neu ablegte. »Und Sie haben auch den Bundesnachrichtendienst nicht erwähnt, nicht mal andeutungsweise, Frau Holländer?«

Heike bebte, das spürte Peter, denn sie lehnten Seite an Seite am Küchenschrank. Er hätte sie beruhigt, wenn sie noch ihr früheres Leben geführt hätten. Er hätte sich zu ihr gedreht, um sie zu umarmen. Nur jetzt ging es nicht mehr, da sie beide auf ihre Weise Gespenster geworden waren.

Heike beugte sich zu Specki: »Haben Sie einmal in

Ihren eigenen Reihen nachgefragt? Guillaume muss doch geahnt haben, dass ich mit dem BND zusammenarbeite, sonst hätte er mich nicht angerufen. Aber wer hat ihn bloß auf diesen Verdacht gebracht?«

Der BND-Chef wiegte den bulligen Kopf: »Nun. Guillaume wird sich mit seinen Stasi-Genossen beraten haben. Er wird sicher auch Herrn Markus und Professor Buttermann kennen, und vielleicht kam der Verdacht, Sie könnten ein Maulwurf sein, aus dieser Richtung. Es wäre allerdings eine Möglichkeit, die uns beunruhigen sollte. Haben Sie genug auf Ihre Tarnung geachtet? Sie waren nicht immer zufrieden mit den Anforderungen, die wir an Sie gestellt haben, das hat Sabine Gambert protokolliert. Aber schauen Sie, Frau Holländer, wir sind die Experten. Sicherheit gibt es nur mit uns, nicht gegen uns. Und wenn Ihnen im Keller des Instituts für Graphologie doch einmal etwas über die Lippen gerutscht sein sollte, aus Versehen, beim Kaffee mit Professor Buttermann vielleicht, dann teilen Sie es uns mit.«

»Ich verbitte mir das«, ging Peter dazwischen. »Meine Frau hat bestimmt nichts falsch gemacht. Und der Anruf von Günter Guillaume galt mir, nicht ihr. Warum spielt das für Sie keine Rolle?«

»In der Welt der Stasi gibt es keine Zufälle, Herr Holländer. Guillaume wird gewusst haben, wer den Hörer abnimmt. Aber wenn Sie es so gerne erwähnt haben wollen: Ihren möglichen Part haben wir längst berücksichtigt und beleuchtet.«

»Mein Part war, dass Guillaume von Ihrem inszenierten Unfall mit dem Taxi erfahren hat, weil ich in

Frankreich angerufen habe, na gut. Aber der Unfall wäre ihm spätestes bei seiner Rückkehr aus dem Urlaub verdächtig vorgekommen. Auch Guillaume hätte es hanebüchen gefunden, dass ausgerechnet ich, dessen Frau für die Stasi graphologische Gutachten anfertigt, eine DDR-Bürgerin vor ein Auto gestoßen haben soll. Sie sind beim BND ein Risiko eingegangen, als Sie sich das ausgedacht haben! Für die Folgen müssten Sie eigentlich geradestehen.«

»Auf Sie mag es riskant wirken, was wir tun, aber für uns sind es hundertfach erprobte Methoden. Durch Provokation zur Eskalation und somit zur Lösung.«

Heike stieß Luft aus, während Peter so erbost war, dass das Bild vor seinen Augen verschwamm. Die Masse des BND-Chefs waberte in die Konturen der Aufpasser hinein, die rechts und links die Tür blockierten. Provokation und Eskalation.

Drüben im Wohnzimmer, im ehemals gemütlichen Wohnzimmer seiner Familie, wurde umgeräumt. Das Geräusch der Blutdruck- und Herzfrequenzmessmaschinen hatte aufgehört, jetzt kamen Spraydosen und Scheuerschwämme zum Einsatz. Wie würde es später dort aussehen?

»Ich finde es schäbig«, sagte Peter bitter, und damit niemand dachte, dass er mit sich selbst sprach, erhob er noch eilig die Stimme: »Sie haben uns verunsichert, anstatt uns zu helfen. Ich erinnere Sie nur an unseren Ausflug mit dem Rheinschiff, auf dem Sie uns nicht beschützt haben. Und ich prangere Ihre ewigen übersteigerten Erwartungen an meine Frau an! Es ist doch kein Wunder, dass ich Sabine nicht über den Weg getraut habe, als sie plötzlich in unserem Haus herumfuhrwerkte. Auch das war wieder eine vollkommen leichtsinnige und kurzsichtige Aktion von Ihnen.«

»Schon gut. Belasten Sie sich bitte nicht.«

»Wie, was?«

»Wir drehen Ihnen keinen Strick aus der Sache, Herr Holländer. Sabine Gambert wird bestens versorgt und schnell wieder gesund, machen Sie sich keine Sorgen.«

»Sie hätte tot sein können!«

»Es sah dramatisch aus, aber es handelt sich um eine reine Fleischwunde, das meint, ohne Beteiligung von Knochen oder Organen. Hören Sie mir zu! Das Wichtigste ist, dass niemand davon erfährt. Es gab keinen Schuss in Ihrem Wohnzimmer, Herr Holländer. Denn wenn es einen Schuss gegeben hätte, würden die Herren Markus und Buttermann schnell darauf kommen, dass jemand Ungewöhnliches bei Ihnen zu Gast war. Jemand, der eine Pistole bei sich trug. Die gesamte Legende, die wir für Ihre Frau erarbeitet haben, wäre zerstört. Es kommt jetzt dringend auf Sie und Ihre Nerven an!«

»Legende? Haben wir uns nicht eben darauf verständigt, dass Guillaume und der Rest der Stasi sowieso schon Verdacht geschöpft haben und Heike als Feind sehen?«

»Ja, es könnte so sein. Aber ganz sicher ist es nicht, von daher halten wir uns bedeckt, um uns nichts zu verbauen.«

Heike schob ihre Hüfte zu Peter, und es fühlte sich an, als ob ein Hornissenschwarm in seine Bauchhöhle einfiel. Er hatte gedacht, er müsste seine Familie retten, seine Heike, seine Kinder, indem er BND-Sabine die Pistole abrang. Weil er sie alle liebte!

Jetzt wandte er sich also doch zu Heike und wollte eigentlich etwas Schönes sagen, aber es brach unkontrolliert aus ihm heraus: »Sabine hat bei uns an der Tür geklingelt und wollte wissen, warum Günter Guillaume letzte Nacht angerufen hat? Und dann hat sie dich gebeten, mit unseren Kindern spazieren zu gehen, damit sie ungestört unsere Sachen durchwühlen konnte? Du hättest mir sofort Bescheid sagen müssen!«

»Aber wie denn? Ich konnte dich doch nicht anrufen. Sie hätten alle mitgehört, nicht nur der BND, sondern auch die Stasi.«

»Aber dein sogenannter Spaziergang hätte auf direktem Weg zu mir in den Laden führen müssen.«

»Peter, beruhige dich bitte und denk nach. Wie viel Zeit blieb mir denn? Und du weißt doch, dass wir zusammenhalten.«

Specki rückte an seiner Brille, als wäre ihm das Private unangenehm. »Die Kinder«, sagte er. »Behalten Sie die Kleinen bitte unter Ihrer Aufsicht. Achten Sie darauf, mit wem sie reden und worüber. Nicht über heute Abend! Da verstehen wir uns wohl.«

Aber Heike schüttelte den Kopf. »Nein, das ist mir zu riskant. Ich erwarte, dass Sie unsere gesamte Familie an einen Ort bringen, an dem wir in Sicherheit warten können, bis die Ständige Vertretung der DDR ihre Arbeit aufnimmt und der diplomatische Eiertanz endlich aufhören kann.«

»Nichts wäre auffälliger als das, Frau Holländer. Sie

dürfen doch jetzt nicht von der Bildfläche verschwinden! Außerdem muss die Bundesregierung entscheiden, ob die Ständige Vertretung der DDR unter diesen Umständen überhaupt eröffnen darf. Wir vom BND waren von Anfang an gegen das Vorhaben, und Sie können sich ausmalen, was es für uns bedeutet, dass es der Stasi gelungen ist, mit Herrn Guillaume einen Spion im Bundeskanzleramt zu installieren. Im Brustpelz von Willy Brandt! Unter unseren Augen! Wie soll es da noch eine Diplomatie geben? Nein – auch wenn es nur meine persönliche Meinung ist. Keine Annäherung mehr zwischen Ost und West! Ab sofort wieder klare Kante.«

Peter spürte die Erleichterung wie einen kühlenden Luftstrom: »Dann ist es also zu Ende? Alles? Sofort? Auch für uns?«

»Wie gesagt, die Bundesregierung wird ihre Entscheidung noch treffen müssen. Bis dahin ist es leider unabdingbar, den Status quo zu wahren. Nach außen hin. Gemeinsam mit Ihnen, Frau Holländer. Wie bisher.«

»Auf gar keinen Fall!«, sagten Peter und Heike, und Specki nahm endlich die Arme vom Tisch.

»Ihnen bleibt keine Wahl«. sagte er mit einem Mal hart und hell. »Am besten ziehen wir uns alle voneinander zurück, wenigstens für eine Weile, bis die Wolken sich aufgelöst haben.«

»Moment. Sie haben uns zu beschützen!«, rief Peter.

»Das müssen wir klären«, antwortete Specki. »Denn wann immer wir nicht miteinander konform gehen, bieten wir Angriffsflächen, Einfallsmöglichkeiten, Einblicke, die wir nicht gewähren wollen. Oder um es vereinfacht zu sagen: Wenn es nicht harmoniert, wird unser Schutz zu Ihrer Gefahr. Denken Sie darüber nach.«

Später, im Schlafzimmer, saßen Heike und Peter schlaff auf den Betten. Erst schwiegen sie, dann wurde Peter komisch zumute.

»Weine ruhig«, sagte Heike. »Aber wenn der BND uns keinen sicheren Ort zur Verfügung stellt, muss ich für unsere Sicherheit sorgen. Am liebsten würde ich natürlich mit dir und den Kindern verreisen, weit weg ins Ausland, nach Madrid zum Beispiel, dort kenne ich mich noch ein wenig aus. Aber leider weiß ich, dass die Stasi mich überall suchen und finden wird. Darum müssen wir beide eine Verabredung treffen, wie wir uns in Bonn am besten verhalten. Es sind nur noch wenige Tage. An dieser Stelle hat der BND recht. Ich werde diese Zeitspanne in den Griff bekommen.«

Aber sie strafte sich Lügen, so wie sie sich auf der Bettkante vornüberbeugte. Sie ließ den Kopf hängen und konnte keineswegs zuversichtlich sein. Peter wusste, dass sie auf ihren Zustand trotzdem keine Rücksicht nehmen würde. Er sah es schon vor sich, wie sie wieder ins Institut für Graphologie ging – schlicht deshalb, weil weder ihr noch ihm etwas anderes einfiel, um die Stasi zu beschwichtigen. Heike würde schuften, vielleicht auch dem BND wieder Bericht erstatten, und Peter würde sich jede einzelne Minute mit Nichtstun quälen und sich über sich selbst grämen müssen. Außerdem würden sie den Kindern aufs Neue etwas vormachen. Während der Schuss auf Sabine, das Eigentliche, ungesühnt bliebe.

Welche Sorte Vater wollte Peter sein? Wen hatte Anne im Wohnzimmer vor sich gesehen?

Es schmerzte ihn, und er wagte bei der Bekanntgabe seines Entschlusses kaum, Heike in die Augen zu blicken. Natürlich wollte er keinen Bruch herbeiführen, Gott bewahre, nein, das nicht. Aber sie sollten doch einmal die Probleme entzerren, schlug er vor. Seine und Heikes Probleme und die Probleme der Kinder mussten auseinanderdividiert und neu zusammengesetzt werden. Klang das gut? Oder hohl?

In Iljas Küche, den Becher mit dem löslichen Kaffee in der Hand, blickte Peter in die Nacht. Vor Iljas Fenstern hingen keine Gardinen, aber das war bei vielen Wohnungen in dieser Gegend so. Hier lebten meist Singles, Männer, die noch nicht verheiratet waren. Sie gingen arbeiten und wollten abends keinen Aufwand betreiben, auch nicht mit ihren Autos, die nicht in Garagen, sondern am Rinnstein parkten. Suchte jemand einen schmutzigen BMW: Hier könnte er fündig werden. Peter kniff die Lider zusammen. Grundfarbe weiß? Nein, das war nicht zu erkennen. Jedenfalls nicht, ohne vor die Haustür zu treten – was Peter nicht wollte.

24.

Ein Politiker würde nie eine Blamage zugeben, dachte Heike, ebenso wenig wie ein Bürokrat. Sie saß im Bademantel vor dem Fernseher und ließ die Tagesschau über sich ergehen. Günter Guillaume hatte als DDR-Spion die Bundesregierung vorgeführt, gemeinsam mit seiner Ehefrau. Die Republik war seit Tagen schockiert, aber niemand wollte etwas falsch gemacht haben. Wie auch? Es waren bisher nicht einmal die Zuständigkeiten geklärt. Denn wessen Aufgabe wäre es gewesen, die Spione zu enttarnen? Hätte Guillaume dem Bundeskanzler persönlich auffallen müssen? Oder eher den Profis vom Verfassungsschutz oder den Agenten des Bundesnachrichtendienstes? Der Verfassungsschutz operierte gegen Staatsfeinde aus dem eigenen Land, der Bundesnachrichtendienst behielt die Gefahr aus dem Ausland im Auge. Die DDR aber war irgendetwas dazwischen und bot den Herren Dutzende Möglichkeiten, sich herauszureden.

Schon gestern und vorgestern hatte Heike auf die erlösende Nachricht gehofft, dass die Ständige Vertretung der DDR unter diesen Umständen nicht mehr eröffnet würde. Aber der Bundeskanzler brauchte wohl Zeit, um sich auf diese Stellungnahme vorzubereiten. Komischerweise fragte bisher auch kein Reporter, ob es in Bonn noch mehr Stasi-Agenten wie Günter Guillaume und dessen Frau gab. Und ob die DDR ihre Spione vielleicht öfter mit so viel Geduld aufbaute wie die Guillaumes, und wo man in Bonn vor solchen Leuten überhaupt noch sicher sein konnte.

Stattdessen flimmerten wieder und wieder dieselben Bilder über die Mattscheibe: Guillaume mit Sonnenbrille dicht hinter Bundeskanzler Brandt oder geschäftig mit einem Stapel Papier unterm Arm auf dem Weg in den westdeutschen Bundestag.

Einmal meinte Heike, Herrmann vom Großhandel neben dem Spion zu sehen, und zuckte im Fernsehsessel zusammen, aber sie hatte sich getäuscht. Der Mann im Bild war Franz Josef Strauß von hinten gewesen.

Guillaumes Telefonstimme hing ihr noch im Ohr. Er war souverän gewesen, obwohl er unter großer Anspannung gestanden haben musste, als er Heike angerufen hatte. Wenn er sie verdächtigt hatte, sie stehe mit dem BND in Verbindung, hatte er um das gesamte Netzwerk aus Bonner Stasi-Spionen fürchten müssen. Denn möglicherweise hätte Heike, wenn sie Professor Buttermann hätte auffliegen lassen, den berühmten ersten Faden gelöst, der nötig war, um ein ganzes Gewirke aufzuribbeln? Und: Warum hatte sie ihre Position nicht schon früher so gesehen?

Was Guillaume wohl jetzt, wo er im Gefängnis saß, über die anderen Spione aussagen würde – über Herrn Markus und Professor Buttermann? Bisher schwieg er offenbar eisern, und der Bundesanwalt hatte im Fernsehen gesagt, das sei typisch für enttarnte Agenten. Sie wollten vor ihren Heimatländern als Helden dastehen, damit man sich auch weiterhin um sie kümmerte und freikaufte. Zumindest das würde sich die Bundesrepublik wohl hoffentlich nicht bieten lassen: dass Guillaume noch im Knast Kontakt zur DDR hielt?

Heike dachte an ihren Bruder. Ob er in der DDR lebte, dort im Gefängnis war, ob er geheiratet hatte – ob er noch so schrieb wie früher. Wahrscheinlich würde sein Schicksal ungeklärt bleiben, und er würde auch nie wieder zu Heike zurückkommen. Nie erfahren, dass Jolindas Tod vorgetäuscht worden sein könnte. Dass Jolinda selbst vielleicht nicht echt gewesen war. Dass Heike und Johann schon damals Opfer der Stasi geworden sein könnten.

Sie blickte sich in ihrem Wohnzimmer um. Die sonnenfarbenen Strohsets auf dem Tisch passten zum Muster der Tapete. Sie hatte es wichtig gefunden, ihr zu Hause gemütlich zu machen, so wie sie es damals mit ihrem Bruder gemacht hatte, mit den unzähligen Plattencovern an der Wohnzimmerwand. Das Größte, die größte Freiheit, die allergrößte Liebe. Immer nur für den einzelnen kleinen Moment.

Und Heike weinte, aber da kam der Wetterbericht, und die Tagesschau hatte schon wieder keine Meldung über die Ständige Vertretung gebracht. Sie legte den Kopf auf die Lehne des Sessels. Der Tag war sinnlos verstrichen. Sie hatte nicht einmal die Kinder gesehen.

Wie hart und kratzig das Sesselpolster war. Warum bemerkte sie es erst jetzt, nach all den Jahren? Weil sie sonst immer hinten auf dem Sofa gelegen hatte, in der Annahme, dass Peter das Fernsehprogramm am liebsten von diesem Sessel aus verfolgen wollte. Ein Trugschluss unter Umständen? Und wie grässlich, wenn sie sich beide generös gefühlt hätten: Heike, weil sie Peter zuliebe hinten lag, Peter, weil er ihr zuliebe das Kratzige ertrug.

Sie stand auf, schaltete den Fernseher aus und ließ den Bademantel fallen. Was gewesen war, musste vorbei sein.

Und plötzlich stand ihr alles vor Augen: Sie sollte sich anziehen, eine Jeans, einen warmen Pullover, eine dunkle Jacke und Schuhe mit biegsamen Sohlen. Dann sollte sie einen Zettel schreiben, falls noch irgendjemand auf der Welt wissen wollte, wo sie zu finden war.

Gedacht, getan. Sie legte den Zettel sogar in den Flur. Mit handschriftlichen Zeichen! Vielleicht schaffte sie es, weil ihr inzwischen alles egal geworden war. Oder weil sie wusste, dass mit an Sicherheit grenzender Wahrscheinlichkeit (98 Prozent?) niemand nach Hause käme, um die Zeilen zu lesen.

Ihr i-Punkt saß korrekt, ihr Anstrich war heute Abend ein wenig kräftiger als sonst. Na also! Nicht kräftig genug, um das Weiche, Zaghafte in den Schatten zu stellen, aber ein geübtes Auge bemerkte den Willen dahinter.

Unverbundene Buchstaben zeugten von Einsamkeit – zu der sie heute aber stand. Die teigigen Schleifen von ihrem gehemmten Wesen – aber auch das musste nicht unbedingt schlecht sein. Einsamkeit schenkte Unabhängigkeit und die Chance, sich selbst zu entrümpeln. Während eine Hemmung Empfindsamkeit bedeutete, also auch Einfühlungsvermögen, eine Eigenschaft, von der in Heikes Leben schon viele Menschen profitiert hatten.

Mit der Mobylette fuhr sie Richtung Norden, über die Diplomatenallee bis hinauf nach Bonn-Auerberg in die Pariser Straße. Sie hatte sich überlegt, wo Professor Buttermann aufzuspüren wäre, denn sie wollte ihn sprechen. Sie brauchte Auskünfte, die nur er geben konnte: über ihren Vater, Jolinda und Buttermanns Rolle dabei. Sie wollte wissen, warum sie so geworden war, wie sie war.

Sie dachte, dass Buttermann das Institut für Graphologie derzeit meiden würde, weil die Lage nach Guillaumes Verhaftung für ihn bedrohlich blieb. Ebenso würde er nicht in seiner Wohnung, einer möglichen Stammkneipe oder bei Freunden und Bekannten von der Uni auftauchen. Selbst bei seinen Genossen von der Stasi konnte er sich nicht blicken lassen, Herr Markus würde ihm strikt verboten haben, sie in Gefahr zu bringen. Aber Buttermann würde die Isolation nicht gut aushalten. Vielleicht hatte er sogar Angst, auf Dauer kaltgestellt zu sein. Denn wenn sich die DDR unter dem Druck der Guillaume-Affäre aus Bonn zurückzog: Würden die Agenten den Professor mitnehmen? Den alternden Spion der ersten Generation, den sie zwar gerne benutzt, aber auch geschunden hatten? Heike hielt es für möglich, dass er in der Klemme steckte, und hoffte auf günstige Gegebenheiten, um noch einmal Kontakt zu ihm aufzunehmen.

Sie parkte die Mobylette vor dem Studentenwohnheim in Auerberg. Zwischen den vielen Fahrrädern, Mopeds und anderen Mobyletten fiel sie nicht auf. Auf dem gesamten Gelände herrschte eine große Betriebsamkeit, Frühling lag in der Luft. Wenn zehn Mädchen das Wohnheim verließen, liefen fünfzehn andere hinein, und wenn eine leere Flasche in den Mülleimer flog, wurden zwei andere zischend geöffnet.

Es war schön, wie die jungen Leute miteinander umgingen. Zuversichtlich, wie sie sich unterhakten. Heike musste ihnen mit ihren vierunddreißig Jahren wie eine alte Schachtel vorkommen oder zumindest wie eine seltsame Fremde, die sich verlaufen hatte, aber sie wurde weder schräg angesehen noch angesprochen. Stattdessen war es, als bemerkte man sie überhaupt nicht.

Als eine größere Gruppe das Wohnheim Richtung Bushaltestelle verließ, nutzte sie die Gelegenheit, sich anzuschließen. Sie lief mit den Leuten an den Eingängen zur Pariser Straße 50 bis 52 vorbei und setzte sich erst vor der Tiefgarage ab, die zu dem DDR-Wohnblock gehörte. Die Garage war dunkel, ein breiter, schwarzer Schlund, aber Heike konnte sich in der Einfahrt an die Betonmauer lehnen. Hier stand sie in der Nähe der Straßenlaternen und behielt alles im Blick.

Im Wohnblock, der über ihr aufragte, waren nur wenige Fenster erleuchtet. Hoffentlich hatte die DDR ihren Abzug noch nicht begonnen. Guillaumes Enttarnung war zwar schon sechs Tage her, aber das Ende der Ständigen Vertretung war doch noch nicht offiziell verkündet. Wie schnell warf die Stasi das Handtuch? Warf sie es überhaupt jemals?

Heike wartete bis nach Mitternacht, aber leider vergebens. Aus dem DDR-Block drang kein Licht auf die Straße. In den Wohnungen erloschen auch die letzten

Lampen, und in der Tiefgarage bewegte sich nichts, kein einziges Auto fuhr hinein oder kam heraus. Nur ein paar Studenten gingen vorbei, einer entdeckte Heike an der Mauer und bot ihr eine Zigarette an. Sie nahm sie, ließ sie in der Hand verglimmen und genoss die lebendige Wärme.

Am nächsten Tag kehrte sie besser ausgestattet auf den Beobachtungsposten zurück. Wieder am späten Abend, wieder parkte sie am Studentenwohnheim, näherte sich in Gesellschaft fremder Leute dem DDR-Wohnblock und richtete sich in der Garageneinfahrt ein. Aber sie war heute nervöser als gestern. Zwar immer noch entschlossen, ihr Vorhaben umzusetzen, doch drohte ihr die Zeit davonzulaufen. Sie hatte bisher nicht berücksichtigt, dass morgen der 1. Mai war, ein Feiertag, an dem die Pariser Straße belebter sein könnte als sonst. Professor Buttermann würde sich dann auf keinen Fall bei ihr blicken lassen. Also wenn es heute nicht klappte, wann dann? Und musste sie nicht auch befürchten, dass Herr Markus inzwischen auf sie aufmerksam geworden war – falls er sich noch in Bonn aufhielt? War sie auf ihn vorbereitet?

Sie trank den Tee, den sie mitgebracht hatte, und kämpfte die Selbstzweifel nieder. Gegen elf Uhr strich eine Katze um ihre Beine, später lief eine Ratte aus dem Gebüsch. Um eins fragte der Student von gestern, ob sie wieder eine Zigarette brauchte, und überließ ihr die ganze Schachtel. Sie pflückte akribisch Papier und Plastik auseinander. Vielleicht steckte ein Zettel darin? War eine Botschaft verborgen? Nein. Nichts.

Ihre Lider wurden schwer. Sie hatte den Schreibwarenladen schon mittags geschlossen, um vorschlafen zu können, war aber unruhig geblieben. Verkürzte Öffnungszeiten sprachen sich schnell herum. Zu Peter. Oder zu Frau von Bothmer, die sich immer noch freundlich um Heike sorgte, im Laden aber etwas zu anhänglich geworden war, zu bemüht mit ihren Ratschlägen. Auf die Dauer musste die Abgeordnete lernen, dass Heike nicht immer hinterm Tresen stand, wenn sie es erwartete.

Gestern hatte Heike den Spieß einmal umgedreht und Frau von Bothmer ihrerseits einen Rat gegeben: Wenn die Abgeordnete wissen wolle, wer ihr ständig Drohbriefe schickte, könnte Heike anhand der Schrift Charakteranalysen erstellen, und Frau von Bothmer könnte sich dann besser wehren.

»Ja?«, hatte die Politikerin gefragt. »Sie wissen, wie das geht?«, und Heike hatte es ihr vorgeführt:

Brief 1: Großes Mittelband, ein autoritärer Schreiber, Mitte 50, vom Gesamteindruck ländlich sozialisiert.

Brief 2: Scharfe Strichführung, ein gebildeter, kalter Schreiber, verkrampft, vermutlich ein Parteikollege aus der SPD.

Brief 3: Verstellte Schrift. Mitte 50, ländlich sozialisiert. Identisch mit Schreiber 1.

»Warum haben wir das noch nicht früher gemacht?«, hatte Frau von Bothmer ausgerufen. »Es ist herrlich! Und darf ich Annemarie zu uns bitten, ja? Würden Sie sich auch Frau Rengers Post ansehen, Frau Holländer, bitte?«

Ungern. Heike hatte zuerst den Kopf geschüttelt. Es

tat ja weh, eine Graphologin zu sein und so zu tun, als gäbe es keine Schattenseiten. Aber Frau von Bothmer war niemand, der sich leicht abschütteln ließ, und so hatte Heike am Ende tatsächlich noch einen Brief analysiert, der an Frau Renger gerichtet gewesen war. Sie hatten sogar gelacht, weil der Schreiber so leicht zu identifizieren gewesen war. Der BND hätte seine Freude an Heikes Kunst gehabt, und für Heike war es ein wenig versöhnlich gewesen, die Graphologie einmal wieder in einem besseren Licht zu sehen.

Zwei Uhr in der Nacht, die Laternen in der Pariser Straße glänzten vor Feuchtigkeit. Heike wollte ihren Posten gerade verlassen, war enttäuscht, müde und ein wenig zermürbt, da hörte sie, wie unten in der Tiefgarage ein Automotor ansprang. Jemand fuhr los, Reifen quietschten, und dann schien ein Wagen über die Parkebene zu rasen. Heike drückte sich eng an die Mauer, im Schlund leuchteten Scheinwerfer auf, und schon schoss ein Bulli die Rampe hoch. Er stoppte auf halber Strecke, direkt neben Heike. Eine Frau lehnte sich aus der Fahrertür:

»Privatgelände!«

»Von wem?«, fragte Heike. Sie war jetzt hellwach.

»Was suchen Sie hier?«, fragte die Frau barsch.

»Nichts. Ich warte nur.« Heike stieß sich von der Mauer ab, um sich ihren Schreck nicht anmerken zu lassen.

Die Frau trug eine große Brille, ihr Gesicht war kaum zu erkennen. Die glatten Haare fielen ihr wie ein halb offener Vorhang über die Gläser. Stasi oder BND?, dachte Heike. Und wie weit war es bis nach oben zur Straße? Zehn Schritte? Fünf, wenn sie lief? War sie unvorsichtig gewesen?

»Die Tiefgarage ist ausschließlich für die Mieter da«, sagte die Frau, während sie Scheinwerfer und Motor ausstellte. »Also, zu wem willst du?«

»Schon komisch, wie du mich ausfragst«, sagte Heike und entfernte sich von der Fahrertür.

Da sprang die Frau aus dem Wagen und packte Heike am Ärmel. »Halt! Ich weiß, wer du bist! Du bist die Frau von dem Typen, der unsere Jennifer vor das Taxi geschubst hat.«

»Loslassen! Den Namen Jennifer habe ich noch nie gehört, und mein Mann hat auch niemanden geschubst.«

»Das weiß ich anders.«

Die Frau schnitt Heike den Weg ab. Dicke Stiefel, enges Jackett aus Breitcord. Zu eng, um ein Wettrennen zu gewinnen, dachte Heike, aber sie hatte Angst.

»Ich erzähle dir mal von Jennys Kind«, sagte die Frau. »Elf Jahre alt. Sitzt jetzt zu Hause in Lichtenberg und heult Tag und Nacht. Geht's dir gut dabei?«

»Natürlich nicht, aber … Ist Jennifer denn noch im Krankenhaus?«

»Verarschst du mich? Sie ist tot!«

»Was? Niemals!«

»Allerdings! Ich habe sie ja in den Sarg legen müssen.«

Heike war offen entsetzt. »Woran ist sie denn gestorben? Doch nicht an dem Unfall!«

»Aha.« Die Frau blickte sich um, als sondierte sie die

Umgebung. Dann trat sie gefährlich dicht vor Heike. »Nehmen wir mal an, es stimmt, und dein Mann hat Jennifer nicht geschubst. Wer hat es denn dann getan, deiner Ansicht nach?«

»Keine Ahnung.«

»Aber der Unfall war eine abgekartete Sache, stimmt's?«

»Ja«, brachte Heike hervor. Ihr rauschte das Blut in den Ohren.

Die Frau stieß sie grob mit der Schulter an. »Dein Mann und du, ihr macht für die Genossen hier im Westen die Drecksarbeit. Damit die Herren im Ministerium saubere Pfoten behalten.«

»Stopp! Von wem sprichst du? Fass mich nicht an!« Heike versuchte, sich an der Frau vorbeizuschieben, wurde aber vehement zurückgedrängt.

»Du hast Jennys Schrift untersucht«, sagte die Frau. »Du bist doch die Graphologin! Und dann hast du Jenny was angehängt. Was denn wohl? Dass sie erpressbar war? Zu weich und lieb, um eine gute Kundschafterin zu sein? Dein Gutachten hat dafür gesorgt, dass die Genossen sie vorsorglich kaltgemacht haben.«

»Nein! In keinem einzigen Schriftgutachten war von so etwas die Rede! Ich bin auch gar nicht in der Lage, über Leben und Tod zu entscheiden, nur aufgrund von …«

»Halt die Klappe, Heike Holländer!«

Die Frau griff in eine der aufgesetzten Taschen ihres Jacketts, und jetzt rannte Heike los. Schaffte es bis auf die Straße, aber da war niemand zu sehen. Und noch während sie Luft holte, um zu schreien, wurde sie herumgerissen, zurück in Richtung Tiefgarage geschleudert – und schlug bäuchlings auf der Rampe auf.

Die Frau kniete auf ihr, riss ihre Arme nach hinten und schlang etwas um die Handgelenke. Dann packte sie Heikes Kopf und stieß ihn mit Wucht auf den Beton. Das Geräusch kam von innen, das Gefühl war scharf und klar, und dann raste eine Walze aus Schmerzen heran, erfasste Heike und begrub sie unter sich. Das war's, dachte sie und fühlte sich zugleich, als käme sie nach Hause. Denn sie erkannte ja alles wieder: das Blut, die Todesangst. Den Schock, vollkommen machtlos zu sein. Über ihr tobte ein Mensch, und jeder Schlag, den sie empfing, rief Hunderte alte Schläge dazu, die sie schon einmal bekommen hatte.

Diesmal würde sie nicht standhalten, wusste sie und rang trotzdem nach Luft. Da waren ihr Schädel, ihr Brustkorb und ein Knacken. Und die Trostlosigkeit, die abgrundtiefe Trauer, so wenig Zeit gehabt zu haben.

Und Anne und Michael und Peter – ja, Heike dachte auch an sie. An den verlorenen Alltag, das verlorene Vertrauen. Sie hatten zu viert nie eine Chance auf eine Zukunft gehabt, weil Heike am falschen Platz gewesen war. In ihrem Innern hatte sie heimlich ein zweites Zuhause gehütet, das entsetzliche Früher, in dem sie stecken geblieben war.

Erbärmlich, sie weinte um sich. Und bäumte sich auf. Spürte, dass sie sich doch abstützen, mit der Schulter seitlich ein wenig hochstemmen konnte. Mühsam kam sie auf die Knie, ihr Schädel brüllte. Die Frau auf ihrem Rücken hieb ihr etwas in den Nacken – und stürzte dann selbst zur Seite. Denn jemand war dazugekommen! Heike konnte es nicht richtig erkennen, aber doch, ja, da war eine dritte Person, die ihre Fesseln löste und jetzt unter ihre Achseln griff. »Los, hoch!« Sie meinte, Zigaretten und noch etwas anderes zu riechen: Kaffee und Bleistiftspiralen aus der Anspitzerdose, und sackte zusammen.

Buttermann. Der Professor war hier. Hockte vor ihr, stieß sie immer wieder an.

»Aufstehen!«, befahl er. »Wenn ich so was überleben kann, können Sie es auch. Reißen Sie sich am Riemen!«

Mühsam öffnete Heike die Augen. Neben Buttermann lag die Frau in Breitcord am Boden und bewegte sich nicht. Und da stand immer noch der Bulli, die Schnauze aus der Tiefgarage gestreckt. Steckte der Schlüssel?

Sie hielt sich den Kopf und hockte sich hin. Buttermann sollte aufhören, sie zu boxen! Ihre Haare waren nass, ihr Gesicht ließ sich nicht bewegen. Sie musste weg.

Doch Buttermann flößte ihr weitere Angst ein. Er packte zu und riss sie hoch. Schleppte sie zum Bulli, sie war so schwach. Als er die Beifahrertür öffnete, versuchte sie, sich aus seinem Griff zu winden, aber er hievte sie einfach hoch auf den Autositz. Dann gab er ihr einen Lappen, den sie sich an die blutende Stirn drücken sollte, und knallte die Tür zu. Rannte um den Wagen herum, warf sich hinters Steuer und startete den Motor. Sie weinte und weinte und konnte nicht aufhören. Er nahm sie mit. Erik Buttermann. Um sie zu retten?

25.

Die Wohnung war voller Männer. Peter lag zwischen seinen Kindern im kleinen Zimmer, aber drüben im Wohnzimmer und in der Küche lief eine Fete, die Ilja als Umtrunk zum Tag der Werktätigen bezeichnet hatte. Es war nicht direkt ein Tanz in den Mai, das wäre zu spießig gewesen, aber die Männer trugen Hosen aus blumenbuntem Satin und brachten Birkenzweige mit. Einer hatte ein Rüschenhemd angezogen, ein anderer trug eine Millefleurs-Krawatte auf der bloßen Haut. »Freunde von der Post«, hatte Ilja gesagt. »Und Freunde der Freunde, am besten klinkst du dich bei irgendwem ein. Und keine Sorge übrigens. Ich lege für jeden meine Hand ins Feuer.«

Aber Peter hatte erst ein frisches T-Shirt suchen müssen und war dann damit beschäftigt gewesen, seine Kinder zu beaufsichtigen. Michael patschte mit den Fäusten in die Aschenbecher hinein, und Anne hatte einmal so ausgesehen, als ob sie eine Flasche Bier an den Mund setzen wollte. In Wahrheit hatte sie nur überprüft, was in der Flasche herumschwamm: Stanniolpapier.

Es waren Joints, die kreisten, und witzigerweise sprachen manche Männer Englisch. Peter würde, wenn die Rahmenbedingungen anders wären, sogar mitmachen. Er könnte aus dem Stand heraus talken, das bildete er sich jedenfalls ein, denn wenn sich jemand so ausgiebig mit Songtexten beschäftigte wie er, konnte er in Gesprächssituationen ziemlich spontan sein. *Can The Can!* Aber er spürte es schon wieder: Er war unentspannt. Und wahrscheinlich dachten inzwischen alle, dass er seinen Kindern den Spaß verdarb, anstatt einmal ein Auge zuzudrücken und sich treiben zu lassen. Bloß: Hatte irgendeiner der anderen Männer Kinder?

Er lag auf der Ritze zwischen den Matratzen und zog Anne und Michael näher zu sich heran. Michael schwitzte, und seine Windel knisterte. Vielleicht sollte man seinen Schlafsack öffnen, oder bekam er dann Zug? Leider hatte Peter keine Erfahrung mit Armee-Bettwäsche, sie stammte von Ilja.

Ob Ilja ihn und seine Kinder als Mitbewohner wohl leid war? Spätestens seit heute Abend? Er hatte noch nichts durchblicken lassen und Peter bisher auch keine Vorschriften gemacht, sondern ihn in der Wohnung schalten und walten lassen, wie er wollte, in der Küche, an der Plattensammlung oder auf dem Sofa – und prinzipiell auch auf der Fete. Nur vorhin, als Peter Anne die Bierflasche mit dem Stanniol weggenommen hatte, war Ilja fuchtig geworden und hatte von Anne verlangt, dass sie gefälligst nachfragte, bevor sie sich etwas in den Mund steckte, egal ob flüssig oder fest.

Peters Hauptproblem war das Gewimmel. Anne und Michael sollten den fremden Männern auf der Fete nicht zu nah kommen. Erstens kannte Peter die Leute nicht persönlich, und zweitens war ihm unwohl bei der Vorstellung, die Kinder könnten sich mit jemandem unterhalten, ohne dass er es merkte. Oder wie käme es wohl rüber, wenn einer der Typen Anne fragte, warum sie bei Ilja wohnten, und wenn Anne dann nicht etwa antwortete, dass Ilja ein Freund von ihrem Papa war, sondern dass zu Hause eine blutige Frau auf dem Wohnzimmerteppich gelegen hatte?

Also nein, es war besser, wenn sie alle drei brav hier auf den Matratzen blieben. Peter hatte ihnen auch ein ziemlich gutes Lager gebaut, aber natürlich kamen die Kinder kaum zur Ruhe.

»Wenn es laut ist, kann man nicht einschlafen«, sagte Anne. »Man braucht es gar nicht zu versuchen.«

»Doch«, antwortete Peter. »Aber es ist nur etwas für Profis. Für echte Könner.«

»Du schläfst ja auch nicht.«

»Ich könnte schlafen, wenn ich wollte. Man denkt an etwas Schönes, bis man müde wird.«

»Die Fete ist etwas Schönes.«

»Ich denke zum Beispiel daran, wie wir gestern bei Oma waren und sie Toast Hawaii gemacht hat, aber mit Pfirsichen.«

»Weil keine Ananas mehr da war.«

»Genau. Oma hat sich etwas einfallen lassen. Es ist gut, Ideen zu haben.«

»Unser Bett ist kein richtiges Bett.«

»Ich finde, in den entscheidenden Punkten ist es ein Bett. Es ist weich und hat eine Zudecke.«

»Schläft Mama noch in ihrem richtigen Bett?«

»Natürlich. Warum denn nicht?«

»Vielleicht ist sie heute Abend auch auf einer Fete. Vielleicht wohnt sie schon ganz woanders. Bei wem könnte das sein?«

»Bei niemandem, Anne. Sonst hätte sie es uns gesagt. Außerdem würde sie nicht aus unserem schönen Haus ausziehen wollen. Mach dir keine Sorgen.«

»Dann wartet sie auf uns? Will sie, dass wir wiederkommen? Weil unser schönes Haus das Zuhause von uns allen ist?«

»Ja.«

»Warum gehen wir heute Abend nicht einfach zu ihr?«

»Warum ist es schon so spät, und ein kleines Mädchen wie du schläft immer noch nicht?«

»Weil es laut ist.«

»Und wer hat gepupst?«

»Michael.«

Sie kicherten, und Peter genoss es, wie sich die Kinder trotz allem in seine Armbeugen kuschelten. Solche Momente waren kostbar, denn sie bewiesen, dass er als Vater den richtigen Weg eingeschlagen hatte. Er hatte seine Kinder in Sicherheit gebracht und die bestmöglichen Umstände geschaffen. Oder? Wie würde er es feststellen, wenn es nicht so wäre?

Seine Mutter hatte gestern hundert kleine Bemerkungen gemacht, die er allerdings nicht ernst nehmen musste, weil sie ja nicht wusste, was bei ihm zu Hause passiert war. Und vielleicht wäre Mutter sogar auf seiner Seite, wenn sie erführe, dass Peter dazu gebracht worden war, auf einen Menschen zu schießen, und dass er mit der Tat kaum zurechtkam, aber trotzdem sofort für neue Ordnung in Annes und Michaels Leben gesorgt hatte. War nicht alles eine Frage der Perspektive?

Peter hatte sich bei seiner Mutter sogar dafür entschuldigt, dass er sie am Tag des Taxiunfalls aus seinem Haus geworfen hatte. Er sei unzurechnungsfähig gewesen, hatte er behauptet, ohne mit der Wimper zu zucken, und die Gelegenheit genutzt, Silvia noch einmal ganz genau zu befragen, wie sie auf die Idee gekommen war, ihnen den Ausflug in den Kölner Zoo zu spendieren. Sie hatte geantwortet, dass sie eines Tages einen Gutschein für vier Eintrittskarten in der Post gefunden habe, der telefonisch einzulösen gewesen sei. Und sie sei dann sogar die dreihundertdreißigste Anruferin gewesen, sodass ihr Gewinn um eine Taxifahrt aufgestockt worden sei. Der Mann am anderen Ende der Leitung habe einen sehr gebildeten und freundlichen Eindruck gemacht, hatte sie erzählt, er habe bestimmt nichts mit Peters späterer Katastrophe zu tun.

»Seit wann bist du so leicht zu beeindrucken?«, hatte Peter gefragt, und seine Mutter hatte beleidigt erwidert:

»Wäre ich bloß selbst mit den Kindern in den Zoo gefahren, dann hätte das Taxi nicht den Schlenker über die Teutonenstraße nehmen müssen, wo deine Frau sich verlustierte.«

»Aber du hättest eine vierte Eintrittskarte übrig gehabt und Vater mitnehmen müssen.«

»Na und? Dein Vater und ich unternehmen durchaus noch etwas gemeinsam, da brauchst du gar nicht zu grinsen. Wir leben seit Jahrzehnten zusammen, während du es mit Heike nicht einmal neun Jahre lang geschafft hast.«

»Ach, Mutter. Irgendwann in deinem Leben wirst du dich auch einmal nach einer Pause gesehnt haben.«

»Nein, denn es sind immer nur Männer, die sich Pausen herausnehmen.«

Wie sonst hatte auch dieses Gespräch spitzfindig geendet, aber Peter ertrug Silvia neuerdings mit mehr Fassung. Es war ihm nicht mehr so wichtig, ob sie ihn verstand, und außerdem musste er zugeben, dass sie wirklich nett mit den Kindern umging. Sein Geist hatte sich erweitert, und auch das war ein Beweis dafür, dass er die richtigen Konsequenzen gezogen hatte.

»Anne?«

Der Schlafsack raschelte. »Ja, Papa?«

»Wir sind bald wieder bei Mama. Mach dir keine Sorgen, ja?«

»Worauf warten wir denn?«

»Auf nichts Besonderes. Ich muss nur etwas erledigen, und zwar bei mir innen drin. Dazu muss ich allein sein.«

»Ganz allein, also auch ohne Michael und mich?«

»Nein. Bloß nicht.«

»Wenn ich was zu erledigen habe, klappt es besser, wenn ich zu Hause bin.«

»Das kann man wahrscheinlich nicht vergleichen.«

»Doch.«

»Ach ja? Was wäre denn zum Beispiel eine Erledigung von dir, mein Schatz?«

»Sag ich nicht, Papa.«

»Weil du es nicht weißt.«

»Doch!«

»Verrat mir nur den ersten Buchstaben. Du kannst doch buchstabieren?«

»M.«

»M wie Mobylette?«

»M wie Mama. Aber auch P. Weil im Wohnzimmer eine Pistole gelegen hat.«

»Okay. Das habe ich mir gedacht. Aber die Pistole gehörte der fremden Frau.«

»Sabine.«

»Und ich habe Sabine auf frischer Tat ertappt, wie sie unsere Schränke durchwühlt hat.«

»Wolltest du sie erschießen?«

»Nein! Überhaupt nicht! Ich könnte das gar nicht und weiß nicht einmal, wie die Pistole eigentlich losgegangen ist.«

»Wenn Mama Sabine auf frischer Tat ertappt hätte, hätte sie geschossen.«

»Anne! Was redest du da?«

»Ich weiß, was du mit Mama auf dem Schiff besprochen hast. Als wir den Ausflug gemacht haben.«

»So. Was hast du denn gehört?«

»Ich weiß auch, warum wir nicht mehr zu Hause wohnen: weil du Angst vor Mama hast. Weil sie ihren Vater die Treppe runtergeschubst hat.«

»Quatsch. Anne! Ich liebe deine Mama, sie ist die … harmloseste Person, die ich kenne! Das hast du falsch verstanden.«

»Von mir aus können wir nach Hause.«

»Komm mal her, meine liebe Kleine, es handelt sich

wirklich um ein Missverständnis. Es tut mir leid. So leid, hörst du?«

»Der Vater von Mama ... Das war doch mein Opa? Konntest du ihn leiden?«

»Er war doof, sogar richtig doof, aber deine Mutter und ich haben uns ja erst als Erwachsene kennengelernt, und ihr Vater lebte da längst nicht mehr.«

»Und wir wissen jetzt auch, wieso er nicht mehr lebt.«

»Anne.«

»Darf ich Mama danach fragen, wenn ich sie sehe?«

Peter gab dem Kind einen Kuss, um Zeit zu gewinnen. Sein Herz schlug wild, und es war viel zu stickig auf dem Matratzenlager. Wie lange hatte Anne sich die Geschichte schon zusammengereimt? Und hatte Peter sich eigentlich genug darum gekümmert, was er von Heike erfahren hatte? Aber wie sollte er? Wenn er keine Zeit mehr für die elementarsten Dinge bekam!

»Okay«, sagte er rau. »Gut, Anne. Du darfst mit deiner Mutter darüber sprechen, aber ich will dabei sein.«

Es klopfte an der Tür. Ilja brachte ein Bier herein, und Peter schickte ihn sofort wieder weg. Er musste jetzt Anne festhalten, auch wenn sie plötzlich nicht mehr reden, sondern nur noch ein Schlaflied hören wollte.

Er sang vor sich hin und starrte dabei in die Dunkelheit. Wo würden sie alle noch landen? Und könnten sie sich am Ende noch mögen, die Kinder die Eltern und die Eltern sich, oder hätten sie nur die schrecklichsten Bilder voneinander im Kopf?

Ich würde gern fort sein, dachte Peter. Mitsamt Anne und Michael natürlich, aber endlich einmal richtig weit fort.

Der Lärm der Fete verschwamm zu einem blubbernden Brei. Durch die Ritzen der Tür zogen Gerüche, die hoffentlich nicht gesundheitsschädlich waren. Peter blieb liegen, bis Anne und Michael eingeschlafen waren, dann suchte er im Flur das Telefon und fand es unter einem Birkenzweig. Sicher war es idiotisch, bei dem Krach in der Wohnung ein Gespräch führen zu wollen, aber er musste unbedingt Heike anrufen. Jetzt.

Zwanzigmal ließ er es läuten, dann noch zwanzigmal, ohne dass sie sich meldete. In seinem Innern tat sich ein furchtbares Loch auf. Heike war weg. Oder ob sie inzwischen auch Schlaftabletten einnahm?

»'n wunderschönen.« Jemand griff von hinten um Peter herum und nahm ihm den Telefonhörer ab. Es war der Mann mit der Krawatte auf der blanken Brust. »Auch hier im Sponti-Lollipop-Land?«, fragte er.

»Ich ...«, Peter sah sich hilfesuchend nach Ilja um.

»Tierisch voll.« Der Mann legte den Kopf schief. »Nicht ganz unser Fall, was?«

»Hast du Ilja gesehen?«

»Ilja-Papilja. Ist doch eben erst bei dir im Zimmer verschwunden.«

»Nein, er hat nur ...«

»Dann eben nicht. *And the man in the back said?*«

»Lass mich durch, bitte.«

»*Everyone attack!*«

Zum Glück ging gerade die Badezimmertür auf, und

Peter konnte dorthin flüchten. Mit brennenden Wangen stand er vor dem fleckigen Spiegel. Er war ein Wicht. Es ging ihm schlecht. Tag und Nacht hatte er mit Anne verbracht und sie trotzdem mit ihren Sorgen alleingelassen.

Aber da! Was war das? Er riss das Fenster auf. Unten auf der Straße stand der schmutzige BMW, der gesucht wurde, und heute war Peter sich sicher: Es war das Auto von Herrn Markus! Denn auf dem Dach war weiße Farbe zu erkennen. Und Herr Markus hatte nicht etwa geparkt, sondern mitten auf der Fahrbahn angehalten und unterhielt sich mit jemandem. Mit Ilja? In der Tat. Ilja hatte sich tief in den BMW gebeugt und quatschte mit Herrn Markus!

Peter umklammerte den Fenstergriff. Es gab Autos, die genauso aussahen wie ein BMW, aber von einer anderen Marke stammten. Er musste nur darauf kommen, von welcher … NSU! Hieß es so? NSU? Aber wenn Ilja und die Stasi … und wenn Peter und die Kinder in der Wohnung … in der Falle?

Verwirrt und ängstlich rannte er aus dem Bad zurück zu den Kindern, sie schliefen fest. »Anne! Wach auf!« Sie quengelte und schlug sogar nach ihm, er wusste nicht mehr weiter. Vielleicht sollte er auch mutiger sein, runter auf die Straße gehen und von Ilja verlangen, dass zumindest die Kinder von allem verschont wurden, was Ilja und Herr Markus planten. Bloß wie sollte Peter die Kleinen dabei in der Wohnung zurücklassen? Ganz allein im dunklen Zimmer?

Er stürzte wieder auf den Flur, überflog das Fetengetümmel, drängte sich in die Küche, ins Wohnzimmer – und nein. Niemanden, wirklich niemanden könnte er bitten, für zehn Minuten auf die Kinder zu achten. Also musste er noch viel konsequentere Beschlüsse fassen!

Er hob Michael mitsamt dem Schlafsack hoch und riss auch Anne gegen ihren Willen von der Matratze. Bepackt mit beiden und mit plötzlichen Bärenkräften gerüstet, verließ er die Wohnung, lief die Treppe hinunter, drückte die Haustür unten mit dem Knie auf und befahl Anne, keinen Mucks mehr zu machen. Dann trat er leise in die Nacht – während die Tür mit einem Knall hinter ihm zufiel.

Sofort zog Ilja den Kopf aus dem Auto: »Ey, hallo, Peter! Ist was passiert?«

Peter keuchte. Er könnte drüben um die Ecke verschwinden und dann laufen, laufen!, aber wenn Herr Markus mit dem Wagen hinter ihm herkäme, hätte er keine Chance. Außerdem rutschten ihm die Kinder aus den Armen. Anne klammerte sich an sein T-Shirt, Michael schlief halb, sein Körper war schlaff.

»Wo willst du denn hin, Peter?«, rief Ilja und kam näher. »Ist jemand krank?«

»Bleib stehen«, stieß Peter aus. »Lass mich die Kinder wegbringen.«

»Hä? Du hast aber nichts eingeworfen, oder?«

Jetzt klappte die BMW-NSU-Fahrertür. Und nein! Das war nicht Herr Markus, der ausstieg! Sondern eine Frau, hochgewachsen, ziemlich schön, in flatternden Hippieklamotten.

»Hi!«, sagte sie und schritt wie eine Giraffe über die Straße: »Pass mal auf, du, dein Baby rutscht ab!«

Aber was tat sie: Sie streckte ihre langen Arme nach Michael aus. »Lass das!«, Peter drehte ihr blitzschnell den Rücken zu, um seine Kinder zu schützen.

»Surprise, surprise«, hörte er Ilja sagen. »Darf ich vorstellen: Das ist Peter, der Schwager von Johann Berger, wegen dem ich dich angerufen habe.«

»Aha!«, machte die Frau affektiert. »Peter wirkt aber nicht gerade begeistert, dass ich hier bin, oder?«

»Wieso Johann Berger?« Peter fasste die Kinder noch einmal fester und wandte sich zu Ilja um. »Ich dachte, du bist mein Freund und behältst es für dich, wenn ich dir was im Vertrauen erzähle.«

»Mann, du hast echt den Arsch voller Probleme. Aber diese Lady hier hat deinen Schwager gesehen. Ich dachte, das interessiert dich.«

»Echt, Peterle«, mischte sich die Frau ein. »Es erwartet keiner, dass du vor Dankbarkeit auf die Knie fällst, doch ich hätte heute Abend noch zwei andere Feten gehabt.«

Nein, Peter musste immer noch an die Stasi denken. Herr Markus und Buttermann hatten Heike mit genau solchen Geschichten über ihren Bruder ins Verderben gelockt.

»Was heißt, du hast Johann gesehen?«, fuhr er die Frau an. »Wo soll das gewesen sein?«

Ilja verdrehte die Augen, und die Frau klatschte in die Hände: »*Bashed!* Das ist genau die Mentalität, wegen der ich es in der BRD nicht aushalte. Und Johann hat mich sogar vor diesem Nest hier gewarnt. Er war letzten Winter auf Gomera, okay? Und damit Ende der Durchsage. Ich haue wieder ab, Ilja, ciao, ciao.«

»Tut mir leid.« Peters Bizepse zitterten. »Es ist nur, ich habe zurzeit wirklich zu viele …«

»Gomera klingt superinteressant«, unterbrach Ilja ihn und legte einen Arm um die Frau. »Los, komm mit nach oben auf meine Fete, Jo.«

26.

Es wurde heller über dem Rhein, trotz der Wolken. Die Frontscheibe war nass, es musste geregnet haben, während Heike geschlafen hatte. Mühsam, unter starken Schmerzen, richtete sie sich auf dem Autositz auf. Der Bulli stand direkt am Flussufer, sie erkannte die Stelle und war erleichtert, immer noch in Bonn zu sein.

Um ihren Kopf war ein Verband gewickelt, sie erinnerte sich, dass Professor Buttermann den Erste-Hilfe-Kasten geplündert hatte. Der Stoff saß eng, so als ob Heikes Stirn noch weiter angeschwollen war oder Buttermann den Knoten zu fest gezurrt hatte. Sie wollte zwei Finger darunterschieben, doch der Verband ließ sich nicht lockern, und außerdem tat die Bewegung weh.

Buttermann schnarchte neben Heike auf dem Fahrersitz. Sie betrachtete ihn mit widerstreitenden Gefühlen. Sein Schnurrbart war in der Zeit, in der sie sich nicht gesehen hatten, nachgewachsen, aber die Striemen an seinem Hals waren kaum verheilt. Er hatte die Brille zum Schlafen abgenommen und hielt sie in der Hand. Mit der Schulter lehnte er an der Tür, die Scheibe war beschlagen.

Hatte er der Stasi den Rücken gekehrt? Versteckte er sich mit Heike vor Herrn Markus? Nein, sie konnte ihm nicht so ohne Weiteres trauen – auch wenn er sie aus der Pariser Straße weggeschafft hatte.

Sie blickte hinter sich. Ein blutiger Lappen lag auf der Rückbank, eine leere Wasserflasche daneben. Vielleicht hatte Buttermann ihr in den vergangenen Stunden etwas zu trinken eingeflößt. Sie wusste es nicht, meinte jetzt aber vage, er sei umsichtig mit ihr gewesen. *Nicht weinen, Fräulein Heike.*

Andererseits konnte die Wasserflasche auch von der Frau stammen, die mit dem Bulli aus der Tiefgarage gekommen war und … Die Erinnerung blähte sich auf. Der Vernichtungswille der Frau. Heikes beinahe allerletztes Aufbäumen.

Sie stemmte die Schuhe in den Fußraum des Bullis. Ihr Rücken war nassgeschwitzt, trotz der Kälte im Auto, und sie zitterte, als sie verstohlen am Türöffner zog. Der Hebel blockierte. Auch als sie es noch einmal kräftiger versuchte, tat sich nichts. Es klackte, und sie hielt den Atem an. Vermutlich war dies ein Fahrzeug der Stasi. Die Beifahrerseite war lahmgelegt worden.

Ihre Stirn begann unter dem Verband zu pulsieren. Sie atmete aus, aber ihr Kopf fühlte sich an wie in einen Schraubstock gespannt. Sie brauchte einen Hinweis. Einen Anhaltspunkt, in welcher Situation sie sich befand. Buttermann schlief, als hätte er sich in der Nacht völlig verausgabt. Und als hätte er auch keine Sorge, Heike könnte vor ihm weglaufen. Weil er wusste, dass der Wagen präpariert war?

Hinter sich erspähte sie den Griff der Schiebetür. Mit den Fingerspitzen konnte sie heranlangen, wenn sie den rechten Arm zwischen Sitz und Wand durchstreckte. Nur nützte es nichts, die Tür hinten zu öffnen, solange sie selbst noch vorne saß. Also?

Minutiös spielte sie ihre Möglichkeiten durch: Sie könnte sich hochhieven, langsam an Buttermann vorbei auf die Rückbank schieben. Oder alles schnell hinter sich bringen, sich abrupt nach hinten werfen und aus dem Wagen stürzen, bevor der Professor es realisieren könnte. Aber würde sie es schaffen? Mit diesen Kopfschmerzen? Mit dieser raschelnden Jacke?

Wieder zupfte sie am Verband. Selbst das war zu laut.

»Wie geht's?«

Buttermann. Enttäuscht ließ sie den Arm sinken. Der Professor gähnte und setzte sich die Brille auf die Nase.

»Ah, es ist ja schon heller Morgen«, sagte er und benutzte das Lenkrad, um sich hochzustemmen und zu dehnen. Heike stiegen Tränen in die Augen, und sie drehte sich zur Seite.

Die Wolken hingen tief über dem Fluss, das Wasser war grau. Winzige Wellen schwappten ans Ufer, der Strom sammelte seine Gewalt in der Mitte. Wer dorthin geriet, wurde gnadenlos fortgerissen. Vierzig, fünfzig Menschen ertranken jedes Jahr auf diese Weise.

»Schön, Sie munter zu sehen«, sagte Buttermann. »Ich habe Ihnen ja auch versprochen, dass man mehr überlebt, als man meint. Wollen wir einen Spaziergang wagen?«

»Ich weiß nicht, ob ich das kann.«

»Frische Luft tut immer gut.«

Er sprang behände aus dem Wagen und öffnete Heikes Tür von außen. Offensichtlich wollte er ihr auch beim Aussteigen helfen, aber seine Miene war nicht zu deuten. Also rutschte Heike lieber allein vom Sitz, und als sie den Kiesstrand unter den Sohlen spürte, hielt sie sich am Seitenspiegel des Bullis fest.

Buttermann ließ sie stehen und trat an die Wasserlinie. »Vater Rhein. Wie werde ich seinen Anblick vermissen. Ich beneide Sie, Fräulein Heike, weil Sie sich noch jahrelang daran sattsehen dürfen. Wenn alles gut läuft.«

»Kannten Sie die Frau, die mich vor der Tiefgarage angegriffen hat?«

»Nein, nicht persönlich. Aber Herr Markus kannte sie, sie stammte wohl aus seinem allerneuesten Kader.«

»Herr Markus war auch an der Garage?«

»Nur kurz. Aber was meinen Sie: Haben wir beide schon einmal die Handschrift dieser Frau gesehen? Erinnern Sie sich an eine Schreiberin mit einer außergewöhnlichen, geradezu furchteinflößenden Loyalität?«

»Mir ist nicht nach einem Fachgespräch zumute.«

»Der einfache Loyale ist mir persönlich der liebste, denn er wird zu seinem Staat halten, selbst wenn etwas schiefgeht. Der Supraloyale dagegen braucht es perfekt. Beim allerkleinsten Lapsus des Systems neigt er zu impulsiven Reaktionen. Wissen Sie, was ich meine?«

»Sie haben sich also nicht von Herrn Markus … getrennt? Sie sind immer noch bei der Stasi, Herr Professor?«

»Der Tod von Jennifer war ein Lapsus, aber ebenso auch der Angriff letzte Nacht auf Sie, Fräulein Heike. Wenn ich es richtig mitgehört habe, dachte die Angreiferin, Sie hätten Jennifer bei unseren Genossen angeschwärzt. Mich würde interessieren, ob wir das Verhalten der Frau hätten vorhersagen können, also, dass sie sich über das System empört. Sie war supraloyal, nicht in der Lage, Schwächen zu verzeihen.«

Sie war? Also ist sie jetzt auch tot?, dachte Heike. Jennifer tot, die Frau tot… Die Gedanken verschwammen. Ihr Kopf tat so weh. Und sie wollte wirklich an nichts mehr beteiligt sein, was mit Loyalität zu tun hatte.

Buttermann musterte sie neugierig. »Warum haben Sie eigentlich an der Tiefgarage herumgelungert?«, fragte er. »Warum haben Sie sich den Genossen auf dem Silbertablett angeboten?«

Weil sie etwas auf dem Herzen gehabt hatte, fiel ihr ein. Es war etwas gewesen, das ihr bis dahin noch wichtig erschienen war.

»Nun, Fräulein Heike? Ich warte auf eine Antwort.«

Der Seitenspiegel knackte, als sie sich noch stärker daran festhielt. Ein, zwei sehr tiefe Atemzüge in den Bauch, nicht in die Brust, das war zu schmerzhaft.

»Ich habe an der Tiefgarage auf Sie gewartet, Herr Professor«, sagte sie schließlich. »Ich glaube, ich hatte Sorge, Sie ziehen sich nach dem Guillaume-Debakel aus Bonn zurück, und wollte noch einmal mit Ihnen reden.«

»Wie nett.« Er lächelte, vielleicht geschmeichelt. »Aber Sie haben auch gedacht, Ihnen könnte nichts passieren, Fräulein Heike, weil Sie jemand beschützen würde. Richtig? Sie haben mit dem bundesdeutschen Geheimdienst gerechnet, Ihren Freunden vom BND.«

»Wieso sollte ich?«

»Weil der Genosse Guillaume mit seiner Vermutung recht hatte. Sie haben uns alle betrogen.«

Die Angst kehrte zurück. Und wieder die Tränen? Die Panik, die Ohnmacht. Sie stand es nicht durch!

Buttermann machte eine wegwerfende Geste. »Traurig, in der Tat. Der BND hat leider kein Interesse daran, wie ein Engel über Sie zu wachen. Das Ergebnis ist bekannt: Sie könnten jetzt tot sein.«

Damit wandte er sich ab und spazierte über den Kies. Während Heike den Rest ihrer Fassung verlor. Warum hatte der Professor sie hierhergebracht, wenn er alles wusste?

Er trottete mit gesenktem Kopf über den Uferstreifen, anscheinend gelassen, denn nach seinem Verständnis gehörte Heike wohl sowieso ihm und käme nicht weit, wenn sie zu fliehen versuchte. Er würde sie einholen, immer wieder und auf allen möglichen Ebenen des Lebens. Aber stimmte das? War das Band zwischen ihnen wirklich so stark?

Als Heike dreizehn Jahre alt gewesen und ihr Vater gerade gestorben war, hatte Buttermann zuerst gezögert, den graphologischen Unterricht wieder aufzunehmen, sich dann aber doch dazu bereiterklärt. Ihr erster Termin war sofort sehr denkwürdig gewesen. Damals brach Buttermann in Seufzen aus.

»Du musst denken, ich bin ein Tier«, flüsterte er. »Deine Mutter geht mir aus dem Weg, und dein Bruder kann mich nicht mehr leiden, seitdem ich euch in jener Nacht geholfen habe, als du deinen Vater … Du weißt schon.«

»Aber das stimmt nicht!«, protestierte Heike und konnte ihren Lehrer nicht ansehen, weil er fast schluchzte.

»Ihr dankt mir jedenfalls nicht, was ich geleistet habe. Ihr gebt mir nicht einmal das Gefühl … «, Buttermanns Hand hopste auf der Tischplatte. »Nein, schon gut, Heike, Kind, ich nehme es zurück. Aber ab heute arbeitest du mit mir in einem Rahmen, den ich klar abstecken werde.«

Er lächelte, und sie fühlte sich von seiner Freundlichkeit beschämt.

»Es fällt meiner Mutter und meinem Bruder schwer, darüber zu sprechen«, sagte sie leise. »Aber ich weiß, was ich an Ihnen habe, Herr Buttermann. Ihre Unterschrift hat Girlanden.«

»Na! Genau das meine ich! Wie kommst du dazu, mein Herz aufzuspießen?«

»Ihr Herz?«

»Hände und Blicke weg von meiner Schrift!«

»Ja. Natürlich.«

»Ich habe dich aus dem Schnee gezogen und das allergrößte Unheil von dir abgewendet, Heike. Und wenn ich dich jetzt wieder unterrichte, möchte ich, dass du Respekt zollst. Du musst lernen, die Kunst verantwortungsvoll einzusetzen. Wäre es nicht schön, an einem großen, allgemeinen Frieden zu arbeiten?«

»Ja. Sehr schön. Etwas anderes habe ich auch nie gewollt, Herr Buttermann.«

»Du bist sehr jung und doch schon weit voraus. Wenn wir zusammenhalten und du ab jetzt auf mich hörst, würde ich mich freuen.«

Sie wusste, was er meinte, und ihr rann eine Träne über die Wange, als sie sagte: »Es war nicht richtig, das Notizbuch meines Vaters zu analysieren. Ich hätte Sie vorher fragen sollen, ob es eine gute Idee ist. Sie hätten mich beschützt. Hätten geahnt, dass er mich totschlagen will, wenn er sieht, wie ich seinen Charakter … wie ich die Graphologie benutze, um ihn …«

»Pssst, Heike. Die Graphologie ist nicht schlecht. Im Gegenteil! Sie überwindet jeden Graben und bringt die Menschen zueinander. Wenn ich dir zeige, wie es geht, folgst du mir dann?«

»Überallhin.«

Dann schnäuzte Buttermann sich in ein Stofftaschentuch, und Heike wünschte sich in diesem Augenblick, sie hätte nicht nur seine Worte, sondern auch ihn als Mensch rundum beruhigend gefunden.

Jetzt bückte sich derselbe Erik Buttermann auf dem Kiesstrand, hob einige Steine auf und steckte sie in seine Hosentaschen.

»Ich bin Ihnen nicht böse, dass Sie sich mit dem BND eingelassen haben«, rief er zu Heike herüber. »Aber was wollten Sie denn nun mit mir in der Pariser Straße besprechen?«

Konnte Heike den Seitenspiegel einmal loslassen? Kopfschmerzen, schwerer Atem, aber konnte sie die Knie ein wenig mehr durchdrücken?

»Wo ist mein Bruder, Herr Professor? Ist er wirklich in einem Gefängnis in der DDR?«

»Keine Ahnung.«

»Aber …«

»Ja, Herrgott, ich kann Ihnen nur das sagen, was

man mir selbst mitgeteilt hat. Letztlich weiß ich nicht, ob es stimmt. War der Zettel echt, den wir bekommen haben? Diese Nachricht von Johann?«

»Zu achtundneunzig Prozent ja.«

»Gut, dieses Ergebnis hatte ich auch errechnet.«

»Aber Sie haben mich mit Johann erpresst!«

»Ich habe Sie mit Ihrem eigenen schlechten Gewissen erpresst. Mir blieb ja keine andere Wahl, und Sie hätten sich daran auch sehr gut weiterentwickeln können. Aber es ist vertrackt: Wann immer ich Sie auf einen guten Weg bringen will, geht etwas schief.«

Sie ließ den Spiegel tatsächlich los und wagte zwei Schritte auf den Professor zu.

»Spielen Sie auf den Tod meines Vaters an?«, fragte sie. »Auf den Totenschein – und dass Sie mich aus dem Schnee gezogen haben?«

»Ach was. Das war doch alles selbstverständlich. Nein, ich meine eher Jolinda. Hat der BND Ihnen inzwischen verraten, dass Jolinda eine Genossin ist?«

»Sie ist also wirklich nicht ertrunken?«

»Sie lebt! Und wie. Man unterschätzt und missversteht sie bis heute.«

»Sie haben mir damals Jolinda auf den Hals gehetzt, um einen Keil zwischen meinen Bruder und mich zu treiben. Weil Sie sich die Macht über mich sichern wollten. Wahrscheinlich schon damals im Auftrag der Stasi.«

»Eben nicht, verdammt noch mal. Sie waren mir wichtig, Heike, und Ihr Wohlergehen war mir wichtig. Sie waren die größte Graphologin, die Deutschland je gesehen hat. In Ost und West!«

Er zupfte an seiner Hose und steckte weitere Kieselsteine ein. Heike setzte noch einmal einen Fuß vor den anderen. Schweißnass, schwankend, aber sie hielt sich aufrecht.

Buttermann kam ihr entgegen. »Ihr einziges Problem war und ist Ihre Verbohrtheit. Ich konnte damals schon sehen, wo es endet: dass Sie Ihre Grenzen nicht kennen. Und ja, ich habe Jolinda gebeten, Ihren Bruder ein wenig von Ihnen abzulenken. Aber das Gutachten über Jolinda, das Sie erfunden hatten, sollte Ihnen eigentlich nur klarmachen, wie gefährlich Sie sind!«

»Ich? Ihre Studentin? Sie waren es doch, der keine Grenzen kannte, Herr Professor!«

»Von wegen. Herr Markus stand in den Startlöchern, die Genossen waren schon gierig nach Ihnen. Man hielt Ihre Ausbildung für vollendet, jetzt sollten Sie komplett zu uns überwechseln und eine Kundschafterin des Friedens werden. Aber ich hatte Herrn Markus gewarnt, dass Sie trotz Ihres schwierigen Lebenswegs das Wesen der Graphologie immer noch nicht erfasst hatten. Sie mussten noch Ihre eigenen Emotionen studieren. Das gehört für einen Graphologen dazu.«

»Blödsinn. Damit reden Sie sich bloß heraus!«

»Tja. Das hat Herr Markus damals auch gesagt. Er unterstellte mir sogar, dass ich Sie nicht wirklich in unsere Reihen integrieren will. Na, wie kam er wohl darauf?«

Buttermann blickte über den Fluss, die Hosentaschen ausgebeult von den Steinen. Was probte er wieder für einen Schauspielertrick?

Am gegenüberliegenden Ufer entdeckte Heike ein kleines Boot, es konnte eben erst losgefahren sein. Schaukelnd trieb es flussabwärts, dann setzte ein Motorengeräusch ein, und der Bug stieg hoch. Mit einer schwungvollen Kurve hielt das Boot auf sie zu.

»Ihr Vater war kein guter Mensch«, sagte der Professor. »Und ich wollte Ihnen ein guter Kamerad sein. Ja, ich habe den großen Knall an der Uni provoziert. Erst wollte ich, dass Jolinda Ihren Bruder ablenkt, dann, dass Sie die Graphologie als Waffe erkennen. Aber letztlich konnte ich Sie nicht hergeben, nicht gänzlich an die Genossen von drüben verlieren. Ich war im Laufe der Jahre selbst etwas skeptisch geworden. Die Brüderlichkeit, die Gleichheit, unsere große Vision, wo war sie geblieben? Die Deutsche Demokratische Republik war drauf und dran, Sie zu verschlucken, liebe Heike. Ich hätte Sie möglicherweise nicht einmal mehr besuchen dürfen.«

Heike fasste ihn am Arm. »Wenn das wahr wäre, Professor Buttermann, würde ich mich immer noch fragen, ob Ihnen die Situation damals entglitten ist oder ob Sie mich bewusst so heftig bloßgestellt haben, dass ich keine Graphologin mehr sein konnte.«

»Oh nein, das war keine Absicht. Ich hätte es nie für möglich gehalten, dass Sie sich auf Dauer verkriechen würden. Der spießige kleine Lebensweg, Hochzeit, Kinder… Ich war so sicher, Sie kommen zu mir zurück! Aber, da hatten die Genossen wohl recht: Ihnen fehlte der geistige Überbau, um sich an Höherem zu orientieren. Kein Problem. Wir hätten das jetzt nachgeholt, Fräulein Heike. Im Anschluss an die Gutachten für unsere Freunde hätten wir es uns einmal wieder gemütlich gemacht und über unsere Zukunft gesprochen. Was meinen Sie: Elsbeth Ebertins *Auf Irrwegen der Liebe* – da hätten wir doch eine Neuauflage hinbekommen?«

Wieder blickte er zu dem Boot. Es hatte den Motor gedrosselt, kämpfte gegen die Strömung und kam nur noch langsam näher. Wollte es den Professor mitnehmen? Wohin – und für immer?

»Spüren Sie das?«, fragte er. »Dieses Goodbye in Frieden und Freundschaft? So etwas kennen Sie in Ihrem Leben noch nicht.«

»Nein«, sagte sie. »Was ich spüre, ist anders.«

Sie ließ ihn los, tatsächlich von einem Verlustgefühl überrascht. Sie war traurig, aber nicht wegen der Trennung von ihm, ihrem alten Lehrer. Sondern wegen des Abschieds von dem, was er ihr beigebracht hatte: dass es das Größte wäre, das Wesen eines Menschen zu erkennen.

»Leider habe ich keine Zeit mehr«, sagte Professor Buttermann. »Welcher Tag ist heute? Der 1. Mai. Der Schampus wird kaltgestellt, morgen knallen an der Diplomatenallee 18 die Korken, und dann sollte ich fort sein.«

»Also, die Ständige Vertretung der DDR wird bestimmt nicht eröffnet. Die Bundesregierung ...«

»Fräulein Heike, Sie träumen ja immer noch. Natürlich wird die Ständige Vertretung eröffnet! Die Niederungen, in denen sich unsereins abplagt, sind der Diplomatie doch völlig egal.«

Er rempelte sie plötzlich an, sodass sie hinzufallen

drohte und wieder nach seinem Arm greifen musste. Dann wand und drehte er sich mit ihr, bis ihr noch schwindeliger wurde und sie sich mit beiden Händen regelrecht an ihn klammerte. Aber da, im Bug des Bootes stand ein Mann, der sie … fotografierte? Sofort ließ sie Buttermanns Mantel los und wusste doch, dass es zu spät war. Der Professor würde gleich ins Wasser fallen, wie damals Jolinda. Wenig später kämen Fotos in Umlauf, die ein letztes Lebenszeichen von ihm zeigten: wie er am Ufer stand und Heike mit ihm rangelte.

Schwer atmend und mit betäubtem Herzen sah sie zu, als er mit den Schuhen in den Rhein platschte und immer weiterging. »Ich werde Ihren Werdegang aus der Ferne verfolgen«, rief er. »Vielleicht schreiben Sie ja doch noch eine große Forschungsarbeit, Fräulein Heike!«

Jeder Schritt dauerte länger, Buttermann zögerte, das Wasser musste eiskalt sein. Und er holte auch einige Steine wieder aus den Hosentaschen. Wozu dienten sie denn? Dass er authentisch im Rhein kämpfen musste? Für die Bilder?

Dann, als das Wasser ihm bis zur Hüfte reichte, hechtete er entschlossen nach vorn und ließ sich erst bäuchlings, dann auf dem Rücken treiben. Immer wieder spülte der Fluss über sein Gesicht. Die grauen Haare wehten im Strom, der Mantel breitete sich aus.

Und das Boot? Es blieb in Buttermanns Nähe. Fotos wurden geschossen, und Heike dachte, es müsste nicht unbedingt die Stasi, sondern könnte auch der BND sein, der Buttermanns Tod inszenierte. Beide Geheimdienste hätten ein Interesse daran, etwas gegen Heike in die Hand zu bekommen. Denn wenn die Ständige Vertretung der DDR in Bonn wirklich eröffnet würde, war es für die Politik angenehmer, wenn Heike über alles schwieg, was sie in den vergangenen Wochen erlebt hatte.

Der Professor schlug plötzlich um sich, es wurde ihm wohl zu viel, er war in einen Strudel geraten. Das Boot aber tuckerte an ihm vorbei und wurde kleiner und kleiner.

27.

Irre und dumm wäre: Wenn Peter sich vor der Tür zu seinem eigenen Haus fühlen würde, als käme er zu Besuch; und wenn er Herzklopfen hätte, als sähe er seine Ehefrau zum ersten Mal; wenn er sich unbeholfen wie ein Fünfzehnjähriger fragen würde, ob er Heike umarmen dürfte oder nicht; wenn er bei dem Gedanken an Themen, die sie beide dringend etwas angingen, anfinge zu schwitzen und sich selbst für surreal hielte. Er könnte ein Traumgänger sein, der sich selten im Griff hielt.

Und war es nicht so: Die Situation überstieg seine Kräfte. Heike trug einen Verband um die Stirn, und unter den Bündchen ihrer Pulloverärmel sah Peter schreckliche dunkle Flecken auf ihrer Haut. Er wusste nur im Groben, was ihr passiert war, denn sie hatte ihn bei Ilja angerufen, um sich mit ihm zu beraten (mit ihm!), aber erst jetzt konnte er das Ausmaß der Ereignisse begreifen und sich vorstellen, welche Schmerzen sie haben musste.

Er sah ihr an, dass sie bis gerade eben im Bett gelegen hatte. Wohl nur, weil die Kinder schon vor der Haustür nach ihr gerufen hatten, hatte sie sich aufgerafft. Jetzt nahm sie sehr zart und vorsichtig Anne und Michael in den Arm, und als sie endlich auch Peter begrüßte, sprang ihm das Herz bis zum Hals. Hatte sie

Angst um ihr Leben gehabt? In einer Tiefgarageneinfahrt! Fast hätten sie sich nie wiedergesehen.

»Heike?« Es fiel ihr schwer, seinen Blick zu erwidern, er küsste sie auf die Wange. Anne und Michael sahen mit riesigen Augen zu. Peter stieg der Geruch eines Desinfektionsmittels in die Nase, Heikes Verband war verfärbt. Aber … nein, er hielt es nicht mehr aus und lief in die Küche, um sich unbeobachtet zu fangen.

Hatte BND-Specki irgendwo seine Telefonnummer hinterlassen? Peter hätte ihn jetzt tatsächlich angerufen, wenn es möglich wäre! Er musste Alarm schlagen, wollte Meldung machen. Und sich außerdem beschweren. Warum hatte der BND es zugelassen, dass Heike sich in die Pariser Straße gestellt hatte? Achtete niemand mehr auf sie?

Und was ist mit Ihnen?, würde Specki fragen. Wo waren Sie denn, Herr Holländer?

Die liebe Familienküche, Peter stützte sich ab. Und komisch, alles war trocken. Das Spülbecken, der Lappen, sogar das Glas auf dem Tisch. Wie lange hatte Heike die Küche nicht mehr benutzt? Hatte sie heute überhaupt schon etwas gegessen oder getrunken?

Er brauchte sie! Anne und Michael brauchten sie! Und es war doch nur eine Pause gewesen, die er eingelegt hatte, und wenn er gewusst hätte … Er drückte sich eine Hand auf den Mund.

Eine Brühe mit Nudeln? Würde ihr das gefallen?

»Heike, soll ich dir etwas kochen?«

»Danke, Peter.«

Danke, ja oder danke, nein? Egal. Topf her, Wasser

rein, Brühwürfel, Suppennudeln. Deckel drauf. Und warten. Und sich schrecklich fühlen. Schnattern vor Angst. Er war zwar wieder zu Hause, aber gleichzeitig im Nichts.

Könnte er mit Heike bloß unter vier Augen reden. Es war wegen der Kinder unmöglich. Und könnte er sie frei heraus fragen, wie er ihr helfen könnte – und ob sie seine Hilfe noch wünschte?

Er hockte sich hin, fiel nach vorn, blieb auf allen vieren auf dem Küchenboden und weinte. Ein Hornochse mit Kolik, mit den chaotischsten Gefühlen.

Wie er zum Beispiel neulich vor Ilja herumgeschwafelt hatte. Dass er Heike so gern schon als kleines Mädchen gekannt und sie dann selbstverständlich vor allem Übel beschützt hätte. Ja, wirklich? Er? Ein Held im Wunschdenken war er und sollte sich schämen. Hatte sich selbst in Szene gesetzt und Heike alleingelassen.

Das Nudelwasser kochte über, er riss den Deckel vom Topf. Das konnte er. Dann wusch er sich das Gesicht und spürte dabei seine Hände. Roch das vertraute Waschpulver im Handtuch, atmete tief ein, tief aus, es wirkte. Er war ruiniert, aber auch bereit. Außerdem durfte er Heike noch eine Nachricht übermitteln, die für sie großartig war.

Er brachte ihr die Suppe und half ihr auf dem Sofa in eine halb liegende, halb sitzende Position. Anne hatte begonnen, die alte Eisenbahn ab- und neu aufzubauen, und zwar so, dass die Schienen durch mehrere Zimmer führten und es unmöglich war, eine Tür zu schließen.

»Schmeckt«, sagte Heike. »Danke.«

Peter setzte sich auf die Kante. »Hast du mir genug

erzählt, Heike? Über die Tiefgarage? Und … über später am Rhein? Ich habe den Eindruck, wir sollten besser ins Krankenhaus fahren.«

»Nein. Es ist nicht nötig, den Verband noch einmal herunterzunehmen, und ich möchte jetzt einfach mit euch zusammen sein.«

»Das möchten wir auch. Aber …«

»Oder hast du keine Zeit? Wie läuft es denn bei dir – mit Ilja?«

»Gut.«

Sie warfen einen schnellen Blick auf die Kinder. Anne und Michael ließen nicht erkennen, ob sie lauschten. Sie schoben die Eisenbahn hin und her.

»Gestern Abend hatte Ilja Besuch«, sagte Peter. »Er hat eine private Fete gefeiert, und da war eine Frau, die … deinen Bruder gesehen hat. Letzten Winter auf Gomera.«

Oh, das war zu schnell gewesen. Und auch der falsche Zeitpunkt für diese Information! Heike gab ein Geräusch von sich, das wohl ein Schmerzenslaut war. Der Löffel fiel klirrend auf den Teller, und auch die Kinder ließen etwas fallen. »Mama?«

»Wie kann ich … diese Frau erreichen?«, fragte Heike mit fremder Stimme. »Hast du ihren Namen, Peter?«

»Ilja wird ihre Telefonnummer haben und dir ganz bestimmt helfen. Tut mir leid, dass ich mir selbst nichts aufgeschrieben habe, sie war auf der Fete plötzlich verschwunden. Ich weiß nur, dass sie Jo heißt.«

»Nein! Jo? Als Abkürzung von Jolinda?«

»Hm. Möglich. Oder nicht.«

»Peter! Jolinda hieß doch …«

»Ja! Ich weiß! Aber ich bin nicht darauf gekommen! Bis gerade eben.«

Wie Heike ihn ansah. Und wie Michael plötzlich weinte und in die hinterste Ecke krabbelte. Es war doch alles nicht fair!

»Kann es nicht einmal etwas geben, das einfach nur schön ist?«, fragte er. »Ich werde noch verrückt, wenn ich keinem einzigen Menschen und keiner Situation mehr vertrauen kann.«

Er klaubte den Löffel aus der Suppe und holte einen frischen aus der Küche. Musste sich bewegen, sich beruhigen, Michael zulächeln, auch Anne – Was war mit ihnen allen passiert?

Er kniete sich vor Heike. »Aber dir vertraue ich noch«, sagte er rau.

Vor wenigen Stunden erst, im Morgengrauen, war er durch Iljas Wohnung getapert und hatte die Schnapsleichen studiert, die von der Fete übrig geblieben waren. Im Flur hatte ein halbnacktes Pärchen gelegen, im Badezimmer ein Dreier. Jo war nicht zu sehen gewesen. Jemand hatte geröchelt, und es hatte auch in der Küche gestunken, aber immerhin war löslicher Kaffee übriggeblieben. Peter hatte den Tisch abgewischt, und kaum hatte er sich mit der dampfenden Tasse hingesetzt, war Ilja herbeigewankt. In Unterhose und T-Shirt, schimmernd, aber auch mit Lippenstift am Hals. Ilja hatte sich über Eck gesetzt und war mit dem bloßen Knie an Peters Schlafanzughose gestoßen. Dann hatte er Peters Kaffee haben wollen und ihn zur Hälfte ausgetrunken.

Peter hatte ihm zugesehen, wie er gegrinst und sich

durchs Haar gewuschelt hatte, und dabei gemerkt, dass Iljas Zauber verflogen war. Nicht nur wegen des Wortwechsels am NSU gestern Abend auf der Straße, sondern auch, weil es zwischen ihnen immer viel zu viel und gleichzeitig zu wenig gegeben hatte.

Vor Peter lag eine neue Welt, die offen und interessant war, und er brauchte niemanden, der ihm neue Wege aufzeigte. Er hatte sich selbst! Und mit ganz viel Glück hatte er auch weiterhin Heike an seiner Seite.

Jetzt lächelte sie ihn an, setzte sich auf dem Sofa aufrechter hin und berührte seine Wange, wie sie es früher oft getan hatte.

»Ich vertraue dir auch«, sagte sie und ließ es zu, dass Anne zwischen sie kletterte. »Und wenn es wirklich Jolinda war, die du auf der Fete gesprochen hast, ist es egal. Für mich ist nur eine Frage entscheidend: Wie lange dauert deine Pause noch, Peter?«

Liebe Heike, lieber Peter,
ich darf euch wahrscheinlich nicht schreiben, und tue es doch. Weil ich euch sagen will, dass es mir gut geht!!!! Unkraut vergeht nicht, also fast nicht, und der Zirkus zieht weiter. Seid ihr zum Beispiel an Fußball interessiert? An der Fußballweltmeisterschaft in diesem Sommer? Ist doch ein wahnsinniger Zufall, dass wir mit der DDR in einer Gruppe sind. Oder? Und was sich da für Probleme ergeben … auch für meinen Chef. In vier Wochen ist Anstoß, und ich hoffe, es stresst dich nicht, Heike, aber evtl. kommen wir noch einmal auf dich und deine Expertise zurück.
Bis dahin! Bleibt sauber.
Sabine

28.

In der Ständigen Vertretung der DDR brannte noch Licht, Heike sah es schon von Weitem. Eigentlich hatte sie sich vorgestellt, ungerührt an dem Gebäude vorbeizufahren, aber jetzt lenkte sie die Mobylette doch an den Straßenrand und hielt an.

Es war die Stunde, in der es auf der Diplomatenallee ein wenig ruhiger zuging. Die Büros, Ministerien und Verwaltungen hatten Feierabend, Politiker, Angestellte und Chefs aller Art saßen zu Hause am Abendbrottisch oder standen unter der Dusche und planten ihren weiteren Abend. Manche von ihnen würden später noch auf einen Empfang gehen, andere ins Konzert und dort auf Pressefotografen hoffen. Wiederum andere würden die Bonner Schleichwege nutzen, um ungesehen nach Köln zu entwischen und durch die dortigen Nacktbars zu streifen. Nur die Abgesandten der DDR waren noch fleißig.

Der gläserne Eingang der Ständigen Vertretung war grell ausgeleuchtet, selbst von Heikes Standort aus war das metallene Staatswappen gut zu erkennen. Auch das Licht, das aus den Büros fiel, schien besonders hell zu sein. Die Gardinen waren zur Seite gezogen, sodass man die kahlen Fensterbänke sah. Sachlich, bescheiden und offen wollte man wirken, aber Heike hätte empfohlen, die Stromkosten zu sparen. Wer wirklich bescheiden war und auch nichts zu verbergen hatte, würde nicht so ausdrücklich darauf hinweisen.

Vor vier Tagen hatten sie sich im Fernsehen die Eröffnung der Ständigen Vertretung angesehen. Der Bericht war knapp gewesen. BRD und DDR hatten sich darauf geeinigt, die Inbetriebnahme der Vertretung nicht zu feiern und weder Minister noch Spitzenfunktionäre an die Diplomatenallee zu schicken – wegen der Guillaume-Affäre. Also waren Bürokraten aus der zweiten oder dritten Reihe aufmarschiert, um die Formalitäten zu erledigen, und angeblich hatten auch hinter verschlossenen Türen keine Korken geknallt.

Heike und Peter hatten trotzdem auf Zwischentöne gewartet. Wenn zwei verfeindete Staaten jahrelang auf etwas hingearbeitet hatten und dann plötzlich so taten, als handelte es sich nicht um etwas Besonderes, dann musste doch jeder kapieren, dass dort Leichen im Keller lagen! Aber nein, die Tagesschau hatte nichts dazu gesagt.

Schließlich hatte Peter eine Flasche Eierlikör auf den Tisch gestellt: »Schöne Grüße von Herrmann, das hier kam mit der Post. Der Großhandel macht den ganzen Mai über Sonderpreise.«

»Herrmann hat es wohl nötig?«, hatte Heike geantwortet. »Willst du den Likör probieren, Peter?«

»Nicht dein Ernst!«

»Doch. Also, nur weil ich nichts von dem Zeug will, musst du ja nicht ebenfalls nichts wollen. Oder wird es jetzt sehr kompliziert mit uns?«

Peter hatte gelacht, die Versiegelung entfernt und

den Fernseher ausgeschaltet. Und noch immer bekam Heike bei der Erinnerung daran ein warmes Gefühl im Bauch.

Sie blickte hoch zum obersten Stockwerk der Ständigen Vertretung. Hinter einem der Fenster bewegte sich ein Schatten, aber sie hatte keine Angst mehr. Falls sie mit ihrer Mobylette erkannt worden war und falls vielleicht jetzt schon bei Herrn Markus eine Meldung über sie einging, sollte es ihr recht sein. Herr Markus würde denken, dass sie zum Alltag überging, und das war gut für ihren Plan. Sie fuhr für alle sichtbar in ihren Schreibwarenladen – was sonst?

Flink fädelte sie sich wieder in den Verkehr ein. Da war ein Bus. Da ein Taxi. Ein Diplomatenwagen, ein Motorrad. Eigentlich verrückt: In jedem einzelnen Fahrzeug konnte jemand sitzen, der etwas anderes darstellte, als er war, und Heike fühlte sich nicht unter Druck.

Vorhin, als sie ihre Mobylette aus der Garage geholt hatte, war Peter noch einmal aus dem Haus gekommen, um sie zu verabschieden. Sie hatte ihm gegenüber ihre Kopfschmerzen heruntergespielt, und wahrscheinlich ahnte er das und machte sich Sorgen. Er war ohnehin aufgeregt, weil sie zum ersten Mal seit ihrer Verletzung wieder allein unterwegs sein wollte, wusste aber auch kein Argument dagegen. Sie konnten beide keinen weiteren Tag mehr in Bonn verstreichen lassen. »Ich bleibe wach, bis du wiederkommst«, hatte er also nur gesagt und sie mit keiner Geste aufgehalten.

Die Mobylette schnurrte aufs Schönste, Heike bog von der Diplomatenallee ab und ließ sich bis zum Laden ausrollen. Sie parkte das Motorfahrrad gut sichtbar vor dem Schaufenster und schloss die Tür auf. Die Ladenglocke schepperte vertraut, nahezu herzzerreißend, aber natürlich verriegelte Heike die Tür sofort wieder von innen.

Es war dunkel, sie wollte noch kein Licht machen. Auf dem Fußboden lag Post, sie spürte die Umschläge unter ihren Schuhen, wollte aber zunächst das Bütten ringsum in den Regalen wahrnehmen. Den intensiven Duft. Weich, mit einer Würze, die sie ihr Leben lang begleitet hatte. Und jetzt durfte Schluss sein?

Als die Neonröhren aufflackerten, sah sie, dass die Kassenschublade am Tresen offen stand. Die Geldfächer waren leer, aber das war wohl zu erwarten gewesen. Seit Wochen waren Agenten in das Geschäft eingedrungen und hatten herumgeschnüffelt, sie hatten bisher bloß nie eine Spur hinterlassen. Erst jetzt, mit dem Griff in die Kasse, war auch diese Ära beendet.

Für das Bütten und die Füllfederhalter hatte sich natürlich niemand interessiert. Das Papier lag auf Kante, und kaum zu glauben: Nicht einmal der M30 Schwarz Rolled Gold war angefasst worden! Auch die Bleistifte steckten akkurat in ihrem Fach. Die Crayons aus Frankreich, die Tintenroller aus Fernost. Heike strich mit den Fingerspitzen darüber. Alles grandios, dachte sie. Schreibwaren Holländer war anstrengend, aber auch einmalig gewesen. Das Sortiment, die Kunden.

Sie beschloss, sich zur Erinnerung einige Stifte einzustecken. Den M30 gönnte sie sich, auch den P476 in Schwarz, aber mehr durfte es nicht sein. Sie wollte doch einen echten Schlussstrich ziehen, und das ging nur mit wenig Gepäck.

In ihrer Kindheit hatte unter dem Tresen, dort, wo heute der Cognac stand, eine Schachtel mit Süßigkeiten gelegen. Der Vater hatte besonders guten Kunden manchmal etwas zugesteckt, und es war die Aufgabe der Mutter gewesen, die Schachtel stets gefüllt zu halten. Einmal hatte die Mutter dafür eine Tüte Nougateier gekauft und war, als sie nach der Schachtel gesehen hatte, plötzlich allein mit Heike im Laden gewesen. Die Mutter hatte gezögert, dann mit Wucht die Tüte aufgerissen und Heike zu sich gewinkt. Sie sollte alles aufessen, ein Nougatei nach dem anderen, aber eilig und am Boden hockend, damit man sie von der Tür aus nicht sah.

Während Heike die Schokolade in sich hineingestopft hatte, hatte die Mutter sie nicht aus den Augen gelassen. Ihre Miene war unheimlich gewesen, verschwörerisch, aber auch besorgt. Und dann hatte die Mutter Heike über den Kopf gestrichen, und vielleicht hätte sie sogar noch etwas Wichtiges gesagt, aber da war der Vater in den Laden zurückgekommen, und sie hatten beide sofort so getan, als wäre alles wie immer.

Den Müll hatte die Mutter später heimlich entsorgt. Sie hatte die leere Tüte und das Einwickelpapier der Nougateier in Heikes Schultasche gesteckt.

Na und? Auch das war vorbei.

Heike hob die Post vom Fußboden auf und trug sie ins Hinterzimmer, wo sie sich ebenfalls umblickte, bis sie genug hatte. Sie zog den Stecker der Kaffeemaschine aus der Wand und deckte die gute Schreibmaschine mit der Haube ab.

Zurück im Verkaufsraum, fiel ihr zu guter Letzt der Postkartenständer ins Auge. Rheinromantik, Loreley. Der Lange Eugen, der Mercedes-Stern und drei verschiedene Motive Willy Brandt. Ob bald eine Karte mit der Ständigen Vertretung der DDR dazukäme?

Sie räumte ein Fach frei, dann löschte sie das Licht, meinte aber, auch vom Tresen noch Abschied nehmen zu müssen. Dazu legte sie die Hände flach auf das blanke Holz, wartete, bis das Kribbeln verebbte, und verließ dann endlich beruhigt den Laden.

Jetzt kam es auf die Mobylette an, ob sie es pünktlich zu ihrer nächsten Station schaffte. Sie startete den Motor, kein Problem. Werkzeug und Lappen lagen in der Satteltasche bereit, aber obwohl die Straße feucht war, lief der Motor rund.

Hinter der Unibibliothek drosselte sie die Geschwindigkeit. Vorsichtshalber schaltete sie auch den Scheinwerfer aus und bog dann im Kriechtempo, alle Sinne geschärft, in die kleine Gasse ein.

»Herr Markus würde dir liebend gern auflauern«, hatte Peter gesagt. »Aber am Institut für Graphologie bist du bestimmt sicher. Er muss ja denken, dass der BND das Institut beobachtet.«

»Sehr schön«, hatte Heike geantwortet. »Wenigstens die Stasi hält den BND für gewieft.«

Die Fassade des Instituts hatte sich verändert. Das Transparent und die Girlanden waren verschwunden, der graue Putz war aufgefrischt, das gelbe Licht über dem Eingang gegen ein weißes ausgetauscht worden. Offenbar geht der Betrieb ohne Professor Buttermann recht gut weiter, dachte Heike zufrieden. Bloß der

Briefkasten sah vernachlässigt aus. Die Klappe hing schief, der Kasten war aufgebrochen worden.

Sie parkte die Mobylette an der Seite des Hauses und stellte sich selbst in den Cotoneaster. Von hier aus konnte sie die Straße in beide Richtungen überblicken. Grübeln lohnte nicht mehr, es kam sowieso nur in hässlichen Schüben, und Heike hatte alle Eventualitäten, die noch auf sie zukommen könnten, bedacht.

Minuten vergingen. Endlich war das typische Motorengeräusch des Bullis zu hören. Der Wagen rollte heran, und auch bei ihm waren die Scheinwerfer ausgeschaltet, und Heike musste lächeln: Auf Frau von Bothmer war Verlass.

An der dunkelsten Stelle der Gasse hielt der Bulli an, Frau von Bothmer stieg vorsichtig aus, und Heike lief ihr entgegen.

»Vollgetankt«, sagte die Abgeordnete leise. »Und auf meinen Namen umgemeldet.«

»Das werde ich Ihnen nie vergessen.«

»Na, das sagt die Richtige. Nachdem Sie uns so großartig mit Ihren Schriftanalysen geholfen haben!«

»Wirklich? Das freut mich.«

»Ein Drittel der anonymen Schreiber ist inzwischen gestellt, leider stammen einige aus unserer eigenen Fraktion.«

Heike nahm den Bullischlüssel entgegen. »Ich würde ja sagen, dass Sie auch Frau Renger Grüße bestellen sollen, aber …«

»Nein, das geht nicht, ist doch klar. Ich schweige über alles. Außerdem haben wir in der SPD schon wieder ganz andere Probleme. Es wird eine lange Nacht heute, denn, ja, wir fürchten, Willy Brandt tritt zurück.«

»Was? Wegen der Ständigen Vertretung?«

»Nein, wegen Guillaume! Willy hat innerparteiliche Andeutungen gemacht, ich bin in allergrößter Sorge. Er ist stur, will sich selbst bestrafen, anstatt die DDR zur Verantwortung zu ziehen.«

Es rührte Heike, Frau von Bothmer so aufgewühlt zu sehen, und auch wenn die Zeit sehr drängte, wollte sie der Politikerin etwas verraten.

»Wenn der Bundeskanzler zurücktritt, wird die DDR genauso schockiert sein wie Sie. Ich habe gehört, dass der Kanzler drüben sehr viele Anhänger hat. Honecker wird sich am allermeisten ärgern, wenn er Brandt als Verhandlungspartner verliert.«

»Wo hören Sie denn so etwas?«

»Bonn ist ein Dorf.«

»Das stimmt. Ein Dorf, das laufend mehr Gründe hat, Sie zu vermissen, Frau Holländer!«

Sie umarmten sich kurz, dann hatte Heike noch eine Bitte: »Ich habe hier einen Brief. Würden Sie den für mich abschicken, in etwa einer Woche? Er geht an meine Schwiegermutter, Silvia Holländer, sie soll den Schlüssel zum Schreibwarenladen bekommen und erfahren, dass es uns gutgeht.«

»Uns? Wen meinen Sie denn damit, Frau Holländer?«

»Peter, die Kinder und mich.«

»Aber ich dachte, Sie fahren allein nach Gomera!«

»Nein. Davon war nie die Rede.«

Verblüfft drehte die Abgeordnete den Umschlag in

den Händen, dann fing sie sich: »Es war mir trotzdem eine Ehre, Ihnen zu helfen und das Fahrzeug für Sie zu präparieren. Aus meiner Sicht bleibt es eine Frauensolidarität. Und achten Sie bitte auf Ihre Unabhängigkeit, Frau Holländer. Es wird sich auszahlen.«

»Hundertundneun Tipps für die Frau?«

»Nein, jetzt sind es hundertzehn.«

Frau von Bothmer marschierte zur Mobylette, während Heike den Bulli startete. Er war gesäubert worden, und auf dem Beifahrersitz stand sogar etwas zu essen. Es duftete nach frischem Brot.

Im Überschwang, entgegen jeder Vernunft, legte Heike noch einmal den Rückwärtsgang ein und kurbelte das Fenster herunter:

»Ich bin unabhängig, Frau von Bothmer, machen Sie sich keine Sorgen. Ich bin auch frei, weil ich an jedem Ort der Welt mein eigenes Geld verdienen kann!«

»Ja, wollen Sie das denn?«, schallte es zurück. »Wieder arbeiten?«

»Unbedingt! Ich bin Graphologin!«

NACHWORT
DER HISTORISCHE HINTERGRUND DES ROMANS

»Die Bundesrepublik ist, neben Österreich und der Schweiz, das graphologiewütigste Land der Erde«, schrieb *Der Spiegel* 1965. »In Liebe und Ehe, Justiz und Verwaltung, Militär und Wirtschaft bauen die Deutschen auf die Graphologie.«

Firmen von Weltruf ließen damals die Handschriften ihrer Mitarbeiter analysieren. Selbst die Lufthansa und die Bundeswehr vertrauten bei ihren Personalentscheidungen dem Urteil von Graphologen.

Es hatte in den Sechziger- und Siebzigerjahren nichts Dubioses, eine Handschrift zu deuten. Zwar existierte ein Graubereich, in dem sich selbst ernannte Schriftkundler als Lebensberater tummelten, aber die ernsthafte Graphologie setzte sich mit eigenen Ausbildungswegen und Zertifikaten stolz davon ab und etablierte sich an den Universitäten als anerkannte Wissenschaft. Professoren lehrten, wie sich der Charakter eines Menschen aus seiner Handschrift herauslesen lässt.

Als ich für *Die Diplomatenallee* recherchierte, war es mir ein Vergnügen, in diese Blütezeit der Graphologie einzutauchen. Ausgerechnet die als nüchtern und bürokratisch bekannte deutsche Nation war in einen

Handschriftenrausch verfallen. Dabei musste ich allerdings zwei Linien verfolgen, eine West- und eine Ostausrichtung der Graphologie, denn die deutsche Teilung hatte auch hier ihre Spuren hinterlassen.

In der alten Bundesrepublik, im Westen, nahm die Graphologie eine schillernde Rolle ein und wirkte in sämtlichen Gesellschafts-, Verwaltungs- und Wirtschaftsbereichen. In der DDR dagegen, im Osten, diente die Graphologie vor allem dem Staatsapparat. Die Stasi beanspruchte die besten Fachkenntnisse für sich.

An der Stasi-Hochschule in Potsdam lernten die Agentinnen und Agenten, anhand von Schriftproben in die Köpfe der Menschen hineinzusehen. Unmengen an Notizen, Briefen und auch Schulaufsätzen wurden von der Stasi analysiert, um »feindlich-negative Kräfte« zu erkennen.

Auch ihr eigenes Personal wird die Stasi auf diese Weise unter die Lupe genommen haben. Besonders die Mitarbeiterinnen und Mitarbeiter, die im Ausland eingesetzt wurden, standen unter Druck, linientreu und charakterfest zu sein.

Das Gebäude der Ständigen Vertretung der DDR (StäV) in Bonn ist heute noch zu besichtigen. Es hat seit dem Mauerfall verschiedene Nachmieter beherbergt, aber der Bau ist derselbe wie 1974, als die StäV in Betrieb genommen wurde. Der viergeschossige Klotz verströmt den typischen Siebzigerjahrecharme. Der Verkehr auf der Godesberger Allee, damals auch Diplomatenrennbahn oder Diplomatenallee genannt, braust daran vorbei.

Ganz in der Nähe befanden sich früher die Regierungseinrichtungen der BRD. Für die Stasi war es in vielerlei Hinsicht günstig, hier, im Herzen der alten Hauptstadt, einen Stützpunkt installieren zu können. Unter dem Mantel einer legalen diplomatischen Einrichtung ließ sich die Spionage perfekt tarnen.

Bei der Recherche interessierte mich, wer die Menschen gewesen waren, die in der Ständigen Vertretung gearbeitet hatten, und wie ihr Alltag in Bonn ausgesehen hatte. Fast einhundert Frauen und Männer kamen 1974 aus der DDR in die Bundeshauptstadt, manche brachten ihre Kinder mit. Wie lebten sie als linientreue Sozialisten im Kapitalismus? Wo sind sie heute?

Ich fragte zunächst bei Personen und Institutionen nach, die mit den Leuten damals zu tun gehabt haben mussten, stieß aber auf Widerstand. Kaum jemand wollte sich an die Zeit der DDR-Bürger im Westen erinnern. Die Informationen tröpfelten auffallend spärlich, und ich merkte, dass ich an ein Thema rührte, welches unangenehm war.

In der gesamten alten Bundesrepublik lebten Tausende Informanten oder Agenten der Stasi. Nach dem Mauerfall wurden nur wenige enttarnt, viele konnten unerkannt auf ihren Posten bleiben, in Wirtschaft, Wissenschaft, Politik und Medien. Mancher wird inzwischen gestorben sein, doch die anderen fürchten vermutlich bis heute ihre Entdeckung.

Auch auf der Seite des Westens gibt es Kapitel, die man am liebsten geschlossen hält. Mancher Kontakt zur StäV wurde auf eigene Faust arrangiert, und man wird sich nicht mehr gern an jede rauschende Party erinnern, die in den Bonner Wohnungen der DDR gefeiert wurde.

Bald fiel mir bei den Nachforschungen auf, dass auch über die Geschäfte der DDR in Bonn wenig bekannt ist. In den Siebzigerjahren wurden millionenschwere Immobilienverträge geschlossen. Ein kleiner Kreis Bonner Bürger profitierte von einem Großteil des Geldes aus der DDR. Hat sich bis heute niemand darüber gewundert?

Ich suchte gezielt nach Zeitzeugen, und je länger die Recherche andauerte, umso mehr Informanten meldeten sich. Einer berichtete über die Arbeit der Geheimdienste zur Zeit der deutschen Teilung, ein anderer erzählte, wie ihn die Geheimdienste beobachtet hätten, sowohl der Bundesnachrichtendienst BND als auch die Stasi – und zwar im Rheinland. Die Unterschiede zwischen den Agenten seien deutlich gewesen: »Die Stasi hockte lautlos im Gebüsch, während man den BND rascheln hörte.«

Die alte Bundeshauptstadt war von Spionen durchsetzt, und im Vergleich zum geteilten Berlin besaß Bonn eine noch höhere Agentendichte. In den beschaulichen Gaststätten am Rhein trafen Ostblock und Westblock aufeinander. Bonn war das Brennglas des Kalten Krieges – und übte sich in Weltläufigkeit. Über einhundert Nationen waren im Jahr 1974 in Bonn mit Botschaften vertreten. Für die DDR und die Stasi muss es wie eine Einladung an eine labende Quelle gewesen sein, sich hier mit einer Ständigen Vertretung niederlassen zu dürfen. Die Bundesregierung unter Willy Brandt, der für seine Ost-West-Politik den Friedensnobelpreis bekommen hatte, unterschätzte wohl das Bestreben der DDR, mit der StäV auch eine Spionagebasis einzurichten.

Meine Neugier auf das Innenleben der StäV wuchs, je mehr ich erfuhr. Unbedingt wollte ich die Spur der damaligen Belegschaft aufnehmen und beschloss, nach den wenigen Kindern zu suchen, deren Eltern in der StäV gearbeitet hatten. Ich fand erste Namen und klärte Identitäten. Dann nahm ich zu einigen ehemaligen StäV-Kindern Kontakt auf.

Nicht alle waren erfreut, von mir zu hören. Es mochte oder konnte auch nicht jeder frei über die Vergangenheit reden. In manchen Fällen musste ich zuerst Vertrauen aufbauen – oder finden. Übereinstimmend aber beschrieben die ehemaligen StäV-Kinder ihre Jahre in Bonn als besonders schön. Die ständige Aufsicht und Kontrolle durch die Erwachsenen hätten sie als Nähe und Zusammenhalt der Familien erlebt. Selbst die Schule war in die DDR-Enklave integriert: Auf Anweisung von Margot Honecker gingen die Kinder im Hinterhof der StäV in eine DDR-eigene Schule.

Strittig war in unseren Gesprächen das Thema Stasi. Wie war die StäV mit dem Geheimdienst der DDR verwoben? Manche Gesprächspartner blockten die Frage ab, andere sagten: »Jeder, der in der StäV in Bonn arbeitete, war bei der Stasi. Es hätte sonst gar nicht funktioniert.«

Der Alltag der Agenten war streng geregelt. Sie lebten abgeschottet und hatten im öffentlichen Raum klare Vorschriften zu befolgen. Taschen und Beutel mussten geschlossen sein. Einkaufen war nur in festgelegter Begleitung erlaubt. Private Westkontakte waren natürlich verboten, während »dienstliche« Kontakte bis in den Bundestag hinein erarbeitet wurden. Es gab ausschweifende Abendessen und Feiern in den StäV-Wohnungen, die der »allgemeinen Informationsbeschaffung« dienten.

Der Radius, in dem vor allem die Frauen sich zu Fuß bewegen durften, betrug nur wenige Hundert Meter. Auto fahren durften sie nur zu zweit, und wenn sie etwas im nahen Bad Godesberg zu erledigen hatten, musste ein Mann dabei sein.

In Bad Godesberg gab es bestimmte Westadressen, die von den Stasi-Agenten angesteuert werden durften. Eine Eisdiele gehörte dazu, aber auch ein Zahnarzt, ein Augenarzt und ein Optiker waren dabei. Bei allgemeinen Krankheiten wandte man sich in der StäV an eine Krankenschwester mit Zusatzausbildung, die direkt aus der DDR nach Bonn mitgekommen war.

Der Chef der StäV residierte außerhalb der Stadt in einer idyllischen Villa in Bornheim. Für seinen Chauffeur und andere Bedienstete wurden Häuser in der Nähe angemietet. Die meisten Agentinnen und Agenten aber wohnten 1974 in den riesigen, schmucklosen Blocks an der Pariser Straße 50–52 in Auerberg. Von dort wurden sie morgens mit Bussen zur Arbeit an die Diplomatenallee gefahren – eine Lösung, die offenbar nicht gefiel. Ab 1978 brachte die DDR die Belegschaft in der Teutonenstraße unter, direkt neben der Ständigen Vertretung, und hatte nun alles auf engstem Raum.

Für die Kinder war die Teutonenstraße perfekt. Sie durften draußen spielen, denn die Straße war schmal und konnte rechts und links von den Erwachsenen abgeriegelt werden, sodass keine Gefahr eines Westkontaktes bestand.

Die Familien unternahmen aber auch Ausflüge. Man spazierte in der Rheinaue, fuhr in den Kottenforst, das Freibad oder auch nach Düsseldorf zur Handelsmission der DDR. Manche Familien reisten sogar quer durch das Bundesgebiet, zum Beispiel zu internationalen Sportfesten, wenn der Vater dort einen Auftrag zu erledigen hatte.

Die Agentinnen und Agenten hatten sich für die Posten in der StäV nicht beworben, sondern waren, wie in der DDR üblich, ausgesucht und im Staatsauftrag entsandt worden – ohne großes Mitspracherecht. Es handelte sich um die sogenannte Zweite Generation der Stasi, um Personen also, die in das System hineingeboren und folglich erst Mitte zwanzig waren, als sie nach Bonn zogen. Das Ministerium für Staatssicherheit hatte jedem versprochen, dass sein Einsatz am Rhein nur vier Jahre dauern würde. Aber dieses Versprechen wurde oft nicht gehalten. Agenten, die in den Siebzigerjahren in Bonn arbeiteten, wurden in den Achtzigern überraschend noch einmal an die StäV geschickt – und mussten bei diesem zweiten Mal ihre Kinder in der DDR zurücklassen.

Ich hörte bewegende Geschichten über allein gelassene Jugendliche und schockierte Kinder, aber auch über deprimierte Eltern, die in Bonn festsaßen und von ihrer einst geschätzten Stasi erpresst wurden.

Nach dem Fall der Mauer verschwand das StäV-Personal aus Bonn, hält aber zum Teil bis heute untereinander Kontakt. Manche Antwort, die man mir gab, wird abgestimmt gewesen sein. Zugleich bekam ich aber auch Botschaften, die dringlich darum baten, die Zeit der DDR in Bonn ans Tageslicht zu holen.

Eine historische Aufarbeitung der Geschehnisse rund um die StäV fehlt bisher, meine Recherche war eine Reise ins weitgehend Unbekannte – oder wie eine gewisse, für den Roman allerdings erfundene Graphologin es sagen würde: Die StäV in Bonn trug die Handschrift der deutsch-deutschen Teilung und fiel durch Lügenkringel, Winkelarkaden und eine sehr starke Oberzone auf.

DANKE

- an den Blanvalet Verlag bei Penguin Random House, besonders an Nicole Geismann, Kathrin Wolf und Bettina Steinhage für das aufmerksame Lektorat, sowie an Angela Kuepper für die konstruktive Redaktion.
- an meine Literaturagentin Andrea Wildgruber von der Agence Hoffman für ihre fabelhafte Unterstützung.
- an alle, die mir aus ihrem Leben erzählt haben. Einige möchten an dieser Stelle anonym bleiben, aber sie waren nicht weniger wichtig für dieses Buch.
- an Ines Christ und Jana Eberst, die auf beiden Seiten der Mauer gelebt haben. Mit viel Geduld und Vertrauen ließen sie mich an ihren erstaunlichen und lebendigen Erinnerungen teilhaben.
- an Christian Lonnemann, Doris Liebermann und Dr. Christiane Fügemann, die mir den Einstieg in die Recherche leicht gemacht haben.
- an Maria Knissel für ihr offenes Ohr.
- an meine Freundinnen und Freunde vom Writers' Room in Köln, die immer zur Stelle sind.

Nicht zuletzt, sondern ganz besonders bedanke ich mich bei S. N. und L. M. W. – alles wie immer!